Als der Adler schrie – Lene Beckers vierter Fall

Originalausgabe

Impressum:
© Monika Rohde, 2013
1.Auflage
Satz und Layout: Monika Rohde
Umschlagfoto: H.-J. Fünfstück/LBV Bildarchiv
Umschlaggestaltung: Christian Rohde
Herstellung und Verlag: Create Space Independent Publisher Platform
ISBN 978-14942358-95

E-Mail: monroh59@gmail.com   www.monikarohde.de

Monika Rohde

Als der Adler schrie

Lene Beckers vierter Fall

Kriminalroman

Zum Buch:
Patrick, 25, Student und als Maler außergewöhnlich begabt, will sein Jurastudium abbrechen und zum Kunststudium nach Florenz wechseln. Plötzlich jedoch verschwindet er spurlos und wird nach einer Woche fieberhafter Suche tot aus dem Wöhrder See gezogen. Kurz darauf steht fest: Es war Mord.
Kriminalhauptkommissarin Lene Becker und ihr Kollege Jürgen Karlowitz, genannt Kalle, von der Mordkommission Nürnberg, stehen vor widersprüchlichen Fakten und ermitteln in der Familie und unter den Freunden. Patricks Freunde, die mit ihm an dem Abend, als er spurlos verschwand, zusammen waren, können auch nicht wirklich helfen. Niemand kann sich diesen Mord erklären.
Ein Brief als einzige Spur führt Lene nach Florenz. Dort wird sie mit einem weiteren Mord, mit der russischen Mafia und einem Maler, der für diese Leute Fälschungen angefertigt hat, konfrontiert. Was hat Patrick mit der Fälscherszene zu tun? Zudem trifft Lene dabei auf Patricks jüngere Schwester Camille, die ebenso in Gefahr gerät wie Patricks Freundin Rebecca. Erst zurück in Nürnberg finden sich die Spuren, die sich als Netz schließlich immer weiter zuziehen.

Zur Autorin:
Monika Rohde studierte Mathematik und Anglistik und arbeitete viele Jahre als Lehrerin für Mathematik, Englisch und Philosophie in einer Realschule. Sie lebt heute in Nürnberg, Frankreich und Spanien. In ihren Kriminalromanen rund um die Nürnberger Kommissarin Lene Becker verbindet die Autorin die gewonnene Lebenserfahrung mit ihrer Begeisterung für Logik, Sprache und fremde Länder.

Weitere Titel der Autorin bei **Amazon**

Wo alle geizen
Wage es zu schenken
Wo alles dunkel
Mache Licht

Konstantin Wecker

Wir brauchen die Kunst
Wie die Religion und die Philosophie
Um tiefer in die Dinge
Hineinzuschauen
Um etwas über uns selbst zu erfahren

Bundespräsident Joachim Gauck

(Eröffnung der Documenta 2012)

*Für meine beiden Maler,
meine Kinder Cathrin und Christian,
deren Bilder mir so viel an Schönheit
und Tiefe schenken*

Prolog

Die Herbstblätter hatten den Weg zu dem weißen Haus, das etwas zurück in einem leicht verwilderten Garten lag, gleichsam farbig gemalt, eine Collage aus roten, grünen und gelben Fetzen. Jedes Blatt erfand seinen eigenen Farbton und bildete dennoch einen Teil des Ganzen. Zwischen den Ästen der Büsche hingen zarte Spinnweben, schwebten, mit unglaublicher Akribie über Nacht entstanden, in einer Form von Schwerelosigkeit im Nichts. Silbrige Wassertropfen hatten sich in ihnen verfangen.

Patrick holte wie jeden Morgen die Zeitung, sein Blick blieb trotz seiner bedrückten Stimmung für einen kurzen Moment an der Farbenpracht hängen. Augenblicklich erhellte sich sein Inneres. Sein Lebensgefühl floss in ihn zurück, ließ ihn plötzlich wieder durchatmen. Er würde es tun, mit seinen Eltern reden. Sein Leben selbst bestimmen, mit Farben anfüllen, mit Auflösung und Verdichtung. Vor seinem inneren Auge entstanden Bilder aus dem Bild vor ihm - die Farben, ein einziger Wirbel. Sollte er Acryl nehmen – nein, zu hart für das Bild, das er bereits vor seinen Augen sah. Ölfarben. Das war das Richtige.

Er versuchte einen Zeitpunkt für dieses Gespräch zu finden. Heute war Freitag, am Sonntag beim Familienessen? Nach dem Essen, bevor die Tafel aufgelöst wurde. Ja, das würde gehen.

Er ging hinein und stieg die Treppe zu seiner lichten und großzügigen Dachwohnung hinauf. Es duftete schon nach Kaffee und als er sich zum Frühstück setzte, atmete er seit Wochen das erste Mal frei durch, mit geweitetem Brustkorb. Er wusste, er würde es schaffen.

Seine Mutter und Camille, seine Schwester, die würden als erste verstehen, nachgeben, einlenken. Aber Vater? Das war etwas anderes. Wie nur sollte er ihn erreichen in seinem Denken voller vorgefertigter Lebensbauteile? Wie ihm dieses, in den Farben ausufernde Bild, das er gerade innerlich entstehen gesehen hatte, vor seine kritischen Augen stellen, so dass er wirklich *sähe*?

Kapitel 1

Sonntag, den 23. Oktober

Das Telefon riss sie brutal aus ihrem Jetlagschlaf. Ihre Seele brauchte einen Moment um von San Francisco nach Nürnberg zu fliegen, zu begreifen, dass da kein Mike war. *Mein Gott, was? Wieso?* Langsam kroch ihr Bewusstsein mit kleinen Spinnenfüßen an seinen Platz. Sie konnte gerade noch *Aber ich habe doch heute noch frei!* denken, dann hatte sie das Telefon am Ohr.

Kalles Stimme. »Entschuldige Lene, ich weiß, dass du heute noch Urlaub hast. Aber ich wollte dir nur sagen, dass wir ihn wohl gefunden haben. Den Studenten. Wäre gut, du kämest mit.«

Was? Wen? Aber dann schaltete ihr träges Gehirn.

»Wo?«

»Am Wöhrder See.«

»Gut, komm vorbei. Holst du mich ab? Ich beeile mich.«

Es gelang ihr, die schwere Subtraktionsaufgabe »minus neun Stunden« zu lösen. Früher Abend in Kalifornien. Hoffentlich konnte sie in ein paar Stunden wieder ins Bett. So lange würde sie es schon schaffen, tröstete sie sich.

Im Badezimmer, während sie immer noch verwirrt und verschlafen in den Spiegel starrte, versuchte sie sich ins Gedächtnis zu rufen, was ihr Kollege Kalle gestern von einem Fall erzählt hatte, der ganz Nürnberg im Moment beschäftigte. Ein junger Mann, Jurastudent im siebten Semester – oder war es das achte? - war vor fünf Tagen spurlos verschwunden. Kein Abschiedsbrief, kein Hinweis. Er wollte nur draußen eine rauchen - vor einem Restaurant in der Nähe vom Marientor an der Burgmauer und war nicht zu seinen Freunden, die drinnen auf ihn warteten, zurückgekehrt und auch nicht nach Hause gefahren.

Man hatte überall gesucht, die Polizei hatte schließlich ratlos aufgegeben. Und jetzt hatten sie ihn also gefunden. Tot. Schwere Stunden standen den Eltern bevor. Wer waren sie noch? Ein Anwalt und eine Ärztin, hatte Kalle gesagt. Sie seufzte auf, wollte sich mit diesem Seufzer von der Vorstellung eines toten jungen Mannes am oder im See befreien. Kalle hatte gestern gefragt, ob sie nicht sein Bild am Flughafen gesehen hätte. Die Eltern hatten es in ihrer Verzweiflung überall aufgehängt. *Wer hat unseren Sohn gesehen?* schienen diese Flyer überall in der Stadt verzweifelt zu schreien. Sie hatte es beim Hinausgehen aus dem Airport gestern, als sie von ihrem Urlaub in Kalifornien zurückkam, flüchtig wahrgenommen. Aber dann waren da Jonas, Susanne und Sophie, ihre Familie, die sie abgeholt hatten, und sie hatte vergessen danach zu fragen.

Sie musste an Joanne und Marc in San Francisco denken, ihre Cousine und ihr Verlobter, die vor vier Jahren ermordet worden waren. Auch sie hatten Jura studiert. Damals hatte sie Mike kennengelernt und mit ihm gemeinsam ermittelt. Mike, der ihre Liebe geworden war.

Mike. Lene hatte noch seine Stimme im Ohr. *Du wirst sie sehen, diese unglaubliche Wüste, diese Bergformationen, die Felsen, die in allen Farben leuchten können. Death Valley. Weißt du, dass sogar gerade Vollmond ist, wenn wir dort mitten in der Wüste übernachten?*

Sie beide hatten in diesen Wochen in Kalifornien alles andere zur Seite geschoben, verdrängt. Sie waren nicht mehr Lene Becker, einundfünfzig, Hauptkommissarin aus Nürnberg und Mike Fuller, neunundvierzig, Captain beim Police Department in San Francisco. Sie waren nur noch sie beide, eine Einheit. Kein Fall, der ihnen dazwischen kam, keine Störung ihrer Zweisamkeit.

Seitdem sie am Flughafen in San Francisco angekommen war und am Gate seine schlanke, hohe Gestalt gesehen hatte, den suchenden Blick seiner Augen – seitdem waren die drei Wochen nur eine einzige Folge von erfüllten, warmen, leidenschaftlichen und zärtlichen Tagen gewesen.

Mike hatte ihr Kalifornien gezeigt, all das, was sie bei ihrem ersten Besuch mit Sophie, ihrer Tochter, damals nach dem entsetzlichen Doppelmord noch nicht hatte sehen können – den Norden des Landes, dann Richtung Süden und nach Osten und weiter bis zu den Rocky Mountains. Und schließlich, am letzten Sonntag auf dem Rückweg, hatten sie die Abzweigung in der Mojave Wüste ins Death Valley genommen.

Und sie war verzaubert worden. Als ob Gott Felsbrocken in eine totale Ödnis geworfen hätte, geschichtete Brocken, runde Brocken, schroffe. Gelbe, rote, rosa und graue – alle Farben. Der Herbst hatte die Temperatur erträglich werden lassen, wenn es auch in dieser Wüste weiterhin sehr heiß war. Sie tranken literweise Wasser und mochten vor Hitze nichts essen. Flirrende Luft und plötzlich ein Unwetter, das das gesamte Tal umschloss. Unglaublich, denn die Blitze zuckten über den Himmel, die Luft tauchte die Landschaft in ein betörendes Lila, ein Donner jagte den nächsten. Und sie eingeschlossen in einer Unwirklichkeit, die zugleich faszinierte und auch erschreckte. Hinter den Gipfeln der Berge fielen Schleier aus Wasser, aber natürlich erreichte sie kein erlösender Tropfen. Nur Blitz auf Blitz, Donner auf Donner. Und sie ganz allein auf einer schmalen Straße in dieser Wüste. Verlassen und zugleich elektrisiert und innerlich begeistert.

Dann tauchte nach gefühlten Stunden in dem violetten, mystischen Licht plötzlich ein giftgrüner Streifen auf – saftig, eingebettet in eine völlige Gegensätzlichkeit. Ein Hotel, und plötzlich war ein Schutz da, andere Menschen. Eine andere Welt – mitten in der Wüste. Eine künstlich angelegte Oase, die nichts von der Schönheit einer natürlich entstandenen vermissen ließ. Ein Paradiesgärtchen, in dem man sagte, dass sogar die Tiere sich gegenseitig in Ruhe ließen, wie Mike ihr erzählt hatte.

Sie saßen mit einem Glas Rotwein auf dem Balkon ihres Zimmers. Mikes Lächeln, das in seinen Augenwinkeln seinen Ursprung fand und sich dann über seine so intensiv blauen Augen ausbreitete. *Habe ich dir zu viel versprochen?*

Dann kam der Wind und mit ihm kam der Adler – er kreiste vor ihrem Zimmer über den Bäumen, dem saftigen Rasen, den Büschen – dieser ganzen irrealen Welt.

Sein Schrei erfüllte sie, machte sie glücklich und hob sie hoch in die Lüfte. Letzten Sonntag, war das nicht der Moment in dem der Junge hier verschwunden war?

Die Erinnerungsfetzen waren in schneller Reihenfolge vorbeigeflogen.

Sie musste sich beeilen, Kalle würde gleich da sein.

Kapitel 2

Sie legte noch schnell eine kurze Notiz für ihre Tochter Sophie, die aus Hamburg zu Besuch gekommen war, auf den Küchentisch und öffnete die Haustür, als sie Kalles Motor hörte. Perugio, ihr Main Coon Kater, sah sie traurig aus großen, grünen Kateraugen an, nicht verstehend, dass sie so schnell aufbrach, anstatt nach der langen Abwesenheit mit ihm zu frühstücken – seine Lieblingsminuten des Tages. Sie strich ihm tröstend über seinen Kopf, wuschelte kurz durch sein langes Fell und war draußen.

Das Wetter hatte umgeschlagen. Es war kalt und diesig. Lene fröstelte und schloss den Reißverschluss ihrer blauen Sportjacke. Zumindest hatte die ein Fleecefutter. Nachdem sie eingestiegen war, sah sie hinüber zu ihrem sonst so ausgeglichenen Kollegen. Aber an diesem Morgen war Kalle einfach wütend.

»So eine Schweinerei. Wieso haben wir ihn nicht früher gefunden? Wir suchen ihn jetzt seit einer Woche. Und am Wöhrder See ist ja nun wirklich fast jeder Nürnberger – zumindest scheint es manchmal so – unterwegs, besonders gilt das für alle Jogger und Hundebesitzer. Und überhaupt – Selbstmord ist es wohl nicht, dafür ist die Franz-Josef-Strauß-Brücke nun wirklich nicht hoch genug.

Hoffentlich liegt er nicht *im* Wasser … Ach, was für ein Scheiß!«

Seine Stimme brach wütend ab. Dann, als sei es ihm plötzlich erst eingefallen: »Danke, dass du mitkommst. Du weißt ja … «

Sie sah ihn an. Sein Gesicht wirkte angespannt, ganz anders als gestern, als er zu ihrer Heimkehr überraschend mit einem Kuchentablett bewaffnet bei ihr aufgekreuzt war, zum Gelächter und zur Freude von ihrem Sohn Jonas, seiner Partnerin Susanne und Sophie. Für die alle war Kalles Liebe zu Süßem, seine ständigen Diätversuche und deren Abbrechen, ein steter Anlass zum Frotzeln.

Ihr fiel ein, dass Kalle einen Horror vor solchen Szenen wie heute hatte, besonders dem Auffinden von Wasserleichen. Er hatte ihr einmal gestanden, dass die für ihn besonders schlimm wären. Wohl ein Vorkommnis in seiner Kindheit. Aber er hatte sich damals wieder verschlossen, wollte nicht darüber reden.

Sie parkten das Auto am Uferweg, als sie die Gruppe Polizisten unten herumstehen sahen. Der gewundene Spazierweg zur Brücke, den sie jetzt schnell hinunterliefen, war sonst für Lene immer ein besonders romantischer Nürnberger Flecken. Heute nicht. Die Männer in ihren weißen Overalls aus dünnem, papierähnlichem Kunststoff standen noch ein Stück weiter auf der anderen Seite am Rand des Wassers. Kalle fluchte.

»Da hätten wir auch mit dem Auto hinfahren können wie die Spurensicherung. Scheiße, Scheiße, Scheiße.«

Lene sah kurz prüfend zu ihm hinüber. Er gefiel ihr heute gar nicht. Was hatte er nur?

Der Wöhrder See bildete hier eine Art blinden Arm, in der Mitte ein dichtes Gewirr aus Bäumen, Ästen, Gestrüpp. *Nicht einsehbar,* konstatierte ihr Gehirn selbständig. Am Ufer noch dicht belaubte Bäume und Büsche. Sie mussten über die untere Brücke, dann weiter nach links über eine Holzbrücke und wieder zurück den Weg hinunter, der auf dieser Seite dann endlich zum Wasser führte. Am Ufer wurde es matschig und Lene war froh, dass sie ihre Gummistiefel angezogen hatte. *Hier kommen doch genug Spaziergänger her*, dachte sie verwirrt. *Hundebesitzer mit Hunden mit feinen Nasen! Wieso wird er erst nach einer Woche entdeckt?* Als sie fast bei der Gruppe von Kollegen angekommen waren, fing sie den verzweifelten Blick von Kalle auf. Sie verstand.

»Komm, warte hier! Es genügt, wenn einer von uns sich das antut. Schön wird das nach einer Woche eher nicht.«

Kalle nickte und fischte in seiner offenen Jacke eine Zigarette heraus. Lene wusste, dass das für ihn, der eigentlich nicht rauchte, eine Art Notanker in Situationen wie dieser war. Sie sah, dass jemand über etwas am Boden gebeugt war. Im Näherkommen erkannte sie Dr. Stefan Glauber, den Pathologen, mit dem sich Kalle und sie in den letzten Monaten angefreundet hatten.

»Hallo Lene, was willst du denn schon hier? Ich denke, du kommst erst morgen zurück zur Arbeit?«

»Kalle hat mich angerufen. Da dachte ich, es wäre besser, gleich von Anfang an dabei zu sein. Über das Lesen einer Akte kommt man nicht so nahe dran wie eben jetzt vor Ort. Und - was hast du gefunden?«

»Kein schöner Anblick. Lass Kalle lieber nicht so nah ran.«

Lene warf einen Blick auf die Leiche, die abgewinkelt auf buntem Herbstlaub lag, das in der Nässe glänzte. Blondes Haar klebte am Kopf, über die Augen hatte sich eine Schlingpflanze gelegt, wofür Lene dankbar war. Die Arme lagen seitlich vom Körper. Das Gesicht war aufgedunsen und sah grässlich entstellt aus. Durch Wasser? Aber in dem niedrigen Wasser hier musste doch niemand ertrinken! Offenbar hatte Stefan Glauber ihn schon umgedreht. Der restliche Körper war ebenfalls aufgedunsen. Die Leiche sah so aus, als hätte sie eine Woche *im* Wasser gelegen.

»Hat er sein Gesicht ins Wasser gelegt, bis er tot war? Hier ist der See doch bestimmt nicht tiefer als eineinhalb Meter. Und dieser junge Mann ist locker ein Meter achtzig. Und war wohl auch sportlich, soweit man das noch sehen kann. Kann er betrunken hineingefallen sein?«

Das gab es manchmal, wie sie von einigen Unglücksfällen wusste. Betrunkene konnten dann nicht mehr reagieren und ertranken selbst in niedrigen Gewässern, oft nur Pfützen. Ebenso wie Kleinkinder, was sie immer besonders entsetzlich fand.

Glauber schüttelte den Kopf. »Sieht so aus, als sei er ertränkt worden. Ich habe neben anderen Hämatomen, die ich mir noch genauer ansehen muss, auch Druckstellen hinten am Hals gefunden, die darauf hinweisen könnten, dass sein Kopf mit Gewalt unter Wasser gedrückt worden ist. Das fürs erste - Genaueres erst, wenn ich ihn auf meinem Tisch hatte.«

Sie zwang sich den Toten anzusehen, unterdrückte ein Würgen bei dem grausigen Anblick. Niemand sollte so sterben, dachte sie und verdrängte den Gedanken an den lebenden jungen Mann, der nicht mehr zu erkennen war. Sie versuchte jetzt Einzelheiten wahrzunehmen. Eine feine Goldkette lag um den aufgedunsenen Hals, ein geschwungenes *P* als Anhänger, soweit sie sehen konnte. Eine Jeans, ursprünglich irgendein Blau, jetzt mit undefinierbaren Flecken, ein ehemals wohl weißes Hemd mit feinen Streifen, deren Farbe in dem Schmutziggrau nicht mehr zu erkennen war. Links auf der Tasche ein Emblem, das aber nur zu einem kleinen Teil erhalten war und unter einer Schlammschicht herauslugte. Ein Fuß im Turnschuh, der zweite Fuß steckte noch in einem Socken, der an einer Stelle als blau zu erkennen war.

Glauber war ihrem Blick gefolgt, wollte etwas sagen. Da trat Klaus Mertens, der Chef der Kriminaltechnik zu ihnen.

»Hallo Lene! Tut mir leid, dich gleich so scheußlich aus dem Urlaub in die Arbeit zu schleudern. Den anderen Turnschuh – wir wussten, dass er Turnschuhe von Nike Größe vierundvierzig getragen hat, und das passte - haben Kinder vorgestern ungefähr siebenhundert Meter von hier entfernt aus dem Wasser nahe dem Ufer gefischt. Den Eltern haben wir von dem Turnschuh noch nichts erzählt. Das wollten wir morgen machen und sie fragen, ob das Patricks Schuh sein könnte«, setzte er hinzu. Dabei wanderte sein Blick kurz zu Lene. Er wusste, dass ihr oder Kalle dieses schwierigste aller Gespräche für Polizisten nachher bevorstand.

»Bin gespannt, was du sagst, Stefan. Für mich sieht das zumindest nicht nach Selbstmord aus. Unglücksfall durch Trunkenheit?«

Glauber schüttelte den Kopf.

»Er ist übel geschlagen worden. Ob er vor seinem Tod oder danach mit dem Gesicht in das Wasser von mehr Pfütze als See gedrückt wurde, sehe ich, wenn ich mir die Lunge vornehme.«

Mertens nickte. Glauber tastete nach den Hosentaschen des Toten und zog ein Lederetui heraus, das er mit spitzen Fingern aufklappte. »Sein Portemonnaie und sein Ausweis sind da. Geld auch. Also offenbar kein Raubmord.«

Er ließ das Etui in einen Beweisbeutel gleiten, den er Mertens übergab und sah zu Lene hoch.

»Wie ich schon sagte, ob Unglücksfall oder Mord kann ich erst später bestimmen. Tippe aber auf Letzteres. Den genauen Todeszeitpunkt kriege ich nicht mehr hin, nach der Zeit. Ich kann nur grob bestimmen, ob der mit der Zeitspanne, das heißt mit der Nacht seines Verschwindens, in etwa übereinstimmt. Ich möchte nicht in eurer Haut stecken«, schloss er und das klang fast mitfühlend.

Sie wusste, was er meinte. Mit sieben Tagen Verspätung die Ermittlungen aufzunehmen war ziemlich katastrophal. Sie hoffte nur, dass die Kollegen gute Vorarbeit geleistet hatten.

»Was mir auffällt, dieser Platz ist doch nicht sehr weit weg von dem Lokal, wo die gegessen haben. Habt Ihr hier gar nicht gesucht?«

Mertens schüttelte den Kopf.

»Nur drüben am Uferweg. Was sollte ein junger Mann hier in dem toten *Pegnitz*arm! Wir haben die Suche nämlich ziemlich schnell auf den Sebalder Wald verlegt – ich denke es ist der Sebalderteil. Ich verwechsle immer Lorenzer- und Sebalderbesitz vom Reichswald - also auf jeden Fall oberhalb vom Tierheim gesehen. Kalle hatte den Provider vom Handy des Opfers gefunden und der wieder - «

Glauber fiel ein. »Wir haben anhand der Handybewegungen das letzte Gespräch geortet. Das war

Sonntagnacht um 01:55, somit schon Montag. Und da war das Handy im Reichswald gewesen, nicht hier also. Danach war es nicht mehr zu orten gewesen. Logischerweise sind wir davon ausgegangen, dass er zu der Zeit dort war und haben deshalb dort gesucht. Es war sowieso die Suche nach der Nadel im Heuhaufen. Er konnte überall sein – und nirgends!«

Glauber gab den Kriminaltechnikern einen Wink, worauf sie mit einem Leichensack kamen und den Toten überraschend behutsam hineinlegten.

Was hatte Glauber gesagt? Er wolle bei den Ermittlungen nicht in ihrer Haut stecken? Sie wollte schon jetzt nicht in ihrer Haut stecken. Sollte sie es Kalle überlassen, den Eltern die Nachricht zu überbringen? Schließlich hatte sie heute noch offiziell Urlaub. Sie sah hinüber zu seinen unbehaglich hochgezogenen Schultern, seinem verschlossenen Gesicht. Nein, sie konnte ihn damit nicht allein lassen.

Sie drehte sich um zu Glauber, der weitergesprochen hatte. Seine im Normalzustand faltenlose Stirn war bekümmert zusammengezogen, sein Gesicht konzentriert angespannt. Wieder dachte sie, wie jung er aussah, obwohl er ihnen inzwischen gesagt hatte, dass er fast so alt wie Kalle war, der im Juli vierzig geworden war.

Immerhin könnte er nicht mein Sohn sein, dachte sie, denn ihre beiden Kinder waren zehn Jahre jünger als er. Und schon fühlte sie sich mit ihren *gerade fünfzig*, wie sie es gewöhnlich formulierte, nicht mehr ganz so alt.

Sie sah auf die Uhr. Neun – an einem Sonntagmorgen. Also los. Sie nahm noch einmal das Bild insgesamt auf. Das träge, flache Wasser auf diesem toten Auslauf des Sees, das Gebüsch am Ufer, das Biotop, diesem Gewirr aus allem, was dort wuchs. Querliegende Baumstämme, hoch aufwachsende, belaubte Bäume, Büsche, deren Wurzeln im Wasser standen. Wie war dieser Junge nur da hinein geraten? Hatte ihn jemand gezogen, hingetragen?

»Hat einer von euch schon die Wassertiefe gemessen?«

»Unterschiedlich. Von einem Meter zwanzig bis ein Meter siebzig, achtzig. Mehr wohl nicht. An einer Stelle sogar nur achtzig Zentimeter«, kam es von irgendwoher.

Sie wandte sich wieder an Glauber.

»Stefan, sag mir bitte, eine Leiche, die eine Woche hier im Wasser liegt – ich weiß, dass sie erst untergeht und dann irgendwann durch die Gase, die sich in der Leiche bilden, wieder an die Oberfläche kommt. Aber – dauert das eine Woche?«

Er schnalzte anerkennend mit der Zunge. »Darüber brüte ich hier auch schon seit wir ihn gefunden haben – übrigens im Wasser. Mehr da drinnen, fast in der Mitte.« Er deutete auf das Gewirr aus Ästen und Pflanzen. »Er muss künstlich unter Wasser gehalten worden sein. Denn wenn die Leiche auf natürliche Art an die Oberfläche gekommen wäre, dann schon Tage früher. Und dann hätte man ihn gerochen! Und vor uns Menschen sämtliche Hunde, die hier brav Gassi geführt werden – manche sogar ohne Leine, trotz Leinenpflicht. Und jeder Labrador wäre dann schon dort gewesen und hätte nicht locker gelassen, bis sich jemand um den *Fund* gekümmert hätte. Dieses Rätsel löse bitte und teile mir dann mit, wie es war. Ich freu mich schon auf die Erleichterung, wenn ich weiß, wie das alles zusammenpasst. Also an die Arbeit!«

Scherzbold. Ihr fiel nicht einmal eine schlagfertige Antwort ein. Nur ein »Okay. Dann will ich mal. Bis nachher!« Sie wandte sich zum Gehen.

Das Zuziehen des Reißverschlusses schien die Stille brutal zu zerreißen, aufzureißen, und ließ vereinzelt Vögel auffliegen. Zweige hingen träge ins Wasser, auf der anderen Uferseite stieb ein Entenpaar, das gerade in den See gleiten wollte, zurück auf das feste Land. Auf der Brücke hatten sich inzwischen Neugierige eingefunden.

»Komm, wir fahren erst einmal zu den Eltern!«

Als Kalle das *Wir* vernahm, glitt spürbare Erleichterung über sein Gesicht. Mit großen Schritten ging er über die Brücke und Lene sah seinem leicht gekrümmten Rücken an, dass er es nur noch eilig hatte, vom Tatort wegzukommen. Im Auto drehte er sogar die Klimaanlage auf warm, so sehr hatte ihn der schreckliche Tagesanfang zum Frösteln gebracht.

»Wie heißt er eigentlich?«, fragte sie ihn und brachte es nicht fertig, nur von *der Leiche* oder *dem Toten* zu sprechen. Obwohl viele Kollegen gerade dadurch Distanz zu den Opfern bekamen, wie sie beteuerten. Aber sie brauchte die Nähe, das Wissen um die Person, um die es ging. So sprach sie meist mit dem Namen von dem jeweiligen Toten.

»Patrick Sommer. Er ist sechsundzwanzig. Es ist einfach ätzend. Die Eltern haben alles unternommen, was man als Laie nur tun kann, um ihn zu finden. Er wohnte offenbar noch bei ihnen in Ebensee, wie ich aus der Vermisstenmeldung weiß. Ungewöhnlich, aber die jungen Leute heute scheinen sich oft schwer von der familiären Suppenschüssel losreißen zu können, die hier in unserem Fall wohl mehr mit Filetspitzen à la Stroganoff gefüllt ist. Mann, wenn ich daran denke, wie eilig ich es damals hatte, auszuziehen, mein eigenes Leben zu leben.«

Ich auch, dachte Lene, ging aber nicht weiter darauf ein. Sie musste sich jetzt auf das mehr als schwierige Gespräch konzentrieren, das vor ihr lag. Zumal sie keine Ahnung hatte, was hier eigentlich passiert war. Und wieder schlich sich der Adler vom Death Valley in ihre Gedanken. Es war später Nachmittag, als sie ihn vor einer Woche hörte - rechnete sie die neun Stunden Zeitunterschied dazu, waren es die Nachtstunden, als Patrick vermutlich um sein Leben kämpfte. Trauer in ihr.

Kapitel 3

Für ihren Geschmack viel zu schnell parkten sie vor einem alten, gepflegten und ausladenden Haus, das idyllisch in einem größeren Garten mit hohen Bäumen gelegen war, deren Blätter alle Farben des Herbstes widerspiegelten. Sie betraten das Grundstück durch eine offen stehende, schmiedeeiserne, halbhohe Gartenpforte. Der rot gepflasterte Weg zum Haus war sauber gekehrt und führte über einen runden, gepflasterten Vorhof direkt auf die behäbige Haustür aus dunklem Holz zu, die in der Mitte der Breitseite des Hauses die weiße Fassade beherrschte. Zwei Fenster jeweils rechts und links und im Stockwerk darüber fünf Fenster, wobei die beiden außenliegenden einen bauchigen Balkonvorbau mit schmiedeeisernen Stäben hatten, fast wie es in südlichen Ländern üblich war. Darüber noch ein Stockwerk, das jedoch mit großen Fenstern modernisiert worden war und sich damit auffallend aus der Gesamtfassade abhob. Offenbar war das eine später ausgebaute Etage und war ursprünglich vielleicht für die Dienstbotenzimmer angelegt gewesen.

Sie läuteten an der dezent in die Wand eingelassenen dunklen Klingel. Kurze Zeit später wurde die Haustür von einer jungen Frau mit langem, blondem Haar fast aufgerissen. Ein hoffnungserfüllter

Blick aus großen grauen Augen. Dann, als diese die beiden Besucher und deren Miene erfassten, schien ein Licht darin zu erlöschen.

»Ich dachte, es sei vielleicht mein Bruder«, begann sie eine Erklärung, die sie aber genauso plötzlich wieder abreißen ließ. Das letzte Wort schien in der Luft zu schweben und hängenzubleiben in diesem Zwischenraum von drinnen und draußen.

Lene stellte sie beide vor und fragte nach Herrn oder Frau Dr. Sommer. Patricks Schwester sah inzwischen fast verschreckt aus, eine verletzliche Bangigkeit in ihren Zügen, Angst vor weiteren Worten. Sie hatte verstanden. Der Besuch der Kriminalpolizei nach diesen Tagen des verzweifelten Wartens ließ die Furcht vor dem Kommenden sich in ihr ausbreiten.

»Ich bin Camille, Patricks Schwester. Aber das wissen Sie sicher schon. Kommen Sie herein, ich sage meinen Eltern Bescheid.«

Fast tonlos, ohne eine Frage zu stellen. Sie tat Lene zutiefst leid. Sie gingen durch eine Diele in ein gemütliches Wohnzimmer, dessen Glastüren in einen wieder fast südlich gestalteten Garten führten. Ein Haus, um sich darin wohlzufühlen, dachte Lene, sowohl von der Proportion des Gebäudes, als auch von der Einrichtung her. Tiefe, bequeme Sessel, ein weicher Orientteppich auf altem Parkettboden aus dunkler Eiche, ein Tisch, der höher war als die Couchtische, die die Menschen zwangen sich ihre Getränke, die auf Wadenhöhe placiert waren, hochzuhangeln, um sie dann hilflos in der Hand zu halten. Hier achtete man auf Zweckmäßigkeit verbunden mit Schönheit. Gegenüber ein an der Wand befestigter großer Flachbildfernseher. Die Bilder im Raum waren offenbar alle von einem Künstler, der Lene sofort beeindruckte. Fast expressionistische Farben und eine Auflösung der materiellen Motive hin zur Gegenstandslosigkeit. Dabei nicht wirklich abstrakt.

Lene warf Kalle einen Blick zu, ihn um Kühle und Kraft bittend für das, was kommen würde.

Ein Mann und eine Frau, sie wohl Ende vierzig, er Anfang bis Mitte fünfzig, traten zusammen mit Camille ins Zimmer, alle drei blass und um Fassung ringend. Und Lene fühlte nur noch ihre Rolle als die Überbringerin einer Nachricht, die sie alle grausam treffen würde.

»Können wir uns vielleicht setzen?«, bat sie und wusste, dass dadurch nichts besser sein würde. Die Familie setzte sich mechanisch und merkwürdig steif nebeneinander aufs Sofa, sie und Kalle nahmen die Sessel.

Lene unterdrückte den Zwang zum Sich-Räuspern.

»Es tut mir leid«, begann sie und machte eine Pause um den anderen Zeit zu lassen zu begreifen.

»Nein!«, schrie Frau Dr. Sommer auf, ihr schmales Gesicht verzerrte sich vor Schmerz. Ihr Mann legte tröstend den Arm um sie, seine Züge schienen zu versteinern. Die Tochter versuchte die Mutter von der anderen Seite zu halten. Dann war sie es, die die Frage stellte, vor der sich alle drei fürchteten. »Haben Sie ihn gefunden?«

»Ja. Er ist tot. Er wurde heute am Wöhrder See entdeckt.«

Jetzt war es Herr Dr. Sommer, der sich um Fassung bemüht aufrichtete. »Ist er – ich meine, wie lange ist er schon tot?«

»Einige Tage. Genaues wissen wir erst nach der«, sie zögerte, bevor sie vorsichtig weitersprach, »Untersuchung.«

»Heißt das, mein Bruder wird zu allem auch noch obduziert?«, fragte Patricks Schwester mit entsetzt aufgerissenen Augen. Dann verstand sie. »Das muss wohl sein in so einem Fall«, gab sie sich selbst die Antwort.

»Wer? Ich meine wie …?« Der Vater stellte als erster Fragen nach der Todesursache. Lene beschloss, die Umstände deutlich auszudrücken. Niemandem würde es nützen, wenn sie versuchte sich vor der Wahrheit zu drücken.

»Wir wissen noch nicht, ob Patrick verunglückt ist. Aber es sieht so aus, als sei er getötet worden. Ist Ihnen in letzter Zeit an Patrick etwas aufgefallen? Hatte er vielleicht einen Feind oder Feinde?«

Sie hörte, konnte es spüren, wie der Raum mit allen Insassen die Luft anzuhalten schien.

»Feinde?« echote es verwirrt von Frau Sommer. »Nein, Feinde hatte er sicher nicht. Er hatte nur … «

Sie brach unter dem strengen Blick ihres Mannes den Satz ab, ließ ihn einfach im Raum hängen.

Kalle nahm sein Ende auf. »Ja? Frau Dr. Sommer, er hatte nur …?«

Aber sie schüttelte nur ihren blonden Kopf. Das kinnlange Haar wippte dabei zart federnd nach links und rechts. Sie wird etwa so alt sein wie ich, dachte Lene, während sie die Miene ihres Gegenübers studierte.

»Er wollte nur sein Studium schmeißen, er hat es uns letzten Sonntag gesagt«, ließ sich da die Stimme der Schwester vernehmen. Die antike Standuhr tickte laut und ihr Ticken schien mit jeder Sekunde, die verstrich, lauter zu werden.

»Ach, das war doch nur so eine Idee. Jeder Student – und gerade bei Jura – hat einmal so eine Krise. Das bedeutete gar nichts. Flausen von Freiheit und ungebundenem Leben haben doch alle jungen Leute einmal.« Die Stimme des Vaters hatte mit viel Überzeugungskraft angefangen und endete dann in betont nachsichtigem Tonfall. Aber jetzt war Lene hellhörig geworden. Ein Blick zu Kalle, der ihren Blick mit einer unmerklichen Aufforderung erwiderte.

»Frau Dr. Sommer, Herr Dr. Sommer, wir wollen und müssen herausfinden, was passiert ist. Und das wollen Sie doch sicher auch. Also bitte, schildern Sie uns genau, was vorgefallen ist. Seine Absicht interessiert uns dabei ebenso wie seine Überzeugung. Warum wollte er das Studium hinschmeißen?«

Dabei fixierte sie die Mutter, die ihr jetzt erschrocken in die Augen sah. Sie sah kurz zu ihrem Mann, der die Zähne zusammengebissen hatte, bevor sie zögernd sprach.

»Also, am letzten Sonntag nach unserem gemeinsamen Mittagessen, zu dem wir uns immer sonntags alle einfinden, hat er uns gesagt, dass er mit dem Jurastudium aufhören will, zumindest vorläufig. Und dass er sich in den nächsten Jahren ganz und gar der Malerei widmen wollte. Dafür wollte er sogar ins Ausland. Wie ich ihn verstanden habe, nach Italien. Eigentlich hatte er ganz klare Pläne, und so unvernünftig waren sie gar nicht, fand ich.« Bei dem letzten Satzteil hatte sie sich wieder an ihren Mann gewandt. »Aber jetzt gibt es nie mehr ein Sonntagessen zu viert – ich meine mit ihm«, fügte sie hinzu und dieser rationale Gedanke konnte sie dennoch nicht halten. Lene kannte diese Akribie in Schocksituationen, sich gleichsam durch ausgebaute Fakten zu verankern. Die Frau brach in Tränen aus, die Endgültigkeit begreifend. Ihr Schluchzen wurde immer heftiger. Camille hatte sich von hinten über die Mutter gebeugt, ihr blondes Haar fiel über ihr Gesicht. Versuchte sie zu trösten.

»Bitte, ich weiß, wie schwer das gerade jetzt ist, meine Fragen zu beantworten. Aber darf ich vielleicht Patricks Zimmer sehen?«

Wie an einer Schnur nach oben gezogen erhob sich die Frau und ging mit steifen Schritten aus dem Zimmer. Dabei unterdrückte sie ihr Weinen.

»Kommen Sie«, murmelte sie. Schweigend stiegen sie die weiß lackierte Holztreppe hinauf in den ersten Stock und dann weiter in den zweiten. Als sie oben die Tür öffnete, sah Lene, dass sie hier eine eigene, abgeschlossene Wohnung vorfand. Gemeinsam gingen sie durch einen kleinen Flur und Frau Sommer ließ sie dann in einen großen, hellen Raum eintreten. Lene schnappte nach Luft.

Eine – soweit sie es beurteilen konnte – geradezu vollkommene Kopie wohl des berühmtesten Ausschnitts von Michelangelos Deckengemälde in der Sixtinischen Kapelle bildete die Zimmerdecke. Gott reichte auch hier Adam die Hand, schwebend beide, schwerelos. Das wirkte besonders ergreifend, da das Gemälde hier so viel näher war als in der schwindelnden Höhe in Rom. Hier waren Gottvater und Adam mit den lebenden Menschen gemeinsam im Raum, sie füllten ihn aus. Und was Lene umwarf, ihren Atem stocken ließ, war die Abbildung, die nicht nur ähnlich, sondern identisch wirkte.

Sie wandte sich um zu Patricks Mutter, die wie zur Entschuldigung die Hände hob.

»Das hat er nach dem Abi gemacht. In zwei Monaten. Er wollte fühlen, was Michelangelo gefühlt hat. Er hat sich eine Art Gerüst gebaut und auf dem Rücken liegend gemalt, oft bis in die tiefe Nacht. Ich …«

Sie brach erschöpft ab. Tiefe Mutlosigkeit breitete sich auf ihrem Gesicht aus, und ihre Augen verschwammen plötzlich in den Tränen, die wieder kamen. Ihr Mund zitterte und Lene nahm sie am Arm, führte sie zum Bett ihres Sohnes und brachte sie dazu sich zu setzen.

Sie nahm auf der äußersten Kante neben ihr Platz und legte vorsichtig den Arm um die Schultern der Frau.

»Ich verstehe Ihren Schmerz so gut. Aber ich brauche Ihre Stärke noch einen Augenblick. Wir müssen herausfinden, was mit ihm passiert ist. Und warum. Dazu brauche ich alle Informationen, die ich bekommen kann, Informationen über Ihren Sohn, über Ihre Familie, über seine Freunde, seine Feinde. Ich frage Sie noch einmal, hatte er Feinde oder vielleicht Neider? Das wäre bei seinem Talent kein Wunder.«

Sie spürte, wie sich die Frau neben ihr wieder aufrichtete. »Nein, ich weiß von keinen Feinden. Er war gar nicht der Typ, der sich Feinde machte. Er war so«, sie schien nach Worten zu suchen, »so mitfühlend, so freundlich und freundschaftlich mit den Menschen. «

Lene sah sie prüfend an, bevor sie ihre nächste Frage stellte. »Das glaube ich Ihnen, Frau Sommer. Dennoch - hat Ihr Sohn vielleicht Drogen genommen oder kann es sein, dass er welche genommen hat, ohne dass Sie es wussten? Bitte, denken Sie genau nach, es wäre ein wichtiger Hinweis für uns.

Viele Todesfälle und auch Morde sind mit Drogenkonflikten verbunden.«

Sogar die meisten Morde, dachte sie bei sich.

Frau Dr. Sommer zuckte die Achseln und schüttelte den Kopf. »Nein«, erklärte sie mit Bestimmtheit. »Vergessen Sie bitte nicht, ich bin Ärztin. Er hätte es vor mir nicht verheimlichen können. Nein, ganz bestimmt keine Drogen, da bin ich sicher.«

Lene nickte zustimmend. Sie hatte die ganze Zeit auf dieses *Gottvater – Adam – Bild* geschaut und eine tiefe Spiritualität darin gesehen. Obwohl vielleicht Künstler öfter als Normalmenschen von Drogen angezogen wurden, wie es jeder zumindest aus der Musikszene wusste, spürte sie hier eine Klarheit weit weg von Drogen. Eine Sehnsucht nach … wonach?

Andererseits hätte er immer noch während des Studiums angefangen haben können, Drogen zu nehmen. Prüfend sah sie hinüber zu der Frau. War bei dem eigenen Sohn das Urteilsvermögen objektiv?

»Patrick«, Lene zögerte, bevor sie fortfuhr, »war sehr begabt als Maler. Wieso – ich meine, ich frage mich, wieso er erst Jura studiert hat. Wäre ein Studium der Malerei sofort nach dem Abitur nicht sinnvoller gewesen für eine solche Begabung?«

»Mein Mann wollte es so.« Schmale Lippen, die sich zusammen pressten.

War der Mann blind gewesen? Sie unterdrückte den Ärger, der in ihr aufstieg.

»Hat Ihr Sohn noch mehr gemalt?«

Ohne ein Wort stand die Mutter auf und ging hinüber zu einer Tür, die sie öffnete. Lene folgte ihr. Der Raum war durch ein klares, kühles Nordlicht erhellt. Zahllose Bilder lehnten hintereinander an der Wand. Lene ging hinüber und griff sich das erste Bild. Nebelschwaden, durchbrechendes Licht, das einmalig war, Schiffstakelage. Ein Turner!

Lene bekam fast eine Gänsehaut. Die Schönheit dieses Bildes ergriff sie. Sie hatte das Original in der Tate Gallery in London gesehen. Gewaltsam riss sie sich von dem Anblick los. Griff nach dem nächsten. Diesmal war es keine Kopie eines Malers, den sie kannte. Ein modernes Bild, die Farben und die Pinselführung schienen mit denen im Wohnzimmer gleich zu sein.

»Das andere ist eine Turnerkopie. Ist dies hier auch eine Kopie eines Malers oder hat Ihr Sohn das als Original gemalt?«, fragte sie Frau Dr. Sommer, die unaufdringlich neben ihr stand und jetzt nickte.

»Das ist von ihm. Wie auch die Bilder im Haus. Er hat die Kopien nur gemalt um zu lernen. Wenn er einen Maler so bewunderte wie Turner, dann ließ ihm die Frage keine Ruhe, wie der genau *diese* Stimmung auf die Leinwand gebracht hat. Er versank dann in dem jeweiligen Maler, tauchte erst wieder auf, wenn er dessen Geheimnis entschlüsselt hatte.

Wieder fragte sich Lene, wie so ein Mensch nur gerade Jura studieren konnte. Wo blieb in dem Studium seine Sehnsucht nach Schönheit, nach Farben? Sie betrachtete das Bild vor sich noch einmal genau. Eine Tiefe, die ihr gefiel, das Blau, das wie in Schichten zart übereinander lag, türkis und tiefblau schimmernd durch die klarblaue Oberfläche. Ein sich abschwächendes dunkles Grün. Sie war fasziniert und irgendetwas in ihr sprach so intensiv auf das Bild an, dass sie am liebsten gefragt hätte, ob sie es kaufen könnte. Stattdessen sah sie weiter die Bilder durch. Und sah sich mit einem solchen Talent konfrontiert, dass sie einen fast körperlichen Schmerz bei dem Gedanken an den Tod des jungen Mannes empfand.

Ihr Blick glitt weiter durch den Raum. Eine Staffelei, darauf ein angefangenes Ölbild. Ein abstraktes Frauenbild. Das Blond des Haares erfüllte den ganzen oberen rechten Bildteil. Augen, die aus einer noch nicht gestalteten Umgebung leuchteten.

»Seine Schwester Camille«, murmelte Frau Dr. Sommer neben ihr. »Sie stehen sich sehr nahe.« Sie sprach von ihm noch im Präsens, registrierte Lene automatisch.

»Haben Sie noch weitere Kinder?«, fragte sie.

»Nein, nur Camille. Sie ist dreiundzwanzig. Sie ist etwas weniger als zwei Jahre jünger als Patrick.«

Der Altersunterschied wie bei meinen beiden, dachte Lene. Sie wandte sich wieder den Bildern zu. Dabei hörte sie, dass Kalle nachgekommen war und rief ihn herein. »Wer hat denn das Deckengemälde so hinbekommen?«, fragte er, als er im Türrahmen auftauchte. »Du meine Güte. Das ist ja ein Atelier. Ich dachte, er studiert Jura!«

Er musterte die Regale mit Öl, Terpentin, Acrylfarben, Ölfarben, Pastellkreiden, Aquarellfarben. Auf einem Regal eine Sammlung von Farbpigmenten in Gläsern, fest verschraubt. Ein Lappen, der achtlos auf die Erde geworfen war. Ein großer brauner Tontopf mit Pinseln. Dann wandte er sich Lene zu, die inzwischen einen *Renoir* herausgezogen hatte, der mit zwei anderen Bildern neben der Tür gestanden hatte. Eine Badeszene – sie konnte sich im Moment nicht an den Namen erinnern. Auch bei diesem Bild, das sie ziemlich gut kannte, waren Patrick die Stimmung und die Farben bis ins Detail gelungen, soviel sie sehen konnte.

»Patrick war wirklich sensationell«, murmelte sie, während sie das Bild zurückstellte. Dann wandte sie sich der Mutter zu.

»Ich lasse Sie bald allein. Aber hatte Patrick auch ein anderes Arbeitszimmer, eins für sein Studium meine ich?«

Wortlos ging Frau Dr. Sommer hinaus auf den Flur und öffnete eine weitere Tür. Regale gefüllt mit Büchern, ein Schreibtisch mit Computer, ein bequemer Chefsessel davor.

»Können wir uns einen Augenblick allein umsehen? Wir lassen auch alles so, wie es ist«, wandte sie sich an Frau Dr. Sommer. Die zögerte, nickte dann stumm und verließ das Zimmer.

Leise schloss Kalle die Tür. »Das gibt es doch nicht! Hier wäre ich auch nicht ausgezogen«, stöhnte er. »Sag mal, der war ja unglaublich als Maler. Was für eine Vergeudung!«

Er ließ jedoch offen, ob er den frühen Tod oder das Jurastudium meinte und wandte sich dem Computer zu, den Lene bereits hochgefahren hatte. Wie erwartet war er durch ein Passwort geschützt. Lene probierte es mit *Camille* und einigen Namen der Maler, von deren Gemälden er Kopien angefertigt hatte. Aber dann gab sie auf. Ein Fall für die Fachleute im Präsidium.

Sie öffnete die Mittelschublade des verschrammten Schreibtisches aus Birkenholz, der offensichtlich über viele Jahre benutzt worden war, hob vorsichtig einige Papiere an, und zog schließlich mit spitzen Fingern, die das Blatt nur an den äußersten Ecken hielten, einen handgeschriebenen Brief heraus.

»Das ist heute eine Seltenheit«, flachste sie. »Schon überhaupt bei jemandem unter dreißig in unserem sms- und e-mail-Zeitalter!«

Mit einem Bleistift gelang es ihr den Bogen zu entfalten.

»Hör mal!« Sie las laut.
Liebster Patrick,
ich finde deinen Entschluss wunderbar und mutig!! Ich habe tiefen Respekt vor dieser Entscheidung und bin irgendwie richtig stolz auf dich.

Ich freue mich schon so sehr auf dich. Gemeinsam werden wir eine herrliche und spannende Zeit haben. Nächste Woche, wenn ich wieder nach Florenz komme, kaufe ich mir endlich ein neues Handy und rufe dann wieder jeden Abend zur gewohnten Zeit an. Das ist aber auch der einzige Nachteil an der Einsamkeit hier – dass ich dich nicht erreichen kann. Sonst finde ich es einfach inspirierend – die Natur, die Stille. Überwältigend – und außerdem für mich viel Zeit zum Nachdenken. Aber mehr davon, wenn du kommst. Ich habe für uns schon eine Wohnung in Fiesole, einem berühmten Vorort von Florenz mit Klasse Busverbindungen in Aussicht. Aber erst für den 15. November. Ich kann es kaum erwarten. Bis dahin wohne ich im Hotel Giuliano in der Innenstadt und warte auf dich. Ich hoffe, Florenz gefällt mir nach dieser Auszeit noch. Gemeinsam malen – ich kann es noch nicht glauben, so schön wird das!!! Hat dir die Akademie schon geschrieben?

Ich umarme dich und kann es nicht erwarten, dich am Bahnhof – oder fliegst du? – in die Arme zu nehmen.

Johann

»War Patrick schwul?«, fragte Kalle, »was meinst du? Und ist dieser Johann der Grund für sein Umsatteln von Jura auf Malerei? Im Einkommen wird das ein ziemlicher Unterschied, denke ich. Außer man wird berühmt. Aber das dürfte schwerer sein als Polizeidirektor zu werden. Und mal eben in Florenz auf die Akademie – da war es sicher sinnvoll die Eltern zu überzeugen und ihrer Unterstützung sicher zu sein. Sonst weiß man ja, wie das bei anderen Malern geendet hat«, grinste Kalle und fasste sich demonstrativ ans linke Ohr. »Oder hat er das rechte abgeschnitten?«

»Wenn alle so denken würden wie du, gäbe es kaum Maler oder Komponisten oder Künstler im weitesten Sinne. Außerdem hat sein Bruder ihn finanziell unterstützt. Van Gogh, meine ich.«

Sie verstand Kalle aber, der schon früh die Verantwortung für seine depressive Mutter hatte übernehmen müssen und dadurch nur wenig Platz für Weltfremdheit in seinem Leben zulassen konnte. Und doch war es sein Idealismus, den sie bei der Arbeit so oft fühlte, wodurch er ein guter und außergewöhnlich fähiger Polizist war.

»Kein Briefumschlag. Und – ich weiß auch nicht, welcher Art diese Beziehung zu diesem unbekannten Johann ist. Und nun sitzt der auch noch in Florenz in einem *Hotel Giuliano* und wartet auf Patrick.«

Sie sah auf das Datum des Briefkopfes. »11. Oktober, dieses Jahr. Also wird er schon in Florenz sein. Seit wann war Patrick nochmal verschwunden?«

»Seit Sonntagnacht vor einer Woche. Also seit dem sechzehnten, beziehungsweise in der Nacht zum siebzehnten.«

»Wir müssen herausfinden, ob dieser Johann inzwischen schon angerufen hat. Vielleicht gibt es eine italienische Nummer auf seinem Festanschluss oder eine Möglichkeit für den Handyprovider.«

Kalle runzelte seine hohe Stirn. »Sein Handy? Patrick hatte doch eins, das wissen wir. Aber Klaus hat noch nichts von einem Handyfund gesagt. Oh Mann! Das könnten wir jetzt brauchen.« Da hatte er recht.

»Aber die Information über den Provider haben doch schon unsere Leute von der Vermisstenabteilung. Hier muss erst mal die Spurensicherung dran. Für den Computer brauchen wir sowieso einen Durchsuchungsbeschluss. Oder soll ich mal die Mutter fragen, ob wir ihn einfach mitnehmen dürfen?«

Frau Dr. Sommer nickte als Antwort nur, als sie herunterkamen. Sie sah so blass und verzweifelt aus, dass Lene sich schon wegen der Frage schuldig fühlte. Es war genug fürs Erste.

Während Kalle den Computer von oben holte, legte Lene ihre Karte auf den Tisch. »Ich lasse Ihnen meine Telefonnummer hier. Wir kommen ein andermal wieder«, murmelte sie nur.

Im Hinausgehen begegnete ihr eine verweinte Camille, die mit einer Kanne Tee auf dem Weg zu ihrer Mutter war.

»Camille, entschuldigen Sie, dass ich das noch frage. Aber wir müssen Patricks Mörder finden – so schnell wie möglich. Wissen Sie zufällig das Passwort von seinem Computer?«

Sie zögerte kurz, bis ein leises *»italy2012, alles kleingeschrieben und zusammen «* für Lene gerade noch zu verstehen war.

Als die Haustür hinter ihnen ins Schloss fiel, empfing sie ungemütlicher Dauerregen. Alles wurde immer grauer, selbst die Blätter schienen an Farbe verloren zu haben. Sie blieben kurz unter dem Vordach stehen.

»Ich sprinte schnell zum Auto und hole einen Schirm. Eine Decke für den Computer habe ich auch im Kofferraum«, sagte Kalle und war kurz darauf zurück. Sie wickelten den PC ein und verstauten es vorsichtig im Kofferraum.

»Noch wissen wir nicht, was genau passiert ist«, versuchte sie ihre Beklemmung aufzulösen, die diese Familientragödie bei ihr ausgelöst hatte. Dann schlug sie sich an die Stirn.

»Oh nein! So was Blödes! Wir haben nicht nach einem Foto von Patrick gefragt. Aber das haben sicher auch die Kollegen. Komm, wir gehen jetzt erst einmal frühstücken. Ich brauche Kaffee und Nahrung gegen den Jetlag. So kann ich kaum denken. Und dann warten wir auf Stefans Anruf. Er sagt uns rechtzeitig Bescheid, wenn er anfängt.«

Sie warf einen bedauernden Blick zurück auf das wunderschöne Haus, das so viel Geborgenheit ausstrahlte.

Kapitel 4

Als Camille mit dem Teetablett ins Wohnzimmer kam, zog sich ihr Magen noch mehr zusammen. Ihre Mutter hatte sich wie ein Embryo auf dem Sofa zusammengekrümmt und ihr Vater stand stocksteif an dem großen Fenster, das nach draußen in den Garten führte. Behutsam stellte sie das Tablett auf dem Couchtisch ab, wobei das weiße Geschirr leise klirrte. Mit leicht zitternden Händen schenkte sie eine Tasse Tee ein und legte ihren Arm um ihre Mutter.

»Komm, versuch einen Schluck zu trinken. Der Schock – es ist besser für dich«, versuchte sie sie dazu zu bringen, den Tee wahrzunehmen. »Bitte! «

Irene Sommer schüttelte nur den Kopf. »Ich kann nicht. Mein Sohn, mein Baby«, brach es aus ihr heraus und mündete in einem herzzerreißenden Schluchzen. Camille schluckte und schlich sich dann leise aus dem Zimmer. Die Treppen hinauf bis zu Patricks Wohnung. Sie betrat das Wohnzimmer, nachdem sie die gelben Crocs ausgezogen hatte. Ganz sanft, als wollte sie den Bewohner nicht stören. Als erstes fielen ihr die Kabel auf, die jetzt leer und nutzlos am Schreibtisch herunterbaumelten. Ach ja, der Computer war von dem Polizisten gerade weggetragen worden. *Wie seine Lebensschnur, die jetzt auch herausgezogen war,* dachte sie.

Dann sah sie hinauf zu Gott und Adam und die Hände, die aufeinander zu strebten und plötzlich kam ein so furchtbarer Laut aus ihr heraus, dass sie vor ihm und seiner Urkraft der Verzweiflung selbst erschrak. Trotzdem überfluteten sie ihre Tränen. Sie legte sich auf das Sofa, sah sich dabei zu, dass sie automatisch die gleiche gekrümmte Haltung wie ihre Mutter einnahm, und hörte ihr eigenes Weinen, fremd und verzweifelt. Und weinte und weinte.

Nach einer unendlich langen Zeit hörte ihr Schluchzen auf. Sie wischte sich mit dem Unterarm über die Nase und mit den Händen die Tränen fort. Dann setzte sie sich auf und sagte laut zu sich selbst: »Ich werde helfen, deinen Mörder zu finden, Patrick. Das verspreche ich dir.«

Sie sah sich im Zimmer um und ging hinüber ins Atelier. Betrachtete die Bilder, die an den Wänden lehnten, als ob sie sie das erste Mal sähe. Dann sortierte sie sie um. Schließlich betrachtete sie ihr Werk und nickte zufrieden. So würde er damit einverstanden sein. Mein Gott, wie sollte sie ohne ihn zurechtkommen. Ohne die langen Gespräche, die sie seit Kindertagen miteinander geführt hatten. Die ihnen immer geholfen hatten, wenn sie Probleme hatten und ihre Eltern an ihren jeweiligen Arbeitsplätzen so beansprucht waren, dass sie kaum Zeit für ihre Kinder fanden. Wie nahe, wie vertraut sie sich gewesen waren, begriff sie erst in diesem Augenblick. Man denkt nicht über so etwas nach, während man den anderen ständig zur Verfügung hat. Aber in diesem Augenblick bekam sie die erste Ahnung, wie sehr er ihr fehlen würde. Sie biss sich auf die Unterlippe. Dann fiel ihr sein Kurzbesuch in Hamburg ein in diesem Frühling. Wie hieß noch mal der Maler, dessen Ausstellung er unbedingt hatte sehen wollen? Philipp Otto Runge? Und dessen Worte ihn so verändert hatten, dass er sein ganzes Malen von dem Tag an veränderte.

»Die Wahrheit malen«, nannte er das.

Sie ging an die Wand neben der Tür und nahm den kleinen Bilderrahmen dort von der Wand. Ungefähr zwanzig Zentimeter mal fünfzehn schätzte sie. Und doch waren darin jetzt ihre kostbarsten Worte gerahmt, sein Vermächtnis an sie. Denn sie wusste, was die ihm bedeutet hatten. Dass diese Worte sein Leben plötzlich auf den Kopf gestellt, ihm eine neue Richtung gegeben hatten.

Ob er das auch Rebecca erzählt hatte? Rebecca – irgendwie glaubte sie das nicht. Für diese Art Erkenntnis hatte er sie, Camille.

Dabei erinnerte sie sich an eine andere Szene. Sie schlang ihre Arme um ihren Körper, versuchte sich zu schützen. Warum nur musste das noch passieren? Hätte sie ihm davon erzählen sollen? Aber dann schüttelte sie den Kopf. Es war besser so gewesen. Trotzdem, sie würde aufmerksam sein. Beobachten. Und sie wusste schon, was sie morgen nach der Befragung bei der Polizei machen würde. Und niemand würde sie daran hindern können.

Kapitel 5

Sie waren gerade bei den Minimuffins und Blätterteigapfeltaschen, die sie sich als Abschluss des üppigen Sonntagsfrühstücksbuffets im *Lucas* gönnten, als Stefan Glauber anrief.

»Ich habe jetzt was. Ich zeige es euch, wenn ihr hier seid. Ich will gleich mit der Autopsie anfangen. Also macht euch auf. «

Lene warf einen bedauernden Blick in das gemütliche Lokal mit den Fenstern bis zum Boden, der Terrasse draußen davor, die sie im Sommer so liebte, besonders, wenn an einem der Tische auf der hinteren Seite sitzen und auf die friedliche Pegnitz schauen konnte. Heute war das Lokal innen angefüllt mit Sonntagsmenschen, die sich fröhlich unterhielten und das üppige Brunchbüffet genossen – und die nicht zu einer Autopsie mussten.

Kalle schlang die Kuchen von seinem Teller in eine Serviette um sie mitzunehmen. Wer wusste schon, wann er wieder etwas zu essen bekam. Er ging zur Kasse und bezahlte. »Ich lade dich heute ein, weil du doch eigentlich noch Urlaub hast. « Dann waren sie auch schon draußen.

Auf dem Weg nach Erlangen zur Rechtsmedizin für Nordbayern beschrieb Kalle, was sie bisher wussten.

»Er war mit mehreren Freunden im *Zwinger*, du weißt schon, in der Nähe vom Marienhof. Neben dem Cinecitta.«

Lene kannte das Restaurant. Besonders im Sommer war die große Dachterrasse eine ihrer liebsten Biergartenplätze. »Irgendwann ist er rausgegangen, eine rauchen, hat er gesagt. Die anderen wurden erst später stutzig, ungefähr nach zwanzig, fünfundzwanzig Minuten fingen sie an, nach ihm zu sehen. Das war so um zehn. Da war er bereits verschwunden. Die Freunde waren verwirrt, niemand hatte Streit mit ihm. Wenn er nach Hause gewollt hätte, hätte er doch etwas gesagt.«

»Hat er eine Freundin?«

»Ja, Rebecca, Rebecca Goldbach soweit ich mich erinnere. Ein ruhig wirkendes, großes und sportliches Mädchen mit Madonnengesicht. Sie konnte wenig zur Aufklärung beitragen, war an dem Abend nicht mit ihm und den Freunden unterwegs. Sie wirkte völlig daneben, als er verschwunden war. Sie ist ebenso Studentin, BWL soweit ich mich erinnere. Wird oft rot. Trotzdem ist da auch eine bestimmte Härte. Oder vielleicht war es nur ihre Form von Verzweiflung, die sie nicht zeigen wollte. Ihr Bruder Aaron Goldbach ist der beste Freund von Patrick. Studiert auch Jura. Er war dabei an dem Abend. Die wollten später an dem Abend weiterziehen, glaube ich, in eine Disco.«

»Ich kapier das nicht. Wer verschwindet denn einfach? Hat ihn niemand gesehen, vielleicht einer von den Rauchern, die es doch vor jeder Kneipe gibt?«

»Keiner. Ein junges Pärchen – übrigens hat er unten an der Straße geraucht, nicht auf der Dachterrasse, das ist mir noch aufgefallen. Da musste er doch die lange Treppe runter. Komisch. – Also, das Pärchen hat sich ein paar Minuten mit ihm unterhalten, er rauchte seine Zigarette. Dann gingen sie hinauf, er blieb noch und das war's. Wie vom Erdboden verschluckt. Und in der Woche sind die von der Vermisstenabteilung überhaupt nicht weitergekommen, obwohl wir ihnen mit unseren Leuten zeitweise ausgeholfen haben. Egal wie oft sie die Freunde noch befragt haben, und die Eltern natürlich. Das mit dem Familienessen und Patricks nicht ganz unproblematischer Eröffnung hätten die uns auch schon früher sagen können!«, grollte Kalle. »Vielleicht hat er aus Verzweiflung wegen der Reaktion des Vaters zu viel getrunken. Dann wollte er allein sein. Und ist in betrunkenem Zustand in die Pfütze gefallen. Obwohl, mit den anderen hatte er nur ein oder zwei Bier getrunken bis zu diesem Zeitpunkt, sagen sie. Aber vielleicht haben die Freunde es nur nicht bemerkt oder verschwiegen.« Kalle machte eine Pause, bevor er weitersprach. »Aber was ist mit den Prügeln? Vielleicht hat er die schon in den Tagen vorher bekommen, warum auch immer.«

Er klang fast maulig. Lene musste trotz allem lächeln. »Meinst du nicht, dass das die weniger wahrscheinlichen Möglichkeiten sind?«

»Wenn du meinst! Nimm mir doch die letzte Hoffnung! Wo sollen wir nur ansetzen?«

Dann setzte er sich plötzlich auf: »Mir fällt gerade ein, dass die Kollegen immer im *Sebalder Wald* gesucht haben. Da war irgendetwas mit der Handyortung. Wieso lag er jetzt doch in der *Wöhrder Wiese*? Sehr seltsam. Also ist das Handy sehr wichtig. Denk mit mir nachher dran.« Er zögerte kurz. Danke, dass du überall mit hinkommst.«

Sie tätschelte seine Hand. »Schon gut. Ich hatte es doch jetzt fast drei Wochen richtig herrlich. Da habe ich Kraft getankt.« *Und der schönste Tag war der, als der Adler schrie in der Wüstenoase. Und gerade an dem Tag ist Patrick ermordet worden.* Wieder machte sie der Gedanke besonders traurig.

Lene sah hinaus auf die vor Nässe glänzende Landschaft. Sie fuhren diesmal nicht über die Autobahn, sondern über Land. Dann durch ein modernes fränkisches Dorf. Die Häuser farbenfroh verputzt, teilweise in äußerst mutigen Farben. Aber schön sah das aus, dazwischen die Sandsteinhäuser aus großen naturbelassenen Quadern gebaut. Oft gab es keine Vorgärten. Die Häuser standen direkt an der Straße. Da die Blumenkästen vor den Fenstern für den Winter schon hereingeholt waren, fehlten dem alten Ortsteil jetzt die üppigen Farbtupfer. Lene erinnerte sich noch gut an die fränkischen

Dörfer ihrer Kindheit, die auf sie oft trist gewirkt hatten. Meist gab es da nur die sommerlichen Fensterkästen. Das hatte sich geändert.

»Aber höchstwahrscheinlich war es doch Mord. Glauber hatte etwas in der Stimme, etwas Aufgeregtes. Also hat er wohl etwas gefunden, das ihm weitergeholfen hat.«

Erlangen tauchte auf und kurze Zeit später bogen sie in die Einfahrt zur Rechtsmedizin.

»Schon komisch, dass wir jedes Mal von Nürnberg nach Erlangen müssen«, maulte Kalle.

»Das hängt eben damit zusammen, dass in Erlangen die medizinische Fakultät der Universität ist. Wie sollen die Studenten denn sonst das Schnippeln an Leichen lernen?«

Das Frotzeln verging ihnen jedoch in den kalten, gefliesten Räumen der Pathologie, in denen der Tod hing wie ein allgegenwärtiges Erinnern daran, dass von dem Menschen eben nur eine irgendwie fremde, traurige Hülle blieb. Nichts mehr von dem, was er war. Das galt ganz besonders für den Anblick von Patrick. Sie drückten sich getränkte Schutztücher gegen den Verwesungsgeruch vor Mund und Nase. Lene bedauerte bereits ihr ausgiebiges Frühstück.

Glauber hatte sie mit geheimnisvoller Miene begrüßt. Etwas Triumpf in der Stimme, als er beschrieb, was er nun genau gefunden hatte. »Hier« – wies er stolz auf die Vene in der Armbeuge des Toten. Lene sah nichts, und Kalle hatte sich diskret nach hinten in den Raum verzogen.

»Ein intravenöser Einstich! Ich habe bereits eine Blutentnahme gemacht und bin gespannt, was die uns sagen wird. Das Screening läuft schon. Ich tippe auf Betäubungsmittel. Und ob er nicht schon tot war, als er mit dem Gesicht ins Wasser fiel oder gestürzt wurde, sehen wir bald. Dieser Einstich – ich werde nachher mehr wissen. Außerdem kann man deutlich sehen, dass er nach seinem Tod nicht mehr bewegt worden ist. Er muss untergegangen sein wie ein Stein. Das Blut hat sich in der Bauchdecke gesammelt, der vordere Brustkorb hier «, er wies auf die dunkle Fläche des Oberkörpers, »ist richtig blau verfärbt, während der Rücken weiß ist. Er muss also auf dem Bauch liegend unter Wasser durch irgendetwas festgehalten worden sein. Und hier – schwer zu erkennen bei der Verfärbung – hat er etliche schwere Hämatome. Wie ich schon am See gesagt habe, er muss vor seinem Tod hart verprügelt worden sein. «

Er sprach die Formalien in sein Mikrophon, das über dem Seziertisch hing. Dann setzte er den Y-Schnitt und diktierte seine Befunde. Bei der Lunge pfiff er leise durch die Zähne.

»Er ist definitiv ertrunken, das Wasser ist in die Lunge eingedrungen. Dann entsteht diese Bläschenbildung, wie rötlicher Schaum. Zusammen mit den Hämatomen am ganzen Oberkörper könnt ihr von einem gewaltsamem Tod durch jemand anderen ausgehen.«

Lene spürte ihren Adrenalinspiegel ansteigen. Sie sah zu Kalle hinüber, der allerdings in diesem Augenblick nach draußen stürzte.

»Und die Blutergüsse? Kannst du dazu noch Genaueres sagen?«

»Sind einige Zeit, vielleicht eine bis gut zwei Stunden vor seinem Tod entstanden. Wieso das dann so lange dauerte, müsst ihr rausfinden.«

»Also endgültig Mord! O Mann, ein *kalter* Mord, jede Spur ist nach einer Woche nicht nur kalt, sondern geradezu erfroren.«

Sie stöhnte leise auf. Die Nachbarn würden sich nicht mehr exakt an den Tag erinnern, ungenaue oder falsche Aussagen durch die verschwommene Erinnerung anderer Zeugen würden sie zum Wahnsinn treiben. Ein Berg an Arbeit lag vor ihnen.

Der Rest der Obduktion war Routine, der sie ungeduldig beiwohnte. Sie wollte an die Arbeit. Aber erst musste noch das Ergebnis des Bluttests abgewartet werden. Was war in der Spritze gewesen? Kalle war wieder hereingekommen, blieb aber in der Nähe der Tür stehen. Sie war zu ihm gegangen und brachte ihn auf den neuesten Stand.

Glauber räusperte sich. »Ihr könnt ruhig mal genauer aufpassen, was ich sage«, maulte er im Lehrerstil. »Also noch einmal für meine hoffentlich interessierten Zuhörer: Ich vermute, er ist ohnmächtig oder komatös gewesen, während er ertränkt wurde, so wie es aussieht. Keine Abwehrverletzungen oder Spuren, zum Beispiel unter den Fingernägeln. « Er war im Sprechen zu seinem Labor hinübergegangen. Seine Stimme kam gedämpft herüber. Richtig. Wie schon vorhin vermutet. Hier handelt es sich um Morphium und Propofol. Triumphierend sah er zu ihnen. Fand aber nur verständnislose Gesichter.

»Morphium? Gegen Schmerzen? Und was war das andere? «

Lene wollte es doch genauer wissen.

Stefan nickte. »Propofol. Ein Sedativum, also ein Betäubungsmittel. Zusammen mit Morphium spricht man von so einer Kombination als einer *Analgosedierung*. Wird zum Beispiel als Mittel vor der Narkose bei operativen Eingriffen benutzt. «

»Und, wie wirkt es? Schnell oder langsam? «

»Schnell. Man sackt einfach weg. «

»Aber es wurde intravenös gegeben, sagst du. Das auf einer Wiese im Dunkeln – scheint mir ziemlich unmöglich «, zweifelte Kalle.

Glauber nickte heftig. »Genau. Zumindest scheint das auf jemanden mit medizinischen Kenntnissen hinzudeuten, was aber nichts heißen muss. Kann jeder im Internet finden. Wie er das dann im Dunkeln gemacht hat, das müsst ihr rausfinden. Wegen der Hämatome durch die Prügel, kann ich nicht genau bestimmen, ob er festgehalten wurde. Vielleicht war das Opfer von den Prügeln vorher so benommen, dass er gar nichts mehr mitgekriegt hat. Und unser Mörder hat gemütlich mit Taschenlampe gearbeitet. Wie kompliziert das Ganze!«

Lene sah ebenfalls ratlos aus. »Sind das jetzt dann mindestens zwei Mörder – einmal die Schläger – was meinst du, Stefan, waren das mehr als einer?- und dann noch derjenige - männlich oder weiblich, eine Person oder mehrere - der die Betäubungsspritze gesetzt hat. Und du bist dir da ganz sicher? Kann man das noch nach einer Woche nachweisen?«

Glauber streifte seine Gummihandschuhe ab und wandte sich in Richtung seines Büros. »In diesem Fall schon. Durch das Wasser sieht er äußerlich zugegebenermaßen erschreckend aus. Aber da der Tote die ganze Zeit in dem kalten Seewasser wie in einer Art Kühlschrank konserviert wurde, sind die inneren Organe noch nicht sehr weit zersetzt. Weil nach dem Tod nichts mehr verstoffwechselt wird, bleiben die Substanzen, zum Beispiel in der Leber, somit gut nachweisbar. Insofern habt ihr noch Glück gehabt. Sonst wäre es noch schwieriger für euch geworden. Auf jeden Fall hat er noch gelebt, der junge Mann, er war nur betäubt. Schließlich drückt jemand Mund und Nase unter das Wasser bis zum Tod und versenkt sein Opfer.«

Glauber schüttelte wieder den Kopf um seine Verwirrung über diese komplizierte Vorgehensweise zu demonstrieren.

»Verstehe das, wer will. Ich nicht. Aber ihr dürft jetzt gehen, ich mache den Rest allein. Genaueres später in meinem Bericht.«

»Danke. Und für das unlösbare Rätsel, das du uns aufgibst. Dann gehen wir wohl doch lieber an die Arbeit.« Lene sprach's, winkte noch kurz und zog Kalle mit sich nach draußen.

»Grausig. Wer macht denn sowas?«

Sie zog die Stirn kraus. »Vor allem, weshalb so kompliziert? Wieso nicht eine über den Schädel und damit basta?«

Kalle zog seine Jacke enger um den Körper als Schutz gegen die äußere oder auch die innere Kälte, die der Besuch in der Rechtsmedizin bei ihm ausgelöst hatte. Lene sah ihn prüfend an. So kalt war es doch gar nicht. Was war an diesem Fall, dass er so darauf reagierte? Fast emotional. Das war sie an ihm gar nicht gewöhnt. Seltsam. Sie nahm sich vor, ihn in einer ruhigen Minute zu fragen.

Im Auto drehte sie die Heizung soweit wie möglich auf. Langsam wurden die beschlagenen Scheiben wieder klar.

»So, also erst einmal ins Präsidium zum Sortieren all dessen, was wir schon haben. Wir brauchen die Kollegen von der Vermisstenabteilung, müssen auf ihren Stand gebracht werden. Sie wissen sicher schon etwas über Freunde und Umfeld. Weißt du, mir gehen immer noch seine Bilder nicht aus dem Kopf. Er war einfach so begabt. Warum nur muss so jemand durch Mord sterben?«

Kalle nickte. »Mir geht es auch so. Die Familie, die Bilder – hast du das in Rottönen im Wohnzimmer gesehen? Das hat sich bei mir eingeprägt.«

Jetzt war Lene überrascht. »Ich wusste gar nicht, dass du dich für Malerei interessierst. Da freut sich Sophie sicher. Sie hat mir gestern Abend noch erzählt, dass sie eine Ausstellung hier in Nürnberg haben wird, so Mitte Dezember. Aber zurück zu Patrick. Sein Zimmer war wirklich umwerfend mit der Deckenmalerei. Was für eine Idee!«

»Komisch, dass er überhaupt eine Freundin hatte«, dachte Lene laut nach. »Wenn er so in die Malerei eingetaucht ist, und das neben dem Jurastudium, das doch auch viel an Zeit verlangt, dann hätte ich eigentlich erwartet, dass er völlig zurückgezogen in seinem Turm lebt. Also, mit seiner Freundin will ich als erstes reden!«

Kapitel 6

Als sie das Präsidium durch die großen, schweren Bronzeportale betraten, nahm sie als erstes den regennass glänzenden Steinfußboden wahr, mit nur einzelnen schmutzig-feuchten Fußspuren. Richtig, es war ja Sonntag! Auch die Pförtnerloge war besetzt, allerdings hatte Herr Krämer am Wochenende dienstfrei. Die junge Vertretung nickte fragend herüber und öffnete die Glastrenntür in Treppenhaus erst, als sie ihren Polizeiausweis vor seine Scheibe hielt.

Oben im Flur der K2, Kriminalabteilung für Mordermittlungen, war es völlig ruhig. Erst als sie und Kalle die Tür zum kombinierten Pausen- und Konferenzraum öffneten, schlugen ihnen Gesprächsfetzen entgegen. Sechs Augenpaare sahen sie erwartungsvoll an und jede Kommunikation verstummte. Lene war gerührt, dass alle ihre Kollegen hier waren und zur Verfügung standen. Mindestens drei hatten nicht einmal Bereitschaftsdienst.

Gert sah sie an und sagte nur: »Schön, dass du heute schon da bist, Lene. Es ist schon ein Scheiß, wir hatten alle gehofft, dass der Junge noch lebt. Na ja, dann wollen wir mal.«

Lene sah von einem zum anderen. »Danke an euch, dass ihr hier seid. Aber denkt bitte daran, dass ihr einen Informationsvorsprung von einer

Woche habt. Ihr müsst mir helfen, mich auf den neuesten Stand bringen.«

In dem Moment ging die Tür auf und Polizeioberrat Kuhn kam herein. Zufrieden sah er auf seine versammelte Crew, ging dann zu Lene und begrüßte sie.

»Trotz allem, erst einmal – war Ihr Urlaub schön, Lene?«

Er war der Einzige in der Abteilung, der seine Mitarbeiter zwar auch beim Vornamen nannte, aber dabei konsequent siezte.

Sie nickte als Antwort und hatte plötzlich das Gefühl von Zeitensprung. So lange war ihr Abschied von Mike schon her – es erschien ihr plötzlich unwahrscheinlich, dass seine Gestalt am Eincheckschalter im Flughafen in San Francisco erst vor wenigen Stunden immer kleiner und undeutlicher geworden war. Sie riss sich zusammen. »Später, Chef, werde ich mehr erzählen. Jetzt müssen wir erst einmal überlegen, wie viele Männer und Frauen mir hier zur Verfügung stehen. Am besten wir bilden eine SOKO, weil wir jeden Mann oder jede Frau – ihr Blick ging mit einem Lächeln zu Sandra – brauchen können. *SOKO Michelangelo* – oder fällt euch etwas Besseres ein?«

Herr Kuhn räusperte sich, da gerade ein Hauch von Unruhe entstehen wollte. »Gut, SOKO Michelangelo genehmigt. Und vorerst können Sie alle hier im Raum haben, Lene. Es liegt nichts wirklich Dringendes vor, ein schwerer Raub, der fast aufgeklärt ist. Das kann Adrian weiter machen. Die anderen seien Ihnen gegönnt, zumindest so lange, wie es effektiv scheint. Hat Jürgen Sie schon unterrichtet? «

Kalle, mit bürgerlichem Namen Jürgen Karlowitz, nickte bestätigend. »Wir waren bereits gemeinsam bei den Eltern und haben sie informiert. Lene kennt den Ablauf, soweit er uns bekannt ist. «

Kuhn schien zufrieden. »Und – was haben wir? «

Lene berichtete von dem Besuch bei den Eltern. »Wir sollten noch eine Wohnungsdurchsuchung bei Patrick beantragen. Es muss doch irgendeinen Hintergrund für diese Tat geben. Bisher sieht alles sehr verworren aus – selbst die Zeit zwischen seinem Verschwinden und seinem Tod gibt uns Rätsel auf. «

Dann beschrieb sie die beeindruckende malerische Begabung des jungen Mannes, sein Elternhaus und seine Wohnung, die widersprüchlichen Gewalteinwirkungen sowie den rätselhaften Tötungsverlauf, den der Rechtsmediziner festgestellt hatte. Als sie mit ihren Ausführungen am Ende angekommen war, sah sie in verwirrte Gesichter.

Kuhn erhob sich und wandte sich zur Tür.

»Ihr haltet mich auf dem Laufenden. Um den Durchsuchungsbeschluss beim Richter kümmere ich mich. «

Er nickte ihnen noch freundlich zu und ging. Lene wandte sich an ihre Leute. »Also, falls ihr jetzt nicht klüger seid als zuvor – mir kommt das alles auch sehr seltsam vor. Aber wir müssen den Faden finden, der uns zum Täter oder zu den Tätern führt. Ich glaube auch nicht, dass das sehr einfach wird, aber da ist noch ein Brief aus Italien, der mich beschäftigt. Ich kann nur hoffen, dass die KTU in der Wohnung noch weitere Hinweise auf diesen Johann findet, der der Absender ist. Er scheint mir ein wichtiger Schlüssel zu sein. Nur – wir brauchen möglichst einen Nachnamen, um ihn ausfindig zu machen. Sein Brief ist in Bezug auf seinen Aufenthaltsort mehr als vage. Aber der Name von seinem Hotel in Florenz, *Giuliano,* in dem er inzwischen angekommen sein müsste, hilft uns wahrscheinlich weiter. Dieser Johann ist zumindest ein Angelpunkt für die geänderten Zukunftspläne von Patrick. Also müssen wir ihn finden.«

Es klopfte und ein Rotschopf war zu sehen. Dann schob sich ein dünner, hochgewachsener Körper herein, der einen fürchten ließ, er würde gleich zusammenklappen. Aber ein Blick in das dazugehörende energiegeladene Gesicht ließ einen den Gedanken gleich wieder vergessen.

»Für die, die mich noch nicht kennen, Volker Sellmann, Vermisstenabteilung. Ich dachte mir, ihr könntet mich brauchen, als ich gehört habe, dass ihr unseren vermissten Studenten gefunden habt.«

Die Truppe klatschte spontan Beifall. Er grinste und deutete eine geschmeichelte Verbeugung an.

»Und wer - ? « Sein Blick fiel auf Lene, blieb voll ungläubigem Staunen an ihr hängen und sein Gesichtsausdruck veränderte sich abrupt. »Du? «

Sie versuchte ebenfalls zu lächeln, zwang sich auf ihn zuzugehen und ihm die Hand zu reichen.

»Hallo, Volker. Seit wann bist du denn bei uns in Nürnberg? «

»Seit gut zwei Wochen, exakt seit sechzehn Tagen. Und du? «, fragte er wenig intelligent, immer noch um Fassung ringend.

»Ich bin schon seit fast fünfzehn Jahren hier. Aber in den letzten drei Wochen hatte ich Urlaub. Und ich bin zusammen mit Kommissar Jürgen Karlowitz, genannt Kalle, für den Mordfall Patrick Sommer zuständig.« Nun war sie es, die sich zusammenriss. »Also, Volker, was hast du für uns? «

Inzwischen hing aber auch jeder aus der Gruppe grinsend mit seinem Blick an den beiden, Kalle wirkte deutlich genervt. Leicht errötend öffnete Volker den nicht mehr ganz dünnen Aktenordner, den er mitgebracht hatte.

»Also hier bringe ich euch die Protokolle von den Befragungen der Freunde, die an dem Abend bei ihm waren und seinem engsten Freund, wie er sich bezeichnet, sowie seiner Freundin, die *nicht* bei ihm waren. Lest es mal durch, befragen müsst ihr sie sicher noch selbst. Aber dann seht ihr schon mal im Vorfeld Ungereimtheiten, falls Widersprüche auftauchen. Also - »er stockte, und sein Blick wanderte wieder zu Lene. »Wenn ihr mich braucht, Apparat zwei-sieben-sechs. Jederzeit für euch da.«

Und mit einem gewinnenden Grinsen war er aus der Tür.

Lene verbot sich jeden Gedanken an diese überraschende Begegnung und verteilte Aufgaben an ihr Team. Die neuerliche Befragung des Personals in dem Lokal *Zwinger*, aus dem Patrick verschwunden war. Die Befragung der Nachbarn – »besonders von älteren Menschen, die oft am Fenster lauschen, wenn unten auf der Straße gesprochen wird«, betonte sie noch einmal. »Oder Hundebesitzer, die mit ihrem Tier noch einmal Gassi gegangen sind.«

»Morgen um acht treffen wir uns hier. Kalle und ich versuchen jetzt die wichtigsten von seinen Freunden zu erreichen. Mal sehen, was geht, da immerhin Sonntag ist. Sandra, hilfst du uns mit dem Telefon? Ich sage dir gleich Bescheid, wen wir zuerst sehen wollen. Ich will nur erst die Akte einsehen. Im Hotel in Florenz frage ich selbst nach. Spricht einer von euch Italienisch?«

Alle verneinten und erhoben sich um an die Arbeit zu gehen. Sandra wippte auf ihren hohen Absätzen mit baumelndem Pferdeschwanz aus dem Raum. Manchmal hat Jungsein schon etwas für sich, dachte Lene.

Immer noch leicht verwirrt blickte sie auf den grünen Aktenordner in ihrer Hand. und öffnete ihn. Links auf dem Deckel war ein Zettel befestigt in Volkers ordentlicher Handschrift, die sie wiedererkannte und deren Anblick ihr jetzt einen zusätzlichen Stich versetzte. *Na toll, Lene. Wie viele Stunden ist es her, dass du dich von Mike verabschiedet hast und schon jetzt hast du Herzklopfen wegen eines anderen Mannes? Das hat er wirklich nicht verdient!*

Aber sie hatte es auch nicht verdient, diesen Angriff auf ihre Gefühle. Volker. Wie lange war das jetzt her? Sie rechnete und kam auf sechzehn oder siebzehn Jahre. Sie war damals Mitte dreißig und Volker war fünf Jahre jünger. Die Kinder waren endlich selbständiger in der Schule und ihre Ehe mit Jo in einer Krise. Dann kam ihr Lehrgang in Kassel – und Volker. Er fegte über sie hinweg wie ein Wirbelsturm. O Gott, wenn sie daran dachte – er war ein einziges Bündel an geballter Vitalität und so voller Leben und Lachen! Sie war damals hingerissen von ihm, seinen grauen Augen, seinen gelockten roten und wilden Haaren, sie fand jede Faser an seinem schlaksigen Körper, die Muskeln seiner Oberschenkel einfach unglaublich anziehend. Nein das traf es noch nicht. Sie hatte sich einfach in diesen Strudel hineinreißen lassen. Verlangen. Alles stand plötzlich vor ihrem inneren Auge. Als sie das damals begriff, riss sie sich los und fuhr einfach nach ein paar Nächten, die angefüllt waren mit Leidenschaft, ab. Nicht einmal ihre Adresse hatte sie ihm gegeben. Konsequent hatte sie ihn als Abenteuer in ihrem Leben abgespeichert. Manchmal später dachte sie mit einem Schmunzeln an ihn. Und jetzt war er hier – im gleichen Haus wie sie.

Glücklicherweise lag ein Stockwerk zwischen ihnen. Immerhin.

Ich will das nicht, sagte sie zu sich selbst und merkte erst, das sie laut gesprochen hatte, als Kalle nachfragte, was sie nicht wolle.

Wütend über alles und sich ihrer wahrscheinlich oder hoffentlich vom Jetlag zitternden Knie bewusst, blaffte sie nur ein »Nichts!« und wandte sich endlich der Namensliste zu. Seine Schrift – und die Buchstaben seiner kleinen Zettel mit Nachrichten, für sie damals unter der Zimmertür durchgeschoben, tanzten vor ihren Augen, schoben sich einfach dazwischen. Sie musste sich konzentrieren! Auf der Namensliste klebte ein gelber Notizzettel mit der Angab:

Handyortung - Patricks Handynummer: 0170-7536210. D1 Netz.- ergab letzten Kontakt um 01.56, also Montag, 17.10. aus dem Gebiet *Sebalder Wald*.

Dahinter standen drei Fragezeichen, offenbar nachträglich dazu gefügt, und ein dickes *WIESO?*

Das fragte sie sich auch, besonders jetzt, da sie die Leiche gefunden hatten. Wieso war Patrick vom *Sebalder Wald* wieder zurück zur *Wöhrder Wiese* gefahren? Und überhaupt womit, wenn sein Auto in der Nähe des *Zwinger* gefunden worden war? Wann war er getötet worden? Alles, die gesamte Ermittlung, hing von Glaubers Zeitfenster ab.

Dann las sie die Namensliste:

Patrick Sommer– der Vermisste(25)

Camille – seine Schwester (23) studiert Lehramt Englisch/Kunstgeschichte – war an dem Abend nicht dabei

Rebecca Goldbach – Patricks Freundin (24), studiert BWL, war auch nicht dabei

Aaron Goldbach – ihr Bruder, (26), Patricks ältester, bester Freund, studiert Medizin

Lukas Bierwinkler – ebenfalls bester Freund von Patrick (25), studiert Jura

Moritz Emmerich – Freund von Patrick (26), studiert Jura

Greta Böklund – Freundin von Moritz (24), studiert Jura

Christiane Meier ? nicht befragt

Richie Fischer - nicht befragt

»Weißt du, warum hier zwei Namen auftauchen, die noch nicht befragt wurden? «

Aber Kalle schüttelte den Kopf. Er kam herüber an ihren Schreibtisch und beugte sich mit ihr über die Namen.

»Super Vorarbeit, das muss man schon sagen. Und? Woher kennst du diesen roten Sellmann? «

»Ich will jetzt nicht darüber reden! «

»Aha. Also privat. Hattest du was mit ihm? «

Lene spürte zu ihrem Entsetzen, dass ihr glühende Röte ins Gesicht schoss. Du bist doch kein Teenager, schalt sie sich.

»Lass mich jetzt, Kalle! Ich erzähl's dir später.« Und in einem hilflosen Versuch zu scherzen kam ein mehr klägliches »Vielleicht! « hinterher. Er begriff, es war besser sie in Ruhe zu lassen.

»Also, lies du die Aussagen von Moritz, Greta und Lukas. Ich fange mit Camille, Rebecca und Aaron an. Dann tauschen wir.«

Sie lasen leise. In stillem Einvernehmen reichten sie sich die fertig gelesenen Blätter gegenseitig hinüber. Als sie fertig waren, stöhnte Lene leise auf.

»Hast du etwas Brauchbares gefunden? «

»Eher nicht. Alles ganz normal. Aber das ist zu Beginn der Ermittlungen doch immer so «, tröstete er sie. »Die Widersprüche werden wir schon noch finden. Ebenso wie immer, meine kluge Hauptkommissarin«, grinste er sie an. »Also wir fassen zusammen: Die Freunde waren bis auf Rebecca und Lukas an dem Abend mit Patrick zusammen. Er ist irgendwann gegen halb zehn raus und nicht wieder gekommen. Der wichtigste Hinweis scheint mir das Orten seines Handys im Sebalder Wald um 01.55 zu sein. Danach nichts mehr, also nicht mehr zu orten. Er muss den Akku entfernt haben. Warum? Und wer hat ihn zurück gefahren in die Wöhrder Wiese?«

»Und wieso überhaupt im Sebalder Waldgebiet im Reichswald? Das ist doch etliche Kilometer weit weg! Ich hoffe bloß, dass Glauber trotz des lang zurückliegenden Todeszeitpunkts den noch einigermaßen bestimmen kann. Aber große Hoffnung habe ich nicht. Wir müssen also alle Freunde noch einmal vernehmen. Jetzt wegen eines Mordes, was den Blickwinkel und die Genauigkeit der Befragung doch drastisch verändert. Zum Beispiel wissen wir gar nicht, wo Rebecca und auch Lukas waren. Was haben die gemacht in der Zeit?«

»Also die zuerst. Übrigens ist mir aufgefallen, dass sowohl Lukas als auch Aaron sich als *besten Freund* von Patrick bezeichnen.« Kalle runzelte die Stirn. »Ich dachte immer man hat *einen besten Freund* oder es heißt: *Wir drei waren die besten Freunde.* Das zumindest fand ich seltsam.«

Lene schloss fast bedächtig den Ordner. Legte ihn auf den Schreibtisch und fuhr mit der Hand darüber, als könne der Inhalt sich daraufhin verändern und ihr etwas nie Geahntes enthüllen. In dem Augenblick klopfte es und Sandra platzte mit roten Wangen herein.

»Ich habe Rebecca und Aaron Goldbach erreicht und gebeten zu kommen. Übrigens wussten sie schon Bescheid. Seine Schwester Camille hatte sie angerufen. Lukas Bierwinkler soll in der nächsten halben Stunde nach Hause kommen vom Sport, wie ich verstanden habe. Er zieht sich nur um, sagt seine Mutter. Und käme dann. Auch sie wusste es schon, dass Patrick gefunden worden ist. Auf wie viel Uhr soll ich die anderen bestellen? Noch heute oder lieber morgen?«

Sandra sah die beiden voll Engagement an und war in ihrer Energie kaum zu bremsen. Lene dachte wie so oft, was es für ein Glück war, dass sie vor gut einem Jahr zu ihnen gestoßen war. Immer gut gelaunt und kompetent, nie maulig. Sie war ein wahres Wunder an Zuverlässigkeit und Tüchtigkeit. Aber Lene wusste auch, dass es ihr größter Kummer war, dass sie keinen Freund, keine Beziehung hatte. Sie war damals von Bad Brückenau nach Nürnberg versetzt worden, direkt nach der Polizeischule. Und irgendwie schien sie für die Nürnberger jungen Männer durchsichtig zu sein. Auf jeden Fall hatte noch keiner sich die Mühe gemacht, diese hübsche und intelligente Frau zu entdecken. Sie lächelte sie an.

»Auf morgen, Sandra. Ich fürchte, mehr als die drei schaffe ich heute nicht mehr. Aber erst müssen wir morgen noch einmal zu den Eltern und der Schwester. Also die anderen nicht vor halb zwölf. Und Sandra - erinnere mich daran, dass wir mal zusammen was trinken gehen. Manchmal wüsste ich nicht, was wir ohne dich täten. Du nimmst uns so viel ab. Ich werde dich morgen einteilen zur Schicht. Wieder mit Joe, ja?«

Sandra strahlte. Sie und Joe waren ein gutes Team, auch wenn Lene Sandra noch zu oft aus Bequemlichkeit im Innendienst einsetzte. Sie musste die junge Polizistin mehr nach draußen lassen, das wusste sie und machte sich innerlich Vorwürfe.

Kapitel 7

Kurze Zeit später kam Sandra mit Rebecca Goldbach zurück. Kalle hatte recht gehabt. Ein madonnenhaft geschnittenes Gesicht mit großen braunen Augen, die jetzt allerdings verweint aussahen. Einer harmonischen Nase, einem vollen Mund. Sie war Lene sofort sympathisch, auch wenn sie sich offensichtlich unwohl fühlte in dieser ungewohnten Umgebung.

Lene bot ihr einen ihrer drei Sessel an und Kalle setzte sich mit einem Block und einem Kuli zu ihnen.

»Rebecca, ich darf Sie doch so nennen?«, begann sie und als das Mädchen nickte, fuhr sie fort. »Zuerst möchte ich Ihnen sagen, wie leid mir das für Sie tut, dass Patrick tot ist. Es ist immer schwer, dann gleich Fragen zu stellen. Aber Sie wissen inzwischen, dass er ermordet wurde und wenn wir den Täter finden wollen, müssen wir schnell handeln. Wir brauchen jede Information, die uns helfen kann. Verstehen Sie das?«

Nachdem das Mädchen mit traurig aufgerissenen Augen genickt hatte, fragte sie weiter. »Also, Rebecca, seit wann sind Sie mit Patrick Sommer befreundet?«

»Seit sechs Jahren. Schon in der Schule. Er war bereits lange der Freund meines Bruders Aaron, aber vorher war ich nur die lästige kleine Schwester. So wie Jungs eben sind. Das änderte sich, als wir älter wurden. Aber richtig zusammen als Paar sind wir seit drei Jahren.«

»Und Sie studieren auch.« Halb Feststellung, halb Frage.

»Ja, BWL seit vier Jahren. Ich sitze gerade über der Examensarbeit.«

»Und was haben Sie am Sonntagabend, dem 16. Oktober gemacht? Gab es einen Grund, dass Sie nicht gemeinsam mit Patrick ausgegangen sind?«

Sie schüttelte den Kopf. »Nein, es gab keinen Grund, zumindest keinen, wie Sie ihn meinen. Ich habe nur bis einundzwanzig Uhr gejobbt in einem Café und war dann einfach zu müde. Am Sonntagabend habe ich sowieso keine Lust auf Disco, ich finde es an dem Tag total öde. Habe die anderen auch nicht verstanden.«

»In welchem Café? Für meine Unterlagen habe ich es lieber genau.«

»Im *Starbucks*. Am Hauptmarkt. Wir haben sonntags immer nur bis einundzwanzig Uhr auf, aber bis wir aufgeräumt und alles sauber gemacht haben, ist es meist halb zehn.«

»Und dann? Was haben Sie dann gemacht?«

»Ich wollte gleich nach Hause fahren. Wir wohnen in der Dr.-Carlo-Schmid-Straße. Aber dann lief mir noch ein Freund über den Weg und wir sind noch etwas trinken gegangen.«

Sie sah nach unten. Bereute sie es, zu der Zeit, als Patrick verschwand, mit einem anderen irgendwo doch etwas getrunken zu haben, anstatt zu ihm in den *Zwinger* zu gehen? Aber Lene konnte sich vorstellen, dass nach mehreren Stunden in dem immer übervollen *Starbucks* der Bedarf an lautstarkem Gelächter und vielstimmigen Reden erschöpft war.

»Wer war der Freund? Und wo haben Sie noch etwas getrunken?«

»Lukas Bierwinkler. Er musste eigentlich lernen, aber dann hat er sich doch die kleine Auszeit genommen. Ich habe ihn auf dem Weg zu U-Bahn getroffen und wir haben uns ins *Barfüßer* gesetzt.«

Der *Barfüßer* war ein Bierkeller in der Innenstadt. Große Kellergewölbe, große Lautstärke und eine gemütliche, urige Atmosphäre.

»Und wann waren Sie dann zu Hause, wissen Sie das noch?«

»So gegen elf.«

»Kann das jemand bezeugen?«

Jetzt wirkte sie nervös, ihre Hände wirkten leicht unruhig, während sie sich darum bemühte, möglichst gelassen zu erscheinen. »Nein, meine Mutter schlief schon. Zumindest sah ich kein Licht mehr. Ich bin dann ganz leise gleich in mein Zimmer - ich wohne im zweiten Stock, meine Mutter und Aaron ein Stockwerk höher - und bin sofort ins Bett gefallen. Ich war so müde. «

Plötzlich verkrampfte sie sich, ihre Augen füllten sich mit Tränen. Sie versuchte sie zurückzuhalten, aber es war, als sei ein Damm gebrochen. Sie schluchzte auf und weinte dann hemmungslos. Lene holte rechts neben ihrem Sessel aus dem Regal Papiertaschentücher hervor und reichte ihr stumm eins hinüber. Langsam versiegten die Tränen. Sie schnäuzte sich kräftig ins Taschentuch, nachdem sie sich über die Augen gewischt hatte. »Entschuldigen Sie, aber plötzlich war da nur noch der Gedanke, dass, wenn ich dabei gewesen wäre, das alles nicht passiert wäre.«

»Wie kommen Sie darauf? Die anderen waren doch auch dabei! Und konnten es doch nicht verhindern.«

Wieder schien sie in Tränen ausbrechen zu wollen, hielt sie aber zurück. »Ich hätte ihn doch nicht allein draußen rauchen lassen. Ich bin immer mit ihm zusammen hinaus, auch wenn ich Nichtraucherin bin.«

Lene dachte wieder, wie so oft schon, darüber nach, wie nach persönlichen Katastrophen die Menschen versuchten, in ihrer Vorstellung die Zeit zurückzudrehen, als ob sie dadurch den Schicksalsschlag noch verändern könnten. *Wenn ich damals …* Die junge Frau tat ihr leid. So fragte sie nur noch, wann sie den letzten Kontakt mit Patrick gehabt hätte.

»Mittags, er hat mich angerufen. Gleich nach dem Essen mit seinen Eltern, als er ihnen von seinem Entschluss erzählt hatte, sein Studium abzubrechen.«

»Und wie haben die reagiert?«

»Das wollte er mir am nächsten Tag genauer erzählen. So hat er nur gesagt, dass sein Vater empört war. Aber das war zu erwarten gewesen. Seine Mutter hatte ihn verstanden. Sie hatte wohl schon so etwas erwartet.«

Sie nahm noch ein Taschentuch aus der Packung auf dem Tisch und nach Lenes Verabschiedungsworten, verließ sie den Raum, immer noch leise weinend.

Ihr Bruder Aaron, der als Nächster zu ihnen hereinkam, war ebenfalls dunkelhaarig, hatte jedoch ein unauffälliges, wenn auch sympathisches Gesicht. Seine Nase war deutlich größer als die seiner Schwester und seine Augen waren von einem blassen Graublau. Ebenso wie sie strahlte er eine gewisse Reife aus, die in ihrem Alter längst nicht selbstverständlich war.

Er war mit den anderen im Lokal gewesen und hatte neben Patrick gesessen.

»Ist Ihnen denn gar nichts Ungewöhnliches aufgefallen? Keine schlechte Laune, ein Streit oder so etwas, kein Telefonat?«

In dem Moment reagierte Aaron Goldbach, eine deutliche Irritation war von seinem Gesicht abzulesen. Da war irgendetwas, was ihm in diesem Moment einfiel. Lene und Kalle warteten gespannt. Dann endlich.

»Ich glaube, ja, da war ein Telefongespräch. So um neun herum vielleicht. Er schien mir sehr abwehrend, fast genervt. Aber gehört habe ich nichts. Er ist auch gleich aufgestanden, wollte offenbar nicht in der Gruppe reden. Entweder es war zu privat oder wir waren ihm zu laut. Wir hatten im Restaurant gegessen und wollten anschließend losziehen. Die anderen waren schon gut drauf, lachten und wollten alle mit telefonieren. Einer rief – warten Sie, was war das, ach ja - er rief, ob die Anruferin nicht auch kommen wolle, wir seien alle im *Zwinger*. Dann lachten alle wegen der doppelten Bedeutung.«

»Und wie hat Patrick darauf reagiert?«

»Eigentlich nicht besonders. Er schüttelte nur den Kopf und hielt das Handy zu. Doch, dann hat er gesagt: ›Das ist gar keine Frau.‹ Dann habe ich nichts mehr mitgekriegt, weil er vom Tisch wegging. Das Gespräch war aber nicht sehr lang. Er kam ziemlich schnell wieder zum Tisch zurück.«

»In welcher Stimmung? War er genervt oder angespannt oder fröhlich oder was auch immer?«

Aaron schwieg. Er suchte offenbar nach den passenden Worten um Patricks Stimmung zu beschreiben. Dann sah er hoch.

»Irgendwie so, als hätte er etwas klar gestellt. Zwischen aufgeregt und erleichtert.« Er stockte kurz. »Wissen Sie, wir kennen, kannten uns sehr gut.«

»Wie lange kannten Sie sich?«

»Schon bald vierzehn Jahre. Wir waren zusammen im Gymnasium, nachdem wir, also meine Familie, von Erlangen nach Nürnberg gezogen waren, dann zusammen beim Bund. Und jetzt das Studium. Wir wohnen auch nicht so weit auseinander. Waren immer schnell mit dem Fahrrad bei dem anderen.«

Kalle sah auf seine Notizen. »Ihre Schwester meinte, sie kennt ihn erst seit sechs Jahren.«

Ein flüchtiges Lächeln. »In der Zeit vorher wollten wir von Mädchen doch nichts wissen. Das galt auch für Patrick. Da hat sie ihn höchstens mal am Gartenrand hinter unserer Wohnung gesehen. Wir waren meist bei ihm. Außerdem war damals - « Er brach ab, als hätte er fast zu viel gesagt.

Er schluckte. Dann ein Ruck. »Mein Vater – er war damals noch bei uns. Und Rebecca war ein richtiges Vaterkind. Aber vor sechs Jahren hat er uns verlassen. Seitdem hat sich meine Schwester mehr an mich – und damit auch an meine Freunde – angeschlossen. Und wir haben das akzeptiert.«

Man spürte die Fürsorge des großen Bruders aus seinen Worten.

»Studieren Sie auch zusammen? «

Er nickte. »Beide in Erlangen, ja. Aber verschiedene Fächer. Er Jura, ich Medizin. Mir macht das auch Freude. Es ist so interessant. Während Patrick mit Jura nicht gerade glücklich war. Ich verstehe gar nicht, wieso er so lange durchgehalten hat. Ich sah das schon lange kommen, dass er sich schließlich für die Malerei entscheidet. Wäre doch auch ein Wahnsinn, wenn nicht. Aber - «

Wieder brach er ab. Dann kam ein leises »jetzt ist ja doch alles zu spät.«

»Kannten Sie seine Bilder? «

»Ja, und sie haben mich einfach umgehauen. Erst hat er berühmte Maler kopiert, aber so, dass man gar nicht unterscheiden konnte, was das Original war. Zumindest schien es mir so. Er sagte immer, dass er dadurch lernt. Und schließlich hat er mehr frei gemalt, dann nur noch. Er sagte, er hätte jetzt von den alten Malern genug gelernt. Ich habe einmal eins seiner Bilder von ihm geschenkt bekommen. Einfach so. Und Rebecca ebenfalls.«

»Wussten Sie, dass er jetzt nach Italien wollte und dort Malerei studieren? «

Er nickte und jetzt traten ihm Tränen in die Augen.

»Er hat sich so darauf gefreut, nachdem er es mittags seinen

Eltern gesagt hatte, endlich. Er war total befreit. Es ist einfach gemein, dass er jetzt tot ist. Wer tut so etwas?«

So hilflos die Worte auch klangen, Lene konnte seine Gefühle gut verstehen.

»Was haben Sie an dem Abend gemacht? Sind Sie mit den anderen in die Disco? «

»Nein. Ich bin früher nach Hause. Da saß Patrick noch bei den anderen. Ziemlich genau um zehn vor zehn war ich zu Haus – ich habe auf die Uhr gesehen, weil Anne Will mit ihrer Talkshow im Fernsehen lief.«

»Und Ihre Mutter hat da zugeschaut?«

»Nein, sie war schon in ihrem Zimmer. Sie hatte den Fernseher nicht ausgemacht. Ich bin gleich zu ihr. Sie hatte mich angerufen. Wissen Sie, sie ist krank. Deshalb bin ich noch kurz bei ihr geblieben. Es ging ihr nicht so gut. Dann bin ich nach unten in mein Zimmer und habe ferngesehen. Inspector Barnaby.«

»Und Ihre Schwester? «

»Rebecca? Wieso?«

»Wann ist sie nach Hause gekommen?«

Er sah sie verunsichert an.

»Wieso das denn? Keine Ahnung. Man hört das auch nicht bei mir. Ihr Zimmer liegt unten. Und sie wusste doch nichts von Mama.«

Sie ermahnten ihn, ebenso wie seine Schwester für weitere Fragen zur Verfügung zu stehen und notierten sich die Handynummern. »Für Nachfragen, wenn wir noch etwas wissen müssen«, fügte Lene erklärend hinzu.

Als sich die Tür hinter ihm geschlossen hatte, sahen sich Lene und Kalle an. »Jeder der beiden hat eigentlich kein Alibi für die Zeit seines Verschwindens. Und wieso hat Aaron seine Schwester nicht gehört, als sie ins Haus kam? Irgendetwas stimmt nicht an der Aussage der beiden. Obwohl, es gibt natürlich Wohnungen, in denen die Lärmdämmung stark ist. Erinnere mich daran, dass wir das vor Ort überprüfen. Die Mutter müssen wir auch befragen wegen Aarons Alibi.«

Kalle nickte. »Wir behalten die beiden im Auge. Das Umfeld des Opfers. Und sowohl Liebesbeziehungen als auch Freundschaften enthalten oft Sprengstoff. Oder können zumindest enthalten, wie wir oft genug erfahren.«

Er stand auf und ging hinaus. Kurze Zeit später kam er mit zwei Tassen Cappuccino aus dem noch verhältnismäßig neuen Luxuskaffeevollautomaten der Abteilung zurück.

»Der andere *beste Freund* Lukas Wie-auch-immer kommt gleich. Der war auch nicht dabei an dem Abend als Patrick verschwand. Ich bin gespannt.«

Lene spürte langsam ein leichtes Schwindelgefühl. Es war inzwischen schon später Nachmittag und sie hatte nur noch Sehnsucht nach ihrem Bett. Die Zeitumstellung machte ihr zu schaffen. Nächstes Mal komme ich nicht erst am letzten Urlaubstag zurück, nahm sie sich vor, bevor ihr einfiel, dass das heute ihr letzter Urlaubstag war.

Lukas Bierwinkler war ein smarter junger Mann. Medizinstudent, ebenfalls fünfundzwanzig. Er sieht recht gut aus, stellte Lene bei sich fest. Schlank, groß, ein durchtrainierter Körper und ein willensstarkes Gesicht. Klare blaue Augen. Wenn auch nicht so blau wie die von Mike, dachte Lene wehmütig und wünschte sich für einen Augen-Blick zurück nach Kalifornien.

Lukas setzte sich, schlug die langen Beine übereinander.

»Ich kam gerade vorhin vom Sport. Meine Mutter hat es mir gesagt. Es ist furchtbar, dass Patrick tot sein soll. Irgendwie irreal. Ich kann das noch nicht glauben.«

Lene nickte mitfühlend. »Das kann ich mir vorstellen. Und noch schwieriger ist es, wenn der Freund ermordet wurde. Aber Sie verstehen sicher, dass es uns zu schnellem Handeln zwingt. Deshalb gleich eine Frage. Gab es einen Grund, warum Sie an dem Abend nicht bei den anderen waren?«

»Ja, ich musste für eine Klausur lernen. Deshalb habe ich lieber zu Hause gelernt. «

»Da wir pro forma alle danach fragen müssen – gibt es Zeugen dafür? «

Er zögerte kurz, schien zu überlegen. »Nein, meine Eltern waren an dem Abend, glaube ich zumindest, bei Freunden. Aber wir haben sowieso getrennte Eingänge.«

»Sind Sie an dem Abend noch einmal weg gegangen? «

»Nein, nicht dass ich wüsste. Nicht mal Zigarettenkaufen. Ich kaufe immer gleich Stangen.«

Plötzlich war er Lene unsympathisch mit seinem leicht überheblichen Lächeln. Andererseits, vielleicht war es für ihn nur eine Art Schutz. Manche Betroffene reagierten so auf Verlust und Schmerz. Wappneten sich und ihre Gefühle dadurch. In dem Moment wurde er ernst.

»Doch, warten Sie. Ich war noch kurz am Hauptmarkt, weil ich von einem Kollegen ein Teil eines Skriptes von einer Vorlesung brauchte. Da traf ich Rebecca und wir haben im *Barfüßer* noch etwas getrunken. Aber nur kurz, sie war müde und ich hatte noch zu lernen. Am letzten Dienstag war eine wichtige Klausur.«

Lene stutzte. »Jetzt? Soviel ich weiß, ist doch letzte Woche gerade erst Semesteranfang gewesen.«

»Ja, am siebzehnten fing der eigentliche Betrieb an. Aber die Klausur ist zum Ende des letzten Semesters wegen Krankheit des Professors ausgefallen und wurde deshalb jetzt nachgeholt.«

»Wann kamen Ihre Eltern zurück? Haben Sie das mitbekommen?«

Er schüttelte bedauernd den Kopf. »Nein, wie ich schon sagte, getrennte Wohnungen. Und ihr Auto habe ich auch nicht gehört. Es würde vor dem Haus auf dem Parkplatz stehen, meine Zimmer liegen alle beide nach hinten.«

»Und Ihr Auto? Ich nehme an, Sie haben eins. Stand es auch auf dem Parkplatz?«

Nun zögerte er, schien kurz zu überlegen. »Nein, ich glaube, ich hatte es weiter vorn an der Straße abgestellt. Warten Sie. Ja, an der Straße. Ich war noch so froh gewesen, einen Parkplatz zu ergattern. Das ist in unserer Gegend nicht so einfach. Zumindest meine ich, dass es an dem Abend so war.«

Lene betrachtete ihn prüfend. Er schien ihr fast etwas zu glatt. Zu gut vorbereitet? Andererseits hatte er eine Woche Zeit gehabt, sich auf die Befragung einzustellen. Jetzt die Gretchenfrage.

»Wann haben Sie Ihren Freund Patrick zuletzt gesehen oder gesprochen?«

»Da muss ich kurz überlegen. Ich meine am Freitagmorgen, also Freitag, bevor Patrick ... Er hat mir ein Buch vorbei gebracht und wir haben uns kurz unterhalten. Das war so gegen elf.«

»Was für ein Buch?«

Lene fragte sich, welche Schnittmenge an Buchinteressen es bei einem Juristen und einem Mediziner geben könnte.

»Es war ein Buch über einen Maler, das er von mir geliehen hatte. Ich hatte es irgendwann geschenkt bekommen, sicher zur Konfirmation oder einem ähnlichen Anlass, aber nie gelesen. Wie hieß der bloß noch? Äh – Ruge oder Runge oder so ähnlich. Es hatte in Hamburg eine Ausstellung von ihm gegeben. Und Patrick war dort gewesen. Eigentlich hätte er es behalten können. Ich habe es ihm dann am Freitag geschenkt.«

Philipp Otto Runge. Nach der Ausstellung kann ich Sophie fragen. Sie kann mir sicher weiterhelfen, dachte sie zufrieden.

»Sie hatten später keinen Kontakt mehr?«

»Nein, nicht soweit ich mich erinnere.«

Komische Antwort. Da verschwindet der *beste Freund* und dieser Schnösel – denn inzwischen empfand sie ihn als einen solchen – erinnerte sich nicht einmal genau an den letzten Kontakt? Bei zwei Tagen, die für die Erinnerung doch wichtig waren? Vorsicht, Lene, keine Vorurteile bilden!

»Gut. Das war es dann fürs erste. Bitte halten Sie sich zu unserer Verfügung. Das heißt, bleiben Sie im Bereich Nürnberg. Und geben Sie meinem Kollegen bitte den Namen und die Anschrift des Studienkollegen.«

Kalle notierte sie und auch Bierwinklers Handynummer. Dann ging er.

»Wie findest du ihn?«, fragte er seine Kollegin.

»Ich würde ihn nicht zu meinem *besten Freund* erwählen. Na, die Geschmäcker sind verschieden. Und du? Wie fandest du ihn?«

»Dito. Blöder Typ. Naja.«

»Morgen früh müssen wir noch einmal zu den Eltern und vor allem will ich noch mit Camille sprechen. Bruder und Schwester, es kann doch sein, dass er ihr irgendetwas gesagt hat. Aber jetzt ist mir schwindelig. Ich muss ins Bett. Willst du allein hin? Oder lieber morgen zusammen?«

Ein liebevolles Grinsen. »Es ist inzwischen fast acht. Komm ich fahr dich nach Hause. Morgen ist auch noch ein Tag. Wir lassen die Sommers heute in Ruhe und fahren morgen zusammen hin. Willst du nicht noch was essen? Wir könnten zum *Doktorshof,* da haben wir es fränkisch und gemütlich. Oder ins *Teatro*. Er wusste, dass sie auch gern bei dem Mexikaner in der Thumenberger Straße, praktisch vor ihrer Haustür, aß. »Also wo?«

»Doktorshof. Mexikaner hatte ich gerade reichlich in USA. Gute Idee! Etwas essen, ein Bier oder vielleicht einen Wein und dann schlafen.« Dankbar griff sie nach ihrer Jacke.

Sie riefen dann doch noch Sophie an, die gerade mit Jonas und Susanne überlegte, was sie zum Abendessen machen wollten und leicht zu überreden waren sich ihnen anzuschließen.

Nachdem Kalle und Lene das Lokal betreten hatten, wobei sie sich von seiner gemütlichen Atmosphäre von gediegener Rustikalität nach diesem scheußlichen Tag aufgefangen fühlten, dauerte es nicht lange und Lene sah Sophies langes Haar in der Eingangstür wehen, dann das strahlende Gesicht ihrer Tochter. Dahinter Susanne und Jonas, die sich sichtlich über dies Treffen in dem ihnen allen vertrauten Lokal freuten. So fiel die Wahl der Essen leicht. Besonders Sophie war glücklich über die erste Gänsekeule des Jahres.

»Das gibt es bei uns in Hamburg einfach nicht so wie hier. Ich nehme die Martinsgans schon einmal vorweg.«

Lene versuchte dem Gespräch zu folgen, aber immer wieder waberten Wogen der Müdigkeit über sie hinweg. Das Einzige, was in ihrem Bewusstsein fest verankert blieb, war die Freude über die Vertrautheit in dieser Runde. Als ihr Essen kam - sie hatte sich für ein original *Nürnberger Schäufele* mit Kloß entschieden, einem Bratenstück vom Schwein, bei dem das Besondere die knusprige Kruste aus der Speckschwarte war - stellte sie zu ihrer Überraschung fest, dass sie nicht nur Hunger hatte, sondern sich richtig auf die deftige Mahlzeit freute, nach den Wochen in den USA. Dazu das Glas Bier – und alles in ihr rückte wieder an den richtigen Platz, die bleierne Müdigkeit wurde zum Wohligsein.

»Hast du schon von der Begabung des Jungen erzählt?«, wandte sie sich an Kalle. Der schüttelte den Kopf.

»Also, ihr glaubt es nicht! Sophie, das wäre für dich ein Erlebnis gewesen.« Sie berichtete von der Gottvater-Adam-Szene als Deckengemälde, von dem Turner Gemälde, das lässig in der Ecke lehnte. »Und Renoir, und sogar van Gogh. Und als sei das nicht genug, hat er selbst so begnadet gemalt, ich meine sein eigener Stil war so eindrucksvoll, so voller Farbe und Leben!« Sie stockte. »Habe ich das richtig erzählt?«, fragte sie Kalle. »Es war so überwältigend.«

»Du hast es sogar sehr gut beschrieben.«

Sophie sah ihre Mutter voller Interesse an. Ihre stiefmütterschenblauen Augen leuchteten. »Aber ich frage mich, was ihn dazu gebracht hat, Kopien zu malen. Hat er sie als Kopien in den Handel gebracht?«

»Seine Mutter sagte, er habe die verschiedenen Techniken lernen wollen. Aber das ist überhaupt wichtig, was du da gerade sagst. Eine Idee! Das haben wir uns noch nicht gefragt.«

Sophie beugte sich vor und sah ihre Mutter intensiv an.

»Ich möchte sie sehen.«

»Kann ich verstehen. Aber – mal sehen. Es wird sich später eine Gelegenheit ergeben. Im Moment geht es noch nicht. Du weißt ja -«

Ja, sie wusste. Ihre Mutter hatte wieder einen Fall. Und kurz verdunkelten sich Sophies Augen. Sie war doch extra zu ihrer Familie nach Nürnberg gekommen und nun hatte Lene wieder, wie so oft schon, keine Zeit für sie. Sophie schluckte. Bemühte sich dann um Gelassenheit. Wenn sie in der Galerie in Hamburg richtig im Stress war, hatte sie auch kaum Zeit. Sie würden sich schon ihre Minuten holen – so wie gestern Nacht, als sie noch lange auf Lenes Bett gesessen hatte und sie beide erzählt hatten. Und sie wusste – sie musste Lene doch noch von ihrer neuen Beziehung erzählen. Ben. Was er wohl gerade machte? Warum hatte sie es nicht schon längst erzählt? Aber da war wieder diese Scheu – schon zu oft waren ihre Beziehungen schief gegangen.

Sie klinkte sich wieder in das Gespräch ein. Ihre Augen trafen Kalles Blick, der gerade ebenfalls von den Bildern schwärmte. Sie mochte Kalle, aber das hätte sie nie von ihm gedacht, dass er Bilder so feinsinnig beschreiben konnte.

»Diese Stimmung hat mich irgendwie erwischt. Ich habe schon zu eurer Mutter gesagt, dass ich mich beherrschen musste um nicht zu fragen, ob ich das Bild kaufen könnte. Aber sicher wäre es auch zu teuer.«

Sophie nahm sich vor, irgendwann einmal ein Bild für Kalle zu malen und es ihm zu schenken. Sie hörte aufmerksam seiner Beschreibung zu um zu begreifen, was es war, das ihn so fasziniert hatte.

»Wie kann es nur sein, dass so ein Talent so vor der Zeit einfach ausgelöscht wird? Er hätte so viel zu geben gehabt«, schloss er gerade.

»Und – habt ihr schon einen Verdacht? «, fragte Susanne. Aber Lene winkte ab.

»Dafür ist es noch zu früh und darüber reden dürfen wir auch nicht. Also, jetzt seid ihr dran. Was macht euer Haus? Was dein Job? «

Zwei Stunden später war Kalle zu Fuß auf dem Weg nach Hause. Er hatte sein Auto stehen lassen und Lene hatte ihm angeboten, ihn morgen mit zur Arbeit zu nehmen. Er hatte ein paar Biere getrunken und fühlte sich nach diesem Abend in Lenes Familie seltsam zwiegespalten. Was war mit ihm? Er war doch noch in den Dreißigern, wenigstens noch für kurze Zeit. *Etwas früh für die Midlifecrisis, old boy.* Aber wie sollte eigentlich sein Leben weitergehen? Die ganzen Jahre hatte er hauptsächlich für die Arbeit gelebt. Sicher, er hatte ein paar Frauengeschichten gehabt, aber bis auf Corinna waren sie ihm eigentlich nicht sehr nahe gegangen. Corinna – er sah ihr Lachen vor sich, ihren wunderschön geschwungenen Mund mit den vollen Lippen, in den er sich als erstes verliebt hatte. Ihre Augen – er konnte immer noch nicht sagen, welche Augenfarbe sie hatte. Seine Mutter hatte das schon damals immer wieder gefragt und er konnte es nicht beantworten. Hell waren sie, aber die Farbe so diffus zwischen sehr hellem Blau und Grau. Augen, die dunkel wurden in der Leidenschaft. Dass sie ihn faszinierten in ihrer Unbestimmbarkeit, das wusste er damals wie heute. Egal. Sie hatte sich für diesen Rothmann entschieden, der sich so albern *Winni* nannte, wahrscheinlich hieß er Winfried. War ja auch egal. Der in der Wirtschaft einen Abteilungsleiterposten angestrebt hatte, inzwischen mit Erfolg. Er verdiente schon damals mehr als Kalle, war am Wochenende zuverlässig zu Hause und außerdem auch noch an den meisten Abenden in der Woche.

Er kickte eine zerknautschte Coladose wütend in die Büsche neben dem Gehweg. Inzwischen waren sie lange verheiratet, sie hatten ein Haus und drei Kinder. *Winni* hatte zwar sicher jetzt weniger Zeit für seine Familie als er, er hatte so etwas wie Karriere gemacht. Ach, was soll's.

Nur manchmal erinnerte er sich noch an die Gespräche mit Corinna am Abend, an ihr gemeinsames Lachen, die Krümel im Bett nach einem Sonntagfrühstück, das er ihr gebracht hatte, auf dem alten orangefarbenen Tablett, das er immer noch besaß. *Kalle, du bist ein sentimentaler Hund. Denk lieber über deinen Fall nach.*

Dieser junge Mann. Energisch verdrängte er die grausamen Bilder in der tristen Morgenstimmung.

Es ging um das Motiv. Fragen stellen, Kalle, ermahnte er sich. Nur so kamen sie weiter.

Wieso hatte Patrick eigentlich an einem so wichtigen Tag, dem Tag, an dem er seinen Eltern seine Zukunftspläne mitgeteilt hatte, was immerhin nicht ganz einfach gewesen sein dürfte, so wie es sich darstellte, also an einem für ihn so wichtigen Tag – fing er seine abschweifenden, sich verknotenden Gedanken wieder ein – nicht seine Freundin von der Arbeit abgeholt und mit ihr das alles durchgesprochen. Und überhaupt – er war versucht sich dramatisch vor die Stirn zu schlagen, ließ es dann aber – was sollte denn aus der Beziehung zu Rebecca werden, wenn er zu diesem Johannes nach Italien ging? Und für wie lange hatte er das geplant? Was für eine Art Beziehung war das überhaupt zwischen den beiden Männern? Van Gogh – Gauguin-artig? Oder doch schwul? Und Rebecca? Rebecca? Summte es weiter in seinem Kopf. Hatte sie sich keine Sorgen um ihre Liebe gemacht? Daran mussten sie morgen denken. Sie fragen. Es herausfinden. Zur Grundlage ihrer Überlegungen machen. Es –

Hör auf mit Sätzen zu spielen, sei etwas konzentrierter.

Also, da ist dieser wichtige Abend und er geht lieber mit seinen Kumpels einen saufen und in die Disco – wie blöd an einem Sonntag. Na ja. Und dann sind da die Bilder. Seine Sehnsucht Maler zu sein – werden klingt hier verkehrt. Er war doch ein

Maler. Also konnte er vielleicht noch etwas dazu lernen, aber sicher würde er in kein normales Erstsemester der Kunstakademie in Florenz passen. Schon seltsam, das alles. Wo sollten sie nur ansetzen?

Er kam vor seiner Haustür an. Während er die moderne Glastür öffnete und in das Treppenhaus des mäßig modernisierten Altbaus trat, sah er schon, dass sein Briefkasten überquoll. Er griff nach der herausschauenden Post, hauptsächlich Werbung und Zeitung, schloss die kleine Tür auf und nahm auch die restlichen Briefe heraus. Dabei dachte er über die Unmengen an Papier nach, die diese sinnlose Werbung verbrauchte. Seit dem Fall im letzten Winter, in dem sie sogar eine Verflechtung mit illegalem Holzschlag in den geschützten Urwäldern von Kanada zu bearbeiten hatten, dachte er manchmal an die zahllosen Bäume, die dieser Unfug kostete. Und das zur Zeit des Internet, das jedem eine Werbeplattform bot!

Eine fröhliche Ansichtskarte von seiner Nichte Tanja, von einem Boot auf hoher See mit einem bärtigen Seemann darin. Er las sie gleich auf der Treppe. Sie war zurzeit als au-pair bei einem Kollegen in Schweden in einer Stadt an der Ostsee und schrieb darüber, dass die schwedische Polizei schon wieder Schmuggler gefasst hätte. *Naiv wie ich bin, dachte ich immer, Schmuggeln wäre so etwas, was in dunkler Nacht vor der Küste Englands stattgefunden hat – zu einer Zeit, in der Abenteuerbücher für Kinder spielen.*

Kalle grinste. Typisch Tanja, Sie verblüffte ihn immer mit Gedanken wie diesen. Er musste ihr schreiben, sie solle ihn mal wieder besuchen. Das waren immer mit viel Lachen angefüllte Tage.

Dabei dachte er wieder an den Abend mit Lene und ihren Kindern. Wie es war Familie zu haben. Auch als Lene gleich nach dem Essen schon mit dem Taxi nach Hause gefahren war, weil sie einfach die Augen nicht mehr aufhalten konnte, war er noch mit den anderen geblieben. Vielleicht solltest du dich endlich um eine eigene Familie kümmern. *Womit wir wieder am Anfang wären!* Er schloss die Wohnungstür auf und knipste das Licht an. Er sah sich in seinem Flur, seinem Wohnzimmer und dem angrenzenden Schlafzimmer, das man im Halbdunkel sehen konnte, kritisch um. Ein Junggesellenwohnen ist das, konstatierte er. Was soll's, meist geht es mir doch gut damit.

Er warf seinen Rucksack auf das Sofa, blieb mitten im Raum stehen. Natürlich, das könnte er jetzt doch noch machen! Er zog seinen Schreibtischstuhl heran und fuhr seinen Computer hoch. Das USB Kabel für sein Handy angelte er sich vom Schreibtisch und dann vertiefte er sich in die Fotos, die er bei den Sommers gemacht hatte.

Kapitel 8

Montag, den 24.Oktober
Am nächsten Morgen tastete sich Lene todmüde aus dem Bett. Es half nichts, und eine Dusche würde sie schon aufwecken. Gewohnheitsmäßig rechnete sie nach. Zweiundzwanzig Uhr in San Francisco. Während sie unter der Dusche stand, fuhr ihr Laptop hoch. Skype an - und Mike war noch online. Während der Verbindungston anklingelte, goss sie sich Kaffee ein. Da, endlich sein Gesicht! Und seine Stimme. »Good morning, meine Schöne!« Er war verliebt in diesen Titel eines Theaterstücks, abgeändert durch die Synthese ihrer beider Sprachen, und umkoste sie damit gern in seinen Abend- und ihren Morgenstunden.

Während sie die Brotscheiben in den Toaster schob, tauschten sie ihre Gedanken und Verliebtheiten aus. Lene erzählte ihm kurz von ihrem neuen Fall.

»Das interessiert mich. Erzähle mir morgen mehr davon.«

Als sie jetzt auf dem Weg zu Kalle war, fühlte sie sich gestärkt.

Ihre Stadt. Es war als ob sie alles intensiver wahrnahm. Und eine Form von trotziger Wut stieg in ihr auf. Gerade ihre Stadt, die so viel übrig hatte für Kunst. Und in ihr musste ein solches Talent sinnlos getötet werden! Ausgelöscht. Sie versprach ihm innerlich, diesem Patrick Sommer, denjenigen zu finden, der ihm das angetan hatte.

Kalle wartete schon vor seiner Haustür.

»Und – bist du wieder bei uns angekommen«, neckte er seine Kollegin. Sie erzählte von ihrem kurzen Gespräch mit Mike und wie gut ihr das getan hatte. Sie und Kalle hatten vor vier Jahren zu einer neuen Art von Offenheit gefunden, zu einer Freundschaft, die ihnen beiden half, mit dem Alltag bei der Arbeit der Mordkommission fertig zu werden. Sie hatten einfach verstanden, dass der Austausch von Gefühlen, einer Vertrautheit, die von Vertrauen getragen war, ihnen eine größere Sicherheit und Stärke gab. Sie fühlten sich nicht mehr so allein mit all dem, was sie an menschlichen Abgründen und Grausamkeiten erlebten. Denn das war häufig für die Kollegen gerade in ihrem Beruf der Fall. Zerbrochene Ehen, Verschlossenheit und Alleinsein führten häufig zum totalen Burnout.

Als sie vor der Villa Sommer parkten, wurde ihnen bewusst, dass es kurz vor acht Uhr war. Alles sah ruhig aus und sie beschlossen noch eine Viertelstunde zu warten, bevor sie klingelten.

Plötzlich sah Lene wieder den einsamen Kalle an den Baum gelehnt, in gebührendem Abstand zu der im Wasser liegenden Leiche. Sie nahm ihren Mut zusammen und fragte ihn endlich in dieser fast intimen, noch grauen Morgenatmosphäre nach dem

Erlebnis, das es ihm so nachhaltig unmöglich machte, sich dem zu stellen.

Kalle verkrampfte sich kurz. Seine männlichen Züge schienen plötzlich verletzlich. Dann lehnte er sich zurück und atmete tief durch.

»Mein kleiner Bruder. Er war drei, ich war acht. Wir wohnten in Bückeburg in der Plettenbergstraße, einer kleinen Villenstraße, die hinunter zu einer Querstraße und dann nach links zu den Fischteichen führte. Oft spielten wir auch auf den für uns weiten Wiesenflächen, die von kleinen Bauminseln durchbrochen waren, im Anschluss an diese Querstraße. Es gab dort eine Schwefelquelle und ein für uns Kinder geheimnisvolles Mausoleum. Wir wussten alle, dass es ein Grabmal war, aber wir haben nie danach gefragt, von wem es war. Wahrscheinlich für die Fürstenfamilie zu Schaumburg-Lippe. Und dann waren da die Fischteiche. Umgeben von einem dichten Schilfgürtel, und in den Frühlings- und Sommernächten hörten wir immer das laute Quaken der Frösche, die darin wohnten. Bis zu unserem Haus.

Mein kleiner Bruder Niklas war mit uns an diesem Nachmittag zu den Fischteichen hinunter gelaufen. Wir spielten Verstecken und ich habe eigentlich immer auf ihn aufgepasst. Aber in dem Augenblick spielte er so schön mit seinen Matchboxautos und so habe ich mich so wie die anderen beiden versteckt. Es dauerte eine Zeit bis Martin, mein Freund, mich gefunden hatte. Und als wir lachend zu unserem Platz zurückkamen, war Niklas verschwunden. Ich habe mich furchtbar erschrocken und schuldig gefühlt. Wir haben wie verrückt gerufen und gesucht. Mir waren die Knie weich. Wo war er? Es war einfach schrecklich. In meiner Verzweiflung watete ich schließlich durch das Schilf in das trübe Wasser. Ich schrie inzwischen seinen Namen, rief und rief. Und dann berührte etwas mein Bein. Es war eine Hand. Sie schien mir zwar größer als die meines Bruders, aber ich sah blondes Haar an der Wasseroberfläche und wurde fast ohnmächtig. Erst als ich ins Wasser fiel, kam ich wieder so etwas wie zu mir. Und sah undeutlich ein völlig aufgedunsenes und zerstörtes Gesicht eines Menschen, der tagelang im Wasser gelegen hatte. Man konnte nichts mehr erkennen, alles war aufgequollen und grün und so grauenvoll. In meiner Kinderangst dachte ich es wäre mein Bruder. Ich schrie und schrie. Dann kam jemand und zog mich heraus.

Ich muss ständig den Namen meines Bruders gerufen haben. Man gab mir eine Spritze. Ich wachte erst im Krankenhaus auf. Meine Mutter saß an meinem Bett und hielt meine Hand. Ich murmelte nur ›Niklas?‹, und sie nahm mich in die Arme.

›Sch, sch, alles ist gut‹, versuchte sie mich zu beruhigen. ›Er war nur nach Hause zu mir gelaufen. Es ist ihm nichts passiert. Der Mann, den du gefunden hast, der hat sich selbst umgebracht. Schon vor zwei Wochen. Sie haben ihn überall gesucht, aber nicht dort, wo du ihn gefunden hast. Seine Familie ist dir so dankbar, weil sie jetzt wissen, was passiert ist. Für dich aber war das grausam. Es tut mir so leid, dass du das erlebt hast.‹

Ich habe danach wochenlang davon geträumt und immer das Gesicht meines kleinen Bruders mit der Wasserleiche vermischt. Ich fühlte mich so schuldig. Dies Grauen. Das weißgrünliche, unmenschliche Gesicht! Wenn er es gewesen wäre!! Nur weil ich nicht aufgepasst habe.«

Lene fühlte den Schmerz des kleinen Jungen voll Mitleid. Sie legte ihre Hand auf Kalles Arm.

»Entschuldige, dass ich gefragt habe. Das ist wirklich eine furchtbare Geschichte, die du erlebt hast.«

»Ich träume noch immer ab und zu davon. Aber inzwischen bin ich ja groß und kann damit umgehen.«

Ein schiefes Grinsen. Plötzlich wurde er wieder zu Kalle, dem sachlich denkenden Ermittler.

»Komm, wir konzentrieren uns jetzt auf die Befragung. Was meinst du, fangen wir mit Camille an?«

Aber dann entschieden sie sich doch für die Mutter. Denn als sie schließlich klingelten, war sie es, die öffnete. Ihr Mann war zwar auch bereits aufgestanden, aber im Bad, Camille schlief noch.

»Wir haben alle kaum geschlafen heute Nacht. Es war schon nach drei, bis wir im Bett waren.«

Sie bat sie an dem gedeckten Frühstückstisch Platz zu nehmen. Eine ältere Frau brachte ohne ein Wort zwei weitere Gedecke herein und schenkte Kaffee ein. Sie schien das Zimmer auf Zehenspitzen zu verlassen.

»Meine Tante Isolde. Sie ist gestern aus Augsburg gekommen, als wir sie angerufen haben, um ihr von Patricks -« Sie unterbrach sich kurz. »als wir ihr von Patrick erzählt haben und hat den Haushalt übernommen.«

Frau Dr. Irene Sommer. Sie hatte tiefe dunkelblaue Ringe um die Augen. Und vermittelte in jeder ihrer Bewegungen eine Lähmung, ein tief innerliches Entsetzen. Wie konnte man als Mutter oder Vater auch so einen Verlust verkraften? Wieder kam sich Lene vor, als ob sie etwas Unerhörtes taten, indem sie die Eltern befragten. Als ob es ihnen an dem mindesten menschlichen Respekt fehlen würde. Trauer verlangte nach Abgeschiedenheit, nach Alleinsein. So oft mussten sie dieses Verlangen mit ihren Fragen durchbrechen.

»Frau Dr. Sommer,- «

»Frau Sommer genügt.«

»Also Frau Sommer, wann haben Sie Ihren Sohn zum letzten Mal gesehen? «

»Das habe ich doch alles schon Ihren Kollegen erzählt.«

»Sicher. Aber jetzt müssen wir sozusagen neu ermitteln. Ich muss mir dabei selbst ein Bild machen, das lebendiger ist als das Protokoll.«

Frau Sommer nickte. »Das sehe ich ein. Es ist nur so schmerzhaft.«

Lene sah sie mitfühlend an, legte ihr Verständnis in diesen Blick. »Aber manchmal ist es auch gut darüber zu reden. Es hilft oftmals den Trauernden. Weil man dem anderen immer wieder nahe ist. Versuchen Sie es so zu sehen. Ich komme doch nicht als Feindin, sondern will den Täter finden.«

Irene Sommer ließ auf ihre Antwort warten, schien in sich hinein zu spüren. Dann sah sie Lene direkt an, ihr Blick war zur Ruhe gekommen.

»Ja, der Gedanke hilft etwas. Er war an dem Sonntag so durcheinander. Vor dem Essen hat es ihn wohl belastet, dass er uns seine Zukunftspläne mitteilen wollte. Er wusste nicht, wie sein Vater reagieren würde. Das war zu verstehen. Mein Mann hatte die ganzen Jahre fest damit gerechnet, dass sein Sohn in seine Kanzlei einsteigen und sie später auch übernehmen würde. Für ihn war Patricks Eröffnung ein böser Schock. Das Begraben all seiner Träume. Natürlich wusste er von Patricks Begabung, aber er hatte immer gehofft, dass er das Malen quasi nebenbei als Hobby betreiben würde. Und hat ihn einfach in das Studium dirigiert, ohne zu fragen, was Patrick selbst wollte. Ich mache mir seit diesem Sonntag schwere Vorwürfe, dass ich nicht selbst mehr auf Patrick eingegangen bin. Als er uns sagte, er wolle zum Studium nach Florenz, und dass er dort einen Bekannten habe, der auch Maler ist, wurde mir plötzlich klar, wie wenig ich von meinem Sohn wusste. Das hat mich furchtbar getroffen. Wie konnte ich aus Bequemlichkeit so sehr meine Augen verschließen? Ich saß am Tisch, sah das Sonntagsessen, meine Tochter Camille, die offenbar weit weniger überrascht war, meinen Mann, der sich selbst nach Patricks Eröffnung noch alles schönzureden versuchte – ich sah mich selbst, die naive, funktionierende Mutter, die hauptsächlich an ihre Arbeit im Krankenhaus dachte und sich als Inbegriff der vorgegaukelten Harmonie an dies Bild vom gemeinsamen Sonntagsessen klammerte – und begriff, dass gerade der Unschuldsschleier von unserer Heile-Welt-Familie gezogen worden war. Wir hatten unseren Sohn missachtet, weil wir nicht *ihn*, sondern nur unseren Besitz, *unseren* Sohn, gesehen hatten. Plötzlich sah ich uns mit seinen Augen und wusste, ich musste ihm helfen. Ich versuchte Harald, meinen Mann, zu beruhigen und unterstützte Patrick, gemeinsam mit Camille. O ja, er sollte nach Florenz und seine Liebe, die Malerei, dort leben.«

Sie verstummte abrupt. Tränen hatten sich in ihren schönen großen Augen gesammelt. »Überhaupt leben«, fügte sie leise und verzweifelt hinzu.

In dem Moment betrat Herr Dr. Sommer das Zimmer. Auch er hatte sich seit dem Vortag verändert. Er wirkte längst nicht mehr so selbstsicher. Seine Schultern vermittelten einen fast gebeugten Eindruck, sein noch feuchtes Haar betonte die rotgeäderten Augen. Auch er hatte in dieser Nacht gewacht. Er versuchte seine Haltung zurückzugewinnen und zeigte gleichzeitig seine Abwehr gegen dieses Eindringen von fremden Polizisten in sein Privatleben. Seine Frau kannte ihn offenbar gut und wusste, was kommen würde.

»Komm, Harald, sie wollen uns doch helfen. Wie sollen wir das alles ertragen, wenn wir nicht erfahren, was passiert ist? Wer Patrick das angetan hat und warum?«

Er ließ sich schwer auf seinen Stuhl fallen und griff nach der Kaffeekanne. Seine Hand zitterte leicht, als er den Kaffee eingoss.

»Wahrscheinlich hat meine Frau recht, nur, in so einer Lebenssituation will man einfach seine Ruhe. Also gut, fragen Sie.«

»Welchen Eindruck hatten sie von Patrick, nachdem er Ihnen von seinen Plänen berichtet hatte?«

»Ich war so entsetzt, ich hatte gar nicht mitbekommen, wie es ihm ging. Alles, was ich mir aufgebaut hatte, doch auch für meinen Sohn, war in diesen Minuten zusammengestürzt. *Das konnte doch nicht sein*, wiederholte es sich ständig in meinem Kopf. Er war doch schon fast fertig mit seinem Studium. Jetzt im Nachhinein begreife ich, dass in meinem Innern doch schon seit geraumer Zeit eine Unsicherheit da war. Zum Beispiel habe ich mich unbewusst gefragt, wieso er nicht längst mit seiner Examensarbeit angefangen hat. Aber das habe ich immer wieder verdrängt. *Er braucht eben mehr Zeit, will noch seine Freiheit*. Ich weiß heute, dass ich es nicht wissen *wollte*. Deshalb habe ich ihm ja auch gesagt, dass er sich die Auszeit für Florenz nehmen kann, aber dass ich von ihm erwarte, dass er dann zurückkommt und sein Examen macht. ›*Wie wir es uns immer vorgenommen haben, fängst du dann in der Kanzlei an* ‹, habe ich gesagt. Und da hat er *den* Satz gesagt, der mir seitdem nicht mehr aus dem Kopf geht. ›*Du*, Vater, und nur *du,* hast es dir vorgenommen. Mich hat niemand gefragt. Und ich weiß, ich werde *nicht* in der Kanzlei anfangen, weder vor noch nach Florenz. Ich werde malen.‹

›Und wovon willst du leben?‹, habe ich gefragt und das war sicher nicht sehr nett. Weil ich hoffte, ihn wieder von mir abhängig zu machen. Aber er hat nur rundum an die Wände geschaut, an denen seine Bilder hängen und gelächelt. ‚Das lass mal meine Sorge sein, Vater.‘ Kein Erschrecken, kein Betteln. Da wusste ich, dass er es wirklich ernst meinte.«

»Und dann?«, fragte Kalle während er den Mann intensiv musterte.

»Dann hat er ohne ein weiteres Wort das Zimmer verlassen. Und das war der letzte Augenblick mit meinem Sohn.«

Er vergrub sein Gesicht in seinen Händen. Seine Frau streichelte kurz über seinen Arm, bevor sie sich Lene und Kalle zuwandte.

»Erst ist Camille ohne ein Wort hinter ihm hergelaufen, nachdem sie einen wütenden Blick auf ihren Vater geworfen hatte. Dann bin ich ebenfalls zu ihm in die Diele gegangen. Zu mir hat er dann gesagt, dass er etwas Geld hat durch die Bilder, die er schon verkauft hatte, und dass ich mir keine Sorgen machen sollte. Er würde nächste Woche zu diesem Johannes nach Florenz fahren.«

Sie stockte und zögerte, dann sprach sie doch weiter.

»Dabei hat er mich in den Arm genommen. *Aber er wäre doch nicht aus der Welt*, hat er gesagt. Das höre ich jetzt immer. Weil - nun ist er doch aus unserer Welt.«

Lene fragte sich plötzlich, ob Irene Sommer gläubig war, aus ihrem Glauben einen Halt fand in diesem entsetzlichen Verlust. In die Stille, die auf ihre Worte folgte, klingelte es an der Haustür und Frau Sommer verließ den Raum.

Harald Sommer sah hoch. Er sah plötzlich jung, unsicher und verletzlich aus. »Und Camille, sie sieht mich die ganze Zeit an, als ob ich Schuld wäre an Patricks Tod. Ich halte das kaum noch aus. Finden Sie den Täter, das Schwein. Und ich werde meine ganzen Beziehungen spielen lassen, damit er eine harte Strafe bekommt.«

Frau Sommer kam mit den Worten herein: »Das ist meine Freundin Marion Melzer. Sie hat ebenfalls vor zwei Jahren ihre Tochter verloren und …«

Aber Lene war schon aufgestanden um ihre Freundin zu umarmen und zu begrüßen.

»Marion, wie gut, dich zu sehen. Ich wusste gar nicht, dass du und Frau Sommer, dass ihr ebenfalls befreundet seid.«

Diese war genauso verblüfft. »Ihr kennt euch?«, fragte sie verunsichert.

»Seit unserer Schulzeit«, kam es simultan aus beider Munde, bevor Marion fortfuhr. »Wir haben uns nach dreißig Jahren wiedergetroffen.«

Ihre Augen verdunkelten sich, als sie an diesen Augenblick dachte.

»Damals in Südfrankreich, als Brigitte ermordet worden war.«

Sie wandte sich jetzt mehr an Herrn Sommer. »Du kannst dir unsere Gesichter vorstellen, als die ermittelnde deutsche Kommissarin Ferdinand und mich am Flughafen abholte und wir uns wieder erkannten! Es war mir in der Zeit so ein Trost. Irene kennt die Geschichte.«

Frau Sommer nickte. »Ja, natürlich, das hast du mir doch damals haarklein erzählt. Aber wer hätte gedacht, dass es die Kommissarin ist, die jetzt bei Patrick …«

Sie ließ den Satz einfach in der Luft hängen. Brachte das Wort Tod immer noch nicht über die Lippen.

Marion, ihre Freundin, mit der sie sich alle zwei Wochen traf. Sie hatte sich in den letzten Jahren stetig verändert. Sie war schlanker geworden, ihre Züge strenger. Gleichzeitig versprühte sie mehr Vitalität. Ihr kastanienrotes Haar trug sie jetzt kurz und fast strubblig. Als wollte sie auch da nicht in die alte Ordnung zurück. So wirkte sie zugleich jünger und gereifter. Der Tod ihrer älteren Tochter hatte Spuren hinterlassen. Sie hatte danach angefangen, in dem Antiquitätengeschäft ihres Mannes voll einzusteigen, sich durch Berge von Büchern über Kunstgegenstände und Kunstgeschichte gearbeitet. Inzwischen führte sie das Geschäft oft ganz allein, während Ferdinand, ihr Mann, auf Kunstmessen oder auf Auktionen war. Ob sie damit einen Teil von Brigitte, die das Einsteigen in das väterliche Geschäft zum Ziel gehabt hatte, weiterleben ließ, hatte Lene sich oft gefragt. Seit ihrem Wiedersehen damals war ihre Freundschaft wieder auferstanden wie Phönix aus der Asche, in alter Vertrautheit, wie sie verblüfft feststellten.

Marion sah Lene zufrieden an. »Wie gut, dass du ermittelst. Du wirst es aufklären.«

Lene lächelte. »Aber kaum allein. Das ist mein Kollege Jürgen Karlowitz, den ich jedoch immer Kalle nenne. Er ist dir sicher schon ein Begriff, so oft wie ich von ihm erzählt habe.«

Marion reichte auch ihm die Hand. »Mehr Freund als Kollege«, sagte sie dabei und Kalles Gesicht überzog eine freudige Röte.

»Ich habe ebenfalls schon von Ihnen gehört«, sagte er und plötzlich war in der Runde etwas fast Familiäres entstanden. Lene merkte, wie beide Elternteile sich entspannten. Genau in diesem Augenblick platzte Camille mit verquollenen Augen im verschlafenen Gesicht herein. Sie fiel Marion um den Hals.

»Wie gut, dass du da bist. Marion, es ist so furchtbar. Ist Irene auch mitgekommen?«

Marion schüttelte den Kopf. »Sie ist auf einer Exkursion, von der Uni aus. Aber morgen kommt sie zurück und meldet sich sicher gleich bei dir.«

Irene war Marions jüngere Tochter, nur ein oder zwei Jahre jünger als Camille. Offenbar waren auch sie befreundet. Die Tante kam mit einer neuen Kanne Kaffee und einem weiteren Gedeck herein. Lene und Kalle wurden unruhig, wollten sie doch noch mit Camille sprechen. Aber da erhob sich Lene schon.

»Wir lassen Sie jetzt erst einmal allein. Haben Sie vielleicht noch ein Foto von Patrick für uns?«

Frau Sommer stand sofort auf ging hinüber zu einem antiken Sekretär. Sie öffnete eine Schublade und kam mit dem Foto von Patrick zurück.

»Das ist das gleiche, das wir für den Suchaufruf genommen haben. Dann erinnern sich die Menschen vielleicht leichter.«

Ein gut aussehender junger Mann, ein sensibles Gesicht. Ein schmales Gesicht, blondes, dichtes Haar und darunter strahlend blaue Augen. Man sah, dass er Camilles Bruder war. Und ein besonderer Mensch nach der Ausstrahlung, die er auf dem Foto hatte. Lene steckte es sorgsam in ihre Handtasche, bevor sie sich noch seiner Schwester zuwandte.

»Camille, wir wollten Sie noch sprechen. Könnten Sie nicht vielleicht nachher ins Präsidium kommen? Sagen wir um zwei?«

Die nickte, wenn auch durch den Blick auf Marion abgelenkt. »Um zwei. Ich komme.«

Marion versprach anzurufen wegen ihres Treffens am Mittwoch, da Lene noch nicht wusste, ob sie Zeit haben würde.

Als sie draußen durch den herbstlich trüben Garten zu ihrem Auto gingen, das sie an der Straße geparkt hatten, sprachen sie über diesen grausamen Zufall. Zwei Freundinnen, deren älteste Kinder beide ermordet worden waren.

»Aber wie tröstlich für Frau Sommer, dass sie ihre Freundin hat, die das gleiche durchgemacht hat wie sie jetzt«, meinte Kalle. »Wieso hast du von dieser Freundschaft nichts gewusst?«

»Darüber habe ich auch schon nachgedacht. Aber wenn wir von Anderen sprechen, vertrauten Anderen, dann benutzen wir doch nur die Vornamen. Ich wusste, dass sie eine Freundin Irene hat, nach der ihre Tochter benannt ist. Auch dass sie Ärztin ist. Aber nie fiel der Nachname. Na ja, darauf hätte ich eh nicht geachtet.«

Kalle dachte daran, dass Marion Melzer seinen Namen Kalle kannte. *Vertrauter Anderer,* auch er. Das gefiel ihm.

Im Präsidium angekommen studierte Lene noch einmal die Notizen, die Kalle von dem Gespräch mit den Eltern gemacht hatte. Das Licht war gerade durch die Wolkendecke gebrochen und erhellte das Zimmer. Und Lenes blondes Haar, dachte Kalle, dem sie gegenüber saß. *Es schimmert wie ein Helm.* Da sah sie hoch zu ihm, und ihre blauen Augen erstaunten ihn wieder wie so oft. *So hellblau!*

»Tust du mir einen Gefallen, Kalle, und rufst Sellmann an, ob er außer dem Bewegungsprofil auch noch eine Anrufliste hat von Patrick Sommer?«

Kalle grinste perfide. »Warum fragst du ihn nicht selbst? Er würde sich sicher freuen von dir zu hören!«

»Nun mach schon!«

Lene hatte offenbar keinen Sinn für Humor, wenn es um diesen Mann ging. Das konnte heiter werden.

Sellmann verlor kein Wort darüber, dass Lenes Kollege vorgeschickt wurde. Er versprach sich darum zu kümmern, ob schon eine Liste vorlag. Und auf jeden Fall schon einmal das Bewegungsprotokoll schicken. Sechs Minuten später kam er lässig in die immer offenstehende Tür geschlendert, den Auszug in der Hand und legte ihn demonstrativ auf Lenes Schreibtisch.

»Hier, Frau Hauptkommissarin, dein Diener, stets zu Diensten.«

Sie schien beinahe die Zähne zu fletschen, fand Kalle, bevor sie ein »Sei nicht albern« hervorbrachte, nahm aber dann den Zettel und las das Bewegungsprofil. Zeitfenster war das Verschwinden von

Patrick minus einer Stunde und das letzte Signal am Montagmorgen um 01:56 aus dem *Sebalder Wald*. Oder Reichswald, der zusammen mit dem *Lorenzer Wald,* der auf der anderen Seite der Pegnitz lag, ein riesiges Waldgebiet umschloss. Besitz der beiden Kirchen, Sankt Sebaldus und Sankt Lorenz.

Davor gab es schon ein Handysignal im Stadtgebiet um die Gaststätte *Zwinger* herum, dann eine Bewegung, die aber im gleichen Ortungsgebiet stattfand, dann Ruhephase, dann Bewegung in Richtung Erlenstegen oder auch Ebensee, schließlich *Sebalder Wald*. In der Nähe des Tierheims. Schließlich Funkstille. Jemand musste den Akku entfernt haben. Selbst bei ausgeschaltetem Handy wäre es sonst noch zu orten gewesen. Patrick? Warum?

So klug als wie zuvor. Sie kapierte einfach nicht, wieso um 01:56 das Handy im *Sebalder Wald* erstarb und Patrick in der Wöhrder Wiese, praktisch in der Nähe seines Verschwindens und wie Mertens gesagt hatte, wohl auch Schauplatz der Prügelattacke auf Patrick, gefunden wurde. Wie und warum war er dorthin wieder zurückgekehrt? Oder wer hatte ihn dahin gebracht? Oder war er einfach auf dem Rückweg? Vielleicht zu seinem Auto? Zu seinen Freunden zurück? Hatte er jemanden treffen wollen oder getroffen? Wer brachte einen Jurastudenten um, der, so schien es, keine Feinde hatte, nicht zu Gewalttätigkeiten neigte und nichts mit Drogen zu tun hatte?

Bei dem Gedanken klingelte etwas in ihrem Bewusstsein, ließ sich jedoch nicht greifen. Was für ein flüchtiger Gedanke war das? Weg. *Merde,* würde zumindest ihr Freund Luc Renaud sagen, Kommissar in Frankreich.

Sellmann hatte sich bisher leise mit Kalle unterhalten um sie nicht zu stören. Jetzt reichte sie Kalle den Zettel hinüber. »Bitte, hab du eine kluge Idee. Mir gelingt das nicht!«

»Das liegt an meiner Anwesenheit, schöne Freundin«, ärgerte sie Volker Sellmann. »Trotzdem bestehe ich auf meinem Gespräch mit dir. Nach siebzehn Jahren habe ich einfach ein Recht auf eine Erklärung«, raunte er ihr zu.

Sie wusste, sie kam nicht drumherum. Er hatte recht mit dem, was er sagte. Und da sie weiterhin zusammen arbeiten mussten, blieb ihr nichts anderes übrig.

»Gut, um sieben hier vor dem Präsidium«, gab sie nach. »Sicher kennst du die Nürnberger Lokale noch nicht so gut. Nachher verläufst du dich noch und ich muss nach dir fahnden lassen«, versuchte sie einen Scherz. »Diktier mir noch deine Handynummer, falls was dazwischen kommt.«

»Was ich nicht hoffe«, grinste er fröhlich, bevor er wieder ernst wurde. Als sie die Nummer gespeichert hatte, wurde er ernst. »Kann ich euch sonst mit etwas helfen? Irgendwie ist es doch auch mein Fall.«

»Und die Anruferliste? Wen hat er angerufen – oder von wem ist er angerufen worden?«

»Habe ich im Kopf.« Sie erinnerte sich, er hatte ein fast photographisches Gedächtnis. Sie hatten damals viele Witze darüber »Am kritischen Zeitpunkt seines Verschwindens, fangen wir damit an, bekam er kurz vorher einen Anruf. Um 21:12, um präzise zu sein. Prepaid Simkartennummer. Besitzer nicht herauszufinden. Dann gibt es zwei Versuche, seine Freundin Rebecca anzurufen. Beide Male Mailbox. Aber auf der Mailbox waren keine Nachrichten. Hat sie euch das noch nicht erzählt? Komisch. Also einmal um 01:36 und dann noch einmal um 01:55. Direkt bevor es mit dem Akku aus war. Sie sagt, sie hätte nichts gehört, weil sie das Handy immer stumm schaltet, wenn sie schläft.«

Wieso hatte Rebecca das nicht erwähnt? Schon komisch, es musste sie doch beschäftigen, dass sie die letzten Versuche ihres jetzt toten Freundes, sie zu erreichen, verpasst hatte.

»Und sonst? «

»Früher am Abend ein Gespräch mit Lukas und eins mit Freundin Rebecca. Aber das war schon, bevor er sich mit den Freunden getroffen hat. Dann gab es noch ein Gespräch mit einer Prepaidnummer um zehn nach elf. Wir wissen nicht, wen Patrick da angerufen hat. Dauerte an die fünf Minuten in etwa. Aber der ursprüngliche Besitzer der Nummer hat sein Handy plus Simkarte schon vor Monaten verloren.«

Lene wurde hellhörig.

»Wo? Wusste er das?«

»Irgendwo in der Uni in Erlangen, meinte er. Oder in der Nähe oder in der Einkaufsstraße in Erlangen. Ich habe seinen Namen oben, wenn er dich interessiert.«

»Gib ihn mir der Vollständigkeit der Akten wegen. Plus die Nummer, ebenso die andere Prepaidnummer – ich denke mal, es ist nicht die gleiche - von der aus er angerufen wurde. Kannst du mir heut Abend mitbringen.« Nun lächelte sie fast versöhnlich. Schließlich konnte Volker nichts für ihren Konflikt.

Kapitel 9

Ihr Gespräch mit Kriminaloberrat Kuhn und Staatsanwalt Krüger verlief verhältnismäßig unauffällig, bis auf die Neuigkeit, die Krüger für sie hatte. Er würde zum ersten Dezember nach München gehen, Karriere machen. Na bitte. Sie hatten es immer geahnt, dass dieser Mann, der sein Fähnchen so oft nach denen *da oben* richtete, ihnen nicht lange erhalten bliebe. Er blieb sich jedoch auch jetzt treu, indem er sie zum Abschluss noch darauf aufmerksam machte, wie sehr es für ihn doch wichtig wäre, dass sie im Fall Patrick Sommer zu einem schnellen Ergebnis kämen.

»Möglichst noch bis Mitte November, das verstehen Sie doch?«

Sie verstanden. Und nickten deshalb, wenn auch mit erheblichem, innerlich grinsendem Vorbehalt.

Als Kalle und sie den Raum verlassen hatten, sahen sie sich nur an. Beide verbissen sich ein Triumphgeheul, das nun wirklich nicht zu ihrer Stellung gepasst hätte. Aber ein zufriedenes Lächeln und *give-me-five* gönnten sie sich. Zu oft war ihnen dieser Mann bei ihren Ermittlungen in die Quere gekommen, glücklicherweise nur etwas länger als ein Jahr.

»Wir müssen Kuhn nachher aushorchen, ob er den Neuen oder die Neue schon kennt. Wir könnten doch auch mal Glück haben.«

In ihrem Zimmer griff Lene zum Telefon, nachdem sie im Internet die Nummer des Hotels *Giuliano in Florenz* gesucht hatte. Sie wählte. »Pronto?«

»Sprechen Sie deutsch?«

»Non parlo tedesco«, gab die reizende weibliche Stimme in italienischer Melodie zu verstehen.

Lene versuchte es mit Französisch, schließlich mit Englisch.

»Si, parlo anglese. You want?«

»Is there the *Hotel Giuliano*?«

»Si, si. Giuliano.«

»I am a German Police Detective. I need an information. Is there a guest in your hotel, whose Christian name is *Johannes*?«

Stille. Eine Störung vielleicht?

»Signora?«

»Signorina, Signorina Gina«, verbesserte sie. Kunstpause. »Have you other name? No *Johannes* here.«

Und nun? Das war ja zum Aus-der-Haut-fahren. Himmel, in einem Hotel in der Innenstadt von Florenz konnte man doch erwarten, dass man als Ausländer verstanden wurde. Und Italienisch sprach Lene nun nicht. Sie musste sich einen Dolmetscher beschaffen. So sagte sie nur »Thank you. Gracie. I call you later once again«, und legte auf.

Kalle grinste abscheulich.

»Willkommen bei uns Durchschnittsbürgern. Jetzt sitzt du mal mit mangelnden Sprachkenntnissen da. Ein Fest für mich, nachdem ich deinen Ergüssen in Englisch mit Mike und in Französisch mit Luc Renaud lauschen durfte, tut es meinem Ego gut, dich auf dem Hintern – entschuldige – landen zu sehen mangels fließendem Italienisch.«

Sie warf ihm ihr Radiergummi an den Kopf, er duckte sich jedoch schnell genug und sie sah nur, dass es von der Wand gegenüber absprang und ausgelassen durchs Zimmer hopste. Kalle lachte. Dann »Hast du nicht zufällig auch noch Latein gehabt? Das wäre doch interessant gewesen.«

Jetzt lachte Lene mit. »Das wär doch mal was. Doch Latein habe ich auch gehabt, aber denk dran, es ist eine tote Sprache. Mausetot sogar. Für Italiener gehört sie in die Kirche und damit *basta*.«

Kalle raufte sich seine Haare, die daraufhin abstanden und ihm etwas Mutwilliges gaben.

»Ich wollte es dir ja nicht sagen, ich habe auch Latein gehabt. Und Griechisch. Aber damit wären wir Sprachversager wohl auch nicht weitergekommen.«

Wieder ernst geworden durchforsteten sie noch einmal alle Fakten, bevor sie zum Teamtreffen mit den Kollegen hinüber gingen. Kalle hatte in der gestrigen Nacht die Fotos von den Bildern und von Patricks Zimmer ausgedruckt, die sie sich jetzt noch einmal genau ansahen. Das Meeting ergab wenig

Spektakuläres. Die Belegschaft des Restaurants wusste nichts Neues.

»Nur ein Will Bessemer, den konnten wir nicht befragen, weil er frei hatte. Ich will heute Nachmittag noch einmal hin«, sagte Jens. Dabei fiel Lene ein, was sie ihrer jungen Kollegin versprochen hatte.

»Gut. Und nimm Sandra mit. Das gilt auch für die nächsten Tage.«

Er nickte, offensichtlich erfreut.

»Und ihr anderen?«

Gert sah sie mit einem stolzen Ausdruck an, der ihr signalisierte, dass er etwas hatte.

»Ja, Gert?«

»Da war wirklich ein Hundebesitzer. Er begegnete mir zufällig, wohnt eigentlich zwei Straßen weiter. Nur weil du das mit den Hunden gesagt hast, habe ich ihn angesprochen. Und er war wirklich an dem Sonntag letzte Woche unterwegs. Und hat etwas gesehen. Und zwar einen jungen Mann, der aus der Gaststätte kam und den Weg Richtung Wöhrder Wiese einschlug.« Gert liebte es in mit *Und* beginnenden Sätzen Sachverhalte aneinanderzureihen und damit zu betonen. »Das muss etwa Viertel vor zehn gewesen sein. Er war so Mitte zwanzig, dunkles Haar, sonst ist ihm nichts aufgefallen. Dann, auf seinem Rückweg, stand ein junger Mann vor der Treppe zum Restaurant *Zwinger* und rauchte. Und der war allein, sie hatten sich gegrüßt. Nach seiner Beschreibung unser Patrick. Und später hat er noch gehört, dass ein Auto etwa dort gehalten hat und wieder anfuhr. Aber er hat sich nicht mehr umgedreht. Er meinte, es wäre so gegen zehn gewesen.«

Kalle sog die Luft ein. »Und wieso hat er sich nicht gemeldet? Wir haben doch überall Aufrufe geschaltet.«

»Er war bei seiner Tochter in Flensburg. War am Montag, den 17. Oktober hingefahren, wegen des Hundes -ein Münsterländer - mit seinem PKW, und ist erst am Samstag zurückgekommen. Zumindest können wir jetzt annehmen, dass Patrick in einem Auto weggefahren ist. Aber mit wem? Und der junge Mann vorher? Der mit dem dunklen Haar? Vielleicht hat der nur sein Auto geholt und Patrick ist bei ihm eingestiegen?«

Bei diesen Fragen hatte er sich an Lene gewandt.

»Der erste junge Mann könnte Aaron gewesen sein. Der sagte, er wäre um zehn nach zehn zu Hause gewesen und vor Patrick gegangen. Aber das müssten wir noch überprüfen. Du hast Recht, Gert, er könnte auch das Auto geholt haben.«

Gert, der schnell bockig wurde, wenn man ihn nicht genug beachtete, lächelte schmallippig. Immerhin der Versuch eines Lächelns.

»Ich brauche dringend jemanden, der Italienisch spricht. Wegen der Hotelanfrage in Florenz. Wirklich keiner von euch? Sonst muss ich einen offiziellen Dolmetscher holen.« Keiner. Na gut. Dann aber erst später. Es war Zeit für das Gespräch mit Camille.

Camille stand im Flur und wartete auf sie.

»Warum hast du dich denn nicht gesetzt?«, fragte Lene sie, aber Camille schüttelte nur den Kopf. Kalle ging voraus in ihr Zimmer und hielt Lene und Camille die Tür auf, sie hinter ihnen schließend. Sie wollten jetzt nicht gestört werden.

Lene sah das junge Mädchen mitfühlend an. Die Augenlider noch geschwollen, saß sie leicht verkrampft auf ihrem Sessel. »Möchten Sie einen Kaffee? Vielleicht einen Cappuccino? «

Sie nickte und es war Kalle, der den Kaffee holte, für sie alle drei.

Nachdem sie erst nur auf den Becher gestarrt hatte, nahm Camille dann doch einen Schluck. Der weiße Schaum lag kurz auf ihrer vollen Unterlippe, bevor eine Zungenspitze herauskam und ihn ableckte. Das Bild eines kleinen Mädchens, das sich hinter der Frau versteckte.

»Ich hoffe so sehr, dass Sie uns helfen können, Camille. Ich darf doch Camille sagen«, begann Lene.

»Ja, bitte. Sonst kommen Sie noch durcheinander mit meiner Mutter. Natürlich will ich Ihnen helfen. Ich weiß nur nicht wie. Es ist alles so schrecklich.«

Sie schluckte, sichtlich bemüht nicht zu weinen. Lene sah, dass sie noch Taschentücher auf der Ablage unter dem Tisch liegen hatte. Für Notfälle.

»Erzählen Sie uns von Ihrem Bruder. Schwester und Bruder wissen oft mehr voneinander als die Eltern. Sie waren auch nicht weit auseinander, altersmäßig, nicht?«

»Nur eineinhalb Jahre. Das war sehr schön. Ich hatte immer einen großen Bruder, Und Patrick – er war so …«

»Wie? Wie war er?«

»So einfühlsam. Immer wenn ich Probleme habe -«, ein kurzes Zögern, dann traurig, »hatte - war er da für mich. Ich konnte mich immer auf ihn verlassen. Und jetzt - «

Lene versuchte sie vor einem Tränenausbruch abzufangen. »Und mit seiner Freundin, mit Rebecca verstand er sich gut?«

»Ja, sehr gut. Zumindest bis vor drei oder vier Monaten Da wurde es zwischen ihnen plötzlich anders.« Sie schluckte jetzt. »Hat er Ihnen gesagt, warum? Was der Anlass war?«

»Nicht direkt. Aber er wurde plötzlich so verschlossen. Irgendetwas beschäftigte ihn und er kam einfach nicht damit heraus. Einmal, als ich ihn mal wieder fragte, was denn los sei, sagte er nur: ›Lass, ich sag es dir später, wenn ich mir selbst im Klaren darüber bin.‹ Da war ich dann auch nicht viel klüger, musste einfach Geduld haben. Aber zur gleichen Zeit hörte er auf, andere Maler zu kopieren. Er malte nur noch seine eigenen Bilder. Er veränderte immer etwas mehr an seinem Stil, er suchte eine neue Ausdrucksform. Das konnte sogar ich sehen. Und er tat immer weniger für die Uni, das war mir aufgefallen.«

Sie brach ab. Ihre schöne, hohe Stirn unter dem blonden Pony war gerunzelt. Eine helle Locke, die sich aus ihrem Pferdeschwanz gelöst hatte, kringelte sich über ihr rechtes Ohr. Ihre Augen sahen sie wie um eine Antwort bittend an. »Ich verzeihe es mir nicht, dass ich so schnell darüber hinweggegangen bin. Wieso habe ich nicht so lange gebohrt, bis er es mir gesagt hat? Das haben wir doch früher auch immer so gemacht. Aber seitdem er mit Rebecca zusammen war, wollte ich nicht zu indiskret sein.«

Lene verstand, dass sie sich Vorwürfe machte. Das ewige *Hätte ich doch…* Aber das half weder Camille noch ihnen weiter.

»Wenn er weniger für die Uni tat, hat er auch darüber nie gesprochen? War das so ungewöhnlich? Ich meine, es waren doch Semesterferien.«

»Schon. Aber es war, als hätte er am letzten Tag vom Sommersemester etwas zugeklappt und einfach nicht mehr öffnen wollen. Sonst hat er auch in den Ferien immer mal gearbeitet. Hausarbeiten geschrieben und so. Aber diesmal nicht. Ach, da fällt mir noch etwas Seltsames ein. Einmal hat er mich gefragt, wie ich Jura fände. Ob ich mir nicht auch vorstellen könnte, Anwältin zu werden.«

»Und? Was haben Sie geantwortet?«

»Doch, schon. Aber ich hätte mich ja entschlossen, Lehrerin zu werden. Dann hat er gemeint, ich könnte doch ein zweites Studium anhängen. Bevor wir weitersprechen konnten, klingelte sein Handy. Rebecca. Er ist dann gleich zu ihr. Danach kamen wir nicht mehr darauf zurück. Ich denke, da wusste er schon, dass er nicht in unserer Kanzlei arbeiten will und hoffte, dass ich statt seiner Lust dazu hätte. Vielleicht hatte er ein schlechtes Gewissen wegen Vater. Er wusste, wie sehr es ihn treffen würde.«

»Und – haben Sie darüber nachgedacht?«, fragte Kalle.

»Das muss ich jetzt wohl wirklich. Mal sehen.«

Lene überlegte einen Augenblick. »Wissen Sie etwas über Johannes, seinen Freund?«

»Nein, er hat nie von ihm gesprochen. Heißt der Bekannte oder Freund in Italien so? Ich habe das bei dem Gespräch am Sonntag nicht mitgekriegt. Es war so eine schrecklich gespannte Atmosphäre.«

»Können Sie Italienisch?«

»Ja, schon. Von der Schule und ein paar Italienurlauben. Es langt zum Verständigen.«

Lene sprang auf und ging zum Schreibtisch, um ihr Telefon und den Brief aus Italien zu holen.

»Wir müssen herausfinden, wie der Mann dort heißt. Und überlegen, was wir wissen.« Sie las den Brief noch einmal nach den Angaben über das Hotel durch. »Hier. Doch, er spricht von dem *Hotel Giuliano* in Florenz in der Innenstadt. Schau doch noch mal im Internet, Kalle. Wir müssen ihn finden. Übrigens, er nennt sich Johann, nicht Johannes. Vielleicht hat sie ihn dadurch nicht gefunden. Gibt es noch einen anderen Namen als *Giuliano*, den wir daraus lesen könnten? Ein anderer möglicher Hotelname?«

Kalle schüttelte den Kopf, den Blick auf dem Bildschirm. »Hier auf der Hotelliste in Florenz finde ich auch das *Giuliano* in der Nähe des Doms. Also muss es das sein.«

Sie erklärten Camille, was sie fragen sollte und hörten ihrer italienischen Unterhaltung zu. Sie schüttelte den Kopf. Kein Johann. Dann beschrieb sie, dass es ein Deutscher, ein Maler sei. Und plötzlich strahlte ihr Gesicht bei der Antwort. Sie zog einen Zettel heran und schrieb, während sie sprach. »Si, Giovanni. Giovanni Siegello. Si. Si. Gracie.« Dann bat sie noch verbunden zu werden, aber bekam offenbar eine unbefriedigende Auskunft. Ihre Stirn zog sich in Falten. Sie bedankte sich noch einmal und legte auf.

»Also, es gibt einen deutschen Maler, er nennt sich Giovanni, was ja Johannes bedeutet. Nachname Siegel oder Siegello. Der scheint Sinn für Humor zu haben. Oder es ist Ausdruck seiner Liebe zum Italienischen. Leider ist er für zwei Tage weg. Kommt erst am Mittwoch wieder.«

Lene und Kalle seufzten gleichzeitig auf, Kalle noch mit einem zusätzlichen Fluch. »Was heißt *merde* auf Italienisch?«

Da von keinem eine Antwort kam, grummelte er nur kurz.

Lene fragte Camille, ob sie mit ihrem Bruder darüber gesprochen hätte, was aus seiner Beziehung mit Rebecca werden sollte. Aber dazu war es nicht mehr gekommen.

»Und zurück zu diesem Punkt vor zwei bis drei Monaten, als Patrick sich verändert hat. Gab es da irgendetwas, einen äußeren Anlass, der vielleicht mit dem Berufsbild eines Anwalts oder mit seiner Malerei etwas zu tun hatte? Irgendeinen Impuls?«

Camille schüttelte den Kopf.

»Er war um Pfingsten herum drei Wochen in Italien, das weiß ich. Und hat dort gemalt. Ich habe mich noch gewundert, weil es mitten im Semester war. Als ich ihn fragte, fauchte er nur, ich solle mich da raushalten. Er wüsste schon, was er täte. Aber was dann passiert ist …« Sie zuckte die Schultern. »Ob da überhaupt etwas passiert ist. Ich weiß es nicht. Sieht aber jetzt danach aus, oder? Wegen Johann.«

Lene hatte das unbestimmte Gefühl, dass Camille etwas eingefallen war, das sie ihnen verheimlichte. Sie wirkte dabei allerdings sehr entschlossen, so dass sie für heute die Befragung abbrach.

»Jetzt muss ich nur noch wissen, was Sie am Sonntag, dem sechzehnten gemacht haben, sagen wir ab zweiundzwanzig Uhr. Ich muss das fragen für meine Akte.«

Sie zuckte mit den Achseln. »Das macht doch nichts. Ich war zu Hause, habe mit meiner Mutter *Inspector Barnaby* angesehen und danach noch *ZDF History*. Irgendetwas mit Queen Mum, in England. Danach, also so um halb eins sind wir ins Bett. Mein Vater war im Arbeitszimmer nebenan, falls Sie Zeugen brauchen.«

Lene stand auf. »Nein, das genügt uns schon. Danke für Ihre Mitarbeit und Ihre Dolmetscherfähigkeiten.«

»So kommen wir keinen Schritt weiter«, sagte sie, nachdem Camille gegangen war. »Was hattest du für einen Eindruck? «

»Ich glaube, dass Bruder und Schwester mehr voneinander wussten, als sie uns hier weismachen wollte. Hast du gesehen, wie verkrampft sie zum Schluss war? Da muss sie sich an etwas erinnert haben. Aber ich hatte den Eindruck, dass sie uns zumindest alles gesagt hat, was sie gerade in Italien erfahren hat. Schlüssel bleibt dieser Johann-Giovanni Siegel - Siegello. Und zwar der wichtigste, wie mir scheint. Ich geb ihn schon mal im Computer ein. Mal sehen, ob ich etwas über ihn finde.«

Während sie die Notizen über das Gespräch mit Camille ins Protokoll schrieb, forschte er erst bei Google. Johann Siegel brachte es auf eine Website, die noch im Aufbau war. Sackgasse. In der Polizeisuchmaschine fanden sie auch nichts.

Lene nickte. »Wir müssen zu Kuhn. Mal sehen, was er sagt.«

Sie fanden ihren Chef in zwiespältiger Laune. Das Gespräch mit dem Staatsanwalt hatte ihn nicht nur froh gestimmt.

»Wer weiß, wen wir jetzt bekommen! Ich bin gespannt. Und hoffe, es kommt nicht noch schlimmer.«

Sie erörterten alles, was sie bisher erfahren hatten. Kuhn unterbrach sie immer wieder mit Fragen, die Stirn gerunzelt, wobei er die seltsame Angewohnheit hatte, in diesem Augenblick seine Augen ganz klein zu machen als ob er blinzelte. Er hatte heute gegen seine Gewohnheit ein weißes Hemd an und eine rotdunkelblau gestreifte Krawatte. Hatte er noch etwas vor?

»Wie wollen Sie weiter vorgehen, Lene, Jürgen?« Wieder musste Lene schmunzeln, dass er der Einzige war, der daran festhielt, Kalle mit seinem korrekten Vornamen anzusprechen.

»Wir müssen mit diesem Siegel sprechen. Da wir die italienische Polizei nicht bitten können, weil der Fall noch zu verworren ist, und es in dem Augenblick auf die Intuition beim Fragen ankommt, muss mindestens einer von uns dorthin.«

»Gut, Lene, dann suchen Sie eine Verbindung nach Florenz. Fliegen oder Bahn. Hier hat aber Priorität, dass Sie möglichst bald zurückkommen, um an dem Fall weiterzuarbeiten. Vor übermorgen können Sie dort ja nichts ausrichten, weil er nicht im Hotel erreichbar ist. Aber dann versuchen Sie diesen Johann Siegel zu kontakten.«

Jetzt war Lene noch etwas eingefallen.

»Ich würde gern meine Tochter mitnehmen – auf eigene Rechnung natürlich. Sie versteht mehr von Kunst als ich und kann mir eventuell sehr helfen.«

Kuhn nickte. »Gut, tun Sie das. Wir werden hinterher sehen, ob das sinnvoll war. Wenn es das war, ersetzen wir die Reisekosten auch für sie. Aber den Versuch ist es wert. Nur, noch einmal, kommen Sie so schnell wie möglich wieder! Übrigens bin ich nachher weg. Ich bin auf einem Empfang beim Bürgermeister eingeladen, zusammen mit Kröger. Und unser neuer Staatsanwalt soll da auch vorgestellt werden.«

Erst jetzt nahm Lene das schwarze Jackett auf dem Bügel neben der Tür wahr. Ganz schön formell.

Lene erreichte Sophie, die in der Innenstadt war, und verabredete sich mit ihr auf einen Kaffee. Ihr knurrte der Magen, sie hatte seit dem Morgen nichts mehr gegessen und es war inzwischen fast vier Uhr. Irgendwo musste sie etwas zu essen finden.

Dann wandte sie sich an Kalle.

»Kannst du nicht vielleicht Rebecca noch einmal hierher holen? Irgendwie fehlt mir da was in ihrer Aussage Überleg mal, der Freund will auf unbestimmte Zeit nach Italien. Und sie erwähnt das mit keinem Wort.«

Kalle fuhr sich über die beginnende Stirnglatze. Dabei bemerkte Lene kurz, dass sein Haaransatz weiter zurückgegangen war. Er tat ihr leid. Wusste sie doch, dass er darunter litt.

Er nickte. »Gut, mache ich. Übrigens, keiner von denen hat das erwähnt, von den Freunden, meine ich. Und mir geht die ganze Zeit durch den Kopf, dass er glaubte, er könne den Aufenthalt in Italien allein finanzieren. Ich checke mal sein Konto, was meinst du?«

Lene stimmte zu. »Notfalls auch mit einem Beschluss des Staatsanwalts. Kröger wird dir gern helfen. Hauptsache wir finden den Mörder möglichst vor Monatsende.« Jetzt klang sie sarkastisch und machte Krögers Stimmlage nach, bevor sie mit normaler Stimme fortfuhr. »Soll ich dir ein belegtes Brötchen mitbringen?«

Kalle nickte und fasste sich an seinen sanft gerundeten Bauch. »Ich falle um vor Hunger! Drei im Weckla.«

Kurz bedauerte Lene, dass sie nicht mehr rauchte, auch wenn sie sich meist wie befreit fühlte. Früher hatte man die Mordkommission schon auf dem Flur riechen können, alles qualmte vor sich hin. Aber dann kam das Gesetz, und die meisten von ihnen nahmen das Verbot in öffentlichen Gebäuden zu rauchen zum Anlass es sich endlich abzugewöhnen. Sowohl Lene als auch Kalle hatten es geschafft. Nur manchmal, wenn sie hektisch arbeiten mussten, fehlte es ihnen. Und sie verschlossen immer brav ihre Wahrnehmung, wenn sie an Gerts und Adrians Zimmer vorbeikamen. Meist war die

Tür im Gegensatz zu ihrer fest verschlossen und das Fenster stand weit offen, in der Hoffnung, dass dann keiner etwas merken würde. Auch Kuhn schien an einer verstopften Nase zu leiden.

Sophie strahlte, als sie ihre Mutter sah. Sie hängte sich bei ihr ein und schob sie in Richtung Café. Sie ergatterten einen Tisch im ersten Stock, was zu dieser Tageszeit schon ein Glücksfall war. Während Sophie sich für eine Zitronensahnetorte entschied – *da werde ich einfach immer schwach, Mama, das weißt du doch* - bestellte Lene sich einen Salat mit Thunfisch. Als sie die erste Gabel zum Mund führte, dachte sie an Frankreich, an *Salade Nicoise*, an das Meer und den Mond, der daraus aufstieg. Einen kurzen Augenblick sehnte sie sich nach einer Welt ohne Mord – obwohl das seit dem Mord an Brigitte dort auch nicht mehr so ungetrübt stimmte.

Sie sah in die dunkelblauen Augen ihrer Tochter, in denen jetzt Lichtfunken tanzten.

»Ich muss heute Abend unbedingt mit dir reden. Wir brauchen mal wieder Zeit füreinander. Aber es wird sicher spät. Bereitest du uns was Schönes zu essen vor, was dann schnell geht, und kaufst uns einen Rotwein? «

Sophie nickte begeistert. »Ich muss dir auch etwas erzählen. Aber erst heute Abend. Oder mehr Nacht, wie ich dich kenne.« Ihre Augen strahlten.

Jetzt wurde Lene neugierig, aber Sophie blieb dabei, erst später.

Das Café mit seiner traditionsgeschwängerten Atmosphäre verführte zu langen vertrauten Gesprächen, verführte dazu, den Tag dahingleiten zu lassen, vielleicht noch shoppen zu gehen. Es roch nach Kaffee und Schokolade, das Murmeln, das von den Tischen herüberklang, hatte einen Anstrich von Intimität. Kaffeehausunterhaltungen. Aber dann schob sich Patricks Gesicht dazwischen, nicht das Schreckliche aus der Rechtsmedizin, sondern das vom Foto seiner Mutter. Und sie griff nach den kleinen, knusprigen Ciabattascheiben und aß unwillkürlich schneller.

Jetzt endlich rückte sie damit heraus, Sophie mit nach Florenz zu nehmen.

»Übermorgen. Passt dir das? Würdest du mich begleiten? Florenz für uns beide – auch wenn das Gespräch mit diesem Johann das Wichtigste ist. Aber ich hätte so gern dein Urteil. Wenn er auch Maler ist, muss ich wissen, ob er ernst zu nehmen ist. Dafür brauche ich dich und deine Erfahrung.«

Nachdem Sophie vor einigen Jahren in Hamburg in einer bekannten Galerie eine Ausstellung ihrer eigenen Bilder gehabt hatte, hatte die Inhaberin der Galerie sie eingestellt. Als Assistentin, rechte Hand, Mädchen für Alles. Sophie war seitdem in der Kunstwelt zu Hause. Und würde ihr helfen können.

Nachdenklich sah sie ihre Tochter an, die sich vor Aufregung und Freude fast verschluckt hätte. »Ob ich will? Ganz sicher!! Meine Chefin will mich erst am ersten November wieder sehen, hat sie gesagt. Notfalls kann ich auch länger bleiben. Wir wollen erst so am sechsten die nächste Ausstellung vorbereiten. Sie hat mich quasi rausgeschmissen für diese Zeit, meinte, sie könne meine Überstunden nicht mehr finanzieren, ich müsse sie abbummeln. Also, ich bin frei! Ich freue mich. Soll ich ein Zimmer in unserer kleinen Pension *Fiora* buchen? Für eine oder zwei Nächte?«

»Eigentlich für eine Nacht. Aber wir müssen vor Ort erst sehen, wie es wird. Frag am besten gleich, ob wir eventuell auch verlängern können. Die verstehen im *Fiora* wenigstens Englisch.« Sie erzählte von ihrem Versuch im *Giuliano*.

Während sie auf dem Rückweg zum Präsidium noch an das *Weckla* für Kalle dachte, wobei sie lieber gleich zwei nahm, und ihr der Duft der Nürnberger Bratwürstchen aus den Brötchen in die Nase stieg, kam wieder die Erinnerung an Mike in Nürnberg zurück. Mike, der im Schnee stand und fror. Mike, der ausgelassen durch das leuchtende Weiß getobt war draußen in Hetzelsdorf, nachdem sie den Fall damals abgeschlossen hatten. Mike, der in die kleinen Bratwürstchen voll Genuss biss, sie so sehr liebte.

Sie rief sich zurück in die Gegenwart zu dem bevorstehenden Gespräch mit Rebecca.

Im Flur traf sie auf Lukas Bierwinkler, der sie mit seinem charismatischen Lächeln bedachte. Na gut,

Charme hat er, dachte sie und gab sich Mühe, das eher negative Bild von ihm zu korrigieren.

»Was führt Sie zu uns? Ist Ihnen noch etwas eingefallen?«

Aber er schüttelte den Kopf. »ch war gerade bei Rebecca und Aaron, als der Anruf kam und Rebecca hierher sollte. Ich begleite sie nur. Es wühlt sie doch sehr auf, darüber zu sprechen, und ich dachte mir, es sei besser, wenn sie danach nicht allein ist. Aaron konnte nicht mit.«

Lene stimmte dem innerlich zu, angenehm berührt durch diese Art der Fürsorge, und betrat ihr Zimmer, wo sie Kalle fand. »Und – wo ist Rebecca?«

Sie sah sich suchend um. Kalle schnappte sich sein Brötchenpaket und begann gleich herzhaft in seine Würstchen zu beißen.

»Hast du auch Senf?«, fragte er kauend, »Und Rebecca ist nochmal aufs Klo.«

Kalle bat sie noch zu warten und schloss die Tür.

»Ich habe das Bankkonto gecheckt. Du wirst es nicht glauben, aber Patrick hat mehr als achtzigtausend auf dem Konto, genau 81 546,23. Euro, nicht Dänenkronen oder so etwas. Er konnte also ganz ruhig sein in Bezug auf Italien. Nur wo kommt das Geld her? Verdient man so viel mit Bildern? Ist Sophie auch so eine reiche Frau?«

»Leider nicht, zumindest nicht dass ich wüsste.« Jetzt fange ich auch schon mit diesem blöden Satz an. Entweder man weiß oder man weiß nicht, Lene!

Das sagst du doch sonst immer, ermahnte sie sich selbst. »Da muss er schon gute Beziehungen haben, um solche Geschäfte in der Größenordnung zu machen. Vielleicht doch eher eine Erbschaft? Großmutter oder so?«

»Müssen wir nachher die Eltern fragen. Nun zu Rebecca.« Er öffnete schwungvoll die Tür. Sie blickte leicht irritiert zu ihnen und betrat dann fast zaghaft das Zimmer. Auf Lenes Aufforderung hin setzte sie sich auf den gleichen Platz wie am Tag vorher. Lene betrachtete sie prüfend und legte heute das Mikrophon in die Mitte, Rebecca kurz um Erlaubnis bittend.

»So behalten wir die Einzelheiten besser. Nun zu unseren Fragen, Rebecca. Wir haben jetzt mehr Informationen über Patrick und den Verlauf des Sonntags. Wussten Sie, dass Patrick vor hatte, in Italien zu studieren?«

Sie verkrampfte ihre Hände im Schoß.

Nein, ich hatte keine Ahnung. Ich wusste nur, dass er mit Jura aufhören und nur noch malen wollte. Aber Italien – nein. Das habe ich erst gestern von Camille erfahren. Sie ist meine Freundin, wissen Sie. Und ich weiß auch nicht, warum er es mir nicht erzählt hat. Ich verstehe das nicht. Wir hatten so viel Gemeinsames geplant! Es macht mich traurig. Ich hätte ihn doch verstanden, wenn ich auch … «

Sie machte trotz allem einen gefassten Eindruck. Gehörte sie zu den Frauen, die wirklich liebten, die das Glück des geliebten Partners über das eigene stellen, fragte sich Lene, als sie Kalles Stimme hörte.

»Machte es Ihnen denn nichts aus, dass er vielleicht für Jahre nach Italien ging? Noch dazu in eine finanziell so wenig abgesicherte Zukunft? Sie wollten doch heiraten.«

Sie sah ihn direkt an und schüttelte den Kopf, wobei ihre langen Haare mitschwangen. »Natürlich hätte es mir etwas ausgemacht, aber es ist doch nicht so, dass Italien für uns in Nürnberg irgendwo aus der Welt liegt. Ich hätte ihn besucht, mit Bahn oder Flugzeug. Und er mich, da bin ich sicher. «

Irgendwie hatte sie Recht. Die Zeit der Postkutschen war vorüber, Italien lag quasi um die Ecke. Zumindest von Nürnberg aus gesehen. Aber Lene war sich sicher, sie hätte protestiert.

»Sagt Ihnen der Name Johann Siegel etwas?«

Direkter Augenkontakt. Ein klares »Nein.«

Lene überlegte, was sie noch fragen könnte. Es war nicht ganz einfach, weil sie noch gar nicht wusste, in welche Richtung sie ermitteln konnten.

»Woher hat Patrick das Geld für das Studium in Italien? Er wollte nichts von seinem Vater.«

Sie zog die Schultern nach vorn. Seltsame Geste. Dann ein leises »Nein, das weiß ich nicht. Wir haben nie über Geld gesprochen.«

»Hat er mit Ihnen über sein Malen gesprochen? Über Pläne im Allgemeinen? «

»Er hat nie etwas gesagt. Ich weiß es nicht.«

»Hatte er Geld zur Verfügung, ich meine, mehr, als er vermutlich von seinen Eltern bekommen hat?«

»Keine Ahnung. Über so etwas haben wir wirklich nie gesprochen. Manchmal hat er für mich bezahlt, wenn wir ausgegangen sind. Er weiß ja, wusste, dass ich mir mein Studium selbst verdienen muss.«

»Hat er Ihnen jemals teure Geschenke gemacht?«

Jetzt funkelten ihre Augen wütend. »Wie meinen Sie das? Und was soll das ganze Reden über Geld? Ich war doch nicht mit ihm verheiratet. Und, nein, er hat mir keine teuren Geschenke gemacht.«

Lene versuchte einzulenken. So kamen sie nicht weiter.

»Rebecca, wir versuchen doch nur eine Spur zu finden, zu verstehen. Das hat doch nichts mit Ihnen zu tun. Wir brauchen einfach Ihre Hilfe, ebenso wie die von allen, die ihm nahe standen. Was dachten Sie über seine Malerei?« Sie hatte ihre Schultern sinken lassen, entspannte sich bei den Worten deutlich.

»Ich finde, er war einfach toll. So ein wunderbarer Maler. Ich weiß ehrlich gesagt auch nicht, was er noch in Florenz lernen wollte. Offensichtlich hat ihm dieser Mann, - Johann heißt er, sagten Sie? - einen Floh ins Ohr gesetzt. Er hätte doch seine Bilder auch so verkaufen können, finde ich.«

»Verstehen Sie etwas von Kunst?«

Jetzt wurde sie unsicher. Ihre Augen blickten unstet von Kalle, der die Frage gestellt hatte, zu Lene.

»Ich bin keine Fachfrau. Aber dass er gut ist, sieht man doch, oder finden Sie nicht?«

Lene half ihr. »Doch, das finden wir auch. Sehr gut sogar. Genau deshalb müssen wir diese Fragen stellen. Wissen Sie, ob Patrick Bilder verkauft hat?«

»Ich weiß es nicht. Er hat nie etwas gesagt. Nur manchmal habe ich ihn gefragt, wo ein Bild wäre, das mir besonders gut gefallen hat, einmal zum Beispiel ein Modigliani. Aber dann winkte er nur ab. *Habe ich weggegeben,* sagte er. Wenn ich fragte, an wen und ob er das etwa verschenkt hätte, und dass es mir doch auch so gut gefallen hätte, bekam ich keine Antwort mehr. Manchmal war er seltsam, wissen Sie? Er wollte nicht zu sehr ausgefragt werden. Dabei hat mich doch nur sein Leben interessiert.«

Jetzt presste sie die Lippen aufeinander, als ob sie zu viel gesagt hätte.

»Hat er Sie da ausgeschlossen, oder fühlten Sie sich oft ausgeschlossen?«

Keine Antwort. Sie warteten. Dann kam ein leises »Irgendwie war er so abgeschirmt in den letzten Monaten. Ich hatte manchmal das Gefühl, nicht mehr an ihn ranzukommen.«

Lene legte kurz ihre Hand auf Rebeccas Arm.

»In jeder Hinsicht? Ist er Ihnen auch sexuell fremder geworden, ausgewichen? «

Sie zog ihren Arm weg und verschränkte beide Arme. Abwehrhaltung.

»Bitte. Es ist wichtig, sonst würde ich das nicht fragen.«

Die Arme gingen wieder auf.

»Ich – ich weiß nicht. Wir hatten seltener Sex, wenn es das ist, was Sie wissen wollen«, kam es abwehrend, trotzig.

»Ich muss Sie noch etwas fragen, bitte verstehen Sie mich richtig. Haben Sie sich dabei oft ein wenig fremder gefühlt? Anders als früher? Und seit wann war das so?«

Jetzt biss sie sich auf die Unterlippe.

»Fremder. Doch, das trifft es. Manchmal war ich verzweifelt, verstand es nicht.«

»Denken, oder dachten Sie, dass da vielleicht eine andere Frau im Spiel war?«

»Nein. Eigentlich nicht. Er hat doch immer nur von uns gesprochen.« Dann wurde ihre Stimme wieder leiser. »Wir wollten doch später heiraten. Wenn ich mit dem Studium fertig wäre.«

»Und wann ist das?«, lenkte sie Lene ab. Das Mädchen tat ihr leid.

»Nächstes Jahr.«

Gut, das war es erst einmal. Sie ermahnten Rebecca, für weitere Fragen zur Verfügung zu bleiben und die Stadt nicht zu verlassen, und Kalle brachte sie zur Tür. Da Lukas noch immer auf dem Gang stand, bat er ihn noch kurz herein.

Auch er setzte sich auf den gleichen Sessel wie beim letzten Mal. Wieder schaltete Kalle den Recorder ein.

»Wir haben nur noch eine Frage«, begann er, nachdem er Lene kurz angesehen hatte. Sie hatten ihre stille Kommunikation. »Wussten Sie von Patricks Plänen in Italien zu studieren? «

Er sah ihn an und wirkte in diesem Moment ehrlich und keineswegs überheblich.

»Nein, er hat nie darüber gesprochen. Ich habe es erst heute erfahren, dass er das vor hatte. Das muss er nach der Italienfahrt im Frühling ausgebrütet haben. Danach hat er sich irgendwie abgekapselt. Ich dachte schon, er hätte in Italien eine tolle Frau getroffen. Oder sonst etwas.«

Kalle zog die Augenbraue über dem linken Auge hoch. Unnachahmlich. »Was meinen Sie mit *sonst etwas*? «

»Nur so eine Redensart. Ich weiß es nicht. Absolut nada. Nothing.«

»Schade. Das wäre es für heute. Bitte bleiben Sie für uns erreichbar, und rufen Sie uns an, wenn Ihnen noch etwas einfällt.«

Er stand auf, erleichtert, und ging zur Tür. Dort blieb er noch einmal stehen und wandte sich zu ihnen um.

»Ich glaube immer noch, dass das ein Unfall gewesen ist. Vielleicht ist er einfach betrunken gewesen oder er hatte einen Schwächeanfall und ist kopfüber in den See gefallen. Wäre das nicht möglich?« Jetzt klang seine Stimme so kläglich, dass Lene fühlte, wie sehr ihm unter der Oberfläche eines doch mehr coolen jungen Mannes der Verlust des Freundes zu schaffen machte. Sie zögerte, dann verneinte sie. Es war nicht möglich. Er ging und schloss leise die Tür.

Lene griff zum Telefon. Kalle zog seine Augenbraue fragend hoch - aber sie schüttelte nur den Kopf. Nichts für ihn.

»Volker, wir müssen sehen, ob es morgen klappt. Ich schaffe es heute nicht. Du weißt, der Mordfall. Wir müssen noch mal raus zu den Eltern.«

Er war enttäuscht, aber schließlich zeigte er Verständnis.

»Jetzt habe ich siebzehn Jahre gewartet. Na gut, also bis morgen.«

Sie fühlte kurz das Nagen eines schlechten Gewissens, zumal ihr der Besuch bei den Eltern eigentlich ganz gelegen kam. Außerdem würde Sophie auf sie warten mit dem Essen. Beine hochlegen, ein Glas Bier oder Rotwein und mit ihr reden – die Aussicht war für sie sehr viel verlockender als erklären zu müssen, warum sie damals gegangen war.

Als sie aus dem Polizeigebäude traten, hatte der Nieselregen sich verstärkt. Plötzlich sehnte sie sich nach Sonnenschein und dem Rascheln bunter Blätter unter den Füßen, nach klarer Luft und einer Wanderung in der fränkischen Schweiz, die sie so liebte. Und dann ein gemütliches Gasthaus. Aber das musste warten. Sie hatte ihr Auto auf dem Präsidiumsparkplatz abgestellt. Als sie losfuhren, stellte sie die Heizung an. Sie fröstelte.

»Kalt heute Abend. Und so ungemütlich«, fand auch Kalle. »Ich habe keine große Lust mehr zu Sommers zu fahren. Es bringt doch wahrscheinlich nichts, sie hatten keine Ahnung von ihrem Sohn. Da wird er ihnen doch kaum von seinen Einnahmen erzählt haben.«

»Aber sie wüssten von einer Erbschaft, denke ich«, wandte Lene ein. »Verdammt, wenn wir nur diesen Johann befragen könnten. Was denkst du über diese Beziehung? «

Aber auch er sah da nur vage Vermutungen, die nichts Greifbares darstellten. Sie gingen noch einmal alle Freunde durch, die Befragungen heute. Für morgen hatten sie die restlichen ins Präsidium bestellt. Aber da sie ihre Aussagen schon kannten, hatten sie auch da keine großen Erwartungen.

Lene schaltete den Scheibenwischer eine Stufe höher. Es regnete jetzt stärker, die roten Bremslichter der Autos vor ihnen spiegelten sich in der nassen Straße. Es ging auf November zu, das wurde ihr plötzlich bewusst. *Bonjour Tristesse.* Diesmal konnte Mike nicht in der Weihnachtszeit kommen.

Unten im Haus waren die Fenster erleuchtet, im ersten und zweiten Stock war alles dunkel. Sie fuhren die knirschende Auffahrt hinauf und hielten vor dem Haus. Die Außenbeleuchtung sprang über Bewegungsmelder an. Als sie klingelten, wurde die

Tür so schnell geöffnet, dass ihre Ankunft wohl schon wahrgenommen worden war.

Herr Dr. Sommer hatte jetzt einen bequemen Pulli an, Kaschmir, wie Lene ohne Überraschung feststellte, und Jeans. Das wiederum hatte sie nicht erwartet. Aber der ganze Mann war so verändert, so voll Schmerz, dass sie sich wieder wie ein unmöglicher Eindringling vorkam. Was für ein Scheißjob.

Im Wohnzimmer, in das er sie bat, saß Frau Sommer im sanften Licht einer Lampe, das ihr Haar wieder seidig leuchten ließ. Und zugleich die tiefen Ränder unter den Augen betonte. *Wenn mir das passiert wäre, grauenvoll, ich darf es mir nicht einmal vorstellen!* Dann tu es auch nicht, ermahnte sie ihre rationale innere Stimme.

Auf dem Tisch, neben zwei Weißweingläsern, lag ein Fotoalbum. Offensichtlich waren sie gerade in die Vergangenheit mit Patrick eingetaucht. Kinderfotos? Wie lange benutzen wir inzwischen Digitalkameras und Computerspeicher? Es ist so schnell selbstverständlicher Bestandteil unseres Lebens geworden. Irgendwie kann man sich das gar nicht mehr vorstellen, die Zeit davor. Die Zeit der Fotoalben. Bereits Nostalgie.

Nachdem Herr Sommer ihnen einen Platz angeboten hatte, ließen sie sich auf den weichen, hellen Polstersesseln nieder. Lene sah in die blassen Gesichter der Eltern.

»Wir mussten noch einmal kommen. Es tut uns sehr leid. Aber Patrick hat eine ziemlich hohe Geldsumme auf seinem Konto. Wissen Sie, woher das Geld stammt?«

»Wie viel?« Herr Sommer war verblüfft, das konnte sie sehen.

»Das darf ich Ihnen noch nicht genau sagen. Aber im fünfstelligen Bereich.« Er holte Luft, seine Frau sah verwirrt aus.

»Woher hatte er so viel Geld?«, fragte sie.

»Das ist eigentlich meine Frage an Sie. Hat Ihr Sohn vielleicht von den Großeltern geerbt oder von sonst jemandem? Von Ihnen scheint das Geld nicht zu kommen.«

Beide schüttelten unwillkürlich den Kopf.

»Aber die Großeltern leben alle vier noch. Nein, er hat nichts geerbt. Und von uns hat er auch keine solche Geldsumme bekommen. Woher soll das Geld denn stammen?«

Irene Sommer sah fragend zu ihrem Mann. »Verstehst du das?«

Er sah hilflos, überrascht aus. Und verneinte.

»Vielleicht durch seine Bilder? Hat er einmal erzählt, dass er Bilder verkauft hat?«

Frau Sommer erhob sich. »Bilder verkauft? Nein. Davon hat er nie etwas erzählt. Aber entschuldigen Sie, möchten Sie etwas trinken? Einen Cognac, Wein, Bier, Wasser?«

Sie nahmen beide ein Glas Wasser. Als es vor ihnen stand, sah sie auf die Perlen der Kohlensäure, die darin hochstiegen, bevor sie Herrn Sommer noch einmal eindringlich bat, darüber nachzudenken. Es musste eine Einnahmequelle geben.

Aber da war nur Überraschung und Nichtverstehen. Es war vergeblich, weiter in sie zu dringen. Schließlich tranken sie ihre Gläser aus und verabschiedeten sich.

»Kann ich morgen früh noch einmal mit meiner Tochter kommen? Sie ist ebenfalls Malerin und arbeitet in einer Galerie in Hamburg. Vielleicht kann sie mir zusätzliche Erkenntnisse vermitteln. Sie kann die Bilder von Patrick sicher noch besser beurteilen als wir Laien.«

Erschöpft, fast apathisch, stimmten beide zu.

Als sie wieder ins Auto stiegen, war Lene plötzlich ebenfalls todmüde. Sie kannte das, dieses totale Abfallen jeder Energie nach dem ersten Tag eines Mordfalles, wenn sie noch völlig im Dunkeln umherirrten. Sie setzte Kalle ab und fuhr weiter nach Hause. Acht Uhr. Dann bog sie doch nicht in ihre Straße ein, sondern fuhr auf der *Äußeren Sulzbacher* weiter, bis sie schließlich bei ihrer Freundin in der Hebbelstraße ankam. Sogar einen Parkplatz fand sie. Jetzt ging es ihr wieder besser. Aktiv werden gegen diese Lähmung war oft ihr bestes Rezept. Sie klingelte an der schönen, alten Jugendstiltür. Wieder bewunderte sie beim Warten die harmonische Architektur von Ferdinands Elternhaus. Es strahlte so viel Liebe zum Schönen aus. Auch Ferdinands Vater war schon Antiquitätenhändler gewesen und dazu einer der renommiertesten von Nürnberg. Brigitte hatte bis zu ihrem Tod einmal Ferdinand Melzers Nachfolgerin werden sollen. Wie stark diese junge Frau gewesen war und wie ambitioniert! Und dann einfach durch Mord ausgelöscht. Noch immer tat es Lene weh, wenn sie an den Verlust ihrer Freundin Marion dachte, und Brigitte als Mordopfer in Frankreich vor sich sah. Auch wenn es inzwischen schon über zwei Jahre her war.

Marion öffnete und schloss sie in die Arme. »Heute ist doch noch nicht Mittwoch«, neckte sie Lene und dann, ernst werdend, »Komm rein. Sicher geht es um Patrick.«

»Hast du schon gegessen? Soll ich dir was machen? Wir sind gerade fertig.«

Lene winkte ab. »Sophie wartet auf mich. Ich habe ihr versprochen, mit ihr zu essen.«

Ferdinand kam zur Tür herein und begrüßte sie herzlich wie immer. Ihm sah man die letzten Jahre der Trauer um Brigitte an. Sein dunkles Haar war inzwischen von mehr als einigen grauen Strähnen durchzogen, sein schönes, kantiges und zugleich starkes Gesicht hatte einige Falten dazu bekommen. Trotzdem, einer der Männer, die mit zunehmendem Alter immer besser aussehen. Als sie mit einem Glas Bier und einem blauen Schälchen mit Erdnüssen auf dem Tisch in dem gemütlichen Sessel saß, atmete sie auf. Sie zog ihre Schuhe aus, ließ sie auf den weichen, dicken, grünen Gabeh fallen und zog die Beine unter sich.

»So ist es schon besser. Es tut immer gut, bei euch zu sein. Eigentlich wollte ich euch nur etwas fragen. Vielleicht weißt du oder Ferdinand etwas über den Kunstmarkt. Ich habe zwar Sophie, aber es kann nicht falsch sein, noch mehr Fachwissen darüber anzuhäufen. Ihr kanntet doch Patrick, im Gegensatz zu mir. Womit kann er ziemlich viel Geld verdient haben, wobei es sich nicht um einen Kleckerbetrag handelt.«

In der Stille hörte sie das Ticken der antiken Wanduhr und sah das messingfarbene Pendel hin und her schwingen. Dann räusperte sich Ferdinand.

»Also, falls du an Drogen denkst. Das glaube ich auf keinen Fall. Aber, nur mit Kellnern, so wie wir früher, kann er auch nicht viel angespart haben.«

Marion fiel ihm ins Wort. »Er hat doch gar nicht gekellnert!«

Lene dachte wieder an die Bilder. »Deshalb habe ich an den Kunstmarkt gedacht. Wart ihr schon einmal oben bei ihm? Habt Ihr das Fresko in seinem Wohnraum gesehen? Unglaublich. Und die Kopien, die er von Gemälden anderer berühmter Maler gemacht hat? Ich frage mich, ob er davon noch mehr hatte. Gibt es für so etwas eigentlich einen Markt?«

Ferdinand steckte sich eine Zigarette an, woraufhin er einen leicht vorwurfsvollen Blick von Marion kassierte. Aber dann griff sie doch hinter sich, angelte den Aschenbecher von dem kleinen Beistelltischchen aus der Biedermeierzeit und schob ihm den wortlos hinüber. Er quittierte diese Geste mit einem Lächeln, bevor er sich wieder Lene zuwandte.

»Ja, wir kennen einen Teil seiner Reproduktionen. Erstaunlich, wie er sich in jeden Maler hineinfühlen konnte. Man sah in den Bildern, dass er förmlich in die Persönlichkeit und Technik des anderen eingedrungen war. Es war nicht nur der Malstil. Ich war immer vollkommen begeistert. Auch wenn mir seine eigenen Bilder noch viel besser gefallen. Nein, oben in seiner Wohnung waren wir nie. Ich zumindest nicht. Du, Marion?«

Sie schüttelte den Kopf, und er fuhr fort. »Doch um auf deine Frage zurückzukommen. Ja, dafür gibt es sogar einen großen Markt. Hauptsächlich in den USA, wie du dir denken kannst.«

»Aber in den letzten zehn, fünfzehn Jahren auch in Russland und jetzt auch in China«, ergänzte Marion. »Erinnerst du dich an den chinesischen Geschäftsmann, der bei uns unbedingt einen echten Renoir kaufen wollte. Wir konnten ihn kaum davon überzeugen, dass es solche Originale nicht einfach zu kaufen gibt – nicht einmal in Europa. Er hatte sich das in den Kopf gesetzt und war bereit, jeden Preis dafür zu bezahlen. Er hätte sicher auch eine Kopie gekauft. Seine Freunde hätten das wahrscheinlich nicht einmal bemerkt, weil sie einfach zu wenig von uns wissen. Und für solche Leute – das könnte ich mir schon vorstellen. Aber das ist Spekulation.«

Ferdinand widersprach. »Nein, das ist mehr als Spekulation. Es gibt wirklich einen großen Markt dafür. Vielleicht hat Patrick einen Weg gefunden, sich dort einzuklinken. Im Moment wird gerade ein großer Kunstfälscherprozess verhandelt. Ich glaube in Köln. Ich werde für dich die Einzelheiten herausfinden, wenn du möchtest.«

»Aber Patrick war doch kein Profi. Er kann kaum selbst auf die Suche nach Kunden gegangen sein«, wandte Lene ein. Aber dann riss sie die Augen auf. »Das war's! Danke für eure Hilfe. Ich vergesse noch manchmal, dass es für so etwas das Internet gibt«, meinte sie selbstironisch. »Ich gebe das weiter an meinen Kollegen. Vielleicht wird er fündig.«

Sie schlüpfte in ihre Schuhe und sprang auf.

»Nun müssen wir noch herausfinden, was dafür bezahlt wird. Aber das kriegen wir auch noch hin. Wenn euch noch etwas einfällt, ruft mich gleich an.«

Jetzt war sie wieder Lene, das Energiebündel. Sie gab ihrer Freundin einen Kuss auf die Wange, winkte Ferdinand zu und mit einem »Und leider kann ich am Mittwoch nicht. Erst müssen wir mit dem Fall weiterkommen. Aber dann – du kennst das ja schon!« war sie zur Tür hinaus.

Draußen war es inzwischen einfach nur noch scheußlich. Wie schnell der Wechsel vom goldenen Spätherbst zu ätzendem dunklen Regenwetter gegangen war! Wenn sich diese Stimmung über die Stadt legte, brauchte man alle Kraft um sich klarzumachen, dass das am nächsten Tag schon wieder anders sein konnte. Es wirkte einfach so endgültig. Schien einen in seine schwere Dichte hineinzusaugen.

Als sie ihre blaue Haustür hinter sich schloss, kam ihr eine fröhliche Sophie entgegen. »Schön, dass du da bist. Das kenne ich ja auch anders«, meinte sie lächelnd. Lene registrierte einmal wieder die Toleranz ihrer Tochter ihr gegenüber. Obwohl sie ihr als Mutter oft eine Menge zumutete.

»Komm, bis die Nudeln gekocht sind, gibt es erst einmal ein paar Aperitif Happen. Was möchtest du trinken? Wein erst zum Essen oder gleich? Bier? Oder einen Martini? Ich habe Eis im Eisfach gefunden und Oliven habe ich auch.«

»Klingt gut!« Sie freute sich auf das Verwöhntwerden. Auf dem Tisch standen französische Köstlichkeiten und italienische Antipasti. Kerzenlicht gab dem Ganzen etwas Besonderes.

»Vorgeschmack auf Italien, dachte ich mir.« Sophie war stolz auf ihr Arrangement.

Lene merkte, dass sie jetzt richtig hungrig war und ließ sich auf das Sofa fallen. Die Schuhe hatte sie endgültig schon im Eingang fallen lassen. »Ich glaube, ich nehme ein Bier.« Sie pikste eine grüne Olive auf und steckte sie in den Mund, überließ sich ganz der Erinnerung an Sonne und Wärme. Während sie darauf wartete, dass das Wasser kochte, knabberte sie sich durch das Sortiment an appetitanregenden Spezialitäten, und hörte Sophie zu, die von ihrem Tag erzählte.

»Wir müssen gleich noch an den Computer, ich habe keinen Flug für uns gefunden. Sie sind einfach schweineteuer, und wir müssen meinen doch selbst bezahlen. Fünfhundert Euro – das ist doch Blödsinn für einen Tag Florenz. Und die Flugzeiten sind mehr als unpraktisch. Zudem muss man bei allen Flügen umsteigen – mit meist langen Wartezeiten. In Zürich oder Amsterdam oder in Düsseldorf. Völlig idiotisch. Wir sollten uns mal die Bahnfahrpläne ansehen. Ich glaube, das ist billiger und stressfreier.« Lene gab ihr Recht. »Und wenn wir mit dem Auto fahren?«

Sophie schüttelte den Kopf. »Habe ich auch nachgeschaut. Achthundert Kilometer und laut Routenplaner fast acht Stunden. Hast du darauf Lust?«

Sie zögerte. Einerseits ja, forderte die freiheitsliebende Seite in ihr. Sie fuhr gern mit dem Auto. Andererseits war die Aussicht auf endloses Autobahnfahren mit anschließender Parkplatznot in Florenz eher grauslig.

»Weißt du noch, wie wir unser vor dem Hotel *Michelangelo* geparktes Auto am Abend nicht wiedergefunden haben? Es einfach weg war?«

Sophie gluckste und machte dann ein verzweifeltes Gesicht. »*Wo ist es? Wir haben es doch hier abgestellt!! Oh nein!* Und dann bist du in das Fünfsternehotel hinein und hast den schockierten Rezeptionschef um Rat gefragt. In Flipp-Flops und Wallerock und Top. O Himmel, was für ein Bild! Und Jonas und ich haben unsere mutige Mama einfach bewundert.«

Sie hatten ihr Auto wiedergefunden. Es war von der Polizei abgeschleppt worden, weil ein Dieb das kleine Seitenfenster eingeschlagen und das Teleobjektiv vom Rücksitz gestohlen hatte.

»Weißt du noch, die Hauptwache bei Nacht – und keiner sprach Englisch oder Französisch oder gar Deutsch – nur mit dem Chef der Kripo konnten wir reden. Oder so was ähnliches wie reden. Signora Collega … « Jetzt prusteten beide los. Versanken in jener schwarzen, warmen Sommernacht in Florenz und ihrer Erinnerung.

»Jetzt werde mal ernst, Frau Kommissarin! Also ich habe umgeplant und ein Zimmer für uns im Hotel *Giuliano* bestellt. Stell dir vor, laut Internet kann man sogar seitllich aus dem Fenster die Straße hinunter auf die Domfassade schauen. Fand ich doch besser als unser altes *Fiora*. Was meinst du? Kostet nur fünfzehn Euro mehr. Überhaupt, man kann wirklich günstige Zimmer in der Innenstadt finden. Mit wunderschön gestalteten Räumen. Ich dachte, so kannst du den Mann dort rund um die Uhr beobachten. Oder ist dir das zu nahe am Zeugen? «

»Das kann gar nicht nahe genug sein. Gut, das machen wir.«

Lene hatte sich bereits während der Heimfahrt überlegt, dass dieser Johann um die Tatzeit herum wahrscheinlich noch gar nicht in Florenz gewesen war. Er hätte überall sein können, sogar in Nürnberg. Also war er nicht nur jemand, der ihnen vielleicht mit seinem Wissen weiterhelfen konnte, sondern eventuell auch verdächtig. Man würde sehen.

Sophie hantierte jetzt in der Küche, während Lene in ihrem Sofa kuschelte und über den vergangenen Tag nachdachte, über all die Puzzlesteine, die sie heute gefunden hatten. Die sortiert werden mussten. Sogar Volker kreuzte kurz in ihren Gedanken auf. Was sollte sie ihm nur sagen, nach all den Jahren? Vielleicht konnten sie gerade aus der Distanz der Zeit alles klären, ohne noch einmal Verletzungen zuzufügen.

In dem Moment kam Sophie mit der Schüssel Spaghetti herein, verschwand wieder in Richtung Küche und kam mit einer nach Kräutern, darunter besonders Oregano, duftenden Sauce Bolognese zurück. Köstlich, dachte Lene, die es immer genoss, wenn sie nicht selbst kochen musste und das Essen anders schmeckte als von ihr selbst zubereitet. Sophie war eine wirklich gute Köchin, nur übertroffen von ihrem Bruder. Jonas kochte inzwischen unschlagbar. Er bewegte sich an guten Tagen Richtung Sternekoch. Susanne wiederum war mehr Lenes geliebter Großmutter Elise ähnlich in den fränkischen Kochgewohnheiten des Alltags und vermittelte dadurch oft ein Stück Kindheit..

Der Rotwein, zu dem sie inzwischen gewechselt waren, fing schimmernd das Kerzenlicht ein. Sophie sah sie jetzt fast feierlich an.

»Also, ihr hattet vorgestern recht. Ich wollte es nur erst einmal dir erzählen. Ich habe mich wirklich verliebt.«

Ihre Augen glänzten, die Wangen waren vor Aufregung gerötet. Lenes Herz machte einen Satz. »Wie schön. Erzähle!« Seit Sophies Trennung von Eric vor drei Jahren hatte sie auf diesen Satz gewartet. Sie sah in das vor Verliebtsein leuchtende Gesicht ihrer Tochter, deren Augen glücklich schimmerten. Wie Seen, dachte sie und schämte sich für diesen abgedroschenen Vergleich. Trotzdem – er stimmte.

Sie dachte kurz an die Bahnauskunft für Florenz. Aber dieses wichtige Gespräch mit Sophie durfte sie nicht unterbrechen. Sophie brauchte sie jetzt und ihr Leben musste wichtiger sein als der Beruf. Für die Planung der Fahrt hatte Sophie morgen noch Zeit. Der Rest des Abends war angefüllt mit einem Tochter-Mutter-Gespräch, in dem ein Ben in Hamburg eine wichtige Rolle spielte.

Kapitel 10

Dienstag, 23. Oktober

Es war noch dunkel, als Lene am nächsten Morgen vor die Haustür trat. Wenigstens regnet es nicht, versuchte sie an das Gute beim Anblick der vom Vortag noch feucht glänzenden Straße unter dem fast dunklen Himmel zu denken.

Sie hatte unruhig geschlafen. Es war spät geworden mit Sophie gestern. Sie schloss ihr Auto auf und ließ sich auf den Fahrersitz sinken. Himmel! Sie war sich immer noch unschlüssig, wie sie heute vorgehen wollten. Es hing viel von Klaus Mertens ab und den Ergebnissen der KTU. Ihre Zauberabteilung, dachte sie manches Mal. Es war unglaublich, wie sich gerade die Forensik in den letzten zwanzig Jahren entwickelt hatte. Und Klaus Mertens war mitgewachsen, war in seinem Fach ein richtiges Ass geworden. Manchmal holten sogar die Münchner einen Rat von dem fränkischen Kollegen, der immer in seine Mundart fiel, wenn er sich aufregte – im Guten wie im Schlechten.

Danach das Gespräch mit Camille und den anderen Freunden, die sie noch nicht gesehen hatten. Kalle hatte schon kurz vor sieben angerufen, er würde heute mit dem eigenen Wagen fahren, da er eher ins Präsidium wollte und überhaupt, fand er, dass es praktischer war, falls sie getrennt ermitteln müssten.

Der Meetingraum war eigentlich mit einer Miniküche und mit dem neuen Luxuskaffeeautomaten als eine Art Pausenraum gedacht, wurde jedoch bei anzahlmäßig größeren Teamtreffen, wie sie bei komplizierten Mordfällen nötig waren, für die Ermittlungen quasi konfisziert. Als sie ihn jetzt betrat, sah sie mit Befriedigung, dass alle Beteiligten bereits anwesend waren. Bis auf Gert. Aber das kannte sie schon von ihm. Er liebte den Auftritt in letzter Minute. Ihr Blick glitt über ihre Crew, mit ihr und Kalle waren sie zu acht, den Rechtsmediziner nicht mitgezählt. Obwohl - Stefan Glauber war auch da, und sie hoffte, dass er noch neue Erkenntnisse für sie hätte. Vor allem ihr Computerspezi Bert Carstens war anwesend – und den würde sie gleich brauchen. Klaus lehnte mit seinem Kaffeebecher in beiden Händen am Fenster und teilte seine Aufmerksamkeit zwischen draußen und drinnen auf. Sandra sprach mit Jakob, dem Jüngsten des Teams und hob kurz grüßend die Hand, als sich ihre Blicke trafen.

Kalle hatte die Bilderwand auf den neuesten Stand gebracht. Sie erkannte Fotos des Fundorts am Wöhrder See mit einem Bild des Toten, Fotos der Freunde, eins von der Gaststätte *Zwinger*. Die Namen von Patricks Familie – inklusive Tante Isolde – waren neben dem Foto des lebenden Patrick geschrieben, unter den jeweiligen Fotos – hatte Sandra die gemacht? - die Namen seiner Freunde und wo sie sich zum Zeitpunkt des Verschwindens aufgehalten hatten. Glauber, der mit Kalle im Gespräch war, löste sich von ihm und kam herüber zu ihr.

»Hast du noch etwas gefunden?«, fragte sie, aber in dem Moment kam Gert herein und setzte sich schnell auf einen der freien Stühle. Sie konnten anfangen. Alle suchten ihre Plätze auf.

Stefan Glauber berichtete als erster, aber leider ohne weitere Neuigkeiten. Die Schläge und Tritte waren mit großer Brutalität ausgeführt worden, wie er noch einmal betonte. Und dann die seltsame Injektion, die vielleicht – und er betonte noch einmal *vielleicht* – dafür gedacht war, das Opfer reaktionsunfähig zu machen. Nicht zu töten, denn dafür war die Dosis nicht geeignet. Aber reaktionsunfähig machen, das ja. Und dann den Kopf in das verhältnismäßig flache Wasser drücken, bis Patrick ertrunken war. Wie es bei Kleinkindern häufig passiert.

»Ein seltsames Verhalten. Und vor allem ist eins sicher – er wurde dort in der Wöhrder Wiese sowohl verprügelt als auch ermordet. Wieso die Spur dann zum Sebalder Wald - oder korrekt Sebalder Staatswald, da wo er noch Erlenstegener Wald ist - und zurück führte, das, liebe Fachleute, bedeutet für euch Gehirnakrobatik vom Feinsten. Den genauen Todeszeitpunkt auf eine Stunde kann ich nach einer Woche nicht feststellen, aber nach der Relation Wassertemperatur und dem Zustand der Leiche ist der Tod mit großer Wahrscheinlichkeit in der Nacht zum Montag zwischen dreiundzwanzig und sechs Uhr eingetreten.« Ein zufriedenes Lächeln umspielte seinen Mund.

Lene atmete seufzend aus. »Also in der Nacht zum Montag. Nach 01:56.«

Stefan sah zu ihr herüber. »Er musste doch noch aus dem Wald hinüber zur Wöhrder Wiese, um sich ermorden zu lassen. Hast du das schon berücksichtigt?«

Lene schluckte. Hoffentlich kamen ihr Kopf und die Konzentration ebenfalls bald aus Kalifornien hier in Nürnberg an. Sie fühlte sich in manchen Momenten immer noch wie aus Watte.

»Wir sagen also zwischen Viertel nach zwei und vier Uhr.«

Klaus Mertens schaute von einem zum anderen. »Also, des mechat iech scho a soagn, dea Fundord is a dea Daadord.«

Fundort gleich Tatort. Gut, das hatten sie jetzt gleich doppelt bestätigt bekommen. Aber hier stellte sich erneut die Frage, wieso er dann im Sebalder Wald geortet worden war? Und *vorher* in der Gegend von Rebeccas Zuhause. Warum sollte er zurückgekommen sein auf die Wöhrder Wiese?

Klaus beschrieb die Spuren, die sie trotz der Tage, die der Angriff zurücklag, noch gefunden hatten. Es waren etwa fünfzig Meter vom Fundort zu der Stelle, an der sie von verschiedenen Schuhen aufgewühltes Erdreich gefunden hatten. Klaus hatte einen Schuhabdruck sichern können- »Größe fünfundvierzig, von einem schweren Mann« - die anderen waren unbrauchbar, weil sie übereinander lagen und verschmiert waren. Unter einem Grasbüschel hatten seine Leute allerdings noch etwas Blut finden können, Blut, das mit Patricks Blutgruppe übereinstimmte. Die genaue DNA Analyse würde bis morgen fertig sein.

Aber warum hatten der oder die Angreifer ihn nicht gleich totgeprügelt? Warum die Spritze und das Ertränken? Das zusammen mit den Handydaten ergab doch keinen Sinn. Zumindest auf den ersten Blick.

Lene vergab anschließend die Befragungen, die noch anstanden, zur Abklärung von Aarons und Lukas' Alibi. Die Befragung von Frau Goldbach, der Mutter von Aaron und Rebecca, übernahm Gert. Auf die Suche nach dem Freund, den Lukas am Sonntagabend aufgesucht hatte, schickte sie wieder Sandra und Jens.

Lene nahm sich noch einen Kaffee, als die anderen bis auf Kalle den Raum schon verlassen hatten. Sie hatte ihren Kollegen Bert Carstens damit beauftragt, im Internet zu recherchieren, ob es da einen Markt für Kopien berühmter Gemälde gab, wie der Marktwert solcher Bilder war und ob Patrick vielleicht eine eigene Website hatte, auf der er seine Kopien anbot.

Nachdenklich starrte sie auf die polierte Platte des schlichten Holztisches vor ihr, nahm zum hundertsten Male den kleinen blauen Fleck rechts oberhalb ihres Platzes wahr und strich mit dem Finger darüber, wie schon so oft.

»Wenn wir wenigstens den genauen Todeszeitpunkt wissen würden. Aber so! Hast du eine Idee, warum die mit ihm erst in der Nähe des Tatorts waren? Haben sie, ich denke, es waren mehrere Täter, ihn schon zu dem Zeitpunkt verprügelt oder später? Denn Glauber hat festgestellt, dass zwischen Verprügeln und Tod eine Zeitspanne liegt. Dann fährt er zu Rebecca, das nehme ich mal an. Vielleicht, weil er sich von ihr helfen lassen will. Als alles dunkel ist bei ihr, versucht er, sie ans Telefon zu kriegen, obwohl er weiß, dass sie sicher schon schläft und das Handy dann ausgeschaltet ist. Versucht es andererseits nicht bei Aaron. Wieso nicht? Na gut, dann fährt er in den Sebalder Wald, bei Nacht auch nicht zu kapieren. Was will er dort? Von dort ruft er noch einmal bei seiner schlafenden Prinzessin an. Wieso, wenn er doch weiß, dass das vergeblich ist? Dann nimmt er den Akku raus. Und das Handy haben wir auch nicht gefunden. Hat er es dort weggeworfen?«

Ihre Stimme hatte einen ungeduldig-sarkastischen Unterton, wie manchmal, wenn sich überhaupt kein Faden zeigte. Kalle wusste aber, dass das oft zu einem fruchtbaren Prozess führte.

»Und wenn ihm das Handy nur heruntergefallen ist dort in der Dunkelheit? Und sich dadurch der Akku gelöst hat? Er beides oder den Akku nicht wiedergefunden hat?«

Lene gab ihm Recht. Das hätte sein können.

»Ich glaube aber, dass er nicht allein war. Erstens stand sein Auto beim *Zwinger,* ob das der Parkplatz vom Abend war, also als er zum Treffen mit den Freunden ging, oder er es später dort geparkt hat, ließ sich nicht feststellen. Keiner der Freunde hat ihn beim Abstellen des Autos gesehen.«

Da fiel ihr noch etwas ein. Wenn die Polizei nach Patrick gesucht hatte, nach seinem Verschwinden, hatte sie sicher sein Auto gefunden. Und sich vielleicht die Nummern der Autos, die drum herum geparkt hatten, notiert. Die konnten sie noch befragen. Vielleicht gab das einen Anhaltspunkt. Sonntagabend – na, eine dürftige Hoffnung. Ab spätestens Montagmorgen waren die Fahrzeuge sicher wieder bewegt worden und da hatte die Polizei bestimmt noch nicht gesucht. Trotzdem griff sie zum Telefon und rief das zuständige Polizeirevier an. Sie bekam die Auskunft, dass man zwar einige Kennzeichen der Kraftfahrzeuge um den Parkplatz von Patricks Auto notiert habe, aber dass bisher niemand daran Interesse gezeigt hätte.

»Von dena Gollegn. Obbe iech schau amol nooch in dera Schubladn. Wartens amol. Ja, do hammer's. Iech fax na des glei nübä.«

Ungeduldig warteten sie und Kalle neben dem Faxgerät, bis die Liste endlich auftauchte. Dann gab sie sie gleich weiter zur Überprüfung der Halter an die Kollegen. Jetzt mussten sie nur noch abwarten, ob einem von ihnen damals Patricks schwarzer

Peugeot 206 mit roter Innenausstattung aufgefallen war. Am frühen Abend des Sonntag und ebenso während der Nacht oder in den frühen Morgenstunden des Montag. Eine schwierige Aufgabe nach neun Tagen. Viel erwarteten sie sich davon nicht. Aber versuchen musste man es.

Schwarz-Rot. Wer hatte ihr einmal erklärt, dass das ein psychologisch kreativer Ausdruck gerade bei Malern sein konnte? Damals empfand sie der Behauptung gegenüber eher Skepsis, aber hier schien sie sich doch zu bestätigen, überlegte Lene. Maler-Farbkombination. Man kann die Behauptung ja mal so stehen lassen.

»Und zweitens?«, fragte Kalle in ihre abschweifenden Gedanken hinein.

»Wieso zweitens?«

»Du hast vorhin gesagt, dass du erstens glaubst, dass er nicht allein war – und zweitens?«

Sie versuchte sich an ihren Gedankengang von vorhin zu erinnern.

»Zweitens glaube ich, dass er den oder die Täter gekannt hat. Damit kommen auch zum Beispiel Aaron oder Lukas in Frage, die beide nicht mehr bei den anderen waren, als Patrick ging. Obwohl ich beim besten Willen kein Motiv erkennen kann. Verdammt, wir wissen noch viel zu wenig. Wie war er? Das Urteil seiner Eltern oder von Camille oder seiner Freundin Rebecca – die sind mir alle zu subjektiv. Vielleicht hatte er auch eine dunkle Seite und war dann so, dass man ihn hassen konnte.«

Blödsinn, dachte sie. Und fügte laut hinzu: »Gehen wir doch mal zu den klassischen Motiven. Geld, Liebe, da natürlich die Eifersucht, Rache. Also fang an. Geld.«

Erwartungsvoll blickte sie ihren Partner an, nahm seine hohe Stirn, die er runzelte, ebenso wahr wie seine kräftigen Hände, von denen eine sich gerade zur Faust ballte und in die Handfläche der anderen schlug. Wie eine Art wütende Taktgebung.

»Geld. Geld auf der Bank, mehr als da sein sollte. Gibt es einen kriminellen Hintergrund? Doch Drogen? Oder ein blühender Handel mit den Bildern. Er könnte sie als Originale verkauft haben. Also die Kopien nicht als solche ausgewiesen haben.«

Lene überlegte wieder, dass sie noch mit Sophie über Bilderfälschungen, über einen Markt dafür, hatte sprechen wollen.

In dem Moment klingelte ihr Handy. Sophie berichtete von den Möglichkeiten mit der Bahn zu fahren.

»Ich glaube, das ist am besten. Wir brauchen zwar statt etwa fünf Stunden beim Fliegen jetzt acht Stunden wie mit dem Auto auch, aber es wird eben doch wesentlich billiger, beziehungsweise weniger anstrengend. Und wenn wir am Freitag nicht fertig sind, haben wir die Freiheit des Wochenendes. Falls sie dich hier entbehren können. Also, wir können einfach spontan aus der Lage heraus entscheiden. Und weißt du was? Ich finde es toll, dass wir mal acht Stunden zusammen sind, und sogar sechzehn, wenn man die Rückfahrt mit einbezieht, in denen wir quatschen und lesen können oder nachdenken, und natürlich in den Speisewagen gehen. Klingt gut, nicht? Morgen früh um acht geht es los.«

Ihre Stimme klang dabei so fröhlich, dass Lene sich unwillkürlich anstecken ließ.

»Das machen wir. Ich freue mich schon.«

Als sie aufgelegt hatte, musste sie sich zurückzwingen von den Gedanken an Florenz mit Sophie. Das war schließlich keine Urlaubsreise. Obwohl – ein bisschen schon. Plötzlich hatte sie die südliche Luft in ihrer Nase. Sie mussten noch nach dem Wetter sehen! Was hatte Kalle gerade gesagt? Ach ja, die Bilder. Ob sie vielleicht als Originale verkauft worden waren.«

»Stimmt. Das würde bedeuten, dass sich dahinter – oder darunter, um bei dem Bild zu bleiben - ein krimineller Sumpf verbirgt.«

Sie erzählte ihm von dem Besuch bei Marion und den Informationen, die sie gestern bekommen hatte. Sie hatte das im Meeting nicht erwähnt, weil sie erst Genaueres wissen wollte, bevor etwas durchsickerte und von der Presse breitgetreten wurde. Wobei ihr der überfällige Besuch bei Beate in der Pressestelle einfiel. Die musste sie gleich im Anschluss an dies Gespräch mit Kalle endlich aufsuchen.

»Nur, dafür fehlt uns noch jeder Hinweis«, fuhr sie fort und strich sich mit der linken Hand ihr Haar hinter das Ohr. »Warten wir ab, was das Internet uns für eine Fährte zeigt. Und wenn da etwas ist, dann weiß es sicher dieser Johann. Weiter – Liebe und Eifersucht. Was fällt uns da ein?«

Jetzt wurde Kalle munter, man sah den Energieschub. Offenbar gingen seine Vermutungen eher in diese Richtung.

»Da gibt es Rebecca, die seine Freundin ist. Warum sollte sie ihn umbringen? Abgesehen davon, dass wir rein kräftemäßig mehr nach einem Mann suchen. Glaubst du, dass die fremd geht? Ihn beschissen hat?«

Die Worte *Untreue* oder *betrügen* scheinen aus dem Wortschatz der Folgegenerationen zu verschwinden. Jetzt wird man *beschissen*. Oder *verscheißert,* dachte Lene. Sie hasste diese Worte.

»Sie wirkt eigentlich nicht so. Aber wenn, und er hat es rausgefunden, dann kam es vielleicht zu einem Kampf der beiden – der andere war ihm dabei überlegen. Daher die vielen Prellungen und Blutergüsse. Aber wie passen Spritze und Ertrinken in das Bild? Ein zweiter Täter? Auf jeden Fall müssen wir Rebecca noch einmal auf den Zahn fühlen in diesem Punkt. Ich misstraue diesen so offensichtlich *ruhigen Menschen. Stille Wasser sind tief*, sagt der Volksmund.«

Schon wieder eine abgedroschene Phrase. Reiß dich mal zusammen, Lene. Polizeiarbeit muss doch nicht das Gehirn austrocknen!

Kalle grinste denn auch abscheulich.

»Tolle Erkenntnis, Frau Kollegin. Aber vielleicht sollten wir wirklich darauf achten. Wobei dieser Johann auch eine Rolle spielen kann. Ich denke immer, der ist schwul. So wie der schreibt! Dann säße er, ich meine Patrick, wegen Rebecca ganz schön in der Patsche. Nicht leicht, so etwas seiner Freundin beizubringen. Aber wer hat ihn dann verprügelt? Johann, weil er überraschend hier in Nürnberg auftaucht und Patrick mit Rebecca überrascht, von der er nichts weiß? Aber am Tag des Verschwindens war Rebecca im *Starbucks* und nicht in Patricks Bett.«

»Ich hole mir noch einen Cappuccino. Möchtest du auch?« Er wollte.

Während sie die Tasse auf das Gitter stellte und auf den Strahl mit schwarzem Espresso wartete, Milch in den Klarsichtbehälter der Maschine gab und zusah, wie der rotierende Arm die Milch aufschäumte – *wie unsere Gedanken auf der Suche* – fiel ihr Blick auf die weiße Magnettafel.

»Aaron. Kann er irgendetwas gegen Patrick haben? Er ist vor ihm gegangen und hatte Zeit, sein Auto zu holen und Patrick einzuladen. Oder er ist zurückgekommen und er und Patrick sind weggefahren. Wir müssen bei der Mutter Aarons Alibi überprüfen. Machst du das nachher? Versuch mal, Gert zu stoppen. Besser du fährst hin. Notfalls nimm ihn mit, sonst ist er wieder beleidigt.«

Kalle nahm seine Tasse entgegen und schaufelte zwei Löffel Zucker hinein.

»Mache ich. Und ich rede noch einmal mit Aaron. Obwohl ich bisher auch keinen Anhaltspunkt für ein Motiv sehe. Eifersucht auf seine Schwester? Auch nicht so überzeugend. Na, mal sehen. Und ich achte dabei auch auf die Hellhörigkeit des Hauses.«

»Gut, dann mache ich die noch fehlenden Befragungen der anderen Freunde nachher um zehn. Bis dahin sind sie einbestellt. Da sie alle Studenten sind, war es mir zu mühsam, auf die Suche nach ihnen zu gehen. Wer weiß, wo sie herumschwirren. Und vorher gehe ich noch rauf zu Beate.«

Sie betrat nach kurzem Klopfen das Büro der Pressesprecherin. Sie freute sich auf ihren Austausch. Beate und sie verstanden sich hervorragend und, was Lene besonders wichtig war, sie konnte sich immer auf sie verlassen. Charmant und kompetent ließ sie sich von der Presse immer genau so weit in die Karten gucken, wie sie es geplant hatten. Beate kam ihr denn auch hoch erfreut entgegen.

»Dass du es endlich mal wieder zu mir schaffst. Ich hatte schon jede Hoffnung aufgegeben.«

Ihre blauen Augen blitzen ironisch und zugleich herzlich. Eine besondere Mischung, dachte Lene.

»Eigentlich wollte ich zu eurer Besprechung vorhin, aber es ging zeitlich nicht. Willst du jetzt die offizielle Verlautbarung absprechen? Und einen Kaffee?«

Die wievielte Tasse heute? Ach, egal, wer weiß, wann ich wieder einen bekomme, und Beates Cappuccino war legendär. Sie nickte.

»Einen von deinen köstlichen Cappuccinos.«

Wobei es korrekt sicher cappuccini heißt, dachte sie und probte innerlich schon für Italien. Während sie darauf wartete, dass Beate zurückkam, ließ sie sich in einen Moment der Ruhe fallen. Ihr Blick schweifte über die gelbgrünen Vorhänge, die dem Raum zusammen mit der gelben Wandfarbe etwas Frisches verliehen. Fast frühlingshaft. Wieder war sie froh über den Handlungsspielraum, den sie beim Einrichten ihrer Büros gehabt hatten. So wie Kalle und sie Gelb und Lavendelfarben gemischt hatten und damit ein bisschen *Sommer in Frankreich* hereingelassen hatten. Durch die Scheiben blitzte inzwischen eine warme Herbstsonne. Das hatte sie vorher noch gar nicht wahrgenommen.

»So, nun erzähl mal. Was ihr schon so alles habt, und was davon an die Presse soll. Denn irgendwas muss ich denen zum Fraß vorwerfen«, meinte Beate, die dabei zusah, wie Lene gedankenverloren in ihrem Milchschaum rührte. Aber dann war sie wieder ganz da und beschrieb ihren Konflikt mit den verschiedenen Orten.

»Das bringt alles durcheinander. Wo sollen wir anfangen, wenn wir nur die ungefähre Tatzeit und den letztendlichen Tatort kennen und dazu die irrationale Tötungsart? Das gibt alles keinen Sinn. Und als Krönung hat er dann auch noch zu viel Geld auf dem Konto und malt – von Kopien alter Meister bis zu ausgezeichneten eigenen Bildern. Aber das, was ich dir jetzt an Vermutung erzähle, kommt bitte auf keinen Fall in die Presse. Da muss ich erst noch mehr wissen und will keine Spekulationen von denen.«

Als sie geendet hatte, schüttelte auch Beate ihren Kopf, so dass ihre Locken wippten.

»Das ist wirklich kompliziert. Ich kann dich verstehen. Du musst diesen Johann sprechen, das scheint auch mir klar. Aber dann? Entweder der Mord hängt mit den Bildern und da sicher den Kopien zusammen - dann wissen Patricks Freunde offensichtlich wirklich nichts - oder ich würde genauso im Dunkeln tappen wie du. Ich beneide euch nicht. Also gut, wie wollen wir es für die Presse formulieren?«

Sie arbeiteten noch einige Minuten am Text der Verlautbarung, dann verließ Lene wieder dies Refugium der Ruhe, wie sie es immer empfand. Nachdenklich ging sie zurück in ihr Büro, das sie verwaist vorfand. Bis zehn hatte sie noch eine knappe Viertelstunde, die sie nutzte um sich Notizen zu machen.

Der Pförtner klingelte sie an. Hier wäre Besuch für sie. Sie gab ihr okay. Nach einem Blick auf die Uhr, schob sie die Notizen und Kritzeleien in ihre Schreibtischschublade und ging hinaus auf den Flur. Gerade kamen vier junge Leute vom Fahrstuhl und sahen suchend auf die Zimmernummern.

»Sie wollten sicher zu mir?«, forderte sie die Vier auf. »Ich bin Hauptkommissarin Becker.«

Dabei rekapitulierte sie in Gedanken die Notizen auf ihrem Schreibtisch, die sie sich von ihnen gemacht hatte.

Moritz Emmerich – Freund von Patrick (26) Jura
Greta Böklund – Freundin von Moritz (24) Jura
Christiane Meier - noch nicht befragt - Jura
Richie Fischer - noch nicht befragt – Medizin

Nacheinander stellten sie sich vor. Sie holte als ersten Moritz Emmerich herein und bat die anderen zu warten.

Emmerich hatte braunes, dichtes Haar, darunter jedoch ein äußerst nichtssagendes, irgendwie angepasstes Gesicht. Als ob der künftige Anwalt mit Pokerface in ihm schon an die Oberfläche drängte. Dabei wirkte er für sein Alter überkorrekt, und erst als er sie mit seinen hellbraunen Augen ansah und sagte: »Ich weiß gar nicht, warum ich hier bin. Ich kann doch gar nichts über Patrick sagen«, merkte sie die Unsicherheit hinter der Maske.

»Sie waren aber als einer der letzten mit Patrick vor seinem Tod zusammen. Da ist für uns jedes Detail wichtig. Manchmal wissen unsere Zeugen einfach nicht, dass es gerade auf diese Winzigkeit ankommt, die es kaum wert ist erwähnt zu werden. Also, berichten Sie einmal, wie Sie den Abend mit Patrick wahrgenommen haben, und lassen Sie nichts als unwichtig unter den Tisch fallen.«

Aber egal, wie sie bohrte, es kam nichts Neues dabei heraus. Moritz kannte Patrick seit Beginn des Studiums. Sie saßen oft zusammen in den Vorlesungen, die sie gemeinsam belegt hatten. Dabei waren sie sich freundschaftlich näher gekommen, aber meist in Gesellschaft mit den anderen, so dass sich keine tiefere persönliche Beziehung entwickelt hatte. Deshalb konnte er zu Patricks Problemen gar nichts beitragen, da er offensichtlich nichts über sie wusste und seinen Konflikt Jura kontra Kunststudium nicht einmal bemerkt hatte.

»Ich habe mich nur gewundert, weil er nach Pfingsten einfach drei Wochen fehlte und mich hinterher auch nicht um die Mitschriften der Vorlesungen gebeten hat, wie er es sonst bei Fehlzeiten immer getan hatte. Und als ich ihn deshalb fragte, ob er denn den versäumten Stoff anderweitig bekäme, war er ziemlich verschlossen, wie er sich eben auch in den nächsten Wochen seltsam verändert hatte. Bis zu«, er zögerte kurz, fuhr sich mit der rechten Hand durch sein Haar und seine Züge verdunkelten sich, »bis zu dem Abend, an dem er verschwand. Da war er das erste Mal so etwas wie gelöst gewesen.«

Lene fragte ihn nach dem Anruf im *Zwinger,* aber dazu konnte er auch nichts Neues beitragen. Nach Montagnacht befragt, sagte er nur knapp, er hätte sich um elf etwa von den anderen getrennt und wäre nach Hause gegangen. Seine Mitbewohner Conny und Darina hätten ihn beim Nachhausekommen gesehen. Lene notierte seine Adresse für die Befragung der Mitbewohner.

Anschließend holte sie Richard Fischer, genannt Richie, herein. Das Auffallendste an ihm war eine Haartolle, wildes ungebärdiges Haar in Mittelbraun. Ein voller Mund, der den Genießer verriet, ebenso wie seine leicht rund wirkenden Hände mit kurzen Fingern. Chirurgenhände, dachte sie unwillkürlich, und wusste nicht, warum. Dann fielen ihr die Hände ihres Vaters ein. Er war Chirurg gewesen, mit ähnlichen Händen. Richard Fischers braune Augen blickten intensiv und zugleich schnell die Richtung wechselnd. Wach und wachsam. Kein Durchschnittstyp, fasste Lene für sich zusammen. Er saß ihr selbstbewusst mit gespreizten Beinen in dem Sessel gegenüber und wartete auf ihre Fragen. Bei ihm brauchte sie keine Rücksicht zu nehmen und fragte gleich direkt.

»Herr Fischer, welche Gedanken machen Sie sich zu dem Tod Ihres Freundes, jetzt, seitdem Sie wissen, dass es sich um Mord handelt?«

Nun wirkte er doch etwas betroffen und sah sie fast verwirrt an. Was hatte er denn erwartet?

»Ich weiß nicht, kann es kaum glauben. An ihm war so gar nichts Gewalttätiges oder etwas, was Gewalt hervorrufen könnte. Kann er nicht einem psychisch Kranken in die Hände gefallen sein?«

Lene sah ihn nachdenklich an. »Sehr unwahrscheinlich. Sie wissen sicher, dass zwischen achtzig und neunzig Prozent der Morde von Angehörigen oder zumindest dem Umfeld des Opfers verübt werden. Mit fast altmodischen Motiven wie Hass, Rache, Eifersucht, und – ja, und Geld. Immer wieder Geld. Könnte das bei Patrick eine Rolle gespielt haben?«

Jetzt kam Unruhe in ihr Gegenüber, er veränderte die Sitzposition, rieb seine beiden Handflächen mit geöffneten Fingern, verschränkte sie und öffnete sie wieder. Dann sah er sie an.

»Geld? Kann ich mir nicht denken. Patrick hatte doch zu Hause alles. Musste nie Geld verdienen. Also ich weiß da gar nichts.«

Und gerade dieser Satz machte Lene stutzig. Sie notierte sich: Wegen Geld bei Fischer nachhaken. Er weiß etwas!!

Aber was wusste er? Wo mauerte er? Sie versuchte es noch einmal.

»Trotzdem, denken Sie noch einmal nach! Hat Patrick je etwas erwähnt, dass er sich von seinen Eltern unabhängig machen wollte vielleicht? Oder dass er ein Bild verkauft hat? Sie wussten doch sicher, dass er ein sehr guter Maler war?«

Er schien abzuwägen was er preisgeben wollte.

»Doch, er hat mir einmal zwei Bilder gezeigt, die er in seinem Auto hatte. Ich verstehe nicht allzu viel davon, aber ich fand sie toll.«

»Waren es seine eigenen Bilder oder Kopien von einem berühmten Maler?«

»Ich glaube, warten Sie mal, er sagte was von Dali. Ich kenne von dem nur die Uhr, die so verformt ist, als ob sie wegschlabbert. Hatte ich mal als Poster in meiner Jugend.«

Er setzte ein jungenhaftes Grinsen auf.

»Ach ja, ich habe ihn noch gefragt, ob er die verkaufen will. Er meinte nur, *vielleicht*, aber das klang sehr vage.«

Wie deine Aussage, dachte Lene und malte in ihre Notizen einen Bogen, dann schrieb sie *Bilder*. Ihr Instinkt sagte ihr, dass da etwas Wichtiges war.

Sie ließ sich von ihm noch einmal den letzten Abend mit Patrick schildern, nichts Besonderes. Nichts, was weiterhalf.

Dann schoss sie noch eine Frage ab.

»Haben Sie Patrick gar nicht gefragt, was so ein Bild wert sei? Sie sehen mir doch aus wie jemand, der mit beiden Beinen im Leben steht. Was studieren Sie? Medizin? Ich hätte mir auch Ökonomie vorstellen können bei Ihnen.« Sie lächelte dabei so charmant wie möglich.

Er sah sie misstrauisch an. Dann probierte er ein Lächeln. Seine Augen bekamen einen mutwilligen Ausdruck.

»Doch, haben wir. Das heißt, ich habe ihn gefragt. Aber er hat sich wie die Sphinx benommen und nur ein knappes - *Das kommt darauf an!* - von sich gegeben. Und ich war so klug wie vorher. Ich habe dann noch gedrängelt, ob er schon ein Bild verkauft hätte und für wie viel, aber da ist er mir einfach ausgewichen und hat stattdessen über Leinwand und Farben gesprochen.«

Irgendwie glaubte ihm Lene kein Wort. Er wirkte so, als würde er jedes Wort bewusst, jeden Satz genau überlegt von sich geben – mit Kalkül. Aber wie sollte sie ihm das nachweisen? Geduld, Lene.

»Sie studieren Medizin. Sind Sie schon in den klinischen Semestern?«

»Ja, bin ich. Warum?«

»In welcher Klinik?«, fragte sie, bewusst seine Frage ignorierend. »Im *MarthaMaria*.«

»Was wissen Sie über ein Gemisch von Morphium und Propofol?«

Er schaute jetzt das erste Mal erschrocken. Weil sie es rausgefunden hatten oder weil sie es mit Patrick in Verbindung brachten?

»Aber ich dachte… Wieso das? Ist Patrick damit getötet worden? Aber das nimmt man doch als eine Art Vornarkose. O Gott, wie schrecklich!«

»Sie haben meine Frage nicht beantwortet.«

Jetzt wurde er zum jungen Arzt. Fachkundig.

»Es wird intravenös gegeben und wirkt stark betäubend. Der Patient wird so sediert, dass er nicht mehr selbst Herr über seine Bewegungen oder seine Sprache ist. Man kann auch sagen, dass er dadurch in Schlaf versetzt wird. Bei Operationen wird Propofol vor der eigentlichen Narkose eingesetzt. Aber es hat viele Nebenwirkungen, deshalb nimmt man es nur mit Vorsicht. Warum wollen Sie das wissen? *Wie* ist Patrick gestorben?«

»Dazu kann ich nichts sagen. Laufende Ermittlungen, Sie verstehen. Ich habe das nur aus Interesse gefragt.«

Er glaubte ihr nicht. Recht so, dann sah er mal, wie es ist, wenn einem jemand ausweicht.

»Was dachten Sie? Sie sagten vorhin *Ich dachte*.«

Verwirrung, bis es ihm wieder einfiel.

»Ich weiß auch nicht. Dachte an mehr äußere Gewalt, nicht so etwas Perfides. Das wirkt ja geplant! Ich dachte, es wäre irgendwie in eine Prügelei mit Fremden gekommen. So was in der Art. Ach, wahrscheinlich dachte ich gar nicht so genau. Die Vorstellung ist sowieso schon schrecklich.«

Das konnte sie nachempfinden. Es klang ehrlich.

»Falls es keine fremden Täter waren, hätten Sie dann einen Verdacht oder eine Vermutung, wenn, ich sage *wenn*, er zusammengeschlagen worden war?«

Er nahm die linke geballte Faust vor seinen Mund. Lene hatte plötzlich die Vorstellung von dem *Denker* von Rodin.

»Nein, da wüsste ich niemanden. Patrick war einfach nicht der Typ, wenn Sie verstehen, was ich meine.«

Sie verstand. Aber wollte nun doch noch die Gretchenfrage von ihm beantwortet haben.

»Was genau haben Sie in der Nacht zum Montag gemacht, als Patrick verschwand? Sagen wir ab zweiundzwanzig Uhr.«

»Fragen Sie mich etwa nach meinem Alibi? Aber ich – «

Sie fiel ihm ins Wort. »Ich möchte das einfach wissen. Das ist Bestandteil jeder Mordermittlung. Routine.«

Dabei setzte sie ein verbindlich kühles Lächeln auf. Schade, dass ich nicht wölfisch grinsen kann, das wäre hier angebracht, dachte sie.

»Ich war mit den anderen bis kurz vor elf zusammen. Wir haben doch noch nach Patrick gesucht, konnten uns nicht erklären, wohin er gegangen war. Er war nicht der Typ, der einfach geht.«

Patrick musste ja ein Stereotyp leben, seine Aktionen und Reaktionen vorhersehbar. *Das kann man sich nicht vorstellen bei ihm, der Typ war er nicht...* Natürlich konnte man das als positive Aussagen an Verlässlichkeit und gefestigtem Charakter interpretieren, aber dann wäre er nicht jetzt plötzlich ausgebrochen aus dem so weit fortgeschrittenen Studium. Also musste in ihm auch eine Gegenkraft, ein Aufbegehren gewachsen sein. Etwas, was seinen Freunden, die ihn mit den Augen der Gewohnheit sahen, verborgen geblieben war. Mal sehen, was die anderen sagten.

»Und dann? Ich meine nach der Suche?«

»Ich bin nach Hause gefahren und habe dort noch ferngesehen. Dann bin ich ins Bett. Ich glaube, so gegen halb eins. Genau weiß ich das nicht mehr.«

»Und gab es Zeugen?«

Er grinste unsicher. »Nein, ausnahmsweise war ich allein. So wie viele andere Menschen auch. Das allein kann mich ja nicht verdächtig machen.«

Sie ignorierte seine Provokation, die letztlich aus Unsicherheit entstanden war. Niemand wurde gern nach seinem Alibi gefragt.

»Sie wollten doch noch in eine Disco. Wer hat das wann aufgegeben oder sind die anderen doch noch hin?«

Er schüttelte den Kopf, strich sich dann mit gespreizten Fingern der linken Hand durch sein Haar, brachte es unbewusst wieder in Form.

»Dazu hatten wir keine Lust mehr. Nachdem nun schon Patrick, Aaron und Lukas weg waren und wir das mit Patrick seltsam fanden – er hatte nicht einmal sein Bier ausgetrunken und natürlich auch nicht bezahlt, das sah ihm gar nicht ähnlich – waren wir schließlich nur noch zu viert. Es war sowieso eine Schnapsidee für Sonntagabend. Na ja, manchmal macht so etwas ja gerade Spaß. Aber wie gesagt, die Lust war uns vergangen.«

Sie entließ ihn, nachdem sie ihn ermahnt hatte, in der Stadt und erreichbar zu bleiben. Sie notierte sich seine Handynummer und gab ihm ihre Karte mit.

»Falls Ihnen doch noch etwas einfällt oder im Nachhinein auffällt.«

Als er gegangen war, fühlte sie sich plötzlich müde. Sie musste sich konzentrieren! Aber dies Herumstochern in Aussagen, die so wenig *frisch* waren, lähmte sie. Trotzdem, die Aussage von Richie Fischer gerade war neu. Wer war außerdem noch nie befragt worden? Richtig, Christiane Meier, Jurastudentin. Wohl eine Studienkollegin von Patrick.

Sie öffnete kurz das Fenster und trank ein Glas Wasser gegen die Müdigkeit. Verdammt, das war unerträglich. War das nach der letzten USA Reise auch so gewesen? Sie konnte sich nicht mehr erinnern. Schloss das Fenster wieder. Also weiter.

Christiane Meier entpuppte sich als großes, blondes Mädchen mit dunkelblauen Augen; die Lene etwas an die Augen ihrer Tochter erinnerten. Lange, getuschte Wimpern, ein feiner Lidstrich. In den kleinen, schön geformten Ohren funkelten Brillantstecker. Das Haar war hochgesteckt, die Figur sportlich. Die langen Beine steckten in Jeans und Stiefeln – Lene erinnerte sich dabei an den längst überfälligen Schuhkauf für sich selbst. Sollte sie auch neue Stiefel? Solche? - die taillierte graue Walk-Jacke wirkten unaufdringlich und doch modebewusst.

Als sie sich setzte und ihre Beine dabei in eine elegante Position brachte, wurde Lene bewusst, dass es das war, was sie an der jungen Frau gleich wahrgenommen hatte. Ihre Klasse. Sie musste von klein auf eine große Selbstverständlichkeit entwickelt haben. Wie man so schön sagte, sie war einfach aus einem *guten Stall*. Wie Patrick auch, dachte sie traurig, und vor sein strahlendes Foto schob sich in einer kurzen Sequenz die Erinnerung an die erschütternde Gestalt in der Rechtsmedizin.

Sie sah Christiane Meier prüfend an. In den Augen lag eine Traurigkeit, die ihr beim ersten Hereinkommen gar nicht aufgefallen war.

»Kannten Sie Patrick schon lange?«, fragte sie deshalb behutsam.

Sie nickte. »Seitdem ich denken kann. Wir sind sozusagen miteinander aufgewachsen. Patrick war immer wie ein Bruder oder Cousin für mich. Unsere Eltern sind sehr eng befreundet, mein Vater arbeitet in der Kanzlei von Patricks Vater.«

Aha, deshalb Jura als Studienfach. Sollte sie sie nach Marion Melzer fragen? Sicher kannte sie ihre Freundin Marion auch sehr gut – und Brigitte. Dann war es das zweite Mal, dass sie eine vertraute Person durch Mord verlor. Vielleicht war das wichtig.

»Dann kennen Sie sicher auch Melzers?«

Ein überraschtes *Ja*. Zögern.

»Auch Brigitte?«

»Ja, natürlich. Aber wieso …?«

»Weil ich mir vorstellen kann, dass ein Mord im Freundeskreis sehr schwierig zu verkraften ist. Aber dann noch ein zweiter? Das ist eigentlich unvorstellbar.« Jetzt schossen Tränen in ihre Augen. Mitgefühl konnte sie offenbar jetzt gar nicht verkraften. Stumm reichte ihr Lene ein Taschentuch und berichtete ihr, wie sie damals den Mord an Brigitte in Südfrankreich aufgeklärt hatte, gemeinsam mit dem französischen Kommissar Luc Renaud, und wie sie durch Brigittes Tod ihre alte Freundin Marion wiedergefunden hatte. An Christiane Meiers Gesichtsausdruck erkannte sie, dass sie Vertrauen geschaffen hatte. Ihre Hände lagen sichtlich entspannter im Schoß.

»Erzählen Sie mir doch bitte von dem letzten Abend mit Patrick. Gerade, weil Sie ihn so gut kennen, ist jede Einzelheit wichtig.«

Aber sie beschrieb den Abend genauso wie Aaron. Beide waren sie gute Beobachter und hatten die gleichen Veränderungen an ihrem Freund wahrgenommen. Verdammt, es musste doch einen Hinweis geben.

»Hat er je von einem Johann Siegel gesprochen? Oder von einem Giovanni in Italien?«

»Johann? Seltsam, dass Sie das fragen. Doch, er hat einmal den Namen erwähnt. Es war fast so, als ob er ihm versehentlich rausgerutscht war. Warten Sie, in welchem Zusammenhang war das noch – ach ja, er sprach von dem Kunstmarkt, und dass man eben auch einen guten Manager oder so etwas in der Kunstszene braucht, jemanden, der sich auskennt. Und dann hat er den Namen Johann erwähnt. Dass er so jemanden kennt. In dem Sinne etwa. Und dass er den demnächst aufsuchen würde. Aber von einem Giovanni oder von Italien hat er nichts gesagt.«

»Wussten Sie, dass er das Jurastudium aufgeben wollte? Hat er das irgendwie angedeutet?«

Sie dachte nach. »Doch einmal hat er gesagt, dass sich jetzt für ihn einiges verändern würde. Ich hatte ihn gefragt, ob wir im nächsten Semester in die gleiche Arbeitsgruppe wollten und da hat er so etwas gesagt. Ich war überrascht. Aber er wollte nicht darüber sprechen, ich meine, was das für eine Veränderung sein sollte. Ach, es ist einfach grausam. Jetzt gibt es gar keine Veränderungen mehr für ihn. Und er hatte in dem Augenblick so etwas Glückliches, als er das sagte.«

Bei den letzten beiden Sätzen war ihre Stimme leiser geworden. Und trauriger. In dem Moment fielen Sonnenstrahlen durch das Fenster. Irgendwie kam mit diesem Licht, das das Zimmer aufleuchten ließ, etwas Tröstliches herein.

»Haben Sie mit ihm schon einmal über seine Bilder gesprochen? Sie kennen seine Arbeiten doch sicher?«

Das Sonnenlicht fiel jetzt auf das Gesicht ihres Gegenübers.

»Ja, zumindest die vom Anfang. Später hat er dann nicht mehr viel gezeigt. Es war – ich weiß auch nicht, irgendwie ging er immer schnell über das Thema hinweg. Einmal habe ich gedacht – ich weiß, das klingt jetzt blöd, aber ich habe gedacht, es ist, als ob er sich für seine Arbeiten schämen würde. Und das ergibt bei seiner Begabung doch gar keinen Sinn! Und dann kenne ich natürlich die Bilder in der Wohnung seiner Eltern unten. Die eigenen. Einfach toll finde ich die und habe es ihm auch mehrfach gesagt. Ich dachte manchmal, es ist irgendwie vergeudet, dass er Jura studiert.«

Lene wollte nicht mehr dazu sagen und wechselte das Thema.

»Nur noch eine Frage, die ich Ihnen allen stellen muss. Wo waren Sie, nachdem Sie sich von den anderen getrennt hatten? Bis Montagmorgen?«

»Darüber denkt man nachher doch oft nach. Mit der Frage, hätten wir etwas ändern können, wenn wir ihn weiter gesucht hätten? Aber das nützt jetzt nichts mehr, ich weiß. Also, ich bin mit Greta nach Hause und habe bei ihr übernachtet. Ich wohne in Buchenbühl und hatte keine Lust mehr auf die lange Heimfahrt.«

»Hätte Sie nicht einer der anderen mit dem Auto nach Hause fahren können?«

»Nein, eher nicht. Außer Patrick, der mit dem Auto da war, aber das wussten wir nicht, sonst hätten wir als erstes das Auto gesucht, waren alle mit Fahrrädern da. Nur Greta und ich waren mit den Öffentlichen gekommen. Und zu Greta zurückgefahren.«

Die würde sie als Nächste befragen. Wieder bat sie die Zeugin in der Stadt und erreichbar zu bleiben. Als sie jedoch Greta hereinholen wollte, war diese verschwunden. Bert richtete ihr aus, dass Greta erst einmal weg gemusst hätte.

»Dringend«, grinste er. »Sie kommt um zwei Uhr wieder, hat sie gesagt.«

Und Lene war überhaupt nicht böse. Sie konnte eine Mittagspause mit Espresso sehr gut gebrauchen. Ihre Nerven, verbunden mit der Müdigkeit, spielten mit ihr gerade Purzelbaum. Was Mike wohl gerade machte? Sie überschlug die Zeit, nachts halb drei in Kalifornien. So blieb ihr nur ein zärtlicher Gedanke an ihn und ein geistiges Zu-ihm-unter-die-Decke-schlüpfen. Während ihr realer Körper sich in Richtung Cafeteria fortbewegte.

Kapitel 11

Kalle bog in die Dr.-Carlo-Schmidstraße ein. Eine lichte Wohnanlage aus den späten 70ern wohl, vermutete er. Und so nahe am Wöhrder See mit seinen herrlichen Uferwegen zum Radfahren und Joggen. In diesem Augenblick beschloss Kalle umzuziehen. Hier wollte er sich eine Wohnung besorgen. Er würde aufpassen, wann eine frei würde. Vielleicht bei der Wohnungsverwaltung fragen? Beim Einbiegen hatte er ein großes Parkhaus gesehen, das zur Wohnanlage gehörte. Umso besser. Die Haustüren waren alle farblich verschieden, die Fenster hatten dunkle Rahmen und die Balkone leuchteten gelb. Als er an der grünen Tür geklingelt hatte, trat er in ein freundliches Treppenhaus, in dem er sich sofort wohl fühlte. Jetzt war da nur noch eine Frage, nämlich die, ob die Mieten erschwinglich waren. Aber er hatte seine spartanische Wohnung einfach satt. Es war Zeit für einen Wechsel, dachte er, als er mit dem Aufzug nach oben fuhr. Er war inzwischen fast vierzig, da musste man nicht mehr wie ein Student leben. Auch hier oben im dritten Stock war die Eingangstür grün. Er klingelte. Es dauerte etwas, bis ihm geöffnet wurde. Er war unwillkürlich verwirrt, als er niemanden auf Augenhöhe erfasste, sondern erst im zweiten Moment bemerkte, dass ihm eine Frau im Rollstuhl gegenüber saß. Vielleicht zwischen Mitte und Ende Fünfzig, es war schwer zu schätzen. Er stellte sich vor, und sie lächelte und bat ihn herein, drehte dabei ihren Rollstuhl auf dem Platz um und bat ihn mit ins Wohnzimmer zu kommen.

»Es geht sicher um Patrick«, sagte sie, sich halb über die Schulter an Kalle wendend. Das Wohnzimmer war durch eine schwellenlose Tür zu erreichen und hatte nur eine große Fensterfront, davor einen Balkon mit noch üppig blühenden Blumen. Offenbar wollte man sich hier, trotzdem es auf Ende Oktober zuging, noch nicht davon trennen. Die Zimmereinrichtung war sehr leicht, keine schweren Möbel. Dadurch blieb genug Platz für den Rollstuhl. In der Diele sah er, dass es durch eine Tür offenbar in ein Schlafzimmer ging, denn Kalle nahm kurz ein breiteres, ordentlich gemachtes Bett durch die halb offene Tür wahr. Im Wohnzimmer lag auf dem Sessel eine große, orangerote Katze, ihr Fell hob sich geradezu malerisch von dem hellgrünen Bezug ab. Sie hatte träge die grünen Augen geöffnet und sah ihm skeptisch entgegen. Wohl doch ein Kater, korrigierte er sich und dachte an Lenes Rossini. Frau Goldbach bot ihm einen Platz auf dem gemütlichen Zweiersofa an und fragte ihn, ob er etwas trinken möchte.

»Gern ein Glas Leitungswasser. Darf ich?«, fragte er mit dem Blick auf die zweite Türöffnung, die offenbar in die Küche führte. Sie nickte zustimmend.

»Gläser sind im linken Oberschrank, und für mich bitte auch eins.«

Er kam mit den gefüllten Gläsern zurück und reichte ihr eines. »Schön haben Sie es hier, das muss ich sagen. Ich glaube, hier würde ich auch gern wohnen. Ich habe mich nämlich gerade entschlossen, mir eine neue Wohnung zu suchen.«

»Oh, eine unserer Nachbarinnen ein paar Häuser weiter vorn sucht gerade einen Nachmieter, egal ob männlich oder weiblich. Eine Zweieinhalbzimmerwohnung. Wohnzimmer, das halbe Zimmer ist mehr eine Art Wintergarten mit einer Glasfront, so wie dieser hier. Eine Loggia, eine Küche, die offen vom Wintergarten abgeht und ein Schlafzimmer, sowie Badezimmer. Mit Badewanne«, lächelte sie. »Baden Sie lieber als Duschen?«

Kalle strahlte. »Und wie gern ich bade! Erst in meiner Badewanne werde ich wieder zum Menschen. Die Wohnung – ich würde mich dort gerne melden und sie mir ansehen. Ob das möglich ist?«

Sie nickte und griff zu ihrem Handy, das in einer hübschen Stofftasche an ihrem Stuhl befestigt war, und wählte.

»Sie ist Krankenschwester und hat diese Woche Nachmittagsschicht. Sie müsste noch da sein«, erklärte sie, während sie darauf wartete, dass sich ihre Gesprächspartnerin meldete.

»Rosi, hier Sarah. Ich habe hier jemanden, der Interesse an deiner Wohnung hat. Bist du jetzt zu Hause? – Ja, prima. Er kommt, wenn er hier fertig ist. Er ist Kriminalkommissar und untersucht Patricks Tod. – Gut, dann hören wir voneinander.«

»Sie erwartet Sie. Rosi Schmidt. Hausnummer 182, unten in der Mitte. Aber deshalb sind Sie doch nicht gekommen.«

Kalle machte sich erst einmal eine Notiz. Dann musste er einen Übergang finden zu den Fragen, die er stellen wollte und entschied sich für den direkten Weg.

»Nein, es geht um Patrick, wie Sie schon wissen. Seit wann haben Sie Patrick gekannt?«

Sie nickte traurig. »Seit wir hierher gezogen sind. Vor fast vierzehn Jahren. Die Jungen haben immer am Wöhrder See gespielt, alle Jungenspiele, die man so kennt, wenn Patrick hier bei ihm war. Gemeinsam haben sie unten in Aarons Zimmer Hausaufgaben gemacht. Wissen Sie, das ist inzwischen Rebeccas Zimmer. Es ist von einer älteren Dame, das heißt von deren Wohnung, quasi untervermietet. Sonst wäre es für uns zu klein hier. Wir haben nur ein weiteres Zimmer, also Wohnzimmer, Schlafzimmer und ein extra Raum. Als die Kinder größer wurden, hat mein Mann das Zimmer unten dazu gemietet. Und seitdem ich manchmal getragen werden muss, bewohnt jetzt Aaron das Zimmer bei mir auf dieser Etage. Früher war es umgekehrt.«

»Darf ich Sie etwas Persönliches fragen?« Kalle war selbst überrascht, dass ihm diese Frage rausgerutscht war. Aber wer A sagt … »Müssen Sie schon lange im Rollstuhl sitzen? Das ist doch sicher nicht leicht für Sie.«

Jetzt sah sie ihn überrascht an.

»Warum wollen Sie …? Ach, ist ja egal. Also seit acht Jahren. Ich habe seit kurz nach Rebeccas Geburt Multiple Sklerose, also MS. Es ist nicht leicht für die Kinder. Ich glaube, dass Aaron deshalb Medizin studiert, um mir helfen zu können. Er hofft so sehr auf die neuen Forschungen mit Stammzellen. Mein Mann Wolfgang hat uns verlassen, als die Kinder noch klein waren. Aber er war wenigstens anständig genug mich zu unterstützen und für die Kinder und mich wirklich gut zu sorgen. Als der Rollstuhl kam, hat Wolfgang die Wohnung für uns gekauft. *Die richtige Größe, auch wenn die Kinder mal aus dem Haus sind. Und schließlich auch eine Kapitalanlage. Dazu kommt, dass ich sie steuerlich absetzen kann,* hat er damals gesagt.«

Eine tapfere Frau, die Kalle gefiel. Er könnte so ein Leben nicht so ruhig schildern, so ohne Bitterkeit.

»Und was können Sie mir über Patricks Wesen und Verhalten sagen? Immerhin sollte er ja Ihr Schwiegersohn werden.«

Sie sah ihn prüfend an, als wollte sie sich fragen, wie viel sie ihm anvertrauen konnte.

»Patrick war ein sehr lieber und feiner Mensch. Nur – für eine Bindung an Rebecca schien es mir zu früh. Er war innerlich noch so zerrissen, so unruhig. Er hätte noch Zeit gebraucht, um zu sich zu finden.

Gerade in der letzten Zeit kam das deutlich zum Vorschein. Manchmal dachte ich …«

Kalle wartete. Sie griff nach dem Glas Wasser und trank einen Schluck. Es fiel ihr offenbar schwer mit ihm so private Gedanken zu teilen. Ihre Hände lagen verschränkt im Schoß.

»Also, ich dachte, Rebecca war für ihn in seiner inneren Unsicherheit mehr der Anker. Die Sicherheit. Und in den letzten Monaten – « wieder zögerte sie, »da war es mehr so, als würde er sich von ihr lösen. Ich konnte keine echte Vertrautheit mehr zwischen ihnen erkennen. Oftmals sogar eine leichte Ungeduld, als ob ihm das alles zu viel wäre.« Wieder sah sie Kalle direkt an, jetzt bittend. »Ich habe darüber mit Rebecca nie gesprochen. Es wäre besser, Sie würden es ihr gegenüber nicht erwähnen. Ich wollte immer, dass sie zuerst damit anfängt. Aber dazu kam es nie. Vielleicht jetzt.«

Kalle verstand, was sie meinte.

»Wir werden versuchen, ihre eigenen Gedanken dazu aus Rebecca herauszulocken. Die engsten Beziehungen sind in einem Mordfall leider immer sehr wichtig. Oft liegt dort verborgen ein Motiv, aus Kleinigkeiten, einer Formulierung entsteht manchmal ein Faden, der wieder ganz andere Personen betrifft. Gut, ich werde ihr gegenüber das Gespräch mit Ihnen nicht in Details erwähnen. Aber ich möchte Ihnen für Ihr Vertrauen und Ihre Offenheit danken.«

Er trank den letzten Schluck Wasser aus. Was für einen verquasten Blödsinn habe ich denn da von mir gegeben, dachte er bei sich. Manchmal konnte er seine eigenen Sätze kaum verstehen, aber hier entstanden sie, etwas hilflos, wie er zugeben musste, um eine kranke Mutter zu beruhigen.

»Jetzt noch ein paar Routinefragen für die Vollständigkeit der Akten. Können Sie mir sagen, wann Ihre Kinder an dem Abend des sechzehnten, also in der Nacht, als Patrick verschwand, nach Hause gekommen sind?«

»Rebecca habe ich nicht gehört, sie ist wohl gleich unten geblieben. Wenn sie sonntags arbeitet, ist sie am Abend immer so erledigt. Von Aaron weiß ich das ziemlich genau. Mir ging es plötzlich nicht gut, und ich bekam ein bisschen Angst und habe ihn angerufen.« Ein leichtes Vibrieren in ihrer Stimme, dann riss sie sich sichtlich zusammen. »Wissen Sie, Aaron und ich haben ganz oft in den letzten Tagen darüber gesprochen. Ich fühle mich so schuldig, dass sein bester Freund meinetwegen nicht bei Patrick war. Ich finde es manchmal einfach furchtbar, so sehr auf Hilfe angewiesen zu sein!«

Jetzt kam doch ein trockener Laut, fast wie ein Schluchzen aus ihrer Kehle, den sie jedoch gleich unterdrückte.

»Es tut mir so leid um Patrick. Ich kann den Gedanken an ihn, seinen Tod, kaum ertragen. Mir tun seine Eltern so leid.«

Bei aller Tapferkeit war plötzlich der zutiefst verzweifelte Mensch zu spüren, der sich auch mit dem eigenen Tod auseinandersetzen musste. Wie sollte ihre Zukunft aussehen? Kalle begriff, war doch auch seine Mutter so lange krank gewesen.

Er legte beruhigend seine Hand auf ihren Arm.

»Ich verstehe Sie sehr gut, aber wir wissen doch, dass Sie solche Selbstvorwürfe nun wirklich nicht verdient haben.«

Er stand auf und gab ihr die Hand. Sie fühlte sich überraschend warm und lebendig an, obwohl Frau Goldbach doch kaum Bewegung hatte. Irgendwie hatte er eine kalte Hand erwartet.

»Ich gehe dann erst einmal zu Ihrer Nachbarin wegen der Wohnung. Drücken Sie mir die Daumen, denn ich wäre gern Ihr Nachbar. Sicher sehen wir uns dann wieder. Und melden Sie sich, wenn Ihnen noch etwas einfällt, was uns helfen könnte. Ich glaube, Sie sind eine sehr gute Beobachterin«, setzte er mit einem Lächeln hinzu. »Und danke für den Tipp mit der Wohnung! Ich finde allein hinaus.«

Er legte seine Visitenkarte auf die leuchtend orange-gelbe Fleecedecke, die über ihre Knie gebreitet war und ging zur Tür. Sah sich in der Diele noch einmal um. »Kann ich noch kurz Ihre Toilette benutzen?«, fragte er und steckte dabei seinen Kopf noch einmal ins Wohnzimmer.

»Natürlich! Die mittlere Tür. Die andere führt in Aarons Zimmer.«

Er sah sich im Badezimmer um. Alles für zwei Personen, eine Abteilung weiblicher Kram, eine Seite männliches Zubehör. Offenbar benutzte Rebecca unten ein Badezimmer. Zufrieden verließ er die Wohnung, noch ein kurzes *Tschüs* ins Wohnzimmer rufend.

Draußen holte er erst einmal Luft. Die Situation der Frau hatte ihn mehr belastet, als er wahrhaben wollte. Zu Vieles an Vergangenheit hatte diese Begegnung in ihm aufgewühlt. In dem Moment beschloss er, ein paar Minuten nur an sich zu denken, schüttelte alle Erinnerungen ab und wandte sich dem aufregenden Projekt *neue Wohnung* zu.

Rosi Schmidt entpuppte sich als eine resolute Frau, die ihm in kürzester Zeit alles Notwendige erklärt hatte. Bei dem Mietpreis schluckte er, aber dann dachte er an sein einsames Junggesellenleben – wofür wollte er denn sparen? Für ein Bankkonto? Also, verwöhne dich ruhig etwas, mein Junge, du kannst es dir nämlich leisten. Andere in deinem Alter müssen mit deinem Gehalt eine Frau und zwei kleine Kinder ernähren.

»Sie können's scho in zwa Wochn einziegn – i mech maan' Umzuach am zwöftn. Donn können's nei, ab dem dreizehnd'n. Ob fünfzehnd'n können's mia nachert die Miete für den halberten November gem, gell? Dees wää doch fää.«

Kalle nickte völlig benommen. Am dreizehnten schon umziehen? Für eine halbe Novembermiete? Er fand das auch fair. Nue, er musste doch noch seine Wohnung weitervermieten! Aber das dürfte keine Schwierigkeit sein, bei dem Preis, den er momentan bezahlte. Er sah sich noch einmal in der Wohnung um und verspürte plötzlich Glücksgefühle. Die Sonne war inzwischen herausgekommen und hatte den Himmel erobert. Sie schien durch das große Fenster. In die Loggia neben dem Wintergarten fiel ebenfalls Sonne hinein, ebenso auf die Terrasse davor, auf der er sich schon relaxed im Liegestuhl an warmen Sommerabenden sah. In dem kleinen Garten blühten noch eine Rose und einige Astern. An ihn schloss sich eine Wiesenfläche an, begrenzt durch eine Reihe Büsche. Er sah sich hierher nach Hause kommen und sich wohlfühlen. Freuen auf ein wirkliches Zuhause. Ein neues Gefühl. Er sagte Frau Schmidt zu und holte sich die Telefonnummer der Vermietungsgesellschaft. Als er aus der blauen Haustür auf den kleinen Vorplatz trat, lag ein zufriedenes Grinsen auf seinem Gesicht. *Jetzt habe ich auch eine blaue Haustür, Lene,* dachte er.

Kapitel 12

Die Befragung von Greta verlief milde ausgedrückt unspektakulär. Offenbar hatten Christiane und sie im Lauf der Woche so oft über den Abend gesprochen, dass ihre Aussagen nicht voneinander abwichen, außer, dass Greta gar nichts von Patricks Bildern gewusst hatte und ebenso wenig von Patricks beabsichtigten Veränderungen. Lene entließ sie mit einem unbefriedigten Gefühl.

Jetzt waren sie mit allen durch, und dabei nicht einen Schritt weiter gekommen. Wer um Himmels willen sollte Patrick nur ermordet haben, und aus welchem Motiv heraus? Es war einfach zum Aus-der-Haut-Fahren.

Ihre letzte Hoffnung, dass überhaupt etwas in Gang kam, war Johann Siegel. Sie setzte auf diesen Schimmer von Möglichkeit, ihm hatte Patrick vertraut, mit ihm seine Zukunft besprochen. Er würde etwas wissen, da war sie sich sicher.

Ihr Telefon klingelte. »Hier Kuhn, Lene können Sie mal eben rüber kommen?«

Er erwartete sie schon, stand sofort hinter seinem Schreibtisch auf und kam ihr entgegen.

»Kommen Sie, wir setzen uns hier herüber«, sagte er und verwies auf die Ledergarnitur in einem satten Schokoladenbraun. Umständlich holte er zwei geschliffene Wassergläser aus seinem Schrank,

»Sie möchten doch auch?«, fragte er mit Blick auf die Flasche in seiner Hand, und goss ihnen Wasser ein.

»Ich habe vorhin mit dem Staatsanwalt gesprochen. Er drängelt, möchte möglichst bald etwas Konkretes.«

»Das ist ja etwas ganz Neues«, entgegnete Lene wütend. »Und, hat er auch Vorschläge gemacht, wie wir unser Arbeitstempo sinnvoll steigern könnten?«

Sie wusste, gleich würde sie wütend. Sie hasste dieses überhebliche Gebaren von Kröger. Jetzt grinste Kuhn. »Ich konnte ihn gerade noch davon abhalten, bevor er mich damit beglückt hätte. Aber – apropos beglücken – er hat etwas ganz Anderes endlich bestätigt – und deshalb habe ich Sie kommen lassen. Jürgen Karlowitz wird Hauptkommissar. Ich dachte, das wollten Sie gleich erfahren. Sozusagen Krögers letzte wichtige Amtshandlung.«

Jetzt strahlte Kuhn. Lene freute sich so, dass sie ihm am liebsten um den Hals gefallen wäre. Sie konnte sich gerade noch bremsen. »Einfach toll. Und – wann wollen Sie es ihm sagen?«

»Gleich nachher. Ob Sie wohl für einen Schluck Sekt sorgen könnten? Es soll ja doch ein bisschen feierlich sein. Vielleicht können Sie, soweit möglich, ihre Crew zusammentrommeln, weil Sie morgen doch wegfahren. Sagen Sie Bescheid, wenn Sie soweit sind.«

Was für herrliche Neuigkeiten! Und sie würde dafür sorgen, dass ihr gemeinsames Arbeiten weiterging. Auf dem Rückweg in ihr Zimmer, kontrollierte sie kurz, wer alles da war und bat die, die sie vorfand, nachher in das Gemeinschaftszimmer zu kommen. Zu einer kurzen Zwischenbesprechung. Als sie zu Sandra kam, fragte sie erst nach dem Ergebnis der Befragung.

»Ja, also der Freund konnte das bestätigen, was Lukas gesagt hat. Lukas ist zwischen kurz nach neun und halb zehn etwa gekommen und hat das Skript geholt von einer Vorlesung, die er verpasst hatte. Der Freund hat sich noch gewundert, weil ihm das ja doch sehr kurz vor der Klausur eingefallen war. Aber sonst nichts Besonderes.«

»Wusste er die genaue Uhrzeit, wann Lukas wieder gegangen ist?«

»Ja, er meinte sich zu erinnern, dass Lukas gesagt hat: ›Oh, es ist ja schon fast halb zehn. Ich muss los.‹ «

Um halb zehn etwa war Rebecca aus dem Starbucks gekommen. Das kam also hin. Wenigstens für diese Zeit. Da fiel ihr etwas auf. Hatte es Lukas so eilig, weil er *wusste,* dass Rebecca gleich kommen würde? *Wollte* er sie treffen? Behalte den Gedanken im Hinterkopf, Lene, besser schreib ihn nachher gleich auf. Obwohl, etwas weit hergeholt war das schon.

Sie bat Sandra, drei Flaschen Sekt zu holen und gleich wiederzukommen zu einem Meeting. »Die

Flaschen muss man ja nicht sehen. Ich habe heute Abend noch Gäste, es wäre wirklich lieb, wenn du ausnahmsweise ... Ich kann doch hier nicht weg.«

Sandra nickte und stöckelte davon. Wie hält sie das nur aus, den ganzen Tag auf den hohen Schuhen, fragte sich Lene und kam sich plötzlich alt vor. Ach Quatsch, dazu habe ich nun wirklich keine Zeit, mich noch selbst zu bedauern, riss sie sich zusammen und vergrub sich in ihre Notizen. Suchte intensiv nach einem Punkt, den sie vielleicht übersehen hatte.

Ach ja, die Internetrecherche. Sie rief Bert an.

»Wie weit bist du? Hast du etwas gefunden? Kannst du mal rüber kommen?« Sie hörte, wie ungeduldig ihre Stimme klang. Aber morgen früh fuhr sie weg. Es musste doch noch *irgendetwas* dabei herauskommen.

Da kam Bert schon herein.

»Du bist wohl im Stress, oder?«, fragte er sie, aber es klang eher verständnisvoll. »Also, ich habe etwas gefunden – und zwar auf seinem Computer. Hier, ich habe dir etwas ausgedruckt.«

Sie griff nach den Blättern. Obenauf lag eine ordentliche Buchführung über Einnahmen in beträchtlicher Höhe. Bert sah sie stolz an.

»Also vom Kellnern hat er das nicht verdient, soviel ist sicher. Auch nicht als Security Aushilfe oder so. Aber es kommt noch besser.«

Es folgte eine Liste von Bildern berühmter Maler. Besonders häufig Expressionisten, auch einige Impressionisten. Dann noch zwei Chagalls und drei Dalis. Insgesamt zweiunddreißig Bilder. Sie pfiff leise. »Meinst du, die hat er alle kopiert?«

Bert nickte, wie es schien anerkennend.

»Er muss wie ein Besessener gemalt haben. Und wenn wir die Buchführung dazu nehmen, hat er pro Bild drei- bis viertausend Euro bekommen, so wie es aussieht, abhängig von der Größe. Alle Achtung.«

Lene sah unbehaglich auf die Zahlen und die Bildertitel. »Na, ich weiß nicht, ob wir das so bewundern sollen, den Kunstmarkt mit Kopien zu überschwemmen. Wenn er sie nicht als solche gekennzeichnet hat, ist das nun wirklich eine Straftat. Sag mal, da gab es doch gerade neulich einen Prozess gegen einen Fälscher. Erinnerst du dich?«

Bert zog einen weiteren Zettel hervor, diesmal einen Auszug aus dem Internet. »Hier, hab ich schon gefunden. Der Prozess läuft noch. Lies dir das mal durch. Da werden Millionen gemacht! Und weißt du, was mich am meisten erschüttert? Angenommen, du kannst dir einen echten Renoir oder Degas leisten, du hast eine Expertise, die die Echtheit bestätigt, und ein anderer Fachmann findet nach einiger Zeit doch heraus, dass es eine Fälschung ist, dann bekommst du nicht einmal Schadensersatz. Selbst, wenn der Maler geschnappt wird, wie hier gerade. Nur – Patrick muss einen Kunsthändler oder ähnliches gehabt haben. Über seinen Computer sind keine Verkäufe gemacht worden und achte mal auf die Daten bei den Bildern – er hat offenbar immer im Bündel geliefert, also mehrere Bilder auf einmal. Da kann er kaum selbst als Verkäufer aufgetreten sein. Außerdem, wenn er die Bilder selbst und als echt verkauft hätte, wären die Preise astronomisch hoch. Der Kunstmarkt ist eine florierende Branche von Angebot und Nachfrage. Du kannst ja noch mal in der Betrugsabteilung nachfragen. Die kennen sich da aus. Sicher auch dein *Bekannter,* der Rotschopf.«

Schon wieder dieses wissende Grinsen, das sie seit dem Zusammentreffen mit Volker zu begleiten schien. Kindsköpfe! Da klingelte ihr Telefon, und sie griff aufatmend danach. Es war Sandra. »Den Sekt habe ich in den Kühlschrank gelegt.« Sehr gut.

Was hatte Bert gerade gesagt? Du lieber Himmel, Volker! Sie hatte ihn schon wieder verdrängt oder vergessen. Und heute Abend ging es auch nicht. Sie musste ihn anrufen.

»Sehr gut, Bert, was du da gefunden hast. Such nur weiter, vielleicht findet sich ja noch der Abnehmer. Denn da könnte ein Motiv liegen. Es geht offenbar um sehr viel Geld.«

Ihr kam ein Gedanke. Hatte Camille nicht gesagt – und hatten es nicht einige seiner Freunde bestätigt – dass er keine Kopien mehr gemalt hat? Sie zog sich das Blatt noch einmal zu ihrem Platz und studierte die Daten sorgfältig. Es stimmte. Die letzte Lieferung war ein Max Pechstein am dritten April des Jahres.

Warum hatte er damit aufgehört?

»Bert, kämme den Computer noch mal durch nach persönlichen Einträgen. Gedanken, Aufzeichnungen und Ähnlichem. Das könnte noch interessant sein. Ich hoffe, du findest etwas.«

Als er gerade die Tür öffnete um hinauszugehen, stieß er beinahe mit Kalle zusammen, der freudestrahlend und mit Schwung durch die Tür kam. Irritiert sah Lene hoch.

»Was ist denn mit dir los? Hast du den Fall geklärt?« *Wusste er schon von seiner Beförderung,* dachte sie enttäuscht.

Er setzte sich mit geheimnisvoller Mine zu ihr an den Tisch auf den Platz, den Bert gerade frei gemacht hatte. Dann begann er geradezu feierlich. »Lene, ich habe ein neue Wohnung – und die ist einfach toll!« Und dann erzählte er, bis Lene auf die Uhr sah und aufsprang.

»Wir müssen erst mal zur Besprechung. Die Kollegen haben da was gefunden«, flunkerte sie und schob ihn zur Tür hinaus.

Die Kollegen waren denn auch versammelt. Selbst die Kriminaltechnik, vertreten durch Klaus Mertens und auch Stefan Glauber saßen bereits auf ihren Plätzen und sahen Lene erwartungsvoll an.

Sie räusperte sich und begann. »Ja, also, dann wollen wir mal.«

Die Tür ging auf und Kuhn hielt für jemanden die Tür auf. »Ich dachte, ich komme dann doch mit«, lächelte er und ließ Staatsanwalt Kröger den Vortritt. Auch das noch, dachte Lene.

Jetzt waren wirklich alle irritiert. Aber als Kröger dann endlich – in einer Rede mit vielen Schnörkeln und Selbstbeweihräucherung, Lene hatte dabei das Gefühl, als wollte er *seine* Verdienste hervorheben, nicht Kalles – zu der Nachricht von Kalles Beförderung kam, klatschten alle begeistert und standen auf, um Kalle die Hand zu schütteln. Sandra reagierte schnell und holte gemeinsam mit Sven die Gläser und die Sektflaschen. Nachdem Körber sich verabschiedet hatte, konnten sie das Ereignis endlich mit großem Hallo feiern. Kalle stand zwischen ihnen allen und strahlte wie ein Geburtstagskind.

»Was für ein Tag!«, flüsterte er Lene zu. »Alles auf einmal.«

Kapitel 13

Volker – sie musste ihn anrufen. Als sie in ihr Zimmer zurückkamen und ein völlig überwältigter Kalle ihr gegenüber am seinem Schreibtisch saß, ließ sie ihn erst einmal in Ruhe und konzentrierte sich auf Volker. Er wirkte freudig überrascht, als er ihre Stimme erkannte.

»Lene – endlich! Wird es etwas heute Abend?«

»Leider nein, Volker. Ich muss morgen nach Florenz wegen des Falls und muss heute Abend noch packen. Da habe ich wirklich keine Ruhe. Aber jetzt könntest du uns helfen. Magst du zu Kalle und mir raufkommen?«

Sie konnte sein Grinsen sogar durch das Telefon *hören*.

»Bin sofort bei dir!«

Und er hatte nicht übertrieben. Weniger als zwei Minuten später klopfte es kurz, dann trat er schwungvoll ein. Als er Kalle sah, glitt ein Schimmer von Enttäuschung über sein strahlendes Gesicht. Aber er fasste sich schnell und als Lene ihm von Kalles Beförderung berichtete. war in seiner Gratulation nur noch Herzlichkeit.

»Das ist ja ein toller Augenblick, lieber Kollege. Ich freue mich für dich.«

»Das ist heute der reinste Geburtstag für mich, ich habe ein neue Wohnung, die ich einfach Klasse finde und gleich darauf die Beförderung. Damit ich sie auch bezahlen kann«, setzte er spöttisch hinzu. »Jetzt musst du nur noch mit uns den Fall aufklären, am besten heute, dann wäre mein Glück vollkommen.«

Sie setzten sich in die Sesselecke und Lene holte Wasser und Gläser.

»Also«, begann sie und reichte Volker die Liste. »Das haben wir heute auf Patricks Computer gefunden. Und, was du vielleicht noch nicht weißt, er hat fantastisch gemalt. Ungewöhnlich authentisch sind die kopierten Bilder, die wir, Kalle und ich, gesehen haben. Und sieh nur die Daten an, er hat ...«

Volker fiel ihr ins Wort. »Da hat er wohl einen festen Abnehmer gehabt. Er hat seine Bilder vom Datum her gebündelt. Also mehrere auf einmal abgegeben. Jetzt fragt sich nur, an wen.«

Lene fiel wieder ein, dass es genau diese Schnelligkeit seiner Auffassungsgabe und seines analytischen Denkens war, die sie damals an ihm fasziniert hatte. Und angezogen. Seltsam, dachte sie, irgendwie geht die Wahrnehmung der Männer, die ich attraktiv finde, bei mir immer über den Intellekt. Erst muss da eine bestimmte gemeinsame Basis sein, dann kommt die Erotik. Und wie war es bei Mike gewesen? Widersprach sie sich fast sofort. Na gut, bei Mike war es einfach alles vom ersten Blick in seine so intensiv blauen, leuchtenden, lebendigen Augen. Na, vielleicht hatte sie darin schon gleich seine Intelligenz erkannt, lächelte es in ihr, bevor sie sich wieder auf Volker konzentrierte.

»Da gibt es mehrere Möglichkeiten, die man vor allem in legale oder illegale unterteilen kann. Die legalen sind, er hatte einen Kunsthändler, zum Beispiel in USA, der ihm die Bilder immer abnahm und sie dort vertrieb, als Kopien gekennzeichnet. Oder auch in Deutschland in einem Ort, der viel internationales Publikum hat – und damit mögliche Abnehmer, zum Beispiel Berlin oder München. Hamburg vielleicht noch. Da wir hier in Nürnberg sind, könnten wir in München mit der Suche anfangen. Aber mühsam wird es und der Erfolg ist extrem unwahrscheinlich. Ich geh nachher gleich mal im Internet auf die Suche.«

Er legte seine schönen, langgliedrigen Hände mit den Fingerspitzen aneinander, so dass sie ein Dach bildeten. Seine leicht tief liegenden grauen Augen fingen an zu funkeln, als er fortfuhr.

»Aber da wir es hier mit Mord zu tun haben, ist die illegale Möglichkeit fast größer, nämlich dass er aus jugendlicher Dummheit oder Spieltrieb oder Geldgier oder was auch immer, seine Bilder als Originale verkauft hat, also an eine illegale Quelle geliefert hat. Und die haben sie dann verkauft. Wäre das hier in Deutschland gewesen, hätte ich sicher schon mal Wind davon bekommen. Irgendein Bild wird dann doch entdeckt, beziehungsweise die Fälschung aufgedeckt. Und da sind wir über die Ländergrenzen ganz gut vernetzt, unterstützen wir uns gegenseitig, weil wir wissen, dass sonst kaum die Möglichkeit besteht, Fälscher zu entlarven.«

Er füllte sich erst einmal ein Glas mit Wasser, trank in großen Zügen und stellte es dann wieder auf dem Tisch ab.

»Also gehen wir von einem Abnehmer und Vertreiber illegaler, gefälschter Kunstwerke aus. Dann sind wir mitten in der mafiösen Struktur dieses weltweiten Netzes. Wobei wir von russischer, italienischer und amerikanischer Mafia sprechen, zumindest hauptsächlich. Und dann könnt ihr es vergessen, den Mord, wenn er mit denen zusammenhängt, jemals aufzuklären. *Wie* ist er eigentlich ermordet worden? Vielleicht sagt uns die Tötungsmethode mehr?«

Lene blätterte zurück zu den Aufzeichnungen von der Autopsie, um möglichst präzise zu sein.

»Er ist zuerst sehr heftig und gezielt verprügelt worden. Erst später, etwa eine halbe Stunde oder so, ist er betäubt worden und dann ertränkt. Wobei er an irgendetwas festgebunden wurde, da er ja jetzt erst aufgetaucht ist. Die Taucher suchen das Gebiet ab. Es ist nur so schlammig dort, dass man schwer etwas findet.«

Nachdenklich strich Volker mit dem Knöchel des rechten Ringfingers über seine rechte Augenbraue. Es wirkte als müsse er gedankliche Nebelfetzen wegwischen.

»Könnte die Mafia sein, wenn wir davon ausgehen, dass die ersten Verletzungen als Mahnung zu liefern gedacht waren. Aber dann gibt das Töten anschließend keinen Sinn. Habt ihr schon mal daran gedacht, dass es zwei verschiedene Täter sein könnten?«

Lene nickte. »Darüber nachgedacht schon. Aber wer sollte denn wissen, dass er da unten am Wasser ist und dorthin kommen und ihn dann ermorden? Oder war es der zufällige Mörder, der dort durchs Unterholz schlich, auf ein Opfer lauernd?«

Ihre Ironie verdeckte nur unzureichend ihre Ratlosigkeit. Wie sollte sie die losen Enden verknüpfen?

»Genau da liegt der Punkt, über den wir nicht hinweg kommen. Wo sollen wir suchen oder auch nur anfangen zu suchen? Sollen wir also nach deiner Meinung zwei Täter oder mehr suchen, wenn er nicht von einem allein so verprügelt worden ist und dann – war das dann ein Täter oder mehr, die die Spitze gesetzt haben und ihn dann ins Wasser geworfen haben? Einer muss ihn doch festgehalten haben, als er die Spritze bekam. Da hat er doch wohl kaum still gehalten. Und wenn jetzt auch noch eine internationale Kunstfälscherbande dazukommt, dann pfuscht uns eventuell auch noch das BKA dazwischen. Darum würden wir uns aber bestimmt reißen«, schloss sie, ihren Verzweiflungsausbruch krönend, ab.

Volker versuchte sie zu beruhigen.

»Also erst mal langsam. Die Prügelei rückt in den Hintergrund, wenn der Mord von anderen Tätern begangen wurde. Dann können wir die Mafia oder wen auch immer vernachlässigen. Die sind für uns nur als Täter für den anschließenden Mord interessant.«

Kalle war inzwischen aus seinem »Geburtstags-« Rausch erwacht.

»Die Beruhigungsspritze – das ist unser Anhaltspunkt. gegen einen Zufallstäter. Das findet ihr doch auch. Morphium mit Propofol. Da müssen wir weiter nachdenken.«

Volker beugte sich vor zu ihnen. »Das ist es! Immerhin erfordert die Mischung ein Wissen darüber. Also eine medizinische Vorbildung vielleicht?«

Lene nickte. Sah ihn jetzt direkt an.

»Daran haben wir auch schon gedacht. Wir haben immerhin drei, noch dazu männliche, Medizinstudenten unter seinen Freunden, Aaron und Lukas, seine *besten* Freunde und der dritte ist Richie, ein außergewöhnlich cooler Typ. Nun fehlt uns zum Weiterdenken nur noch ein Motiv.«

»Aaron, Rebecca und die Mutter heißt Sarah. Also sicher Juden. Gibt es bei denen auch so eine strikte Sexualmoral wegen der Unschuld der Mädchen, also so einen Ehrenkodex wie bei den Moslems? Töten wegen der Ehre?«, fragte Volker zweifelnd.

»Nein, das glaube ich nicht. Vielleicht bei ganz, ganz streng orthodoxen Juden. Da müsste ich mich informieren. Aber so wirkten die beiden überhaupt nicht auf mich. Und die Mutter auch nicht. Sie hat übrigens Multiple Sklerose und sitzt im Rollstuhl. Aber trotzdem ist sie keine verbitterte Frau. Wobei es für sie ein Glück ist, dass sie sich auf die Hilfe ihrer Kinder verlassen kann. Sie hat Aaron an dem Abend damals gebraucht, deshalb der Anruf«, erklärte er in Volkers Richtung.

Lene runzelte die Stirn. »Bei Lukas sehe ich auch keinerlei Motiv. Aus vermutlich wohlhabendem Elternhaus, eng mit Patrick befreundet. Er hat an dem Sonntagabend noch Rebecca getroffen und ist mit ihr ein Glas trinken gegangen. Ich glaube im *Barfüßer*. Ich werde dort noch einmal versuchen, etwas von der Bedienung zu erfahren. Aber daraus, dass sie zusammen etwas getrunken haben, jetzt eine leidenschaftliche Liebesaffäre mit Mord zu konstruieren, erscheint mir denn doch etwas weit hergeholt.«

Obwohl ich darüber nachgedacht habe, dachte sie. Rebecca ist wirklich verdammt hübsch.

«Bleibt noch Richie. Der Undurchsichtigste von den dreien. Ich hatte das Gefühl, dass er mir etwas verheimlicht. Aber mehr etwas, das mit den Bildern oder Geld zusammenhängt. Nur, das war eher ein Gefühl. Und - er hat mir immerhin aus dem Stehgreif erklären können, detailliert sogar, wie Morphium zusammen mit Propofol wirkt. Da war er ganz schön fit, geschmeichelt, dass ich ihn sozusagen um Rat gefragt habe. Aber auch da müssten wir ein Motiv finden. Wir behalten ihn im Auge. Und Lukas auch.«

Damit beendete Lene die Besprechung. Volker versprach, die Recherche im Internet gleich in Angriff zu nehmen.

»Geh noch bei Bert vorbei. Schau mal, was er gefunden hat. Vielleicht könnt ihr euch gegenseitig unterstützen, oder du als Fälschungsexperte ihn. Übrigens – da fällt mir noch was ein. Dieser Fälscherprozess, der gerade verhandelt wird. Worum geht es da? Ich war doch drei Wochen weg.«

Volker nickte. »Also, der Fälscher ist sehr gut weggekommen. Und zwar, weil er ein vollständiges Geständnis abgelegt hat. Soweit man das mit dem *vollständig* glauben kann. Der Prozess lief nur über neun Verhandlungstage. Das hat mich ziemlich erbost. Die gesamte Kunstszene hielt sich total zurück. Aus Angst, nehme ich an, dass noch mehr herauskommt. Er hat vierzehn Fälschungen zugegeben, aber man weiß von fast achtzig! Ein Skandal! Der erste war ein Campendonk, ein Maler aus der Gruppe der Blauen Reiter, den man als Fälschung entlarvte, lange nachdem er für drei Millionen Euro verkauft worden war. Dann entdeckte man einen gefälschten Pechstein, seine *Liegende Frau mit Katze*, die für eine angebliche Erbin über ein sehr renommiertes Auktionshaus verkauft worden war. Und dann ging es weiter. Ein Max Ernst hat sieben Millionen gebracht. Unvorstellbare Summen sind das für den Normalbürger. Unser

Kollege, Kriminalhauptkommissar – ich komme gerade nicht auf den Namen – hat allein mit der Zeit über fünfzig Fälschungen entdeckt. Tolle Spürnase. Er hatte sich auf die Vielzahl von Schichten spezialisiert. Zudem entdeckte er einmal, dass der alte Rahmen völlig identisch zweimal aufgetaucht war. Dumm gelaufen. Nun denn, der *Künstler*,« Volker beschrieb dabei Anführungszeichen in die Luft – »ist er nun einer oder nicht? - hat sein Schäfchen im Trockenen.«

Er hatte sich richtig in Rage geredet. Man merkte, wie er mit Leib und Seele in der Szene ermittelte, was ihm das bedeutete. Und wie wütend er über dies Ausnehmen der Leute war, selbst, wenn es meist sehr Reiche waren, die sich solche Bilder leisten konnten. Auch sie hatten einen Anspruch auf echte Bilder, für die sie doch bezahlt hatten.

Das waren Informationen, die wirklich neu für sie beide waren. So viel Geld auf diesem Marktplatz – kein Wunder, dass da auch Großkriminelle mitmischten.

Als er gegangen war, fühlte Lene jetzt doch die Müdigkeit nach ihr greifen. Andererseits verspürte sie eine Besserung zu den vorangegangenen Tagen. Es war sozusagen eine *normale* Müdigkeit. Der Jetlag war überwunden.

»Kalle, wärst du sehr böse, wenn wir jetzt nur ein Glas Bier trinken gehen und das große Feiern verlegen auf einen Zeitpunkt nach unserer Rückkehr aus Florenz?«

Kalle, ihr verlässlicher und rücksichtsvoller Freund nickte tapfer. »Dann kann ich mir schon überlegen, wohin wir richtig fein ausgehen«, meinte er gutgelaunt. Es war heute einfach sein Tag gewesen. Er hakte sie übermütig unter und steuerte sie Richtung Tür. »Aber *ein* Bier muss es schon sein«, beharrte er und das fand Lene auch.

Kapitel 14

Mittwoch 26.Oktober

Als Lene und Sophie um 15.26 Uhr in Florenz ankamen, spürten sie Champagner im Blut. Für beide war es eine besondere Stadt, die sie liebten. Es war, als ob der Renaissancegeist noch immer durch die Straßen strich, vorbei an den vom Alter dunklen Steinwänden der reichen Patrizierhäuser. Es war bei weitem nicht der erste Besuch in dieser Stadt, die sie heute mit warmem Sonnenschein begrüßte.

Das Taxi setzte sie vor einer altehrwürdigen Hotelfassade ab, deren geschlossene Fensterläden die Hitze des Tages aussperrten. Sie waren wirklich im Süden, dachte Lene plötzlich und wurde sich wieder der Wärme, die sie wohlig einhüllte, bewusst. Und dieses Gefühl für den Süden verstärkte sich, als sie die schummrige und zugleich edel mit Kristalllampen an den Wänden beleuchtete Halle betraten. Dicke Teppiche verschluckten ihre Schritte und das Rollgeräusch ihrer Koffer auf dem Weg zu dem Mahagonitresen der Rezeption. Und heute sprach man hier Englisch, wie sie zu ihrer Erleichterung feststellte. Nachdem sie ihren Zimmerschlüssel erhalten hatten, fragte Lene lieber sofort nach *Signor Giovanni Siegello.* Warum hat er nur seinen Namen verfremdet für die Eintragung hier, fragte sie sich.

Und ist das überhaupt zulässig in Italien? Na ja, sie hatte ihn ja gefunden und konnte ihn fragen.

Der Portier schüttelte bedauernd den Kopf. Signor Siegello ist vorhin weggegangen. Er kommt gewöhnlich nicht vor sechs Uhr zurück. Wenn Sie es dann noch einmal versuchen wollen?«

Schade. Aber gut, dann eben später. Sie konnte ja wirklich nicht erwarten, dass er auf seinem Zimmer war, zumal er gar nicht wusste, dass sie seinetwegen kam.

Ihr Zimmer war geschmackvoll in warmen Rottönen gehalten. Und verhältnismäßig neu eingerichtet. Das war nicht sehr häufig in italienischen Hotelzimmern, wie sie aus Erfahrung wusste. Bei einem vorsichtigen Test des Bettes fand sie sogar die Matratze angenehm und ohne italienische Hotelbettenkuhle, die sie schon manchmal eine Nacht hatte schlaflos verbringen lassen.

»Das Hotel ist super ausgesucht von dir, Sophie.«

»Na, eigentlich doch von Johann-Giovanni«, leitete sie das Lob bescheiden an den Unbekannten weiter. Komm, wir gehen solange, bis er wieder zurück ist, in Richtung Dom. Weit ist das nicht, und ich freue mich schon auf den ersten Cappuccino im Original. In Italien schmeckt er einfach himmlisch.«

Kurze Zeit später standen sie an einem der kleinen Stehtische in einem Café und genossen den weichen, dichten Schaum an ihren Lippen, vermischt mit der göttlichsten aller Espressosorten.

»Irgendwie einfach unnachahmlich herrlich«, fand auch Sophie. Plötzlich wurde Lene steif. Ihr Blick war auf die große Fensterscheibe gerichtet und drückte totale Verblüffung aus. »Camille! Das gibt es doch nicht.«

Da hatte sie sich schon wie ein Blitz zur Tür gewandt und war auf der Straße. Nach hinten winkte sie, dass Sophie mitkommen möge und gemeinsam verfolgten sie jetzt Camille auf ihrem Weg. Plötzlich weitete sich die Straße, und der Duomo lag so prächtig und raumnehmend vor ihnen, dass es ihnen den Atem verschlug. Wie jedes Mal war dieser Anblick eines der intensivsten Bauwerke der Welt mit seiner prächtigen Brunnelleschi-Kuppel, deren Farben in der Spätnachmittagssonne leuchteten, umwerfend. Aber Lene hatte nur einen kurzen Blick dafür, sie blieb an die Fersen von Camille geheftet. Und plötzlich merkte sie, dass Camille ihrerseits zwei Männern folgte. Wieso tat sie das? Und was machte sie überhaupt hier?

Die Männer waren elegant gekleidet, der eine war schlank und mittelgroß, der andere größer mit einem breiteren Rücken. Irgendetwas an ihnen, das sie nicht benennen konnte, ließ Lene plötzlich vermuten, dass es Russen oder zumindest Osteuropäer waren.

»Was macht Camille hier? Und hast du die beiden Männer gesehen, denen sie folgt?«, wisperte Sophie.

Lene nickte. Die Männer gingen in das große Selbstbedienungsrestaurant an der Ecke der Piazza della Duomo, Camille folgte ihnen und mit kurzem Abstand Lene mit Sophie.

»Ich setze mich hier vorne hin, weiter in die Ecke dort rechts, damit sie mich nicht sieht. Dich kennt sie nicht. Versuche du herauszufinden, was sie von den beiden will.«

Sophie folgte Camille in das Innere des Lokals. Überall besetzte Tische und laute Unterhaltungen. Sie bemerkte, dass Camille sich an einen Tisch neben dem der Männer gesetzt hatte und intensiv in irgendeiner Broschüre las. Sie schlängelte sich nun ebenfalls durch das dicht besetzte Restaurant und fand einen Platz, der mit dem Tisch von Sophie und den Männern ein Dreieck bildete, wobei alle ihr mehr den Rücken zuwandten, sodass sie ihnen nicht auffiel. Sie schmunzelte in sich hinein und fand ihre Begabung zum Schnüffler herausragend. Nur sah sie ein Problem darin, dass das Lokal einen Selbstbedienungstresen hatte und sie irgendetwas bestellen musste. Ihren genialen Tisch wollte sie nicht aufgeben. In dem Moment drehte sich Camille zu ihr um. »Scusi, Signorina, ...«, und dann folgte ein längerer Satz in Italienisch. Ihr blieb nichts anderes übrig als ein unsicheres »Non parlo Italiano, io Tedesca« zu murmeln. Ein Lächeln auf dem Gesicht ihrer Nachbarin.

»Sie sind Deutsche? Das ist ja viel besser. Ich wollte Sie bitten mir den Tisch freizuhalten, bis ich mir einen Cappucino geholt habe. Aber vorher würde ich gerne noch zur Toilette. Ginge das?« Nun lächelte Sophie. »Natürlich, gehen Sie nur. Ich bewache Ihren Tisch.«

Camille warf noch einen beunruhigten Blick auf die Männer, dann aber verschwand sie in Richtung Toiletten. Nur einen Augenblick nachdem sich die Tür hinter ihr geschlossen hatte, sah Sophie Lene, die ebenfalls in die gleiche Richtung ging. Und wenige Sekunden später standen die beiden Männer auf und eilten geradezu zum Ausgang. Jetzt wurde ihr heiß und kalt. Scheiß-Ermittler-Dasein, fluchte sie. Was sollte sie nur tun? Da Camille ihre Jacke über dem Stuhl liegen hatte, konnte sie doch nicht einfach hinter den Männern herlaufen, zumal sie gar nicht wusste, weshalb Camille deren Nähe suchte. Na toll! Sie sah, dass die Männer aus der Tür entschwanden und immer noch keine Camille und keine Lene. Vielleicht hatte Camille die beiden nur attraktiv gefunden, oder zumindest den einen, den Jüngeren, der trotz seines Anzugs so eine Adrien-Brody-Ausstrahlung hatte. Der sie immer an Heathcliff erinnerte, dunkelhaarig und dunkeläugig, dem wild-verwegenen Helden in Emily Brontes Roman *Sturmhöhe. Wuthering Heights.* Sie hatten das Buch in der Schule gelesen. Vielleicht stand sie ja auch auf solche Männer, wirkte doch auch an Camille irgendetwas fast viktorianisch. Da kam sie schon wieder mit einem Lächeln auf Sophie zu, aber als sie bemerkte, dass die beiden Männer verschwunden waren, erstarb es. Ihre Augen weiteten sich und ihr Blick glitt hinüber zum Tresen. Dann nahm die Enttäuschung von ihr Besitz. Anders konnte man das plötzliche Verschwinden jedes Schwungs, das Herabfallen der Schultern und die Leere in ihrem Gesicht nicht deuten. Sie ließ sich auf ihren Stuhl fallen, hatte Sophie völlig vergessen, zumindest für einen Augenblick. Dann sah sie auf und in ihren Augen war nur noch Sorge.

»Sind die beiden Männer schon lange weg?«, fragte sie tonlos.

Sophie nickte. »Gleich nachdem Sie in der Tür dort verschwunden waren.«

Jetzt kam mehr Ärger in ihre Züge. »So was Blödes! Ich wollte die doch …« Sie verstummte mitten im Satz.

»Waren die für Sie wichtig? Kannten Sie sie?«

»Nein, wir haben nur einen gemeinsamen Bekannten. Und ich wollte wissen, wer die sind. Naja, bei der Menge an Touristen hat suchen auch keinen Sinn. Übrigens können wir uns ruhig duzen. Ich bin Camille. Ich hole dann erst mal meinen Cappuccino. Willst du auch einen?«

Sophie murmelte auch ihren Namen und nickte, sah dann aber die Möglichkeit einer Kontaktaufnahme mit Lene.

»Bleib ruhig sitzen, und erhole dich von dem Schrecken. Ich bringe dir einen mit.«

Gerade als sie zum Tresen hinüberging kam Lene aus der *Signora*-Tür, sah sie sofort und reagierte so, wie Sophie erhofft hatte. Sie ging ebenfalls zum Tresen und stellte sich neben Sophie.

»Ich setze mich jetzt gleich zu Camille. Ist wohl besser du kommst dazu und wir spielen mit offenen Karten, aber ohne die Männer zu erwähnen. Denn jetzt kennt sie mich. Sonst wird das Ganze irgendwann peinlich.«

Lene nickte zustimmend. Sah sich um, als suche sie den Platz ihrer Tochter. Dabei trafen sich ihre Augen mit denen von Camille. Die Überraschung war perfekt gelungen.

»Geh lieber gleich rüber. Ich bringe dir auch einen mit, bevor sie uns noch abhaut.«

Lene hatte den gleichen Gedanken. Sie gab sich Mühe ebenso verblüfft zu wirken. Und ging hinüber zu Camilles Tisch, denn deren Reaktion sah wirklich so aus, als ob sie nach Fluchtmöglichkeiten suchte.

»Hallo, Camille. Das ist ja eine Überraschung. Was machen Sie denn in Florenz? Ich dachte, wir hätten deutlich gemacht, dass alle Personen, die mit Patrick zu tun hatten, in Nürnberg und erreichbar bleiben müssen.«

Camille lief rot an.

»Ich wollte zu diesem Johann. Es geht schließlich um den Tod meines Bruders«, fügte sie fast trotzig hinzu. »Und überhaupt, ich war per Handy doch jederzeit zu erreichen.«

Lene beschloss, das auf sich beruhen zu lassen. Sah, dass es auch ihre Schuld war, dass Camille von

Johann oder zumindest von dessen Aufenthaltsort erfahren hatte. »Aber Camille, nun bitte ehrlich. Haben Sie Johann schon getroffen?«

»Ja, gestern Abend noch. Aber nur auf einen Drink in der Hotelbar. Er hat mir etwas völlig Verrücktes erzählt. Und – nein, er soll es Ihnen selbst erzählen. Ich nehme an, Sie wollen ihn noch sprechen? Deshalb sind Sie sicher hier. Hat Ihnen der Portier auch gesagt, dass er wohl gegen sechs wiederkommt? Jetzt ist es kurz nach fünf.« Sie hatte einen kurzen Blick auf die Uhr geworfen und sah völlig überrascht hoch, als Sophie mit den drei Getränken auf einem Tablett am Tisch stand.

»Das ist meine Tochter Sophie. Wir hatten uns hier verabredet. Und wieso kennt ihr euch? Ich habe vorhin ganz vergessen zu fragen«, heuchelte Lene.

»Wir kennen uns erst seit wenigen Minuten. Zufall. Ich saß am Nebentisch. Sollte nur auf die Jacke aufpassen. Meine Mutter sagte vorhin nur *Camille*! Und weg war sie. Woher kennt ihr euch?«

Camille sah unbehaglich von einer zur anderen.

»Und das mitten in Florenz! Frau Becker ermittelt im Mordfall meines Bruders.«

»Patrick?«

»Ja, Patrick. Wir standen uns sehr nahe. Und ich wollte einfach wissen, was passiert ist. Und wieso sind Sie mit ihr hier?«

Lene mischte sich ein. »Sozusagen als Beraterin in Kunstfragen. Sophie hat Malerei studiert und arbeitet jetzt in einer Galerie in Hamburg. Sie hat einfach mehr Wissen über die Kunstwelt als ich. Und da sie sowieso gerade bei mir zu Besuch in Nürnberg war, schien es meinem Chef und mir sinnvoll, dass sie mitkommt.«

In Camilles Augen stritten Interesse, Sympathie und Vorsicht miteinander. Wieder hatte Lene das Gefühl, dass sie etwas verbarg. Aber dann lächelte sie Sophie an.

»Dann musst du mal zu uns kommen und Patricks Bilder begutachten. Ob du ihn auch für so begabt hältst wie ich.« Sie biss sich auf die Lippe. »Auch wenn …« Sie brach ab.

»Es tut mir so leid, wegen Patrick. Ich habe auch einen Bruder, den ich sehr liebe. Es muss schrecklich sein, was du jetzt erleben musst.«

Dabei legte sie kurz ihre Hand auf Camilles, deren Augen zu schimmern anfingen. Schnell versuchte Sophie sie abzufangen, indem sie betonte, was es doch für ein seltsamer Zufall sei, dass sie sich hier getroffen hätten.

Camille nickte. »Dass ich gerade dich angesprochen habe!«

Alle drei saßen jetzt wie selbstverständlich um den Tisch und nippten an ihren schaumgekrönten Kaffees, die noch reichlich heiß unter der weißen Haube waren.

Nur Lene fühlte sich unbehaglich. Immer wieder sah sie diesen seltsamen Fall mit seinen wenigen Fakten vor sich, dachte an die beiden Männer, denen Camille gefolgt war. Ihr waren die beiden alles andere als sympathisch gewesen. Offenbar gingen Sophies Gedanken in eine ähnliche Richtung, denn plötzlich stellte sie ihre Tasse mit einem Klirren ab, als ob ihr in diesem Moment etwas Wichtiges eingefallen wäre.

»Sag mal, die beiden Männer vorhin. Wolltest du etwas von denen? Du warst so enttäuscht, als du gemerkt hast, dass sie weg waren«, fragte sie scheinheilig.

Camille lief rot an. »Hat man das so deutlich gemerkt? Aber es ist anders, als du denkst. Ich wollte nur – ach, ist ja jetzt auch egal. Also offene Karten. Die beiden hatten nach Johann gefragt an der Rezeption. Ich stand in der Nähe, wollte auch gerade zu ihm. Da wurde ich einfach neugierig. Da der Portier ihnen sagte, dass Johann nicht vor sechs zurück käme, sagte ich dem Portier nur eben, dass ich später wiederkäme, falls Giovanni nach mir fragen würde, verließ das Hotel wieder und folgte ihnen um herauszufinden, was das für Typen sind. Ich hatte mir Johann nicht so vorgestellt, als ob er mit Männern wie denen befreundet wäre. Na, vielleicht liege ich ja falsch. Ich habe mir extra einen Tisch neben ihrem gesucht um sie zu belauschen.«

»Und, ist Ihnen das gelungen?«, fragte Lene mit wenig Hoffnung.

»Nein, sie sprachen irgendeine fremde Sprache. Mir kam sie slawisch vor, eventuell auch russisch. Ich halte alle Sprachen östlich unserer Grenzen schwer auseinander. Polnisch, Tschechisch, Kroatisch, Russisch, es hört sich für mich immer sehr ähnlich an.«

Lene sah sie nachdenklich an.

»Camille, ich glaube, Sie wissen gar nicht, wie gefährlich das sein kann, was Sie tun. Ich kann verstehen, dass Sie glauben, auf eigene Faust schneller etwas zu erreichen. Aber das funktioniert höchstens im Kino oder Fernsehen. Im wirklichen Leben ist das anders. Unsere Polizeiausbildung und unsere Erfahrung sind doch das, was hier hilft, was uns eine Chance gibt, den oder die Täter zu finden. Und dazu gehört, dass uns die Verwandten und Freunde helfen.«

Sie machte eine kurze Pause und dache bei sich, *wenn die das nur immer begreifen würden!* Aber dann sah sie wieder in Camilles Augen und verstand, wie jung sie war und wie verletzt durch die Gewalttat an ihrem Bruder.

»Sie meinen es nur gut, Camille, und etwas in mir bewundert auch Ihren Mut. Aber es nützt *niemandem,* und am wenigsten Ihren Eltern, wenn Ihnen auch noch etwas passiert, nur weil sie wirklich – und sei es aus Versehen – auf die richtige Spur geraten. Und Sie dann auch noch getötet werden. Und ich meine das so brutal, wie ich es sage, denn das ist die Wirklichkeit.«

Camilles Augen hatten sich jetzt doch vor Schreck geweitet.

»Aber ich wollte doch nur diesen Johann etwas fragen«, wandte sie dann zögernd ein.

»Nur, so geht es nicht. Damals in Frankreich hat mir auch eine Person aus dem Umfeld von Brigitte etwas verschwiegen und als sie mir dann endlich das erzählen wollte, was uns so viel schneller zum Mörder geführt hätte, schlug der zu und tötete sie.«

Lene sah in ihrer Erinnerung wieder die tote Gestalt am Strand und empfand immer noch ein Gemisch aus Mitleid und Zorn. Es war so ungerecht gewesen! So sinnlos.

»Verstehst du mich jetzt, Camille?«, fragte sie eindringlich und wechselte zum vertrauteren Du. Schließlich waren sie hier auf der gleichen Insel gestrandet. Auch wenn die Insel Florenz hieß und nicht gerade einsam war.

»Und außerdem«, fügte sie noch hinzu und lächelte jetzt, »wenn du mir alles erzählst, was du als Schwester - und wie mir scheint Vertraute – deines Bruders von ihm weißt, dann finde ich bestimmt in allem, von dem *du* denkst, dass es für uns nicht so wichtig ist, plötzlich ein Goldstäubchen, und dann sind wir auf der richtigen Spur. Und du hättest damit die Lösung des Falles möglich gemacht. Glaub mir, was nicht mit der Ergreifung des Mörders und damit mit dem Beweismaterial zusammenhängt, wird außer mir und meinem Kollegen Kalle niemand erfahren. Deine und Patricks Geheimnisse sind bei uns beiden absolut sicher aufgehoben.«

Nun fand sie, hatte sie genug gesagt. Sie musste abwarten, ob dieser Appell Früchte trug.

Camille starrte auf ihre verschränkten Hände in ihrem Schoß. Die Körperspannung lag irgendwo zwischen Anspannung und Aufgeben. Schließlich gaben ihre Schultern nach. Sie hob den Kopf. Entschlossenheit in ihrer Miene.

»Gut, ich werde von Patricks Geheimnis erzählen, obwohl es mir schwerfällt.« Eine kleine Pause, in der Lene ihr aufmunternd zunickte.

»Also irgendwann, so vor zwei Jahren, als Patrick schon wirklich gut im Kopieren von Gemälden war - er hatte es sogar schon gelernt, sie *auf alt* herzustellen, mit alten, selbst angemischten Farben und spezieller Leinwand und so - schaltete er eine Anfrage im Internet, die etwa so lautete: Interesse an Kopien alter Meister und Malern des Impressionismus, Expressionismus und der Gegenwart? Kontakt …, und dazu eine e-mail-Adresse, die er extra dafür eingerichtet hat.

Er bekam einige Rückfragen von Einzelpersonen, und schließlich kam ein Angebot, das er einfach elektrisierend fand. Ein Manager bot ihm zweitausend Euro pro Bild oder waren es dreitausend? - plus den Kosten für das Material! Er würde jeweils ein bestimmtes Gemälde bei ihm in Auftrag geben und es dann an den betreffenden Interessenten vermitteln. Patrick war begeistert und malte und malte. Die Zahlungen kamen pünktlich bei Ablieferung des Bildes oder der Bilder.«

Sie hielt inne, sah die Spannung auf den Gesichtern von Mutter und Tochter und fuhr dann hastig fort.

»Bis – ja, bis Patrick zu der Runge Ausstellung nach Hamburg fuhr. Von dort kam er wieder und war äußerst in sich gekehrt und verschlossen. Es hat Tage gedauert, bis er endlich mit dem herauskam, was ihn beschäftigte –«

Sie nestelte in ihrer Handtasche, suchte offenbar etwas. Dann zog sie einen Fotorahmen heraus und reichte ihn Lene über den Tisch.

»Es waren diese Worte, die ihn so tief getroffen hatten. Sie haben den ganzen Vorraum der Ausstellung eingenommen. Standen rundum als Schrift an den Wänden. Wie vom Donner gerührt saß er sehr lange dort auf der Lederbank in der Mitte, erzählte er mir. Schließlich nahm er einen Kuli und irgendein Stück Papier, das er noch einstecken hatte, und schrieb die Quintessenz dieses Textes auf. Und das ist die wichtigste Textstelle – zumindest war sie das für ihn. Deshalb, quasi als Mahnung, hatte er sie sich in sein Atelier gehängt.«

Sophie hatte sich neugierig zu Lene hinübergebeugt und sie lasen zusammen.

»*Die Hoffnung ist das Schönste im Leben. Wer sich die abschneiden möchte, bloß um etwas Gewisses zu haben, in dem ist der lebendige Geist schon gestorben. Denn wo die Kunst nicht mehr eins und unzertrennlich mit der inneren Religion der Menschen ist, da muss sie sinken.*

In jedem vollendeten Kunstwerk fühlen wir durchaus unseren innigsten Zusammenhang mit dem Universum. Ich sehe aber, dass ich, wenn ich es mit der Kunst wohin bringen will, alles auf mich selbst bauen und aus mir selbst heraus arbeiten muss. Dass dieses für mich das eigentlich Wahre und Einzige ist.«

Camille schluckte. Sie hatte jetzt Tränen in den Augen. Ihre Stimme zitterte leicht.

»Die Worte haben ihn so getroffen, dass er plötzlich erkannte, *was* er mit dem Kopieren der tiefsten Empfindungen der alten Meister angestellt hatte. Den »innigsten Kontakt mit dem Universum« als Quelle jeder Inspiration missbraucht hatte. Gestohlen. Von dem Moment an konnte er keine Reproduktionen mehr malen. Er wurde zum – in seinen Augen - *wirklichen Maler*. Auf das vertrauend, was in ihm selbst entstand.«

Sophie nickte verstehend. »Was für ein Schlüsselerlebnis für ihn! Ich kann das sehr gut nachempfinden. Er war in die ganze Sache hineingetaumelt, fand sein Talent, andere Maler zu kopieren, einfach faszinierend und toll. Nicht zu vergessen das viele Geld, das er damit machen konnte! Wie lange dauert es für einen Künstler, bis seine Bilder zwei Tausend Euro oder mehr bringen? Da muss er schon bekannt sein. Und auch dann hätte er niemals einen Abnehmer, der ihm laufend Gemälde für einen festen Preis abnimmt.«

Sie holte Luft und sprach dann nachdenklich weiter.

»Da erfährt er dies innere Erleben, die Initialisierung des Kreativen in ihm, den fast göttlichen Anspruch an den Maler, den er fühlt, und dem er jetzt begegnet. Es ist die Kunst insgesamt - die Musik, die Malerei, die Poesie - die den Menschen aus dem normalen Leben in die Sehnsucht nach dem Höheren führt. Die Kunst wird deshalb auch oft als Vorreiter einer neuen Zeit gesehen, Vorbote, Wegbereiter, wie man will. Weil sie mit ihren von einer anderen Ebene inspirierten Werken dem Geschmack und vor allem dem Verständnis von Neuem in der Zeit voraus ist. Deshalb oft die Ablehnung und das Nicht-Verstehen durch die Zeitgenossen eines Künstlers. Erst die spätere Generation bekommt meist den Zugang.« Sophies Wangen waren jetzt gerötet, ihre Augen blitzten. Sie war jetzt Malerin und Kunstkennerin. Leicht unsicher, wie die anderen ihre Gedanken aufgenommen hatten, fügte sie fast entschuldigend hinzu:

»Aber das ist nicht von mir, ich habe es nur in mehreren klugen Büchern gelesen, wenn auch anders ausgedrückt, und als wahr erkannt. Denn seit Mozart spätestens weiß das auch die Welt. Oder noch früher – auch Tutmosis mit seinen wunderbaren, revolutionären Skulpturen in der ägyptischen Armanazeit von Echnaton und Nofretete – auch er wurde erst viel später begriffen, verstanden in dieser Schönheit, die in seinen Werken liegt.«

Wieder fühlte Lene eine Art Schmerz bei dem Gedanken an Patrick, diesen jungen Mann, der endlich zu seiner Berufung gefunden hatte. Ein Idealist geworden – und dann getötet worden war. Wo war das Motiv für diesen Mord? Lag es darin, dass er sich geweigert hatte, weiter Kopien herzustellen? Da hätte es doch keinen Sinn gemacht, ihn zu ermorden. Oder doch? Hatte er vielleicht gedroht, die Wahrheit über die Fälschungen publik zu machen?

»Warum hat man ihn nur so spät gefunden?«, riss Camille sie aus ihrer Analyse. »Patrick, meine ich. Wieso hat man ihn nicht einfach liegen lassen?«

»Darüber haben wir auch schon nachgedacht. Aber im Moment darf ich dir das noch nicht sagen, welche Vermutungen wir anstellen und welche Fäden wir verfolgen. Später erkläre ich dir alles, versprochen. Und mit dem, was du gerade erzählt hast, bin ich jetzt viel weiter in meinen Schlussfolgerungen. Jetzt fehlt uns nur noch die Aussage von Johann. Ich denke, wir können uns langsam auf den Weg zum Hotel machen. Er ist sicher ein wichtiger Zeuge, zumindest was das Motiv angeht. Also?«

Aufmunternd sah sie die beiden jungen Frauen an, die sofort aufsprangen. Beiden sah man an, dass sie diesem Gespräch entgegenbrannten. Neugierde gepaart mit Vorwärtsdrängen, die Lenes Berufsmotor darstellten, hatten auch die zwei erfasst.

Draußen war es immer noch warm. Der Duomo ragte vor ihnen auf, das Baptisterium lockte.

»Haben wir nicht noch Zeit, wenigstens einen kurzen Blick auf die goldene Tür von Ghilberti zu werfen«, versuchte es Sophie, aber Lene schüttelte den Kopf. Später.

In der Calle Ghiotto war es noch wärmer. Die schmalen Straßen hielten die Mittagshitze einfach länger fest. Als sie um eine leichte Kurve bogen, sahen sie hundert Meter vor Ihnen einen Ambulanzwagen und eine Menschentraube. Wohl Schaulustige. Dann spürte Lene einen Schauer auf ihrem Rücken. Gänsehaut. Unwillkürlich ging sie schneller.

»Ist das nicht vor unserem Hotel?«, fragte sie Sophie, die das unsicher bejahte. Die Fassade des alten Hauses zeigte weiterhin über vier Stockwerke geschlossene Fensterläden. Nur im dritten Stock hing, seltsam eindringlich, ein burgunderfarbener Vorhang aus einem geöffneten Fenster. Blutfarben, dachte Lene. Das Vorgefühl wurde immer stärker. *Bitte nicht Johann,* dachte sie fast flehentlich. Sie sah vor ihrem inneren Auge einen Körper aus dem Fenster auf die Pflaster der *Calle Ghiotto* fallen, aufprallen. Dort, wo jetzt die Ambulanz stand.

Die Carabinieri wollten sie erst nicht durchlassen. Erst als sie einen Kollegen geholt hatten, der Französisch sprach, konnte sie sich verständlich machen.

»Ich bin Kommissarin aus Deutschland, aus Nürnberg. Kann ich bitte durch ins Hotel? Ich wohne hier mit meiner Tochter und ihrer Freundin.«

Der junge Polizist zögerte. Seine dunklen Augen waren prüfend und zugleich unschlüssig auf Lene gerichtet. »Bitte, es ist wichtig. Ich muss wissen, wer da verunglückt ist. Was ist passiert? Ich bin hier, weil ich einen Deutschen befragen muss, der auch in dem Hotel wohnt. Er heißt Johann Siegel oder Giovanni Siegello, wie er sich hier nennt. Ich ermittle in einem Mordfall.«

Da endlich reagierte er. »Nur Sie, Madame. Ihre Tochter und Freundin müssen draußen bleiben. Ich bringe Sie zum Commissario.«

Das klang nach Ermittlungen. Mindestens ein Unglücksfall. Lene folgte dem jungen Polizisten in blauer Uniform in die Hotelhalle. Ein Mann mit graumeliertem Haar lehnte am Tresen der Rezeption und sprach mit dienstlicher Autorität auf den Portier ein. Auf ihn steuerte ihr Begleiter zu. »Commissario? Scusi …«

Er drehte sich um und sah ärgerlich auf die Störquelle. Als er jedoch sah, dass da eine blonde, zudem noch attraktive Frau mit blauen Augen vor ihm stand, reagierte er mit einer unnachahmlichen Grandezza, die einem italienischen Mann wohl in die Wiege gelegt wird.

»Signora?« Ein großes Fragezeichen, das sich sowohl auf ihre Person beziehen konnte, als auch auf die Sprache, in der sie kommunizieren konnten.

Lene versuchte es. »Entschuldigung, ich spreche nicht Italienisch. Aber Deutsch – *sie lächelte bei diesem Wort* – Englisch und Französisch.«

»Ich spreche Deutsch«, erwiderte er zu ihrer Erleichterung. »Ich habe früher in München studiert.«

Das war ja ein glücklicher Zufall, dachte Lene, die doch bei der italienischen Polizei auch schon andere Erfahrungen gemacht hatte. Sie stellte sich vor und wiederholte, was sie vorher dem Carabinieri gesagt hatte, wobei sie jetzt noch hinzufügte, dass sie in einem Mordfall in Nürnberg ermittelte.

Er wurde ernst. »Es tut mir so leid, Signora Becker, aber Herr Siegel ist soeben verstorben.«

Kapitel 15

Lene wurde es kalt. Plötzlich wurde ihr die unangenehme Kühle der Klimaanlage bewusst. Sie nahm die Gerüche der Hotelhalle intensiv wahr. Als seien ihre Sinne geschärft in diesem Augenblick.

»Wie?«, brachte sie hervor.

»Wir ermitteln noch. Es kann Selbstmord oder ein Unglücksfall sein. Vielleicht sogar Mord, aber das erscheint unwahrscheinlich.«

»War vorher jemand bei ihm gewesen?«

Der Commissario zog die Stirn unwillig in Falten.

»Ich sagte schon, wir ermitteln noch, Signora«, sagte er den Satz, den sie so oft bei unliebsamen Fragen benutzte. Jemand hatte die schweren Vorhänge in der Empfangshalle zurückgezogen und die Spätnachmittagssonne flutete in die Lobby, tauchte einerseits alles in Farbe, was vorher dämmrig gewirkt hatte, ließ jedoch andererseits die Staubkörnchen in den Strahlen tanzen. Sie beschloss aufrichtig zu sein. Vielleicht käme so eine Art Zusammenarbeit zustande.

»Commissario, ich will Sie wirklich nicht in Ihrer Arbeit behindern. Aber – können wir uns etwas abseits kurz unterhalten? Dann sage ich Ihnen, wie die beiden Fälle zusammenhängen. Wo wir bisher stehen.«

Er nickte. Die Falten seiner gerunzelten Stirn glätteten sich. Schöne Augen hat er, dachte Lene. Lebensbejahende Augen. Wieso sehen italienische Männer so häufig besser aus, wenn sie das Alter jenseits der fünfzig erreicht haben? Vielleicht weil sie das Leben bewusster genießen als wir Deutsche, die sich immer vom Stress auffressen lassen?

Nachdem er einem der Polizisten Bescheid gesagt hatte, führte er sie zu einer Ecke in der Hotelbar. Lene kam ohne Umschweife zur Sache.

»Wir in Nürnberg ermitteln momentan in einem Mord an einem jungen Mann. Der wollte gerade sein ganzes Leben – er war Jurastudent – ändern und hierher nach Florenz kommen, um mit Johann Siegel gemeinsam Kunst zu studieren. Es muss eine enge Freundschaft gewesen sein – wir hofften, dass er, Johann Siegel, uns hätte helfen können, ein mögliches Motiv für diesen Mord zu finden. Für den Mord in Nürnberg. Die beiden müssen sich wirklich sehr nahe gestanden haben. Als wir vorhin ankamen, war Siegel nicht im Hotel. Er sollte erst gegen sechs zurück sein. Die Schwester des Mordopfers, ihr Name ist Camille Sommer, wollte ebenfalls zu ihm, wohl kurz vor uns. Sie bekam mit, dass zwei Männer, die unmittelbar vor ihr an der Rezeption standen, auch nach Johann Siegel fragten und die gleiche Antwort bekamen wie wir. Sie war hierher nach Florenz gefahren, weil sie selbst herausfinden wollte, wer ihren Bruder umgebracht hatte. Neugierig geworden, folgte sie heimlich den beiden Männern, bei denen es sich dem Aussehen nach um Osteuropäer oder Russen handelt. Dabei lief sie uns über den Weg. Sie ist draußen bei meiner Tochter.«

Hier brach Lene ab. Der Commissario hatte sich Notizen gemacht. Er sah jetzt hoch.

»Die Schwester, diese Camille, will ich unbedingt sprechen.«

Lene nickte zustimmend. »Sie hat die Männer aus den Augen verloren. Und nun scheint es mir wichtig zu erfahren, ob die beiden vielleicht zum Hotel zurück gegangen sind und Herrn Siegel angetroffen haben.«

Sie überlegte, ob sie auch ihren Verdacht wegen der Kunstfälschermafia erwähnen sollte. Denn inzwischen war sie davon überzeugt, dass es da einen kriminellen Fälscherring gab, der Patricks Bilder vermarktet hatte. Sie entschied sich jedoch dagegen. Nicht alles auf einmal. Erst einmal genug der Offenheit. Sie würde abwarten.

Der Commissario sah über ihre Schulter und gab dem Kellner ein Zeichen. »Was möchten Sie trinken?«, fragte er in verändertem Ton. Offenbar hatte er ihren Besuch in Florenz jetzt besser verstehen können. Sie winkte ab. Wasser vielleicht, aber keinen Kaffee mehr, entschied sie. Er bestellte Wasser für sie und einen Café Latte für sich.

»Und dafür sind Sie extra nach Florenz gekommen? Und wieso mit ihrer Tochter?«

Er hatte sofort den schwachen Punkt, nämlich den verheimlichten Punkt, in ihrer Schilderung gewittert. Trotz leichten Ärgers - über ihn oder über sich? – empfand sie Anerkennung.

»Tja, also wir haben einen vagen Verdacht. Bis vor einer halben Stunde mehr eine vage Vermutung.«

Nun berichtete sie ihm doch von Patricks Gemäldekopien und ihren neuesten Erkenntnissen.

»Bitte, das muss aber noch unter uns bleiben. Ich will darüber erst mit meiner Dienststelle sprechen. Für Sie ist das erst einmal ein Wissen, das vielleicht gar nichts mit dem Tod des Johann Siegel zu tun hat. Nur – falls die beiden vermutlichen Osteuropäer ihn noch vor seinem Tod besucht haben, dann würde ich das gerne wissen.«

»Und Ihre Tochter?«

Lene sah ihn verwirrt an. »Wieso meine Tochter?«

Er lächelte jetzt äußerst gewinnend und zeigte dabei tadellose Zähne.

»Ich frage mich, ob sie nur in unsere schöne Stadt kommen wollte oder -?«

Er ließ den Rest der Frage in der Luft hängen. Nun lächelte auch Lene.

»Sie ist halboffiziell dabei, da sie selbst Malerin ist und in einer Galerie in Hamburg arbeitet, schien es mir sinnvoll, sie als quasi *Sachverständige* dabei zu haben, wenn ich die offenen Fragen hier klären würde.«

»Wissen Sie, ob dieser Siegel Verwandte hat, hier oder in Deutschland?«

Lene zuckte mit den Achseln. »Wir wissen von keinen. Wir waren ja froh, dass wir überhaupt seinen Aufenthaltsort herausgefunden haben. Wir hatten nur einen Brief von ihm und wussten, dass er in einem Hotel in Florenz ab 16. Oktober auf Patrick warten würde. Kein Handy, keine Adresse.«

»Handy?« Der Commisssario – wie hieß er eigentlich, fragte sie sich und wusste, dass sie vorhin nicht genug aufgepasst hatte – runzelte fragend die Stirn.

»Handy, ein telefonino«, übersetzte sie, stolz auf ihre Italienischkenntnisse aus Commissario-Brunetti-Romanen. Sie mochte dieses Wort.

»Das macht es nicht gerade leichter. Aber wir finden das sicher heraus.«

Er ging hinüber zur Rezeption und kam mit dem Portier zurück.

»Signore Rubiera, heute Nachmittag haben außer Signora Becker noch zwei Männer nach Signore Siegel gefragt. Können Sie sich daran erinnern?«, übersetzte er für Lene.

»Ja, das war so um vier Uhr herum. Aber Signore Siegello war nicht auf seinem Zimmer.«

»Waren die beiden Männer später noch einmal hier? Vielleicht sogar auf dem Zimmer von Signore Siegel?«

Die Augen des Portiers zuckten nervös hin und her. Offenbar hatte ihm die ganze Sache sehr zugesetzt.

»Wissen Sie, Signore Siegello war ein sehr netter Mann. Es ist schrecklich, einfach schrecklich.«

»Bitte, konzentrieren Sie sich. Waren die beiden Männer noch einmal hier im Hotel?«, fragte der Commissario noch einmal mit Nachdruck.

Jetzt schüttelte der Mann so heftig den Kopf, dass eine lange schwarze Haarsträhne in sein Gesicht fiel.

»Nein, nicht dass ich davon weiß.« Irgendwie wich dieser Mann ihnen bewusst aus, dachte Lene. Er wirkte verstört, sicher, aber auch seltsam unbestimmt. Offenbar ging es ihrem Kollegen mit dieser Beobachtung genauso, denn er hakte jetzt nach.

»Waren Sie die ganze Zeit an ihrem Platz in der Halle? Oder vielleicht auch einmal auf der Toilette oder in der Küche oder so?«, fragte er und jetzt klang seine Stimme lockend. Als wollte er dem anderen eine Brücke bauen.

Rubiera dachte nach, dann nickte er plötzlich. Erleichterung auf seinem Gesicht.

»Ja, ich war so um fünf, halb sechs einmal in der Küche. Habe dort schnell ein *Pannino* gegessen. Wissen Sie, ich hatte seit Mittag nichts mehr in den Magen bekommen und habe doch noch bis zweiundzwanzig Uhr Dienst.«

Dabei nickte er bekräftigend. Irgendwie glaubte ihm Lene nicht.

Dem Commissario ging es nicht anders. Er machte sich eine Notiz. Als Rubiera betont wichtig zur Rezeption zurück geeilt war, brummte er:

»Ich glaube, das müssen wir überprüfen. Ich habe den Verdacht, dass er von den beiden ordentlich geschmiert worden ist.«

Dabei machte er die Geste des Reibens vom Daumen gegen Mittel- und Ringfinger, das international verstanden wurde. Dann bat er sie, Camille und Sophie hereinzuholen.

Als sie aus dem Hotel trat und sich suchend umsah, entdeckte sie Sophie, die eine schluchzende Camille im Arm hielt. »Sie weint schon die ganze Zeit«, erklärte sie ihrer Mutter.

Lene streichelte über Camilles Schulter. Sicher brach sich hier der Kummer über den Tod ihres Bruders Bahn, denn sie konnte sich nicht vorstellen, dass es die Trauer um Johann Siegel war, den sie doch kaum kannte.

»Komm, Camille, bitte hör auf zu weinen. Der Kommissar muss dich noch sprechen. Wegen der beiden Männer. Er wartet auf uns.«

In einer Art von rührendem Gehorsam putze sich Camille die Nase mit dem Taschentuch, das Lene ihr reichte. Dann fuhr sie sich damit über die Augen.

»Ich weiß auch nicht«, murmelte sie entschuldigend. »Plötzlich konnte ich nicht anders.«

Wie ein Lämmchen folgte sie Lene und Sophie in die Halle. »Es war wohl alles etwas viel für sie«, meinte sie erklärend zum Commissario. Er sah die beiden Mädchen an, lächelte aufmunternd.

»Giuseppe Alberti«, stellte er sich den beiden vor und Lene wusste nun endlich seinen Namen.

»Der Commissario möchte Camille noch etwas fragen.«

Er hatte auf dies Stichwortgeben gewartet, sagte aber jetzt erst einmal: »Signorina, ich möchte Ihnen sagen, wie leid es mir tut, dass sie Ihren Bruder auf diese Weise verloren haben. Vielleicht, falls dieser Gedanke Ihnen etwas tröstet, helfen wir zusammen, um diese Mörder zu finden.«

Lene grinste innerlich. Bei ihr hatte er sehr viel sicherer und ohne Akzentbetonung gesprochen als jetzt bei Camille. *Italienische Männer!*, dachte sie zum zweiten Mal an diesem Tag. In ihrem Charme äußerst anpassungsfähig.

Dann fuhr er aber fort. »Und eine besondere Rolle scheint dieser Johann Siegel zu spielen. Und die beiden Männer, die Sie verfolgt haben. Bitte, beschreiben Sie sie mir.«

Camille putzte sich noch einmal die Nase, bevor sie eine Antwort gab.

»Also, ich kam vorhin in das Hotel und wollte zu Signore Siegel. Ich wollte gerade den Portier fragen, ob Johann im Haus sei, als die beiden Männer vor mir die gleiche Frage stellten. Daraufhin sah ich mit die beiden genauer an und folgte ihnen, warum weiß ich auch nicht so genau. Irgendwie fand ich sie seltsam, sie schienen nicht zu einem armen Maler zu passen. Der erste war ziemlich gutaussehend in einem teuren Anzug – ich glaube fast von Armani –und wirkte sehr selbstbewusst. Der andere, irgendwie muskelbepackter und klobiger, steckte auch in einem guten Anzug, der aber weniger zu ihm zu passen schien. Kennen Sie das, wenn Kleidung und Mensch nicht zusammen gehören? Das war mir aufgefallen. Er blieb auch hinter dem ersten zurück.«

»Sehr gut beobachtet, Signorina. Könnte es ein Bodyguard gewesen sein?«

Camilles konzentrierter Ausdruck glättete sich. »Ja, ich glaube, das könnte sein. Obwohl ich nicht so viel Erfahrung mit Bodyguards habe, außer im Kino.«

»Das ist klar«, lächelte er sie aufmunternd an. »Aber was ist Ihnen vielleicht noch aufgefallen? Haarfarbe, Größe und so weiter, Sie wissen schon.«

»Also, der erste hatte dunkles, glattes Haar. Halblang, ein bisschen Dandyhaft. Im linken Ohr trug er einen Brillistecker, das ist mir noch aufgefallen unter der Lampe an der Rezeption. Ob im rechten Ohr auch, konnte ich nicht sehen. Größe etwa ein Meter achtzig, eventuell etwas weniger. Augenfarbe braun, dunkelbraun. Gewicht schätze ich auf zwischen siebzig bis fünfundsiebzig Kilo. Er sprach ein sehr hartes Italienisch und ich nehme an, dass die beiden aus Osteuropa kommen. Das habe ich schon Kommissarin Becker gesagt. Ich weiß nicht, der andere hatte sich eine Glatze rasiert. Haarfarbe also nicht feststellbar. Augenfarbe hell, blau oder grau. Er wog sicher an die hundert Kilo, aber so mit Muskelaufbau, wissen Sie. Also nicht Fett. Brauner Anzug, das ist mir noch aufgefallen, weil es ein bisschen ordinär aussah. Der andere hatte einen anthrazitfarbenen Anzug an.«

Sie stockte, das war offensichtlich alles, was ihr eingefallen war. Lene wünschte sich mehr solcher Zeugen. Alberti dachte offensichtlich das gleiche, nach seinem zufriedenen Gesichtsausdruck zu schließen.

»Ich glaube, wir sollten uns jetzt das Zimmer von diesem Giovanni ansehen. Wenn Sie wollen, können Sie alle mitkommen. Die Fachfrau für das Künstlerische könnte dabei für uns sicher auch wichtig sein«, wandte er sich an Sophie, mit gewinnendem Lächeln. Nein, dachte Lene, ich denke es nicht noch einmal!

Gemeinsam fuhren sie mit dem messingverchromten gläsernen Aufzug, der sicher erst in den letzten Jahren eingebaut worden und nur für maximal sieben Personen gedacht war, nach oben. Lene sah wieder in Camilles verweintes Gesicht. Das musste ja mal so kommen! Was hatte das Mädchen in den letzten Tagen durchgemacht! Lene wünschte sich nur, die Umgebung wäre für Camille eine andere gewesen. Weniger öffentlich und ihr Tränenausbruch weniger abrupt unterbrochen.

Im oberen Flur bogen sie nach links und fanden bald die Tür von Giovannis Zimmer, wie er hier im

Hotel und inzwischen auch von Commissario Alberti genannt wurde. Sie wollten gerade den Raum betreten, in dem die Spurensicherung durch einige in weiße Overalls gepackte Kriminaltechniker schon in vollem Gange war, als sie durch ein lautes »Stopp« daran gehindert wurden und auf der Schwelle blieben. Das ist bei uns identisch, dachte Lene.

»Wann können wir herein?«, fragte der Commissario offenbar, wenn auch auf Italienisch. Lene verstand nur *aperto* und war stolz, dass sie es als *offen* interpretieren konnte. Soweit zur Verständigung mit redundanten, also weglassbaren Elementen. Oft genügte ein Wort um den ganze Zusammenhang eines Satzes zu verstehen, philosophierte sie innerlich, bevor sie ihren Blick durch das Zimmer wandern ließ. Ein gemachtes Bett mit Nachttisch, auf dem ein Buch lag. Teppichboden, eine Stehlampe neben einem kleinen Schreibtisch auf der anderen Seite des Raumes, ein Sessel und ein kleiner Tisch davor. Sogar schon ein Flachbildfernseher gegenüber vom Bett an die Wand montiert. Das hatte sie auch vorhin in ihrem eigenen Zimmer fasziniert, das diesem hier sehr ähnlich war. Keine Spur mehr von den früheren Hotelzimmern in Italien. Leider auch ohne das früheren Flair. Jetzt sahen sie wie nahezu alle anderen in Europa oder den Großstädten der Welt aus. Trotzdem – einen Unterschied gab es. Neben dem Fenster stand eine leere Staffelei. Auf einem kleinen Tischchen daneben Pinsel, Gläser und Öl- oder Acrylfarben in Tuben. Die Balkontür war geöffnet, sie ging nur auf ein für die südlichen Länder typische halbhohe Gitterbrüstung hinaus. Darüber musste er gefallen sein. Gesprungen, gezwungen, das Übergewicht bekommen, im Kampf oder allein? Diese und mehr Fragen schossen durch ihren Kopf.

»Wo sind denn seine Bilder?«, fragte da Camille verblüfft. »Die standen doch ... «

Flammend rot anlaufend brach sie den Satz ab, aber Lene – und offenbar auch Alberti – hatten die Aussage trotzdem schon verstanden. *Natürlich, dachte Lene, sie ist ja viel früher angekommen als wir.*

»Wo standen sie, Camille?« Dabei tat sie so, als hätte sie nichts bemerkt. Camille schluckte, sie wusste, sie war ertappt.

»Dort auf der linken Seite, auf dem Boden«, beendete sie tapfer den abgebrochenen Satz.

»Dann warst du ja doch schon in diesem Zimmer!«, platzte Sophie unschuldig dazwischen. Super. Soweit zu kriminalistischem Feingefühl! Aber auch Lene wartete auf die Erklärung.

»Ich – ich muss Ihnen noch etwas sagen. Ich weiß auch nicht, warum ich das nicht gleich gesagt habe. Aber ... « Wieder ein abgebrochener Satz, wofür Lene in diesem Moment allerdings Verständnis hatte. Welche Alleingänge hatte dies Mädchen eigentlich noch verheimlicht? Sie musste sich zusammennehmen um Ruhe zu bewahren.

»Komm, wir gehen jetzt erst einmal hinunter und setzen uns, und dann erzählst du mir.«

Sie sah zu Alberti, der zustimmend nickte und mit ihnen kam. Sophie schloss sich ihnen an, als sie jetzt den Weg zurück zur Halle nahmen. Lene konnte Camille nicht verstehen. Warum hatte sie das vorhin nicht erzählt? Was ging in ihr nur vor? Sie hatte gedacht, dass sie ein gutes Vertrauensverhältnis aufgebaut hatten, und dann verschweigt sie etwas so Wichtiges! Zwar wussten sie alle zu der Zeit ihres Gesprächs noch nichts von Johanns Sturz, aber trotzdem.

Sie steuerte die beiden in eine ruhige Ecke in der Lobby, wo sie alle in einer italienisch üppigen, mit Chintz bezogenen Polstersitzecke versanken, Camille und Sophie auf dem kleinen Sofa, sie und ein nachdenklicher Alberti in den Sesseln gegenüber. Sie bemerkte, dass Camille zitterte. Sophie hatte es wohl auch wahrgenommen, auf jeden Fall legte sie beruhigend den Arm um Camilles Schultern.

Deren Augen füllten sich wieder mit Tränen.

»Es ist so grauenvoll. Erst Patrick, jetzt Johann. Wer tut so etwas? Oder glaubt ihr, dass Johann selbst gesprungen ist? Freiwillig? Wegen Patrick?«

Lene schüttelte den Kopf. »Erzähl jetzt erst einmal von Anfang an.«

Camille schniefte und holte ein Taschentuch aus ihrer Handtasche. Erst nachdem sie sich umständlich die Nase geputzt hatte, schilderte sie, was sie mit Johann erlebt hatte.

»Also, ich bin gestern so um neunzehn Uhr hier angekommen und von meiner Pension *Umberti* gleich hierher gefahren. Er war auf seinem Zimmer und ließ mich durch den Portier hinaufbitten. Er war wohl verblüfft, als er meinen Namen gehört hat, denn als er mir aufmachte, fragte er sofort *Patricks Schwester? Warum kommt er nicht selbst? Ich warte doch schon seit Tagen auf ihn.*«

Sie holte Luft und sah Lene unsicher an. »Ich wollte doch nur erst über alles nachdenken, deshalb habe ich vorhin noch nichts gesagt. Erst mit Giovanni sprechen, weil ich nicht wusste, was er …«

Wieder ein Ratespiel. Himmel, jetzt erzähl doch endlich alles, dachte Lene nervös. Plötzlich hatte sie das Gefühl, als würde ihr die Zeit wegrennen. Trotzdem bemühte sie sich um Geduld.

»Erzähl weiter. Wie sah Giovanni, wie du ihn nennst, denn aus? Was hattest du für einen Eindruck?«

»Er war ein paar Jahre älter als Patrick, denke ich. Braunes Haar und – seine Augenfarbe weiß ich nicht. Irgendwie nicht sehr dunkel. Grün oder hellbraun. Und ansonsten – er war schlank, das Haar zum Pferdeschwanz gebunden. Gutes Gesicht, schmaler Mund. Er sah so aus, als wüsste er, was er wollte. An der Seite standen einige Bilder, zumindest waren es Leinwände, aber verkehrt herum, so dass ich sie nicht beschreiben kann. Und die Bilder waren gestern da.«

Sie strich sich das Haar aus dem Gesicht und kniff kurz die Augen zusammen. Dann fuhr sie fort.

»Er war total fertig, als ich ihm sagte, was mit Patrick passiert wäre. Er war richtig weiß geworden im Gesicht. Ich habe ihm erst einmal ein Glas Wasser geholt. Dann hat er immer wieder gesagt *Das ist alles meine Schuld! Das ist alles meine Schuld! O Gott !* Ich habe ihn gefragt, was er damit meinte und schließlich hat er es mir erzählt.

Das, was ich vorhin über die Ausstellung und den Denkwandel von Patrick erzählt habe, habe ich von Giovanni. *Ihm* hatte er das alles geschrieben, wie es ihm, Patrick, in Hamburg gegangen war, und dass er seitdem nicht mehr Kopien malen möchte. Oder kann. Giovanni sagte wörtlich, *er konnte es einfach nicht mehr.* Und das mit den Leuten, die ihm die Bilder abgekauft haben und in deren Auftrag er gemalt hat, das weiß ich auch von ihm. Giovanni hat das nämlich auch gemacht. Irgendwie ging das auf Giovanni zurück, ich meine die ganze Idee. Mir hat Patrick davon gar nichts gesagt.«

Den letzten Satz hatte sie leise und traurig angehängt. Mit dem Handrücken der rechten Hand wischte sie sich ungeduldig über die Augen.

»Und als wir jetzt zurückkamen und er …! Ich verstehe das nicht! Warum sollte er sich umbringen?«

Aber Lene sah schon ein Motiv für einen Suizid. Johann musste sich doch schuldig fühlen am Tod seines Freundes. Wenn er glaubte, dass die Auftraggeber ihn umgebracht hatten, weil er nicht mehr liefern wollte, musste er sich grauenhaft fühlen. Und dann waren das Leute, denen er einen Mord zutraute. Russische Mafia? Verdammt! Dann würde das BKA den Fall sehr schnell an sich reißen und sie dürften in Nürnberg gerade mal Handlanger spielen. Aber sie wollte diesen Fall selbst klären.

Außerdem, was hätten die davon gehabt, den jungen Maler umzubringen? Wusste er zu viel? Hätte er irgendetwas verraten können? Normalerweise prahlten die doch nicht mit ihren Kanälen und ihren Verbindungen. Eher das Gegenteil. Also – irgendwie mehr als fraglich, wie das alles zusammenhing. Sie würde nachher Mike anrufen. Der hatte mit so etwas sicher mehr Erfahrung. Obwohl – mit deutschem Handy im Ausland in die USA zu telefonieren – wohl doch keine so gute Idee. Also warten, bis sie wieder zu Hause war.

Sie griff nach ihrem Notizbuch. Machte sich kurz Notizen über das, was Camille gesagt hatte. Dann sah sie auf. Camilles Nase war rot, ihre Augen sahen verweint aus. Insgesamt bot sie ein Bild völliger Erschöpfung. Aber sie brauchte Einzelheiten!

»Sophie, kannst du ein möglichst genaues Protokoll schreiben von dem, was Camille mir erzählt?

Ich muss alle Einzelheiten haben, damit ich sie zu Hause sortieren kann.«

Sie reichte ihr einen Kuli und ihr Notizbuch hinüber. Glücklicherweise hatte sie immer ein Din A5 Heft bei sich in der Handtasche. Als Camille nicht hinsah, machte sie Sophie ein Zeichen, bevor sie aufstand und zur Toilette ging.

Chromblitzend, leise Musik und unaufdringlicher Blütenduft, der aus einer Schale mit parfümierten Blüten auf der Ablage kam. Sie wusch sich die Hände und sah in den Spiegel. *Italien*, dachte sie. Das Land, das für sie immer der Inbegriff an Leichtigkeit war. Spontaneität, direktes Leben. Nur nichts verbergen oder zurückhalten. Raus mit allen Stimmungen. Aber sie liebte es. Wieder ganz anders als die gefühlsmäßig eher zurückhaltenden Franzosen. Auch in Deutschland ging das nie so, obwohl die Franken ganz gut ihrem Ärger Luft machen konnten. Wenn sie denn einen hatten, gelang ihnen das mit der Freude und dem Spontanen nicht immer. Kurz bevor sie zu den anderen zurück wollte, wusch sie sich die Hände und sah dabei in den Spiegel. Ringe unter müden Augen. Na toll. Als sie die Tür öffnete, stieß sie fast mit Sophie zusammen. Sie hatte also ihr Zeichen verstanden. »Schreib in den Notizen auch auffälliges Verhalten dazu, also wenn du merkst, dass sie schwindelt oder unsicher ist oder eine lange Pause macht. So etwas. Daraus kann man auch eine Menge ableiten.«

Sophie nickte. »Übrigens, Alberti ist noch mal zu seinen Leuten.« Lene beeilte sich um zu Camille zu kommen. Sie wollte das Mädchen auf keinen Fall allein lassen.

Zusammengesunken saß Camille wie abwesend auf dem Sofa. Wieder hatte Lene Mitgefühl mit ihr, wusste aber, dass sie sich das jetzt nicht leisten konnte.

»Möchtest du einen Tee oder etwas anderes zu trinken? Und vielleicht sollten wir hinauf in unser Zimmer gehen. Obwohl, für drei reichen die Sitzgelegenheiten kaum aus.«

Camille hatte bei jedem ihrer Vorschläge mit dem Kopf geschüttelt und sah jetzt auf.

»Nein, lieber hier. Und ich hätte gern einen Cappuccino.«

Lene hoffte, dass sie heute Nacht trotzdem schlafen konnte und winkte den Kellner von der Bar heran. Er sah kritisch erst zu dem unglücklichen Mädchen, dann fragend zu ihr.

»Können wir *due Cappuccini* haben, *per favore?* «

Sophie war inzwischen zurück und hatte noch schnell ein Glas Wasser bestellt. »Zwei«, korrigierte Lene. Er nickte und ging zurück zu seiner Espressomaschine. Freue ich mich auf ein Bier nachher, dachte sie. Aber erst wartete die Arbeit. Sie sah Alberti an der Rezeption mit dem Portier reden und hoffte, er würde sie noch etwas in Ruhe lassen.

»So, Camille, nun müssen wir alles ganz genau wissen. Von dem Augenblick an, wo du in Florenz angekommen bist.«

Camille straffte sich etwas. Sah sie an. Ein gutes Zeichen.

»Ich war losgefahren, nachdem ich bei Ihnen im Präsidium fertig war. Ich dachte, Sie könnten mich ja im Ernstfall über Handy erreichen. Dann wäre ich notfalls zurückgefahren. Aber ich wollte diesen Johann Siegel unbedingt kennenlernen. Den Namen von seinem Hotel wusste ich doch durch das Telefonat bei Ihnen.«

Mein Fehler, dachte Lene. Wie konnte ich so naiv sein und eine Person, die in den Fall involviert ist, anrufen lassen, bloß weil sie gerade zufällig Italienisch sprach. Wie eine Anfängerin habe ich gehandelt, schimpfte Lene mit sich selbst.

»Einmal habe ich unterwegs übernachtet in einem kleinen Hotel. Gestern am späten Nachmittag bin ich in Florenz angekommen und habe mir dann eine Pension gesucht.«

»Und dann? Hast du Giovanni getroffen. Wann?«

»Gestern Abend noch. Erst war ich bei ihm oben in seinem Zimmer. Ich wollte ihm das, was mit Patrick passiert ist, nicht in der Öffentlichkeit sagen. Es war schrecklich. Er ist völlig bleich geworden, ich habe so etwas noch nie gesehen. Überhaupt keine Farbe mehr im Gesicht. Dann hat er sich auf das Bett fallen lassen, sich die Augen zugehalten und war ganz still. Und so wie diese Stille war, bekam ich richtig Angst um ihn. Aber dann hat er mich angesehen und gesagt *Ich bin schuld.* Immer wieder *Ich bin schuld.* Aber das habe ich Ihnen schon erzählt. Ich habe ihn dann gefragt, wie er es meint.«

Camille schluckte trocken, ihre Augen schimmerten von zurückgehaltenen Tränen. »Und da hat er mir von den Gangstern erzählt. Denn ich glaube, dass es Gangster waren. Russische Mafia, so wie er es beschrieben hat. Die viel Geld mit Johann und Patrick verdient haben, mindestens hundertmal mehr als sie den beiden bezahlt haben. Und als Patrick und Johann beschlossen haben, nachdem Patrick aus Hamburg zurückgekommen war, dass es so nicht weiter gehen konnte, da ist Johann nach Italien und dort untergetaucht. Deshalb die Zeit ohne Handy und ohne Adresse und deshalb nennt er sich hier *Giovanni Siegello*. Die Portiers im Hotel kannten ihn von früheren Besuchen und haben das deshalb mitgemacht. Und jetzt wollten sie beide auf die Kunstakademie hier.«

Sie stockte und wieder füllten sich ihre Augen mit Tränen. »Und nun ist er auch tot.«

Und in ihrer Stimme schwang das ganze Entsetzen über die letzten Tage, all das Unfassbare mit. Arme Camille, dachte Lene.

»Hat er sonst noch etwas erzählt? Irgendwelche Namen genannt?«

»Nein, ich war so müde von der Fahrt. Wir haben dann noch etwas gegessen in einer Pizzeria am

Markt. Er hat nur von ihren Plänen gesprochen, wie Patrick und er sich das alles vorgestellt hatten. Aber ich war einfach zu müde. Ich musste ins Bett. Und wir hatten ja heute weiter reden wollen. Da wussten wir doch nicht, dass…«

Nein, sie wussten es nicht, dass es das letzte Gespräch war. Wie sie es auch bei ihrem Bruder nicht gewusst hatte. Wie man es oft nicht wusste. Wir Menschen haben dieses Schicksal, das wir uns so selten bewusst machen. Immer, in jedem Augenblick, kann es das letzte Mal sein. Und mit diesem Gedanken können wir fast nicht leben, verdrängen ihn immer wieder.

In dem Moment kam Alberti zu ihnen in ihre Ecke. Mit sicherem Gespür hatte er den richtigen Augenblick abgewartet. Sympathisch, dachte Lene. Sie berichtete ihm, was sie gerade erfahren hatte. Er runzelte besorgt die Stirn.

»Wenn das alles zusammenhängt, ist sie in Gefahr«, meinte er mit Blick auf Camille. »Können die beiden mitbekommen haben, dass Sie Giovanni kannten?«, fragte er eindringlich. »Denken Sie genau nach.«

Camille legte kurz die Hand über ihre Augen. Dann sah sie erschrocken auf. »Doch, sie könnten meine Botschaft für Giovanni mitbekommen haben. Zumal ich noch meinen Namen bei dem Portier genannt habe. Es war ein anderer Portier als am Abend vorher, als ich Giovanni besucht habe.«

Ihre Stimme klang erschrocken und war immer leiser geworden.

Alberti schnaufte auf. »Sie sollte hier in der Stadt nicht mehr allein sein. Können Sie die junge Dame bei sich behalten? Und mit ihr zusammen nach Hause fahren?«

Lene nickte. »Nur – wir sind mit dem Zug hier.«

In Camille kam das Leben zurück. »Aber ich bin mit dem Auto hier. Können wir dann zusammen nach Nürnberg fahren?«

Lene und Sophie stimmten zu. Die Rückfahrkarten hatten sie sowieso noch nicht gekauft.

»Aber erst möchte ich das Ergebnis der Autopsie abwarten. Um zu erfahren, wie Giovanni ums Leben gekommen ist.«

Alberti nickte zufrieden. Da schien ihm eine Idee zu kommen. Er wandte sich an Sophie.

»Sie sind doch Malerin, sagte mir Ihre Mutter. Und Sie haben die beiden Männer auch gesehen. Könnten Sie mir vielleicht eine Zeichnung von den beiden machen? Dann wäre es für uns leichter. Und übrigens – ich habe bei dem Portier jetzt noch einmal allein Druck gemacht. Und wirklich, die beiden Männer sind oben bei Giovanni gewesen. Und ungefähr zu dem Zeitpunkt heruntergekommen, als draußen vor dem Hotel die Unruhe entstand. Sie hatten ihn offenbar geschmiert, den Portier, meine ich.«

Sophie hatte sich bereit erklärt und war mit Camille, die ihre Eindrücke von den beiden ergänzen wollte, zur Rezeption unterwegs, um Papier und Bleistift zu besorgen.

Alberti wischte sich mit einem Taschentuch über die Stirn. »Ungewöhnlich diese Hitze für Ende Oktober«, sagte er. »Gottseidank war niemand auf dem Gehweg, als der Mann aus dem Fenster stürzte«, setzte er ohne sichtbaren Zusammenhang hinzu.

Daran hatte Lene auch schon dankbar gedacht. Hatte Giovanni doch Selbstmord begangen und sich vorher vergewissert, dass niemand unter ihm auf der Straße war? In dem Moment kamen Sophie und Camille zurück.

Sie setzten sich an einen Nachbartisch mit Stühlen, deren hohe Mahagonilehnen mit einer Füllung aus Korbgeflecht genügend Halt boten, und Sophie zeichnete.

»Wann werden wir wissen, wie Giovanni ums Leben kam? Wodurch der Sturz ausgelöst wurde«, fragte sie.

»Morgen früh um neun bin ich zur Autopsie gebeten. Wollen Sie mit, *collega*? Zur Autopsie?«

Das war wirklich sehr nett – und ohne alle bürokratischen Wege. Auch das war Italien, dachte sie und stimmte dankbar zu.

»Die Hauptfrage ist, wie hängen die beiden Todesfälle zusammen? Wenn wir erst wüssten, wie es zu dem Sturz aus dem Fenster kam, wäre es schon ein Hinweis. So tappen wir völlig im Dunkeln. Und der Mord in Nürnberg? Warum sollten sie diesen

Studenten verstecken, nachdem sie ihn umgebracht haben? Die italienische Mafia lässt ihre Mordopfer immer demonstrativ von der Öffentlichkeit finden. Meist werden sie einfach an Ort und Stelle zurückgelassen, wie Müll. Menschenverachtend. Warum also die komplizierte Methode wie bei Ihnen in Nürnberg? Das gefällt mir noch nicht. Diese versenkte Leiche bei Ihnen passt nicht in mein Gangsterbild.«

»Das ist das Problem. In meins auch nicht. Aber der Tod von Giovanni passt auch nicht. Nur – die Zusammenhänge sind zu deutlich, als dass wir sie ignorieren könnten. Zufall ist das alles ganz sicher nicht. Ich schaue mal, was mein Kollege nachher berichtet. Vielleicht haben sich in Nürnberg neue Fakten gefunden und das Ganze etwas aufgehellt.«

»Auf jeden Fall ist es schon wirklich ein sehr günstiger Zufall für uns, dass Sie gerade heute hier angekommen sind und die Zeugin auch noch kennen. Ohne Ihr Hintergrundwissen würden wir völlig im Dunkeln tappen. Ich stehe in Ihrer Schuld, Signora!«

Und da war es wieder. Das unwiderstehlichste Lächeln der Welt. Das auch sie lächeln ließ. Wenn wir Deutschen doch nicht immer so ernst wären, dachte sie. So ist alles leichter. Wie schon in Frankreich mit Luc Renaud. Wir sollten ein bisschen Flirten und Leichtigkeit als Würze des Lebens übernehmen. Sie sah hinüber zu Sophie. Ihr dunkles Haar wurde von der Nachmittagssonne, die durch die Fenster fiel, beschienen und leuchtete fast mit einem Rotschimmer. Die mit auf alt gestylten Tapeten, Renaissance nachempfunden, bildeten einen kontrastreichen Hintergrund. Dann beugte sich Camille zu ihr hinüber und nun fiel auch auf ihren Kopf die Sonne und ließ ihr blondes Haar aufleuchten. Ein schönes Bild. Die beiden schienen sich so gut zu verstehen und Lene fiel auf, wie reif Camille für ihr Alter war. Wie Johann wohl ausgesehen hatte? Er war auch nicht viel älter als Patrick gewesen. Etwa in Jonas' Alter. Als sie an ihren Sohn dachte, empfand sie ein schmerzhaftes Mitgefühl für Johanns Eltern. Wer sollte sie benachrichtigen? Wo lebten sie überhaupt?

»Hat die Kriminaltechnik schon den Personalausweis gefunden? Ich müsste ihn wegen der deutschen Adresse meinem Kollegen faxen. Jemand muss doch versuchen seine Familie ausfindig zu machen. Ich denke, das ist jetzt sehr wichtig.«

Deutsche Gründlichkeit, dachte sie bei sich, eine Antwort auf die Leichtigkeit des Südländers? Aber auch Alberti wurde sofort ernst. »Die weniger schöne Seite unseres Berufes, eigentlich die Schwerste. Die Angehörigen, Sie haben Recht. Ich frage nochmal eben ...«

Damit war er schon weg zur Rezeption. Als er zurückkam breitete er bedauernd seine beiden Arme aus.

»Tut mir leid. Ich dachte, der Portier hätte den Personalausweis vielleicht kopiert. Hat er aber nicht. Und leider auch keine Adresse aufgeschrieben.«

Er sah auf seine goldene Armbanduhr.

»Zu spät für heute. Ich werde morgen früh gleich bei meinen Kollegen anfragen und Ihnen den Ausweis zukommen lassen.«

Sophie trat zu ihnen an den kleinen Tisch, schob die bauchige Blumenvase und ein Glas mit einer Kerze darin zur Seite und legte zwei Zeichnungen nebeneinander vor den Kommissar.

»Die sind dir aber gut gelungen«, staunte Lene. Die beiden Männer sahen genauso aus, wie sie sie gesehen hatte. Aus ihrer Erinnerung hätte sie sie nicht so genau darstellen können. Wobei die Zeichnungen einen künstlerischen Einschlag hatten, nicht so aussahen wie die am Computer erstellten normalen Suchbilder, die sie aus ihrer Polizeiarbeit gewohnt war.

»Camille hat eine sehr gute Beobachtungsgabe und hat mich super unterstützt.«

Alberti griff nach den Blättern. »Das habe ich auch schon bemerkt. Das mit der Beobachtungsgabe. Vielen Dank, Signorina. Damit werden wir sicher Erfolg haben. Sie haben uns alle beide sehr geholfen.« Und zu Lene gewandt, »Ich hole Sie dann morgen kurz nach halb neun in Ihrem Hotel ab. Wo wohnen Sie?«

Stimmt, sie hatte ihm noch gar nicht erzählt, dass sie wegen Johann Siegel hier wohnten.

»Und Camille, die Schwester? Es wäre gut, sie würde auch hier wohnen.«

Daran hatte Lene auch schon gedacht und fragte in der Rezeption nach. Es war sogar das Zimmer 218, direkt neben ihrem, frei. Alberti hatte sich inzwischen verabschiedet. Sie schickte erst einmal eine SMS an Kalle.

Johann vorhin noch vor Gespräch durch Fenstersturz getötet. Wodurch ist bisher unbekannt. Kopie vom Perso kann ich erst morgen schicken. Rufe dich später an. Lene

Kapitel 16

Zu dritt machten sie sich auf den Weg zu Camilles Pension, um deren Sachen zu holen. Das Auto wollten sie sicherheitshalber dort lassen. In Florenz direkt in der Innenstadt zu parken erschien aussichtslos.

Um Camille von dem Erlebten abzulenken, erzählte Lene unterwegs aus der Geschichte der Medici.

Und kam schnell zum Thema *Tod in Florenz*. Wieder sah sie die roten Vorhänge in dem einzigen offenen Fenster ihrer Hotelfassade. Renaissancerot, dachte sie und erzählte dann von dem Mord im Duomo Santa Maria del Fiore während der Ostermesse am 26. April 1478.

Sie sieht die beiden jungen Männer, den wunderschönen schwarzbraun gelockten Giuliano, fünfundzwanzig Jahre jung, charmant und Liebling der Florentiner, und seinen Mitregenten, den um vier Jahre älteren, ernsteren Bruder Lorenzo de' Medici förmlich vor sich. Was für eine Geschichte!

»Noch drei Jahre vorher waren Giuliano und Simonetta Vespucci, die schönste Frau von Florenz, wie sie genannt wurde, das Traumpaar. Simonetta war zwar – wenn auch unglücklich – verheiratet, noch dazu mit dem Cousin von Americo Vespucci, der später Amerika entdeckte. Aber dann verliebten sich Giuliano und sie ineinander, und atemlos verfolgte Florenz diese Liebesgeschichte. Verewigt in Botticellis Frühlingsbild und dann noch als Venus, die Schaumgeborene, war sie sein Lieblingsmodell. Sie lächelt noch heute, nach über fünfhundert Jahren, auf ewig zeitlos und mädchenhaft von den Kalenderblättern an den Kiosken der Stadt. Giuliano und Simonetta. Dann jedoch erkrankte Simonetta an Tuberkulose und starb am 26.April 1476. Florenz trauerte.

Das Datum ist deshalb wichtig, weil am 26. April, auf den Tag zwei Jahre nach Simonettas Tod, im Duomo Santa Maria del Fiore die Ostermesse gefeiert wurde. Mit dem feierlichen Einzug der beiden Brüder durch den Mittelgang des Duomo. Stellt euch das vor - ganz Florenz ist zugegen, alles, was Rang und Namen hat. Prächtige Farben und Gewänder leuchten im Schein der Kerzen, mit denen die Kirche in österlichem Glanz erstrahlt. Neben dem hinreißenden, charismatischen Giuliano geht Lorenzo, ernster, äußerlich weniger attraktiv, jedoch schon jetzt, in seinen jungen Jahren, eine starke Persönlichkeit.

Und dann geschieht das Unfassbare. Verborgen in den Seitengängen stürmen sie jetzt heraus – *Bernardo Bandini und Franceschino Pazzi* - mit Dolchen bewaffnet stürzen sie sich auf die beiden Medicis. Es entsteht ein Tumult, Schreie, Entsetzen. Lorenzo gelingt schwer verletzt die Flucht in die Sakristei, wo er sich verbarrikadieren kann. Giuliano ist fast sofort tot, von mehreren Messerstichen verletzt. Wieder versinkt Florenz für Wochen in schwarzer Trauer. War er doch eine Art James Dean der damaligen Zeit.

Fünfhundert Jahre lang glaubte man, der damalige Papst hätte den Mord in Auftrag gegeben, erst jetzt, 2004 fand ein Professor Simonetta – seltsame Namensverwicklung, oder? – in USA heraus, dass in Wirklichkeit das Komplott vom Herzog von Ursino, Frederico da Montefeltre, angezettelt worden war.«

»Wie hieß der amerikanische Professor? Simonetta? Das ist aber wirklich eine seltsame Namensgleichheit mit Simonetta Vespucci. Komisch. Und jetzt findet er das plötzlich heraus? Nach fünfhundert Jahren erfahren wir die Wahrheit?«, fragte Sophie verblüfft.

Lene unterbrach die Erzählung.

»Ja, so wie die Kirche jetzt, das heißt in den letzten Jahren, genau 1992, endlich Galileo Galileis Erkenntnis als richtig anerkannt hat. Auch nach fünfhundert Jahren. Auch ein Florentiner. Schon komisch, da hast du Recht.«

»Und, wie ging es weiter? Über Lorenzo weiß ich natürlich Einiges«, sagte Sophie. »Aber den Mord – das wusste ich nicht. Oder habe es vergessen.«

»Dann kam, wie ich glaube, die wichtigste Zeit für Florenz. Erst langsam gelingt es Lorenzo, neben der Achtung auch eine Art Liebe der Florentiner zu gewinnen. *Lorenzo Il Magnifico*, der Prächtige, in der, wie ich immer finde, unpassenden Wortwahl der Übersetzung. Ist Magnifico nicht das Großartige, Glänzende, Erstrahlende, das in diesem Wort liegt, und das die Blütezeit Florenz' durch Lorenzo beschreibt?«

Wieder bekommt Lene so etwas wie Herzklopfen, wenn sie an diesen Mann mit der großen Hakennase denkt.

»Er, unter dem Michelangelo der Stern unter den Bildhauern war. Er steht für die Blütezeit der Renaissance, in der die Geistesgrößen dieser Epoche eine wunderbare *Akademia* von ihm zur Verfügung bekamen. Was wäre Europa ohne Florenz und Lorenzo il Magnifico«, seufzte Lene.

Plötzlich sah sie noch einmal die hohe, graue Fassade vom heutigen Nachmittag vor sich. Feindselig abweisend wirkten in diesem Bild, das sich in ihr eingebrannt zu haben schien, die geschlossenen Läden. Das Fenster mit dem blutroten Vorhang als einzige Öffnung darin. Symbol für den einsamen Tod, den zerschmetterten Körper des jungen Mannes unten auf der Straße.

So wie diese Blütezeit in Florenz in dem Schrecken der Inquisition grau und schließlich blutig wurde. Psychologisch gesehen fand sie sich ganz schön brutal – sie versuchte den Schrecken über den Tod eines jungen Mannes heute bei den beiden jungen Frauen mit der Schilderung von Mord und Tod vor hunderten von Jahren zu verdecken. Ein schöner Trost, schalt sie sich.

Sie passierten inzwischen das Kloster San Marco. So friedlich, so wunderschön. Und doch –

»Hier lebte *Savonarola*, der schwarze Dominikanermönch, der nach Lorenzos Tod Unheil und Schrecken mit seinem *Büßerglauben* über die in seinen Augen *leichtlebige* Stadt brachte. Zu sehr fürchtete die katholische Kirche einen Machtverlust durch zu viel unabhängiges Denken, das von der *Akademia* ausging. Die öffentliche, hysterisch ausufernde Verbrennung - wie er definierte - *heidnischer* Schriften, sowie der Luxusartikel der Reichen – selbst Botticelli soll einige seiner Gemälde selbst ins Feuer geworfen haben - waren der Auftakt und zogen die Verfolgung von *Ketzern* nach sich. Bis sich Florenz schließlich – endlich – auf seine Stärke besann und sich erhob gegen den finsteren Eiferer. Und Savonarola selbst auf der Piazza della Signoria hinrichtete. Er wurde erst erhängt und dann verbrannt.«

Sie sahen hinauf zu den rötlich angestrahlten Klostermauern.

»Ich bin einmal in dessen Arbeits- und Schlafraum dort drinnen gewesen. Nie werde ich die Kälte und die Aura eines Eiferers vergessen, die mich in diesem Raum von den Wänden geradezu anzuspringen schienen. Vielleicht hatte er anfangs wirklich Sozialreformen gewollt, aber der Fanatismus, den er über Florenz brachte, war für mich unerträglich.«

Fluchtartig hatte sie das Kloster damals verlassen, von Abscheu über die machtvolle Bigotterie eines einzigen Mannes erfasst.

Sie riss sich zurück in die Gegenwart, die abscheulich genug war. Mord oder Selbstmord oder ein Unglücksfall? Daran glaubte sie allerdings kaum, nicht nachdem die beiden Russen bei Johann gewesen waren, und das genau zu dem Zeitpunkt seines Todes. Zumindest annähernd. Was hatten sie von ihm gewollt? Johann, wenn ich dich nur noch hätte sprechen können, dachte sie.

Camille stoppte. »Wir sind da.« Sie betraten ein altes italienisches Wohnhaus. Terrazzofußboden in der Eingangshalle, graue Sprenkel, dessen Mitte durch ein Ornament aus schwarzen Steinen, das eine Art Stern bildete, verschönt worden war. Hübsch und altmodisch. Dadurch wurde der Eingangsbereich zu etwas Besonderem. Sie gingen auf einen typischen italienischen Aufzug zu, schwarze, schnörkelige Gittertüren mit Griffen zum Aufziehen der Türen. Der Korb war wohl noch unterwegs, weshalb Lene auf den Aufzugknopf drücken wollte. Im gleichen Moment jedoch erklang eine »No, no, Signora!«, gefolgt von einem Wortschwall in Italienisch, von dem Lene – und offenbar auch die anderen – nur das Wort *hotel* verstanden. Eine wirklich alte, gebeugte Frau mit schlohweißem Haar und gestützt auf einen hübschen, schwarzen Spazierstock mit Silberknauf, war um die Ecke des Eingangs gebogen, und sah sie aus wässrigen Augen an. Sie hatte sich sogleich vor die Aufzugtüren postiert und verwehrte ihnen jetzt den Zutritt. Verwirrend. Dann jedoch huschte eine Spur Begreifen über Camilles Züge.

»Ich glaube, ich weiß, was sie sagen will. Der Aufzug ist nicht für die Hotelgäste, warum auch immer. Wir müssen die Treppe nehmen. Habe ich vorher sowieso, weil ich immer dachte, wenn ich in dem Ungetüm stecken bleibe, hört mich vielleicht niemand.«

Camilles Zimmer unterschied sich von ihrem modernen Hotelzimmer gewaltig. Schon die Rezeption war einfach in den Wohnungsflur als Tresen eingebaut und wirkte, als ob man Omas Wohnung zweckentfremdet hätte. Von diesem Empfangsraum gingen einfach die Zimmertüren ab, nur nach links schien eine Art Flur zu existieren, wahrscheinlich mit weiteren Zimmern. Camilles Zimmer hatte etwas Anheimelndes. Ein alter Mahagonischrank, ein Bett mit weißer Spitzendecke, Fenster, die über Eck lagen, mit weißen alten Holzrahmen, deren Farbe schon etwas abblätterte.

Nachdem Camille ausgecheckt hatte und ihre Tasche gepackt war, gingen sie in Lenes Lieblingspizzeria. Sie schickte Camille und Sophie allein hinein und suchte sich erst einmal eine stille Ecke für das Gespräch mit Kalle.

Er war sofort am Apparat, hatte offensichtlich auf ihren Anruf gewartet.

»Lene! Endlich! Was sind das für beschissene Neuigkeiten! Wieso fällt dieser Johann aus dem Fenster? Erzähl bitte von Anfang an.«

Und Lene erzählte, von dem überraschenden Treffen mit Camille, von dem Verdacht gegen die russische Mafia, von dem Moment ihrer Rückkehr und dem abfahrenden Krankenwagen vor dem Hotel, von Commissario Alberti. Von Camilles Beichte, dass sie Johann schon vorher aufgesucht hatte.

»Es ist unsäglich, dass das passiert ist. Ich kann morgen noch an der Autopsie teilnehmen und bekomme auch morgen erst eine Kopie von seinem Personalausweis. Also werde ich noch bleiben. Wir brauchen unbedingt eine offizielle Todesursache. Was meinst du, hat er sich aus Schuldgefühl wegen Patrick selbst aus dem Fenster gestürzt? Er hat am Abend vorher, als er von Camille von Patricks Tod erfahren hat, immer wieder gesagt, es wäre seine Schuld. Vielleicht hatte er die Kontakte für Patrick mit den Russen, falls es welche sind, hergestellt.«

Kalle war deprimiert.

»Wie sollen wir die je finden? Das ist doch hoffnungslos! Und wenn das BKA davon Wind bekommt, stehen die gleich auf der Matte. Ich hab überhaupt keine Lust auf eine Handlangerfunktion für die. Nur – so ein Fenstersturz ist eine saubere Tötung. Bei unserm Fall ist das anders. So viel kompliziertes Drumherum. Irgendwie weiß man nicht, wo man wirklich anfangen soll!«

Lene wusste, was er meinte.

»Das geht Alberti und mir auch nicht anders. Trotzdem – die Fälle hängen so eng zusammen. Meinst du, wir brauchen eine größere Soko? Wenn es zwei Morde sind? Aber einer davon ist immerhin hier in Florenz passiert. Wenn es denn einer ist.«

»Genau, jetzt wartest du erst einmal das Untersuchungsergebnis der Rechtsmedizin ab. Und wir überlegen heute Nacht weiter. Hier bei uns geht überhaupt nichts vorwärts. Ich habe erst einmal Routinearbeiten verteilt. Aber ich glaub' nicht, dass da was rauskommt. Und die KTU braucht noch Zeit für die Auswertung. So ein Wasser mit schlammigem Untergrund ist *aa net dees Gölbe von am Ei*. Wörtliches Zitat von Klaus Mertens.«

»Also komme ich frühestens Freitagnachmittag oder gegen Abend zurück. Na, wir hören morgen wieder voneinander – außer, einem von uns fällt noch etwas ein. Dann rufen wir uns gleich an.«

Sie hätte ihren Freund und Kollegen gerne hier gehabt um sich mit ihm auszutauschen. Und Mike. Wenigstens eine SMS wollte sie ihm schreiben, damit er wusste, dass sie in Florenz war. Nachher, wenn sie allein war.

Es war ein wunderbarer, fast spätsommerlicher Abend. Lau und schmeichelnd die Nachtluft, so dass sie ihre Pizza sogar noch draußen unter dem Laubdach sitzend genießen konnten. Bei den Preisen in den Lokalen der Touristenstadt war Pizza immer das Reellste, wie sie bei früheren Besuchen herausgefunden hatte.

Sie dachte an ihre erste Florenzfahrt. Sie war damals, inspiriert durch ein Buch von Oriana Fallaci, das den Herbst in der Toskana so verlockend, klärend und voll innerer Kraft beschrieb, von ihrer Ferienwohnung in Saalbach-Hinterglemm, spontan aufgebrochen. In Bologna entschied sie sich damals für eine Fahrt über Landstraßen nach Florenz. Sie wollte einmal etwas anderes als die Autobahn erleben – und merkte plötzlich, dass sie sich in den Abruzzen befand, die sie in ihrer Wildheit völlig unterschätzt hatte. Nach einer beängstigenden Fahrt war sie müde und erschöpft im dunklen Florenz ankommen und musste sich dann noch ein Hotelzimmer suchen. Kahle weiße Wände, zerdrückte Fliegen darauf, ein grässliches Frühstück mit staubtrockenen Brötchen. Trotzdem war sie glücklich gewesen. War eingetaucht in alles, was Kunst war. Stundenlang in den Uffizien herumgelaufen, bis sie ihre Füße nicht mehr fühlte.

»Wann wollen wir zurück, was denkst du?«, fragte Sophie in dem Augenblick. Gute Frage. Sie war unentschlossen. Verdammt, in wie weit hingen die beiden Fälle zusammen?

»Ich muss morgen die Autopsie abwarten, dann kann ich erst entscheiden. Aber gehen wir mal davon aus, dass ich gegen Mittag fertig wäre. Dann könnten wir noch nach Hinterglemm fahren, dort in unserer Wohnung übernachten und am nächsten Morgen zurück nach Nürnberg. Was meint ihr?«

Camille nickte, und Erleichterung spiegelte sich in ihren Zügen. »Ich würde gern nach Hause fahren, so schön Florenz auch ist. Irgendwie kann ich nichts aufnehmen im Moment.«

Sophie sah sie prüfend an. »Du hast Angst vor den Typen, stimmt's? Hätte ich auch, nach dem, was der Commissario an Warnung von sich gegeben hat. Soll ich heute Nacht lieber bei dir schlafen?«

Ein strahlendes Lächeln von Camille war Antwort genug.

Lene stimmte zu, wenn auch etwas in ihr es bedauerte, Sophie nicht in der Vertrautheit dieser südlichen Nacht für Gespräche bei sich zu haben.

Die Pizza war außergewöhnlich gut, viel besser als vor ein paar Jahren, als die Pizza in Italien noch nicht mit der In Deutschland konkurrieren konnte. Dazu der Rotwein, der warm durch ihren Körper lief. Es hätte ein wunderschöner, unbeschwerter Abend sein können, wenn er unbeschwert gewesen wäre. Sophie, und verständlicherweise noch mehr Camille, waren noch sehr geschockt von den Ereignissen des Nachmittags, sodass das Gespräch bald darauf zurückkam. Sophie rupfte an dem Chiabatta Brot herum, schob dann die Krümel auf dem Platzdeckchen mit Giottos Engelchen, die einen verschmitzt ansahen, zusammen. Sie hatte sehr gepflegte Hände und einen neuen Nagellack. Was man manchmal an Nichtigkeiten wahrnimmt, wenn man nicht richtig weiterkommt mit dem, was einen beschäftigt, dachte sie ungeduldig. Aber sie kannte das. Es war dann, als ob sich der eigentliche Gedankenstrang verbarg unterhalb einer nichtssagenden Oberfläche. Dort im Verborgenen jedoch weiter arbeitete.

Nach dem Essen fühlte sie sich plötzlich müde, sie sehnte sich nach ihrem Zimmer, wollte nur noch Ruhe und über den Fall nachdenken.

»Ich bin jetzt doch umsonst mit nach Florenz gekommen«, bedauerte Sophie. »Zumindest für den Fall. Kannst du mich nicht als Leibwächter einsetzen? Damit ich eine offizielle Funktion habe? Sogar die Bilder von Giovanni haben sie mir noch vor der Nase weggeklaut.«

Da hatte sie Recht. »Aber du hast uns das Wichtigste geliefert, die Zeichnungen von den beiden Verdächtigen. Damit warst du eine Superpolizeizeichnerin, zumal du die Bilder aus dem Gedächtnis viel realistischer hin bekommen hast, als das sonst nach Beschreibungen Fremder möglich ist. Also warst du für uns sehr wichtig.«

Dann drehte sie sich zu Camille.

»Und du hast wirklich kein einziges von den Bildern gesehen, ich meine richtig herum. das eigentliche Bild, nicht den Rücken der Leinwand.«

Sie dachte nach, den Blick auf die offene kleine Piazza vor ihnen gerichtet. Offenbar wanderte sie innerlich noch einmal das Zimmer ab.

»Doch, wartet. Rechts hinten, hinter dem Bett, stand ein Ölbild. Ein Bild von einem Felsen im

Wasser. Impressionistisch, soweit ich erkennen konnte. Ich verstehe nicht allzu viel von den einzelnen Stilrichtungen.«

Sophie leuchtete geradezu. »Könnte das das Bild von Claude Monet sein, das er in der Bretagne gemalt hat? Wo die Sonne oben die Steilküste aufleuchten lässt, ebenso die Spitze des Felsens, der vor der Steilküste im Wasser liegt? Ich mag das so!«

Camille dachte nach. »Das mit der Sonne habe ich nicht so beachtet, ich war doch durch unser Gespräch abgelenkt. Aber eine steile Felswand, die aus dem Wasser aufragt. Das ist richtig!«

»Ich zeige dir das Bild, das ich meine, wenn wir wieder in Nürnberg sind«, versprach Sophie.

Lene beeindruckte die Neuigkeit aus einem anderen Grund. »Also hat Giovanni doch noch für die gemalt! Sicher waren die anderen Bilder auch Kopien, sonst hätten sie die nicht mitgenommen. Das zumindest muss der Portier doch gesehen haben! Aufgezogene Leinwände in der Größe steckt man ja nicht mal eben in die Manteltasche.«

Lene ließ sich von Camille die geschätzte Anzahl sagen – sie meinte, es seien etwa fünf Bilder gewesen, mit dem am Fenster – und die ungefähren Größen. Sie notierte sich beides für Alberti.

Inzwischen war Camille rot angelaufen und druckste herum, als ob sie etwas auf dem Herzen hätte. Nahm noch einen Schluck Wein aus ihrem Glas. Setzte es wieder ab und wirkte irgendwie unschlüssig.

»Na, da ist noch etwas, nicht? Sag schon, was immer es auch ist.«

Erleichtert atmete Camille einmal intensiv durch die Nase ein und seufzend durch den Mund aus.

»Also, mir ist inzwischen noch etwas eingefallen. Auf der linken Seite vom Fenster stand ein Bild auf einer Staffelei. Ich weiß nicht, warum ich gerade das vergessen hatte. Egal, es war auf jeden Fall dort und vorhin stand da nur noch die leere Staffelei. Er malte wohl gerade an dem Bild, und es sah nicht nach einer Kopie aus. Aber da kann ich auch falsch liegen. Auf jeden Fall moderner. Sehr viele Orange- und Rottöne, eine glühende Landschaft. Abstrakt, oder wenn man so will, abstrahiert. Flächig.«

Hatten sie das auch mitgenommen? Sie musste morgen Alberti fragen. Hoffentlich brachte die Autopsie klare Ergebnisse. Dabei fiel ihr noch etwas ein. Auch wenn viel auf die »Russen« hinwies, musste sie offen für alle Richtungen in der Ermittlung sein.

»Sag mal Camille, ich muss dich das fragen. Was glaubst du, welche Art Beziehung hatten Johann und Patrick miteinander? Kann es eine homosexuelle Beziehung sein? «

Dabei dachte sie wieder an die ausweichende Antwort von Rebecca, als sie sie gefragt hatte, ob sich die sexuelle Beziehung zwischen Patrick und ihr verändert hatte. Was, wenn auch diese Entdeckung, dass er so veranlagt war, Patrick so wortkarg und verschlossen gemacht hatte? War das für die Untersuchung überhaupt relevant? Egal, ein Puzzlestein mehr, wenn es so war.

Diesmal war es Camille, die weiter an dem Brot von vorhin krümelte. Sie schob jetzt die Brösel in verschiedene Formen. Ihre von der Natur fein gezeichneten Augenbrauen schoben sich zusammen, glätteten sich schließlich wieder. Dann sah sie auf.

»Ich kann das nicht beantworten. Wissen Sie, heute sind Männer schwul oder bi, von denen ich es nicht angenommen hätte. Ich verlasse mich schon lange nicht mehr auf mein Gespür. Und wie sollte ich es bei meinem eigenen Bruder merken, wenn er sich nicht dazu bekennt, sondern auch noch eine Freundin hat? Kann ich nicht. Andererseits sieht diese Beziehung zwischen den beiden, also zwischen Patrick und Johann, für mich sehr eng aus. Sie hatte etwas Leidenschaftliches, irgendwie wie ein Vulkanausbruch. Hinzu kommt, dass sich Patrick so verändert hat. Ach, ich weiß nicht.«

Leicht atemlos von dem Wortschwall hielt sie inne. Lene konnte sie verstehen, Johanns Brief an Patrick, den sie schon kannte, konnte so oder so gesehen werden. Sophie meinte, dass so viel Leidenschaftlichkeit auch durch dieses *Sich-Erkennen durch den anderen*, dieses gemeinsame künstlerische Ziel, entstehen kann. Vielleicht gab es noch mehr Briefe bei Johann, die von Patrick an ihn.

»Stellt euch doch mal vor, wie das ist! Da lernst du jemanden kennen, der glaubt an dich, sieht den wahren Künstler in seinem Kern. Und ist selbst Künstler! Mit ihm willst du fliegen lernen, weiter lernen, vorwärtsstürmen. Das ist dann auch pure Leidenschaft, die ihn sein Lebensziel total verschieben lässt. Er verlässt den vorgeplanten Weg, das Juraexamen, die Kanzlei des Vaters, er verlässt sogar den Weg des bequemen Malens der Kopien, obwohl er darin so gut ist und bequem davon leben könnte, und stürzt sich in etwas so Unsicheres wie einen Weg als unbekannter Maler. Und will sogar noch an der *Akademia* hier lernen!! Er fühlt sich das erste Mal wirklich verstanden, in sich zu Hause. Alles andere wird unwichtig. Aber für mich ist das Gefühl für Johann eine tief im Innern aufgebrochene Liebe. Ob es auch eine körperliche Seite hatte, sich im Sex ausdrückte, weiß ich auch nicht. Aber ändern würde es nichts – der wichtigste Mensch in seinem Leben war wohl jetzt Johann.«

Camille war bei dem letzten Satz zusammengezuckt. Dann sah sie traurig hoch. »Früher war ich das«, kam es leise.

»Und welche Rolle blieb jetzt für Rebecca?«, fragte Lene in den Kreis hinein. »Warum hat er mit ihr nicht Schluss gemacht, bevor er nach Florenz gehen wollte? Dorthin wollte er doch gleich aufbrechen, schon in der folgenden Woche. Und wieso unterrichtet er von seinen Plänen erst seine Eltern und Rebecca weiß noch nichts davon? Weder von seinem Vorhaben das Studium abzubrechen, noch von dem Geld, das er mit den Kopien verdient hat, noch von Johann oder Florenz. Gar nichts. Erst an seinem Todestag berichtet er von seinem Gespräch mit seinen Eltern, und dass er mit dem Jurastudium aufhören und nur noch malen will.«

Alle drei dachten nach. Lene wusste, Camille war ihre einzige Chance, mehr über die Zusammenhänge herauszubekommen. Sie musste sie noch genauer nach den einzelnen Freunden fragen. Aushorchen, wenn du genau bist, dachte sie. Aber das musste sein.

Camille griff ihr Glas und trank den letzten Schluck Rotwein.

»Ich denke, dass Patrick so beschäftigt mit seinem Innenleben war, so mit seinem Vorhaben, seinen Entscheidungen, dass er sich gar keine Gedanken um Rebecca gemacht hat. Sie ist ja nicht gerade die Frau, die aufbegehrt. Dazu ist sie zu ruhig, zu mitfühlend. Also ist er den bequemen Weg gegangen. Und bei mir? Da war es wohl eher das Gegenteil. Da hatte er Angst, dass ich ihm Vorhaltungen machen würde. Hätte ich doch gar nicht.«

Ihre Augen füllten sich erneut mit Tränen. Es war genug, beschied Lene innerlich. Den Rest morgen. Jetzt war erst einmal Schlafen dran, zur Ruhe kommen nach dem Schock mit Johann.

Der Weg durch das nächtliche Florenz war einfach wunderschön. Die alten Gebäude angestrahlt, eine Illusion hervorrufend, als würde man zu Dantes Zeiten – die Zeit des Dante vor seiner Vertreibung aus Florenz - über das Pflaster laufen, die Piazza della Signoria überqueren. Der berühmte Neptunbrunnen leuchtete wuchtig auf der linken Seite, die Mitte jedoch war beherrscht durch die Kopie von Michelangelos David.

Da sind wir wieder bei einer Kopie angelangt, dachte Lene, dem Ausgangspunkt unserer Ermittlungen. Auch wenn sie hier nur zum Schutz des Originals, das inzwischen in der *Akademia* stand, für diesen Platz geschaffen wurde.

Sie schlenderten noch weiter zur Ponte Vecchio, deren kleine Bijouteriegeschäfte funkelten und blitzten von ihren Kostbarkeiten. Zuviel, fand Lene, für ihren Geschmack. Wie schon in Paris auf den Champs Elysées, wurde sie all der Diamanten in protzigen Schmuckstücken schnell überdrüssig. Dennoch – der Blick auf den zeitlos dahinfließenden Arno, dessen Wasser tagsüber oft braun und schlammig aussah, jetzt in der Nacht jedoch dunkel schwarz, mit einigen Glanzpunkten darauf, etwas Geheimnisvolles hatte, war wunderbar und gab ihr Ruhe und Zuversicht zurück. Sie überquerten den Platz vor den Uffizien, warm angestrahlt und bevölkert von Straßenhändlern, die ihre Waren anpriesen. Ob Bruno, der äthiopische Rechtsanwalt, noch immer hier war? Der sein Land schon vor der UNO in New York vertreten hatte und dennoch immer wieder nach Florenz kam, um hier als Straßenhändler Geld zu verdienen für sein so unerträglich armes Land. Aber sie sah ihn nirgends. Sie hatten sich damals bei einem Abendessen so intensiv unterhalten, dass sie schließlich vom Kellner gebeten wurden zu gehen. Da erst hatten sie bemerkt, dass das Lokal völlig leer war, bis auf sie, die letzten Gäste. Wie viel hatte sie damals über Äthiopien erfahren!

Vielleicht hätte er, der welterfahrene Jurist, ihr heute einen Rat geben können. Wie sollte sie nur weiter vorgehen?

Diese Frage stellte sie sich auch, als sie in ihrem Zimmer endlich allein war. Sie setzte sich an den kleinen Schreibtisch und zog ihren Notizblock heraus. Legte ihn auf das glänzende Holz und suchte nach ihrem Stift. Legte ihn daneben. Und fühlte sich plötzlich nur noch leer und fantasielos. All diese doch im Kern *braven* Studenten in Nürnberg und dazu diese mafiaähnlichen Gangster – Berufsverbrecher der übelsten Sorte offenbar. Denn sie war überzeugt, dass sich dieses Kaliber von Kriminellen Patricks und Johanns Ausscheren aus ihrem *Vertrag* oder besser *Lieferabkommen* nicht gefallen lassen hatten. Wahrscheinlich hatten sie Unsummen an den beiden verdient.

Sie sah auf ihr Bett mit der dem Brokat nachempfundenen Bettdecke, straff mit dem Bettlaken fest unter die Matratze gezurrt. Wie machten das die Menschen in so vielen Ländern nur, wie in einem Etui zu schlafen? Genervt ging sie hinüber und zerrte an den Laken, bis sie überall gelöst waren. Freiheit. Etwas in ihr war wütend, ungeduldig. Leer. Wieso nur?

Mike. Mit einem Schlag war er plötzlich ihr innerlich so nah, dass sie vor Sehnsucht zerspringen konnte. Sie verstand, dass das unterdrückte Sehnen nach ihm die Ursache für ihr Gefühlschaos war. Erst so wenige Tage, dass sie aneinandergeschmiegt jeden Abend im Bett lagen, dankbar für jede Minute. Manchmal ein Zittern in sich aus Angst vor dem Abschied. Wie schön wäre es, mit ihm durch Florenz zu bummeln. Ihm alles zu zeigen, was sie liebte. Sie sah auf die Uhr. Mittagszeit in San Francisco.

Er meldete sich schon beim zweiten Klingeln. So nah war seine Stimme, dass sie glaubte, ihn berühren zu können.

»Mike, ich bin in *Florence in Italy*.« Er reagierte begeistert. Und dann kam gleich der Einwand »Wieso fährst du nach Italien ohne mich? Soll ich ewig ein ungebildeter Amerikaner bleiben oder bist du auf der Suche nach leidenschaftlichen Italienern? Ich bin auch leidenschaftlich! Ich habe dir ja noch längst nicht alle meine Talente gezeigt«, gurrte er. Sie musste lachen.

»O ja, bitte. Und überhaupt - ich vermisse dich doch auch! Es ist hier elf Uhr nachts und die Nacht ist so warm und Florenz so schön. Du fehlst mir so.« Sie machte eine Pause. »Aber ich rufe auch an, weil ich heute erschüttert bin.« Sie erzählte ihm, warum sie hierhergekommen war, und wie sie dann nur noch den toten Johann vorgefunden hatte.

»Mike, es ist wirklich etwas, was mich berührt. Zwei so junge Männer, die nichts anderes wollten als zu malen. Und deshalb ermordet werden. Hast du schon einmal mit so einer Kunstmafia zu tun gehabt?«

Eine kurze Pause. »Ja, habe ich. Und ich sage dir gleich, die gehen über Leichen. Wie in eurem Fall. Der Kunstmarkt ist in den letzten Jahrzehnten eine so wichtige Geldanlage geworden, besonders jetzt, wo die Wirtschaftskrise nach zeitlos wertvollen Investitionen verlangt. Die Preise, die für echte Bilder gezahlt werden, sind astronomisch hoch. Ich spreche natürlich von Bildern bereits berühmter Maler. Und somit auch von Kopien, die als *echt* zertifiziert einen hohen Marktwert darstellen. Ich hatte sogar einmal einen Fall, da hatte ein Milliardär eine mehr als umfangreiche Sammlung – eine geheime Sammlung wohlbemerkt – von so berühmten Bildern, dass er sie nie jemandem hätte zeigen können. Zusammengeklaut von einer Gruppe von hochkarätigen Spezialisten. Wir haben einen davon erwischt, als er in unserem Museum of Modern Art ein Gemälde entwenden wollte und dabei einen Wärter tötete. Aber dieser Fall hilft dir hier nicht weiter. Nur, damit du siehst, was diese Bilder manchen Sammlern wert sind.

Aber bei dir dreht es sich um Fälschungen. Die müssen auf besonderen Leinwänden mit besonderen Farben hergestellt werden – und, ganz wichtig, von einem bekannten Kunstexperten verifiziert werden. Er muss dafür eine Echtheitsgarantie ausstellen.«

Lene war jetzt wie elektrisiert. »Vielleicht können wir die Kunstdealer darüber finden? Wir werden uns gleich dahinter klemmen.«

»Aber bitte sei vorsichtig. Die gehen wirklich über Leichen. Da steckt so viel Geld dahinter, dass du davon ausgehen musst, dass die Täter keine Skrupel kennen.«

»Aber«, wandte Lene ein, »erst einmal müssen wir herausfinden, ob es bei Johann ein Unfall oder Selbstmord oder Mord war. Ich rufe dich morgen oder übermorgen wieder an. Und danke. Es tut mir immer so gut, mit dir über meine Fälle zu reden.«

»Dito. Und nun denke nur an mich und *Florence* und träume etwas Schönes. Einen üppigen Renaissancetraum, bitte.«

Sie meinte sein Schmunzeln durchs Telefon zu *hören*. Nun lächelte auch sie, als sie den Hörer auflegte.

Kapitel 17

Kalle sah auf die Uhr. Neunzehn Uhr. So ein beschissener Tag, fluchte er. Nichts, aber auch gar nichts war herausgekommen, das ihnen hätte weiterhelfen können. Dabei war es sein erster Tag als Kriminalhauptkommissar. Endlich hatte er es erreicht! Gleichberechtigt neben Lene. Ein tolles Gefühl. Auch wenn sie es ihn nie hatte spüren lassen, hatte er sich eben oft noch als *zu jung, zu unerfahren, zu ich-weiß-nicht-was* gefühlt und sich wie ein Teenager danach gesehnt, endlich auch im Beruf *etwas darzustellen*. Also, soweit war alles endlich so, wie er es gewollt hatte.

Aber der Fall! Sollten sie gleich die Ermittlungen nur Richtung Kunstfälschermafia bündeln – oder, nach alter Detektivregel, noch breitflächig ermitteln? Also auch unter Freunden, Familienmitgliedern. Getreu nach dem Motto, dass der Mörder in über achtzig Prozent der Mordfälle aus dem persönlichen Umfeld stammt. Lene meinte letzteres, vielleicht hatte sie ja Recht. Obwohl – hier lag der Fall doch etwas sehr anders.

Er musste an den toten Freund von Patrick denken. Himmel, wie entsetzlich für Camille, die ihn noch kennengelernt hatte. Und auch grausig für Lene und Sophie. Es wäre ihm lieber, er wäre jetzt bei den dreien. Stattdessen saß er in dem stinknormalen Nürnberg, ermittelte in stinknormalen Bürgerfamilien. Beziehungsweise unter deren stinknormalen, studierenden Kindern. Die alle kein erkennbares Motiv hatten.

Auf dem Weg nach unten traf er auf Volker. Er verstand sich mit dem Neuen eigentlich sehr gut, fand ihn spontan und witzig. Als sie gemeinsam nach dem wie vom Erdboden verschluckten Patrick gesucht hatten, war das eine unkomplizierte, reibungslose Zusammenarbeit gewesen. Schon blöd, dass Lene so verkrampft auf ihn reagierte. Er grinste zurück als Reaktion auf Volkers verschwörerisches Zuzwinkern.

»Na, wie geht es bei euch voran? Ist Lene noch in Florenz? Ist ja eine schöne Stadt, kann sie sich überhaupt wieder losreißen und zu uns in das vertraute Nürnberg zurück? Sag mal, wollen wir nicht ein Feierabendbier zusammen trinken, und du erzählst mir, was ihr so gefunden habt?«

Gute Idee, fand auch Kalle. Sie entschieden sich für den Braukeller, den *Barfüßer,* ganz in der Nähe. Stimmengewirr und ein hallendes Durcheinander an Geräuschen, die durch das Kellergewölbe des Lokals verstärkt wurden, empfingen sie. Sie fanden das für ihre Zwecke sehr passend. Bei dem Krach konnte zumindest keiner mithören.

Kalle rutschte glücklich auf eine Holzbank, Volker setzte sich ihm gegenüber. Sie bestellten und erst als sie ihr Bier vor sich hatten, erzählte Kalle Volker von den neuesten Entwicklungen.

Volkers Augen hatten sich während der Erzählung verengt, als ob er in die Ferne sehen würde. Als Kalle geendet hatte, nahm er erst noch einen Schluck Bier, bevor er zu dieser Entwicklung Stellung nahm.

»Das ist wirklich heavy. Arme Lene, da fährt sie die fast tausend Kilometer, nur um nachher vor einer Leiche zu stehen. Nur – ich habe in Köln ein paar Jahre im Betrugsdezernat gearbeitet. Vielleicht kommt euch das jetzt zu Gute. Am besten, du überredest Lene mich in euer Team zu nehmen für diesen Fall. Das wird wohl nicht ganz leicht, so wie ich die Sache sehe, aber ich könnte euch nützlich sein.«

Er grinste dabei still vergnügt in sich hinein, wie Kalle fand.

»Sag mal, du und Lene, was war denn da?«, fragte er scheinheilig ganz nebenbei und räumte gleichzeitig seinen Platz frei für die Kellnerin, die mit ihrem Essen kam. Glücklich sah er auf seine gerösteten Klöße mit Bauernspeck und Ei. Diese herzhafte Kombination liebte er sehr. Also piekste er nach einem *An Gutn* - Wunsch in Richtung Volker erst einmal ein Stück Kloß mit Ei auf, bevor er sein Gegenüber aufmunternd ansah.

Der hatte sechs Nürnberger auf Sauerkraut bestellt und riss gerade eine Scheibe Brot auseinander. Dabei wirkte er fast ein bisschen verlegen. Geradezu schüchtern, dachte Kalle.

»Tja, also, Lene und ich. Vor etlichen Jahren war das. Wir trafen uns auf einer Fortbildung. Ich habe mich sofort in sie verliebt. Sie wohl weniger in mich, denn auf einmal war sie weg. Ohne Abschiedsgruß, ohne ein Wort. Ich habe mich damals ziemlich beschissen gefühlt. Bin gespannt, was sie mir dazu sagen wird, wenn sie denn mal Zeit für mich hat.«

Er grinste wieder, aber hinter dem Grinsen sah Kalle auch seine damalige Verletzung.

»Und dann sitzt sie plötzlich da, als ich zur Tür hereinkomme. Unglaublich«, murmelte er noch als Nachsatz.

Kalle beschloss, nicht mehr weiter zu bohren und kam zurück auf den Fall.

»Weißt du, was ich nicht verstehe: Warum wird dieser junge Mann in Italien getötet – immer vorausgesetzt, es war kein Selbstmord. Gehen wir mal davon aus. Was meinst du?«

Volker schluckte erst einmal sein Würstchenstück mit Sauerkraut herunter, bevor er antwortete.

»Ich denke, der Johann hat ihnen gedroht. Irgend so etwas. Vielleicht hat er ihnen vorgeworfen, Patrick getötet zu haben und dass er jetzt die ganze Sache der Polizei erzählen wird. Etwas in der Art. In seiner Vorstellung wollte er vielleicht seinen Freund rächen. Und hat dabei die Gefahr, in die er sich selbst damit begab, nicht gesehen.«

Er griff nach seinem Bierglas, leerte es und winkte dem Kellner, dem er signalisierte, dass er noch ein Glas wollte. Dabei nickte er zu Kalle hinüber:

»Du auch?« und erweiterte die Bestellung auf zwei Bier. Dann nahm er den Faden wieder auf.

»Das erleben wir doch immer wieder. Dass potentielle Opfer mit ihrem Wissen drohen und sich damit noch viel größerer Aggression aussetzen. Ist schon seltsam, dass in Angst oder großer Wut das logische Denken aussetzt. Aber ich denke, das könnte es gewesen sein. Zusammen natürlich mit der Ankündigung, dass er keine Bilder mehr liefern würde. Und damit die Katastrophe für sich selbst heraufbeschwörend. In dem Moment wurde er für sie nicht nur wertlos, sondern auch zur Bedrohung. Ich kann es mir nur so erklären.«

Kalle nickte. »Das klingt plausibel. Aber egal, wir müssen erst einmal darauf warten, was Lene noch so mitbringt. Und dürfen inzwischen unsere Ermittlungen hier in seinem sozialen Umfeld nicht vernachlässigen. In Patricks, meine ich natürlich. Dabei fällt mir etwas ein.« Bei dem Satz sprang er auf und ging nach hinten in dem Lokal, wo sich sowohl die Toiletten als auch der Haupttresen befanden. Dort am Tresen fragte er nach dem Geschäftsführer, der auch in verhältnismäßig kurzer Zeit auftauchte. Korrekt gekleidet in Anzug und blütenweißem Hemd mit rotgestreifter Seidenkrawatte. Kalle zeigte seinen Ausweis und hoffte, der Mann würde in all der Bierkelleratmosphäre die Fahne von ihm nicht wahrnehmen. Daran hätte ich auch vor dem ersten Glas denken können, grummelte er innerlich. Egal.

Er stellte sich vor und zeigte seinen Polizeiausweis. »Können Sie mir sagen, wer am vorletzten Sonntag bei Ihnen gekellnert hat? Ich bräuchte eine Auskunft.«

»Ja, obbé doch ned eddse'd! Sie segn doch waas für aa Bedrieb is«, fränkelte er empört, um plötzlich ein einigermaßen Hochdeutsch zu verfallen. »Ich kann ja mal schauen, aber jetzt meine Leute von der Arbeit abhalten, dees geed fei ned.« Trotzdem holte er ein Buch und sah unter dem Sonntag nach. »Der Bernd, die Katja und der Karl. Den Koch möchten's aach wissn? Naa? Nachert wär'n dees alle im Sövice.«

»Danke. Das hilft uns weiter. Sind die alle heute da?«

»Na, Sie sind auch nicht von hier, gell?«, reagierte er auf seine hochdeutsche Klangfarbe. »Also, heut ist nur die Katja da. Doh vorn, die mid'n rodn Dirndl. Doh kommt's ja. Katja, kumm amol hea. Der Mann hier ist von der Kripo. Will dich was fragen.«

»Jürgen Karlowitz. Mordkommission. Sie sind Katja? Also, ich hätte eine Frage, die Ihnen sicher wie eine Zumutung vorkommt. Aber wir von der Kripo haben halt oft genau da unsere Probleme. Haben Sie ein gutes Personengedächtnis? Das könnte ich jetzt brauchen«, lächelte er sie an.

Sie lächelte zurück. Weiße Zähne, die in einem sympathischen Gesicht blitzten. Blaue Augen, mittelblondes Haar, hinten zu einem einfachen Zopf zusammengefasst. Eine zarte Kette mit rubinrotem Anhänger.

»Doch, das habe ich. Sogar ein ziemlich gutes, obwohl ich nicht gedacht hätte, dass mich mal die Kripo so klassisch fragt. Wissen Sie, an dem und dem Tag …«

Jetzt lachte sie. Wurde dann aber ernst.

»Also? Woran soll ich mich erinnern?«

Kalle überlegte, wie er es am besten formulieren sollte. »Am Sonntag vor einer Woche, war da viel los?«

»Nein, Sonntage sind immer ruhig. Besonders abends.«

»Das ist schon mal gut. Es muss so gegen zehn abends gewesen sein. Ein junger Mann, attraktiv, groß, hellbraunes Haar, blaue Augen, wie Ihre.« Setzte er charmant dazu und machte eine kleine Pause, bevor er fortfuhr: »Er war zusammen mit einer jungen Frau hier. Hübsch, ein bisschen ein Madonnengesicht, große braune Augen.«

Er sah ein Aufblitzen von Erkennen in ihren Augen.

»Ja, ich erinnere mich, glaube ich. Die habe ich wirklich bedient. Waren nicht sehr lang hier. Nur ein Getränk. Hatten es wohl eilig nach Hause ins Bettchen zu kommen.«

»Wieso? Hatten Sie den Eindruck, dass es ein Liebespaar war? Ich dachte, sie wären eher Freunde.«

»Freunde? Na, ich weiß nicht. Klar, er kann sie auch getröstet haben. Er strich ihr manchmal über das Haar, hielt ihre Hand in seiner, beugte sich doch sehr intensiv zu ihr. Für mich sah das wie ein Liebespaar aus, aber wenn Sie mehr wissen? Vielleicht habe ich mich ja getäuscht.«

Oder nicht, dachte Kalle. Das warf einen ganz neuen Aspekt auf das Beziehungsgeflecht. Der junge Mann wollte doch an dem Abend lernen! Fragt sich nur was. Es konnte natürlich auch sein, dass er sie wirklich nur getröstet hat, vielleicht weil er es war, den sie getroffen hatte und nicht Patrick. Oder hatte Lukas sie direkt abgeholt und es war gar kein Zufall?

Er notierte noch Katjas vollständigen Namen, gab ihr seine Karte für eventuelle weitere Erinnerungsteilchen und bedankte sich bei ihr. Nachdenklich ging er zurück zu Volker an ihren Tisch, griff nach seinem Glas und trank erst einmal einen großen Schluck.

»Also das hat sich gelohnt, unser Feierabendbier. Ich habe gerade noch ein Alibi überprüft und bin vielleicht auf eine Goldader gestoßen – oder zumindest eine Silberader. Bin gespannt, was Lene dazu sagt.«

Kapitel 18

Donnerstag, den 27. Oktober

Pünktlich um halb neun meldete der Portier den *Commissario*. Alberti schob ihn zur Seite, betrat hinter ihm den Frühstücksraum und kam mit flotten Schritten herüber zu ihrem Tisch. Im Gehen bestellte er noch einen Cafe Latte und ließ sich aufstöhnend auf einen Stuhl an ihrem Tisch fallen.

»Buon giorno, bella collega. Ein paar Minuten haben wir noch, das reicht für einen Kaffee. Ich bin *destrutto*. Gestern Abend haben wir noch soweit wie möglich die Fakten gesammelt und die nächsten Schritte geplant. Meine Frau musste so lange mit dem Abendessen warten, dass es nachher auch zu Hause nicht richtig gemütlich war. Manchmal träume ich von exakten Bürostunden. Um sechs zusammenpacken und Feierabend. Nun ja.« Noch ein so theatralischer Seufzer, dass Lene auflachen musste.

»Davon träumen wir alle, mindestens von Zeit zu Zeit und ganz besonders während tagelanger Mordermittlungen mit den entsprechenden Überstunden. Meinem Freund und Kollegen in San Francisco geht es da nicht anders.«

Er horchte auf. »Ihr Freund? So richtig?«

Sie lächelte. »Ja, so richtig. Wir haben uns vor einigen Jahren bei einer gemeinsamen Mordermittlung in San Francisco kennengelernt und – die Liebe fragt nicht nach Ländern und Entfernungen.«

»Si, si, amore...«, träumte er vor sich hin sinnend ihrer Erzählung hinterher, bevor er sich seinem Kaffee widmete, der inzwischen weiß beschäumt vor ihm abgestellt worden war.

»Also, unser Giovanni hat in Berlin gewohnt. In der Weimarer Straße. Weimar kenne ich wegen Goethe. Hier die Kopie seines Personalausweises.«

»Danke. Die will ich gleich an der Rezeption meinem Kollegen faxen. Die sind übrigens noch nicht weiter. Ich bin jetzt gespannt auf die Erkenntnisse des Rechtsmediziners. Davon hängt viel für uns ab.«

Sie erhoben sich gleichzeitig. Er begleitete sie zur Rezeption und erklärte dem Portier, dass es sehr wichtig sei, dass das Fax jetzt gleich an die Nummer rausginge, die die *Signora Commissaria* ihm gäbe. *Presto, presto!*

Der Mann beeilte sich sichtlich auf dem Weg in das Büro und kam kurz darauf mit der Faxbestätigung zurück.

Die Fahrt durch das noch morgendlich verschlafene Florenz wurde durch die Fahrkünste Albertis dennoch abenteuerlich. Lene war froh, als sie mit leicht quietschenden Reifen anhielten.

Das rechtsmedizinische Institut war der Uni angegliedert. Modern, stahlglänzend und kühl mit dem unverwechselbaren Geruch nach Formalin, der allen rechtmedizinischen Instituten anhaftete.

Der Rechtsmediziner war ein älterer, leicht mürrisch wirkender Mann, der jedoch im Laufe des Gesprächs immer offener wurde. Alberti und er nannten sich beim Vornamen. Dottore Stefano Mandello. Schütteres ergrautes Haar, eine immerhin moderne, blau gefasste Brille, die etwas Leichtes in dies Gesicht zauberte. Graue Augen.

»Mein lieber Giuseppe, wen hast du denn heute mitgebracht? Ah, eine deutsche Kollegin von dir? Endlich eine Möglichkeit, auch hier einmal Damenbesuch zu haben – von lebendigen Damen, meine ich.« Giuseppe Alberti übersetzte für sie.

Dabei zog Dottore Mandello ihre Hand an die Lippen. Lene, der eine solche Geste eher peinlich war, zog ihre Hand schnell zurück. Witzbold, fauchte sie innerlich. Und hätte beinahe *diese Italiener!* hinzugesetzt, verkniff es sich jedoch.

Dann erzählte Alberti wohl von ihrem Fall, denn Lene verstand *Tedesco* und *Nürnberg* und *artista* und *aqua*. Dabei sah Dottore Mandello die ganze Zeit unverwandt zu ihr hinüber. Nickte ab und zu, sortierte offenbar die Fakten, ging schließlich hinüber zu der Bahre und schlug das Tuch zurück.

»Alora, Johann Siegel.«

Es durchfuhr Lene als sie den Körper des Mannes sah, der doch jung gewesen war. Auch kraftvoll, wie es ihr schien. Es gelang ihr jedoch nicht, die Gesichtszüge einem lebenden Johann zuzuordnen. Zu viel hatte der Aufprall zerstört.

»Genickbruch und Kopf- und innere Verletzungen«, übersetzte Alberti. Aber dann winkte sie Mandello heran. Er wies auf zwei nicht sehr auffallende, höchstens handtellergroße, blau verfärbte Flecken eben unterhalb der Schulter des Toten. Hämatome!

»Das ist erst heute Nacht sichtbar geworden. Und erzählt uns, dass dieser junge Mann nicht freiwillig gesprungen ist. Er ist definitiv gestoßen worden. Vielleicht sogar angehoben. Das untersuche ich nachher noch genauer. Aber erst einmal ist wichtig, dass es sich um Fremdverschulden handelt.«

Stille. Alberti und Lene dachten über die Konsequenzen nach, die jetzt zwingend, für jeden jedoch unterschiedlich waren. Alberti musste die beiden verdächtigen Männer finden, während sie, Lene erst einmal herausfinden musste, ob die beiden auch für den Überfall auf Patrick, zumindest für das Zusammenschlagen, in Frage kamen. Von den beiden hätte wahrscheinlich nur der *Bodyguard* die nötige *Sachkenntnis*. Er war sicher der Mann fürs Grobe. Aber der Auftrag dafür konnte von dem anderen Typen kommen – oder von sonst irgendjemandem in der Organisation.

»Ich brauche unbedingt Sophies Zeichnungen. Dass ich das ja nicht vergesse«, wandte sie sich an Alberti. »Ihnen genügen doch Kopien? Ich beneide Sie. Sie haben wenigstens noch etwas Handfestes. Wo soll *ich* anfangen? Warum sollte derjenige, der ihn zusammengeschlagen hat, ihn dann so kompliziert töten? Dann bekäme er doch erst recht keine Bilder. Johann haben sie zwar auch getötet, wie es scheint, aber die Bilder mitgenommen. Also lag darin eine Art Motiv für einen Mord. Sie konnten schließlich Johann nicht zwingen zu malen. Vielleicht hat er auch gedroht auszupacken. Aber bei unserem Patrick? Irgendwie kommen mir da immer Zweifel, spätestens an diesem Punkt. Ach, was soll's.«

Er legte beruhigend seine Hand auf ihre. Sie hatte gar nicht gemerkt, dass sie sich auf dem Schreibtisch abgestützt hatte. Und sie spürte die Wärme, die von dieser Hand ausging. Gerade in dieser kalten, sterilen Umgebung hatte diese Geste sofort die gewünschte Wirkung.

»Wir sind doch noch ganz am Anfang, bella collega! So schnell lassen wir uns doch nicht in einen Wald schicken. Und wir wissen, unsere Arbeit besteht aus – wie sagt ihr noch? Fitzelchen? Das sagte meine Freundin in Deutschland immer - zusammentragen. Kommen Sie nachher noch mit zur Kriminaltechnik? Mal sehen, was die in ihrer Fundgrube anzubieten haben.«

Sie nickte benommen.

Die restliche Autopsie verlief routinemäßig. Alle anderen Verletzungen waren durch den Aufprall auf dem Gehweg entstanden. Bis auf die Verletzungen dadurch, war Johann Siegel gesund gewesen.

Lene sah auf den im grellen Neonlicht aufgeschnittenen Männerkörper und sah doch durch ihn hindurch. Ihre Gedanken wanderten zu den beiden jungen Männern. Wieder rief sie sich den Brief von Johann an Patrick in Erinnerung. Die überschwängliche Freude. Die offensichtliche Nähe zwischen beiden. Mehr als Freundschaft, dachte sie wieder. Aber wo blieb da der Platz für Rebecca? Warum hatte er diese Beziehung nicht beendet?

Trotz dieser Ungereimtheit, zu Patrick hatte sie inzwischen einen inneren Zugang, als ob sie ihn ein Stück gekannt hätte. Über Camille und seine Freunde war das Bild von einem ernsthaften jungen Mann entstanden, der gerade gelernt hatte seinen Weg zu gehen. Aber Johann? Er war noch nicht greifbar für sie, nur dieser tote Körper, teilweise vom Sturz zerschmettert. Es war sowieso schwer, im Gesicht von Toten die alte Persönlichkeit zu erkennen. Aber hier – sowohl bei der Leiche von Patrick, als auch der von Johann – war es unmöglich. Von Patrick hatte sie wenigstens Fotos gesehen, aber von Johann gab es bisher nicht einmal die. Nur das ausgeblichene Foto im Personalausweis. Da hatte sie bisher nur die Beschreibung von Camille – und die Liebe von Patrick, die sich in Johanns Brief widerspiegelte. Hoffentlich erfuhr Kalle mehr.

Die Zeit verrann. Wenn sie mit Alberti noch ins Polizeipräsidium wollte, würde es später werden als gedacht. Zu spät für Hinterglemm. Und sie hatte überhaupt keine Lust, Stunde um Stunde durch die Nacht zu fahren um am frühen Morgen übernächtigt in Nürnberg anzukommen und an einem Samstagmorgen dann todmüde vor schlechtgelaunten Kollegen zu stehen. Wenn keine Fortschritte erzielt worden waren, hatte das auch einen Tag länger Zeit. Sie würde nachher gleich nachfragen. Nach diesem Beinahe-Entschluss ging es ihr besser.

Die Obduktion war, soweit es sie betraf, beendet. Dottore Mordello entließ sie mit den üblichen Worten. *Den endgültigen Befund in ein paar Tagen. Si*, er würde sich beeilen. *Soweit das eben möglich war.*

»Trinken wir in den nächsten Tagen mal ein Glas, Stefano?« Der nickte. »Ich rufe dich an. Montag hat meine Frau immer Yoga. Da könnte ich.«

Dann verabschiedete sich Mordello fast herzlich von der deutschen Besucherin und wandte sich mit einer halben Umdrehung dem Körper vor ihm zu. Nun war er wieder der mürrische, ältere Mann, den seine Arbeit irgendwie einsam erscheinen ließ. Die Besuche in der Rechtsmedizin, egal ob in Erlangen oder in einem anderen Land, waren einfach deprimierend, und Lene hatte immer das Gefühl, die Kälte, die die Toten umgab, kroch in ihren Körper hinein.

Draußen jedoch begrüßte sie Wärme und Sonne, wie Lene aufatmend feststellte.

»Wollen wir erst einmal ein paar Schritte gehen und dann einen Kaffee trinken, bevor wir ins Präsidium fahren?«, fragte Alberti und steuerte sie dabei schon in eine Richtung ohne ihre Antwort abzuwarten. Schweigend gingen sie nebeneinander her, in Gedanken versunken. »Wieso hat er sich nur ohne Gegenwehr stoßen lassen?«

Das hatte Lene sich auch schon gefragt, seitdem Mordelli darauf hingewiesen hatte, dass es keine Anzeichen dafür gegeben hatte, dass Johann sich irgendwie gewehrt hätte.

»Die müssen ihn völlig überrascht haben mit dem Angriff. Wieso stand er nur so nahe an dem offenen Fenster?«

Alberti gab ihr Recht, was den Überraschungseffekt anging.

»Mein Kollege hat heute Morgen die beiden Zeichnungen gleich an Interpol gefaxt. Vielleicht finden die ja etwas, was uns bei der Fahndung hilft. Wir müssen erst einmal diese beiden Männer identifizieren um weiterzukommen.«

Lene blieb stehen und sah sehnsüchtig hinüber zu dem Kirchenportal von *Santa Croce*.

»Darf ich kurz hinein? Bei keinem meiner Besuche in Florenz habe ich *Santa Croce* je ausgelassen«, erklärte sie kurz und glaubte so, ihre tiefe Verbundenheit mit dieser Kirche, auch ohne dies ausführlich zu begründen, deutlich gemacht zu haben.

Er nickte und steuerte über die *Piazza Santa Croce*. Als sie den Innenraum der Kirche betraten, steuerte Lene gleich zum Grabmal von *Michelangelo*. Tief versunken in ihre Gedanken stand sie davor, suchte nach Klarheit und innerer Ruhe. Nicht das Grabmal, das Vasari für Michelangelo in Marmor gehauen hatte, war für sie wichtig, nur diese seelische Nähe zu dem alle überragenden Künstler. Sie dachte an ihre beiden toten Künstler, die so aufrichtig das Beste gewollt hatten und einfach ausgelöscht worden waren. Suchte hier, bei dem leidenschaftlichen und rebellischen Michelangelo nach Antworten. Und plötzlich hatte sie sie. Auch er hätte sich für seine Überzeugungen töten lassen.

Sie sah sich in der Kirche um. *Galileo Galilei*, der um nicht zu sterben, seiner Überzeugung abschwören musste, was er pro forma damals tat. *Machiavelli* und *Rossini*, die hier lagen, Größen einer Zeit, die das ganze Abendland geprägt hatte. Vereinigung von Kunst und Geist. Nachdenklich ging sie von Grabmal zu Grabmal, von Monument zu Monument. *Leonardo da Vinci, Kopernikus,* Namen, die ihren Geist frei machten. Als sie die Kirche verließ, wusste sie, sie würde die Mörder finden. Nichts würde *ihren* Geist aufhalten. So wie Michelangelo immer gesagt hat, dass in dem Stein, den er behauen wollte, die Figur schon enthalten wäre, er sie nur freilegen würde, so war in diesem Mord, in der Tat bereits die Wahrheit enthalten. Sie würde sie aufdecken. Sie hatte in diesem Besuch ihre inneren Zuversichtsbatterien wieder aufgeladen.

Auf dem Weg zum Präsidium erörterten sie die Möglichkeiten, die sie hatten. Es waren wenige und sie würden auch eine Portion Glück brauchen. Aber an diesem strahlend schönen Oktobertag schien ihr das fast zwingend.

Das Präsidium war ein altes Gemäuer voller unübersichtlicher Gänge und verwinkelter Abzweigungen, das zum Verlaufen geradezu aufforderte. Irgendwann öffnete Alberti eine der Türen und bat sie herein. Wieder traf sie auf den allgegenwärtigen Gegensatz, der in dieser Stadt vorherrschte, der sich auch hier spiegelte. Im Gebäude die grauen Mauern, eine Art Düsterkeit, und dann plötzlich ein lichtdurchfluteter Raum, in dem Gelb- und Grüntöne vorherrschten. Das hatte sie sich irgendwie anders vorgestellt. Aber an den Wänden die gleichen Regale vollgestopft mit Akten wie in ihrem Zimmer in Nürnberg. Allerdings keine Sitzgruppe, es gab nur einen Schreibtisch, voll mit Akten, und davor zwei graue Besucherstühle. Eine Fotografie mit einer lachenden Frau und einem männlichen Teenager auf dem Schreibtisch in einem schweren Silberrahmen war. neben einem Regenmantel an einem Haken neben der Tür, der einzige sichtbar persönliche Besitz in diesem Raum. Alberti eilte sofort zum Telefon und wies gleichzeitig auffordernd auf einen der Stühle. Er sprach schnell und unverständlich, aber kurze Zeit später öffnete sich die Tür und ein Mann kam herein.

»Das ist Claudio Umberti, mein Assistent. Er ist sehr tüchtig – dabei zwinkerte er Umberti zu - *und er spricht deutsch. Was allein schon für ihn spricht*«, flachste er weiter, bevor er auf Deutsch an seinen Kollegen gewandt fortfuhr: »Das ist meine deutsche Commissaria aus Nürnberg.« Sie schüttelten sich die Hände, während Alberti jetzt in Italienisch in einem Wortschwall die Zusammenhänge mit dem Fall in Nürnberg zu erklären schien, wie es sich Lene aus einzelnen, für sie verständlichen Wörtern zusammensetzte.

Dann verließ Umberti das Zimmer und kam nach wenigen Augenblicken mit einigen Blättern Papier zurück, die Alberti ihr reichte, nachdem er einen kurzen Blick darauf geworfen hatte. Zum einen waren es die Kopien von den Porträtzeichnungen, zum anderen ein Fax von Interpol. Ein Name sprang ihr ins Gesicht: *Alexander Gromelkow*, Weißrusse, zweiundvierzig Jahre alt, wohnhaft in Berlin, Kantstraße 43.

Na toll, jetzt hatte sie diesen möglichen Killer auch noch in Deutschland an ihren Fersen – oder an der Backe? Je nachdem, wer hier wen verfolgte. Sie verspürte eine Gänsehaut. Solche Fälle mochte sie ganz und gar nicht.

Der nächste Zettel zeigte den Muskelprotz von Begleiter. *Wassili Sachow,* neunundzwanzig Jahre, wohnhaft in Petersburg. Wenigstens der gehörte nicht nach Deutschland. Oder war dort zumindest nicht gemeldet. Ach ja, beide waren Geschäftsleute, Import-Export. Wer hätte das gedacht.

»Wir müssen bei Interpol nachfragen, ob etwas gegen die beiden vorliegt«, schlug sie vor. Alberti nickte und gab den Auftrag gleich an einen Kollegen weiter.

»Und ich lasse auch gleich in den Hotels nachfragen, ob sie hier irgendwo abgestiegen sind. Inzwischen einen Kaffee? Oder Cappuccino?«

Als sie vor ihrem geliebtesten aller italienischen Getränke saß, rief sie erst einmal Kalle an. Der nicht sehr überrascht war von der Aussage des Rechtsmediziners. »Das hatte ich schon erwartet, ein Selbstmord in dem Augenblick, wo die beiden bei ihm zu Besuch waren, erschien mir doch ziemlich unwahrscheinlich.« Dann eine kurze Pause. »Und nun? Was machen wir jetzt?«

Lene erzählte von den Anfragen der Florentiner Polizei und gab ihm die beiden Namen durch.

»Kannst du auch noch in den deutschen Kanälen nachforschen? Notfalls auch beim BKA. Vielleicht können die uns helfen. Nur – oft machen die so ein Geheimnis um alles und hüllen sich in Schweigen. Versuch's einfach.«

»Mach ich. Und, Lene, da ist noch etwas.« Er beschrieb ihr den Besuch im *Barfüßer* – jetzt befreundet er sich auch noch mit Volker, stöhnte sie innerlich. Muss es immer so kompliziert sein im Leben? – und dass er das Alibi von Rebecca und Lukas hatte überprüfen wollen.

»Obwohl, Alibi ist es eher doch nicht. Mehr den Wahrheitsgehalt ihrer Aussage. Weiß auch nicht, es schien mir plötzlich wichtig. Wir kennen den Todeszeitpunkt viel zu ungenau. Trotzdem war das interessant.« Genüsslich beschrieb er die Aussage der Kellnerin. »Das hättest du auch nicht so angenommen, oder? Wenn sie Recht hat und da ist mehr zwischen den beiden als Freundschaft – das wäre es schon wert, dass wir die beiden etwas mehr unter die Lupe nehmen. Vielleicht finden wir ja ein Motiv. Zumal Lukas auch noch Medizinstudent ist.«

»Aber aufpassen, Kalle, dass wir uns jetzt nicht verrennen. Vorsichtig dem Verdacht nachgehen und alle anderen im Auge behalten ist die Devise.«

»Trotzdem, ich überlege, ob ich mir die beiden nicht noch einmal vorknöpfe. Was meinst du? Ist es dafür zu früh?«

»Mach nur. So haben wir wenigstens einen Strohhalm, an dem wir uns festhalten können. Und den können wir gut brauchen. Es ist jetzt nach zwei. Wenn wir noch heute hier wegfahren, kommen wir nicht vor vier weg. Das wird mir für so eine lange Fahrt fast nur im Dunkeln zu spät. Dann fahren wir lieber morgen und ich ruf dich mal von unterwegs an, wann wir in etwa da sind. Wenn einer von uns noch etwas Interessantes herausfindet, das es notwendig macht, dass wir gleich weitermachen, treffen wir uns als ganzes Team noch morgen Nachmittag. Wenn es nichts Wichtiges gibt, sehen wir uns nur privat, du und ich. Und machen am Montag weiter.«

Nach dem Telefonat ging es ihr besser. Wie immer in der Arbeit mit Kalle fühlte sie sich nie allein. Sie zogen immer gemeinsam am selben Strang und das brachte die nötige Ruhe in ihr Handeln. Er hielt Lene, die oftmals auch zu ungestümem Handeln neigte, so meist in der Vernunftsspur. Und ihre quirlige Art ließ seine Intuition leichter sprudeln.

An diesem Punkt ihrer Gedanken angekommen, betrat Alberti wieder den Raum, weitere zwei Blätter schwingend.

»Ich kann nicht sagen, dass mich der Inhalt der erfolgreichen Suche nach weiteren Auskünften über das Duo freut. Also *Alexander Gromelkow* ist wohl bekannt als *Mann für dreckige Aufträge*. Dabei macht er sich aber nie selbst die Hände schmutzig, er hat immer einen Handlanger, der die Schmutzarbeit für ihn erledigt. Nachweisen konnte man ihm nie etwas. Intelligent und unendlich vorsichtig. *Wassili Sachow* hingegen kann man nur skrupellos nennen. Ein Gewissen scheint er nicht zu besitzen. Er führt Aufträge ohne die geringste Hemmung aus. Egal, was es bisher war. Einbruch, Erpressung, Mord.

Beide Männer sind bis gestern Abend im *Hotel Grimaldi* gewesen, haben jedoch gegen neunzehn Uhr ausgecheckt.« Alberti hob bedauernd die Schultern. »Das wäre es wohl.«

In dem Moment klopfte es und eine junge Frau betrat den Raum. Von ihrem Wortschwall verstand Lene zumindest außer dem obligatorischen *Scusi* die Worte *aeroporto* und *Cologna* und war höchst zufrieden mit ihrer Kombinationsgabe, als Alberti ihr schließlich mitteilte, dass die Männer gestern Abend die Maschine nach Köln genommen hatten. Womit wir sie wieder in Deutschland haben, dachte sie. Aber zumindest würde Camille hier dann nichts geschehen. Obwohl, korrigierte sie sich, sie nicht wussten, ob die beiden hier noch Komplizen hatten, die auf sie angesetzt sein konnten. Besser war es, weiter auf sie aufzupassen. Wobei ihr nicht sehr wohl war bei dem Gedanken, dass Sophie mit Camille das Zimmer teilte. Aber unter den gegebenen Umständen wohl immerhin eine Lösung. Sie vereinbarte mit Alberti noch, dass sie in Kontakt bleiben würden und sie tauschten ihre Karten aus.

»Sie können mich jederzeit anrufen, Tag und Nacht, bella collega«, betonte er mit einem tiefen Blick in ihre Augen und hielt ihre Hand ein wenig länger fest als nötig.

Er geleitete sie noch aus dem Wirrwarr des Präsidiums. Als sie draußen in der herrlich warmen, südlichen Luft stand, rief sie ihre *Mädels* an, um sich mit ihnen zu verabreden.

»Wir warten vor dem Duomo, Lene!«

Sie würden sich einen schönen und angstfreien Abend in Florenz gönnen. Befreit und mit allen Sinnen geöffnet für diese Stadt ging sie durch die Straßen, die grauen, von Alter rauen Steine der Häuser, die sie am liebsten berührt, gestreichelt hätte im Vorbeigehen. Die Menschen, die die Sonne dieses magischen Herbstes genossen, durch die engen Straßen schlendernd. Darüber dieser leuchtend blaue Himmel.

Sie bog auf die *Piazza del Duomo* ein, am Baptisterium vorbei. Auf der breiten Treppe vor dem altehrwürdigen, wuchtigen und zugleich durch das

Weiß und die Stabeinlagen aus schwarzem Marmor fast leicht wirkenden Gebäude saß eine bunt gewürfelte Menschentraube. Eine Schulklasse im Teenageralter in T-Shirts und Jeans mit ausgepacktem Lunch, Touristen, die, dankbar für die Unterbrechung ihrer Besichtigungstour, ihre Füße massierten. Sommerstimmung. Und mittendrin winkte Sophie und Camille lächelte ihr entgegen.

»Was haltet ihr von einer Pizza? Ich habe Hunger! Schade, für den Fressmarkt ist es zu spät. Das ist immer ein Erlebnis, durch diese riesigen Hallen zu schlendern und die unglaublich prächtigen Auslagen zu sehen.«

Sie schlenderten hinüber zu der Pizzeria am linken Seitenschiff des Duomo. Auf der lauschigen Außenterrasse saßen sie jetzt entspannt vor einem kühlen Bier und während sie auf ihr Essen warteten, hörte Lene den begeisterten Schilderungen ihrer beiden zu, die einen höchst zufrieden stellenden Shopping Vormittag auf dem Markt hinter sich hatten und abwechselnd in ihren Tüten wühlten, bis es ihnen gelang, wieder eine Errungenschaft herauszuziehen und strahlend zu zeigen.

Kapitel 19

Kalle überquerte fröhlich den Jakobsplatz und holte sein Auto vom polizeieigenen Parkplatz. Hinter seinem Steuer gestattete er sich beim Hinausfahren sogar ein Pfeifen einer gerade sehr populären Melodie. Mann, war das ein Wetter für diese späte Herbstzeit! Er freute sich geradezu auf den Besuch bei Rebecca und auch bei ihrer Mutter, die einen besonderen Eindruck auf ihn gemacht hatte. Deshalb heute ein Hausbesuch, statt der Vorladung ins Präsidium. Zudem wollte er die Gelegenheit wahrnehmen und *seine* Wohnung noch einmal ansehen. Übermorgen hatte er die alte Wohnung in der Zeitung. Hoffentlich klappte es mit dem Nachmieter. Vielleicht konnte er schon an diesem Wochenende ein paar Kisten Bücher packen. In zwei Wochen war schließlich schon sein Umzug. Herrlich. Wenn er daran dachte, bekam er fast das Gefühl von Champagner im Blut. Kalle, du übertreibst mal wieder, ermahnte er sich – allerdings ohne Erfolg. An einer seiner Lieblingsbäckereien in der Äußeren Sulzbacher hielt er kurz an. Er brauchte jetzt ein Stück Kuchen. Er bestellte einen Kaffee und Streuselkuchen, der ihn regelrecht anlachte. Gönnte sich diese Pause an dem Bistotisch, bevor er schließlich in den Thumersberger Weg abbog und dann in der Dr.-Carlo-Schmid-Straße anhielt. Hier bemerkte er jetzt auch den großen Parkplatz, der im Anschluss an die Anlage jederzeit eine Parkmöglichkeit verhieß, wenn er mal keine Lust auf Parken im Parkhaus hatte.

Auf sein Klingeln hin wurde nach kurzer Zeit, schneller als beim letzten Mal, der Summer betätigt. Er schloss daraus, dass Frau Goldbach nicht allein war. Er hatte nicht vorher anrufen wollen und hoffte, dass Rebecca zu Hause war.

Sie öffnete ihm. Überraschung in ihrem Gesicht, dann Verwirrung. Kalle lächelte freundlich. »Ich habe noch ein paar Fragen an Sie und dachte, ich komme am besten gleich vorbei. Ich musste sowieso in diese Gegend.«

»Wer ist es, Rebecca?«, klang es fast etwas ungeduldig aus dem hinteren Bereich der Wohnung. Offenbar sagte Rebecca sonst immer sofort, wer gekommen war. Dass sie diesmal schwieg, beunruhigte Frau Goldbach wohl.

»Ich bin es, Karlowitz von der Kripo. Darf ich reinkommen?«

»Natürlich«, klang es jetzt fröhlich zurück. Ihr Lächeln begrüßte ihn, als er das Wohnzimmer betrat. »Und, hat alles geklappt mit der Wohnung?«

»Es hat. Ich freue mich so sehr. Ich hoffe, ich kann an diesem Wochenende meine Wohnung weitervermieten, dann geht langsam das Packen los. In zwei Wochen ziehe ich ein. Das war so ein guter Tipp! Ich bin Ihnen ewig dankbar. Die Wohnung ist so schön, einfach perfekt für mich.«

Sie nickte. »Das kann ich mir vorstellen. Und – was führt Sie zu uns? Nur die Wohnung?«

»Nicht nur. Ich muss noch einmal mit Ihrer Tochter sprechen. Ich brauche noch ein paar Auskünfte. Fragen, die während der Ermittlung aufgetaucht sind. Ist Aaron auch hier?«

»Nein, er macht gerade ein klinisches Praktikum. Kommt irgendwann heute Nacht nach Hause.«

Sie sah ihn erwartungsvoll an. Fragte sich offenbar, was er für eine Auskunft wollte. Also suchte er eine Frage, die er den beiden zusammenstellen konnte.

»Wenn es Ihnen nicht gut geht, rufen Sie dann immer Aaron zu Hilfe?«

»Nein, einen von beiden. Je nach dem, was sie jeweils machen. Und was bei mir los ist. An dem Tag hatte ich sehr schlimme Schmerzen. Ich habe durch die MS eine schwere Osteoporose, dadurch mehrfache Wirbelfrakturen. Deshalb auch der Rollstuhl. Ich fühlte mich wirklich sehr schlecht und konnte kaum die Spritze halten, so habe ich gezittert. Es war sicherer, Aaron zu bitten, mir zu helfen. Bevor irgendetwas passiert, und ich hier ganz allein bin. Es ist dann in so einem Fall besser, er misst noch einmal genau und gibt mir dann eine passende Dosis. Ich musste ihm versprechen, dass ich immer Bescheid sage, wenn in meinem Befinden etwas ungewöhnlich ist«, erklärte sie ein wenig zögerlich. Es war ihr wohl nicht so angenehm, über ihre Hilflosigkeit zu sprechen.

Kalle war aus einem anderen Grund wie elektrisiert.

»Was müssen Sie spritzen? Ein Schmerzmittel?«

»Ja, schon seit etlichen Jahren muss ich dann Morphium bekommen. Das Blöde ist, dass mir durch die MS meine Hände oft nicht gehorchen.«

Schmerzpatientin. Sie hatten Morphium im Haus und waren es sicher beide, sowohl Aaron als auch Rebecca, gewohnt, das Medikament zu spritzen! Das warf ein völlig neues Bild auf die beiden. Zumindest die Beschaffung war für sie extrem einfach.

Er wandte sich an Rebecca. »Kann ich Ihr Zimmer noch sehen? Ich müsste mir von der Lage ein genaues Bild machen. Von Ihnen verabschiede ich mich schon einmal, Frau Goldbach. Wir sehen uns sicher bald, wenn ich hier Ihr Nachbar werde.«

Sie gab ihm wieder ihre warme Hand. »Ich würde mich freuen, Herr Karlowitz.«

Auf der Treppe blieb Rebecca stehen und sah ihn misstrauisch aus ihren schönen Augen, die sich verdunkelt hatten, an. »Wieso wollen Sie denn mein Zimmer sehen? Das verstehe ich nicht.«

»Es war auch mehr ein Vorwand, weil ich Sie allein sprechen wollte.«

Wortlos ging sie weiter die Treppe hinunter und schloss die Wohnungstür links zur Eckwohnung auf. Gleich auf der rechten Seite hinter ihr öffnete Rebecca die Zimmertür. Vom Rest der Wohnung, die etwas anders geschnitten war als seine, hörte er keinen Laut. Rebeccas Zimmer lag praktischerweise vor dem Badezimmer, hinter dem Bad ging die Küche ab und noch weiter hinten vermutete er das Wohnzimmer. Als hätte sie seine Gedanken gelesen, beantwortete sie sie.

»Die alte Dame lebt nur im Wohnzimmer und schläft viel. Manchmal schaut ihr Sohn nach ihr. Aber ich glaube, lang dauert es nicht mehr, bis sie eine Dauerpflege braucht. Sie hört so gut wie gar nichts und sieht immer schlechter. Wenn sie ins Heim geht oder eine Pflegerin bekommt, die hier wohnen muss, brauche ich ein Zimmer außerhalb. Oder Aaron, aber der will unbedingt für unsere Mutter erreichbar bleiben.« Plötzlich seufzte sie auf. »Es ist so schwer für sie. Manchmal könnte man verzweifeln. Sie ist doch erst achtundvierzig. Es ist so gemein vom Schicksal!«, brach es aus ihr heraus. Offenbar sprach sie jetzt von ihrer Mutter. Er ging darauf ein, spürte ihre Verzweiflung, die hinter dem Schutzdamm an Haltung lauerte.

»Ich kann es verstehen. Meine Mutter war auch sehr krank. Es begleitet einen immer und überall, manchmal ist der Schmerz darüber wie eine Leine, an der man sich bewegt.« Sie nickte.

Inzwischen hatte Kalle mit einem Blick ihr Zimmer erfasst. Weiße Orchideen in Töpfen vor dem Fenster, eine Couch, die man zum Bett umwandeln konnte und die er schon bei Ikea gesehen hatte, einen Schreibtisch vor dem Fenster, ein Bücherregal mit einem älteren Fernseher darin, und einen Ein-Meter-Schrank – wie bekam sie da nur ihre ganzen

Sachen unter? Aber dann bemerkte er noch die Kommode. Ein Esstisch mit zwei Stühlen links und vor der Bettcouch noch ein kleiner Tisch. Teppichboden. Das war's. Nicht gerade luxuriös, aber feminin gemütlich eingerichtet. An den Wänden zwei Bilder, eins offenbar von Patrick gemalt, eine Frau in Modigliani Pose. Sehr ausdrucksvoll. Und ein kleineres Bild am Esszimmertisch, eine Landschaft. Ein Foto von Patrick und Rebecca auf dem kleinen Regal über dem Tisch fiel ihm noch ins Auge. So fröhlich und so ein schönes Paar. Heute sah sie schmal und traurig aus, jetzt auch verschlossen. Das graue T-Shirt unterstrich auf eine subtile Art das Erlöschen ihrer Lebensfreude. Sie bot ihm einen Platz am Esszimmertisch an und fragte, ob er etwas trinken wolle. Sie hätte aber nur Wasser da. Als sie das Glas vor ihn hinstellte, dachte er an das, was sie ihm gerade erzählt hatte und hakte nach. »Wollten Sie dann eigentlich mit Patrick zusammenziehen, ich meine, wenn er nicht nach Italien gegangen wäre?«

»Ja, so hatten wir es eigentlich geplant. Noch vor einem halben Jahr wollte er nach dem Studium doch in die Kanzlei seines Vaters eintreten und wir hätten uns eine Wohnung gesucht. Nur - in den letzten drei Monaten hat er nicht mehr davon gesprochen. Ich ging aber immer davon aus, dass das beschlossene Sache wäre. Nie hätte ich gedacht, dass er ...«

Kalle hatte Mitgefühl mit ihr – auch wenn ihm im gleichen Moment auffiel, dass sie ihm damit ein Eins-A-Tatmotiv lieferte. Die enttäuschte Frau. Die Zugang zumindest zu Morphium hatte. Und kein Alibi. Was würde Lene dazu sagen? Rebecca musste unbedingt noch von ihnen im Präsidium befragt werden. Er beschloss, sie jetzt doch nicht nach ihrem Treffen mit Lukas an dem Sonntag zu fragen. Am effektivsten war es, sie beide einzubestellen, Lukas und Rebecca. Und dann mit Lene abzusprechen, wie sie vorgehen würden. Immerhin, er war zufrieden mit sich. Sie hatten eine neue Verdächtige, die ein Motiv aufzuweisen hatte.

Er trank nach einigen belanglosen Sätzen aus und verabschiedete sich. Beim Hinausgehen dachte er, dass sie allerdings für eine Tatverdächtige sehr ruhig gewirkt hatte, aber andererseits war das vielleicht ihre Art. Gefühle nicht zu zeigen. Vielleicht war sie auch in ihrer Beziehung zu ruhig, zu passiv. Denn sonst hätten die beiden doch über Patricks Pläne sprechen müssen! Er verstand das nicht.

Abrupt blieb er stehen. Fast hätte er sich theatralisch mit der flachen Hand vor die Stirn geschlagen. Wenn sie doch darüber gesprochen hatten? Schließlich hatten sie nur Rebeccas Aussage, dass sie nichts davon wusste. Wie wäre es gewesen, wenn Patrick doch mit ihr Schluss gemacht hätte in dem Telefonat am Sonntag? Plötzlich nahm er wahr, was das für Rebecca bedeutet hätte. Sie hätte sich auf unbestimmte Zeit mit der alten Frau in der Wohnung eingesperrt gesehen, die nichts hörte und kaum etwas sah, was sehr bedrückend sein musste für einen jungen Menschen. Ging sie dadurch sozusagen geistig ständig auf Zehenspitzen? Ihre Erlösung war der Gedanke an die eigene Wohnung mit dem geliebten Partner. Und plötzlich zerstob diese Hoffnung in tausend Teile. Wie grausam für sie. Und wie verzweifelt und wütend musste sie gewesen sein. Plötzlich bekamen die Vorgänge ein anderes Gesicht. Rebecca als Mörderin? Hätte sie das überhaupt geschafft, den leblosen Patrick ins Wasser zu ziehen und zu versenken?

Er sah ihre sportliche, durchtrainierte Figur vor sich. Und er wusste, dass auch ein Madonnengesicht Abgründe verbergen konnte. Und hier konnte ein Abgrund sein. Was, wenn sie zudem den Brief gefunden hatte, den Johann geschrieben hatte? Auch noch annehmen musste, dass Patrick mit Johann etwas hatte? Er, Patrick, den sie liebte, hatte ihr einen Mann vorgezogen? Doppelt grausam. Denn Kalle war inzwischen davon ziemlich überzeugt, dass die beiden eine homosexuelle Beziehung hatten. Für ihn klang der Brief deutlich so. Arme Rebecca.

Und welche Rolle spielte Lukas in dem Spiel? Den Tröster? Behielt sie trotzdem die Wut auf Patrick?

Er stoppte den Gedankenfluss, da er vor seiner neuen Wohnung angekommen war und das Gefühl hatte, dass er sich sonst verheddern würde. Ruhen lassen, bis die Klarheit sich von selbst formt, war in solchen Momenten ein wirksames Verhalten. Und so nutzte er die Verschnaufpause, sich auf seine eigene Zukunft zu konzentrieren. Über ihm schrie eine Krähe, die Richtung Wöhrder See flog. Auf *seinem* Rasen lag die Westsonne – wie schön. Vereinzelt blühten noch Astern und eine Rose hatte die warmen Tage für noch eine einzelne Blüte genutzt. Ob sie duftete? Er wagte es nicht, einfach von hinten, vom Garten aus, an *seine* Terrassentür zu gehen. Aber er genoss den Gedanken an dieses »*seine*« und ging ums Haus herum um zu klingeln. Es gelang ihm, den Fall nach hinten in eine Dunkelkammer seines Gehirns zu sperren. Jetzt war er Kalle, der Privatmann. Er würde Lene in Ruhe von zu Hause aus anrufen. Aber vielleicht erst morgen früh – wenn er es so lange aushielt, diese Neuigkeit für sich zu behalten.

Kapitel 20

Freitag, 28.Oktober

Als Lene vom Klingeln ihres Handyweckers erwachte, war es gerade hell geworden. Sie wusste, sie musste eigentlich jetzt gleich aufstehen um die lange Fahrt zu bewältigen, die vor ihnen lag. Aber da war das Telefongespräch mit Kalle gestern Abend, das ihr keine Ruhe ließ. Sie wollte erst noch die Gedanken sortieren.

Sie drehte sich auf die rechte Seite und schaute auf das helle Rechteck des Fensters, das sich hinter dem rötlich schimmernden Vorhang abzeichnete.

Mal sehen. Sie war sich ihrer Geduld verlangenden Lage bewusst. Sie war einfach zu weit von Nürnberg entfernt um gleich handeln zu können. Aber Geduld war eben nicht ihre Stärke, die Forderung danach verstärkte eher die Ungeduld. Nun ja, half nichts. Sie würde unterwegs genug Zeit haben sich Gedanken zu machen.

Unter der Dusche genoss sie das warme Wasser, das ihren Körper herunter rann. Ließ sich Zeit. Als sie sich abgetrocknet hatte, wischte sie den beschlagenen Spiegel wieder klar und betrachtete sich. Die verblassende Bräune des Sommers hatte sich gestern mit der Sonne wieder intensiviert, ließ ihre blauen Augen leuchten. Sie war zufrieden mit sich und dachte an Mike. Sandte ihm noch eine SMS. Da klingelte das Telefon, Sophie mahnte zur Eile, wenn sie noch gemütlich frühstücken wollten.

«Und das brauche ich heute. Ich werde alles essen, was ich in mich hineinbekomme«, lachte sie.

Im Frühstücksraum hatten alle drei gute Laune und versuchten, das Erlebte von den Vortagen auszublenden. Jetzt genossen sie die letzten Momente des Florenzaufenthalts, das warme, südliche Klima, den Lärm der Motorroller - dem Hauptverkehrsmittel in Florenz, wie es immer schien - die lauten und von vielen Gesten begleiteten Gesprächen. Ein letzter Cappuccino und sie starteten.

Auf der Autobahn ließ Lene das Gespräch von Camille und Sophie an sich abgleiten, drängte es immer mehr in den Hintergrund und hing schließlich ihren eigenen Gedanken nach. Es war jetzt kurz nach neun und Lene rechnete nicht damit, vor achtzehn Uhr in Nürnberg zu sein.

Gestern waren sie noch am Arno entlang gegangen, hinauf zur *Piazzale Michelangelo* gestiegen und hatten Florenz in der Abendsonne bewundert. Der Arno hatte in der Sonne ein eigenes Feuerwerk von funkelndem Sonnenlicht entfaltet, gelb bis orange, fast rot. Dann hatten sie in einer Trattoria in der Nähe der Ponte Vecchio ein Bier getrunken. Währenddessen füllte sich das Lokal immer mehr mit fröhlichen Männern – bis sie verstanden, warum. Über ihnen auf der Leinwand fing die Übertragung eines Fußballspiels an und das Lokal war angefüllt mit lautem Gelächter, Anfeuern und Gesprächen.

Schließlich ein köstliches Abendessen an einem kleinen Platz, der sie fasziniert hatte. Diesmal Nudeln mit einer undefinierbaren, aber köstlichen Soße. Es war ein heiterer und sehr italienischer Abend gewesen und sie hatten es alle drei genossen. Camille hatte sich als eine interessante Gesprächspartnerin erwiesen. Und wie anpassungsfähig und auf Menschen zugehend Sophie war. Irgendwie war es schon seltsam und ließ sie innerlich auch schmunzeln, dass sie beide von ihrer Mutter-Tochter-Ermittlungsreise plötzlich zum Bodyguard für eine Angehörige des Mordopfers – und damit einer möglichen Verdächtigen – umfunktioniert worden waren.

Gegen neun hatte der Commissario angerufen. *Wassili Sachows* Fingerabdrücke waren im Hotelzimmer gefunden worden. Und zwar am Fensterrahmen. Sehr gut. So hatten sie schon mal den Schatten eines Beweises. Zumindest war er im Zimmer gewesen und sogar an der Balkontür. Zusammen mit der Aussage des Portiers, wann die beiden das Hotel verlassen hatten, und dem Bericht des Rechtsmediziners sollte das für eine vorläufige Festnahme reichen. In dem Moment hörte sie Albertis Stimme.

»Ich habe die beiden jetzt bei Interpol zur Fahndung ausschreiben lassen. Ich hoffe, sie kriegen sie bald.«

Lene hoffte das auch. Und baute darauf, dass dann auch Licht in den Nürnberger, also ihren Fall, kommen würde. Dies Zusammenschlagen von Patrick hatte eindeutig die Handschrift eines Druckmittels aus Gangsterkreisen. Immer wieder hatte sie darüber nachgedacht und war zu dem Entschluss gekommen, dass dieser Gewaltakt Patrick zu etwas zwingen sollte. Sozusagen als letzte Drohung. Seit dem Verschwinden von Johanns Bildern glaubte Lene, dass es auch bei Patrick um eine *Lieferung* gegangen war, die die Gangster von ihm eingefordert hatten. Offenbar mit brutalem Nachdruck, dachte sie.

Aber warum dann dieser absolut überflüssige Mord? Tote konnten nicht mehr liefern. Bei Johann nahmen sie noch die Bilder mit. Aber dort auf der Wöhrder Wiese hatte Patrick keine Bilder dabei. Was also sollte der Mord? Egal wie oft sie darüber nachdachte, sie konnte es sich nicht erklären. Zumal das Ganze zwischen professionell überlegt und stümperhaft spontan schwankte. Wo sollten sie nur ansetzen?

Wieder kam sie zu dem Schluss, dass sie vorläufig in alle Richtungen denken mussten. Sich nur nicht durch die Geschichte mit Johann auf ein einziges Gleis schieben lassen, ermahnte sie sich.

Ein Handy klingelte. Erst mit leichter Verzögerung realisierte Lene, dass es ihres war. Kalle.

»Guten Morgen, zumindest nehme ich an, dass ihr da unten unter südlicher Sonne einen guten Morgen habt. Ich immerhin habe mir Mühe gegeben, ihn dir zu gönnen.« Lene verstand kein Wort.

»Wie meinst du das? Was willst du mir damit sagen? Hast du heute Nacht den Mörder gestellt«

»Oder die Mörderin. Ich bitte um Correctness.«

»Sicher. Also meinetwegen auch die Mörderin. Wie sieht es aus? Nun sei doch mal ernst.«

»Muss ich das? Hier ist herrlicher Sonnenschein, gestern war ich noch bei und in meiner neuen Wohnung. Mir geht es gut. Na ja, fast. Wir müssen nur noch den Fall lösen.«

»Also? Ich höre doch, dass du etwas weißt, was ich noch nicht weiß. Nun los!«

Kalle ließ sich erweichen und erzählte Lene von seinem Besuch bei Goldbachs. »Ich dachte, ich höre nicht richtig. Morphium direkt vor unserer Nase. Und dann habe ich noch einmal über Rebecca nachgedacht, und dass wir doch gar nicht wissen, ob sie uns die Wahrheit gesagt hat.«

Lene presste ihr Handy ganz fest an ihr Ohr, wollte sie doch nicht, dass die anderen beiden diesen Verdacht mitbekamen.

»Warte, Kalle, ich möchte lieber über Kopfhörer hören. Wir sitzen im Auto und es ist etwas laut.«

Sicher hatte er verstanden, was sie meinte. Erst als sie die Stöpsel im Ohr hatte, sprach er weiter und erklärte ihr seinen Verdacht.

»Und da hast du mich nicht gleich gestern noch angerufen?«, fragte sie etwas unwirsch.

»Nein. Ich habe es mir überlegt. Du hast zwei anstrengende Tage hinter dir, und, wie ich dich kenne, hättest du dich sofort ins Auto gesetzt und wärst die Nacht durchgebrettert. Das wollte ich nicht. Rebecca und Aaron bleiben hier, ebenso wie Lukas. Wir können sie auch morgen befragen, wenn du frisch und ausgeruht bist. Meinst du nicht?«

Sie schluckte ihren Ärger herunter. Irgendwie hatte er Recht. Er wusste, dass sie dazu neigte, sich ständig zu überanstrengen. In Mordfällen arbeitete sie bis zur völligen Erschöpfung mit Tempo zweihundert auf der Überholspur. Nach der Lösung baute sie sich dann eine innere und äußere Insel, besann sich auf sich selbst und fand ihre Kraft wieder. Regenerieren nannte sie das. Aber während der Ermittlungen – sie wusste, dass dies Verhalten nicht immer so weiter gehen konnte. Sie hatte die fünfzig hinter sich – und einen Stressberuf. Jonas und Sophie hatten schon öfter mit ihrer Mutter ein ernstes Wort gesprochen, wenn sie sie wieder mit blauen Ringen unter den Augen und mit fahrigen Bewegungen vor Übermüdung vorgefunden hatten. Oder erwischt hatten.

»Okay, machen wir das so. Da ich nicht weiß, wann wir heute in Nürnberg ankommen – noch meint das Navi um 16:37. Sind ja nur eben über achthundert Kilometer. Aber dann in Richtung München am Freitagnachmittag, da weiß man nie. Also wohl fairer, sie für morgen um zehn einzubestellen. Machst du das?«

Kalle stimmte zufrieden zu. »Mach ich. Und fahrt vorsichtig.«

Die Berge im Autofenster. Pause. Weiter. Ein in der Sonne glänzender oder mehr gleißender See. Ein blitzblauer Himmel. Sie war froh, dass sie jetzt mit Fahren dran war. Willkommen in Österreich. Satte grüne Wiesen, die den Berg hinaufkletterten, Häuser mit einem ersten Stock in dunklem Holz, Holzbalkone, die vor den gemütlich wirkenden Fenstern um das Haus liefen. Sie fühlte sich zu Hause, wäre am liebsten abgebogen in ihre Ferienwohnung in Saalbach-Hinterglemm.

»Wollen wir Brotzeit machen? Noch sind wir gut in der Zeit.«

Nach Italien jetzt ein wenig deftige Österreichatmosphäre. Sie fuhren von der Autobahn herunter, bestellten in einem ländlichen Gasthof eine *Speckjausn.* Zurück zur Autobahn. Lene fielen die Augen zu – sie war wieder auf den Beifahrersitz gerutscht und Sophie fuhr. Noch im Eindösen, dachte sie über das eben gehörte nach. Sie verstand Kalles Aufregung, dass Frau Goldbach Schmerzpatientin war. Das rückte Rebecca und auch Aaron in den Fokus – auch wenn Aaron doch eigentlich ein Alibi hatte. Oder war das auch ein zu weiches? Hätte er später noch weggehen können, ohne dass es seine Mutter gemerkt hätte, und Patrick töten? Nur – warum? Weil Patrick seine Schwester *sitzen lassen* wollte? Oder verletzt hatte? Warum um Himmels Willen?

Sie brauchten ein Motiv. Und Rebecca? Sie hatte eins, wenn Kalle Recht hatte mit seiner Vermutung, dass Patrick ihr sehr wohl erzählt haben konnte, dass er für Jahre nach Italien ging und sie in seinem Leben durch Johann ersetzt wurde. Wenn – wenn. Und wenn sie von Aaron irgendwann im Gespräch oder sonst wie von der heftigen Wirkungsweise der Medikamentenmischung erfahren hatte?

Die Autobahn Salzburg-München hatte vor dem Irschenberg den fast üblichen Stau. Stop-and-go. Das konnte heiter werden. Da klingelte erneut das Telefon. »Was gibt's Kalle?«, meldete sie sich.

»Ich habe gerade eine Meldung hereinbekommen. Richie, du weißt dieser Richard Fischer, Medizinstudent mit vorlauter Klappe, ist zusammengeschlagen worden. Er ist auf dem Weg in die Erler Klinik. Ich fahre hin.«

»Was? Wieso er? Ist er schlimm verletzt? Was hat er mit allem zu tun? Gibt es Zeugen? Und wo ist es passiert?«

»In seiner Wohnung in der Nähe von Schoppershof. Der Nachbar hat beim Nachhausekommen gesehen, dass die Tür sperrangelweit offen stand. Das kam ihm komisch vor.«

»Ist er bei Bewusstsein?«

»Wohl nicht. Aber wie gesagt, ich fahre hin. Und rufe dich gleich an, wenn ich Näheres weiß. Wie weit seid ihr?«

»Ich sitze im Stau, Irschenberg. Das kann noch dauern. Sag mir bloß Bescheid, wenn du mehr erfahren hast.«

Von ihren Mitfahrerinnen kam es uni sono. »Was ist passiert?«

Sie legte ihr Handy wieder in die Ablage, bevor sie antwortete.

»Richie ist zusammengeschlagen worden. Offenbar so schlimm, dass er ins Krankenhaus musste. Er ist nicht bei Bewusstsein, ihn können wir vielleicht für längere Zeit nicht fragen. Camille, jetzt musst du uns helfen. Erzähle mir alles, was du über Richie weißt. Auch völlig belanglose Dinge. Ich sortiere sie dann für mich. Aber es muss einen Grund geben für das alles. Und er ist sicher nicht zufällig verprügelt worden. An solche Zufälle glaube ich nämlich nicht.«

Erst einmal Schweigen auf dem Rücksitz. Dann beugte sich Camille nach vorn, legte ihre Oberarme auf den Beifahrersitz um sich abzustützen. Lene wehte ihr Duft in die Nase, ein frischer Jungmädchenduft mit einer Prise Hautcreme und etwas Parfüm. *J'adore* von Dior.

»Also, sehr gut kenne ich ihn leider nicht. Nur so oberflächlich. Ich war aber schon öfters mit der Gruppe von Patrick unterwegs und da habe ich ihn im Umgang mit den anderen erlebt. Mich manchmal auch mit ihm unterhalten.«

Sie brach kurz ab, wohl um ihre Gedanken zu sortieren. Dann mit einem kleinen Seufzer der Konzentration fuhr sie fort.

»Er ist seltsam widersprüchlich. Eigentlich. Er kann sehr nett sein, lebhaft, mischt überall mit.

Macht Witze, lacht über alles und jeden. Manchmal auch über sich selbst, was ich sympathisch finde. Dann wieder ist er *gloomy*, tief in Trübsinn versunken und kaum ansprechbar. Er spricht dann kein Wort den ganzen Abend. Ich habe mich oft gefragt, woher das kommt. Einmal haben wir ein fast intimes Zweiergespräch gehabt, da hat er etwas raus gelassen. Er sagte, sein Vater wäre schrecklich gewesen und seine Mutter zu weich. *Sie hat mich nie beschützt*, hat er da gesagt. Ich wollte nachhaken, aber er ist schnell von dem Thema weg. Machte einen seiner kleinen Witze.

Seine Beziehung zu Patrick? Die war gut, okay, würde ich sagen. Nicht so eng wie mit Aaron oder Lukas, aber immer noch wirklich freundschaftlich. Dabei fällt mir etwas ein.«

Wieder eine kleine Pause. Lene, die während sie sprach dachte, sortierte und Zielrichtungen festlegte, war immer fasziniert, wenn sie an jemanden geriet, der erst dachte und dann den fertigen Gedanken vor dem anderen ausbreitete. Wer hatte noch darüber geschrieben? Kant, der Philosoph?

»Also manchmal hatte ich den Eindruck, dass er im Lauf der Jahre auch immer derjenige war, der für die anderen Dinge organisierte.«

Das klang interessant. »Wie meinst du das?«, fragte Lene und sah dabei zu, wie Sophie dabei einen taubenblauen Citroen Pluriel überholte. Der Verkehr hatte wieder angefangen zu fließen. Eigentlich war doch gar kein Hindernis zu sehen gewesen, wunderte sich ein schneller Gedanke.

»Alles Mögliche, was Heranwachsende und junge Männer eben so brauchen. Ganz früher Alkohol, als es für sie noch verboten war, dann brachte er irgendwelche fremden Mädchen mit auf Partys, dann Shit. Vielleicht auch Extacy. Eben solche Sachen. Wenn einer etwas anderes brauchte – zum Beispiel ein neues Handy und derjenige hatte nicht viel Geld, besorgte Richie das auf dem Gebrauchtwarenmarkt, zu dem er gute Kontakte hatte - und pflegte, wie er einmal gesagt hat.«

Lene dachte wieder daran, dass in Richies Befragung bei ihr die Alarmglocken bei dem Thema Geld angesprungen waren. Da lag sie ja gar nicht so falsch, lobte sie sich innerlich.

»Kann es sein, dass er bei Patricks Handel mit gefälschten Bildern auch mit dabei war? Bitte denke nach, ob es da nicht einen winzigen Augenblick gab, der dir jetzt einfällt. Denn dann hätten wir schon wenigstens ein Motiv für die Schlägerei.«

Aber sie schüttelte nur den Kopf. »Tut mir leid.«

Das war ein richtiges Bild aus Puzzlesteinen, das Camille da entworfen hatte. Und es zeichnete einen interessanten Richie. Interessant für ihren Fall. Hatte dieser Hansdampf in allen Gassen bei dem Verticken der Bilder mitgemischt? Das gäbe zumindest ein Motiv ab für den Überfall. Hoffentlich konnte er möglichst bald befragt werden.

Aber was konnte er denn ausrichten aus der Sicht der Dealer für gefälschte Gemälde? Hatte er Bilder von Patrick bei sich gelagert? Sie griff zum Handy.

»Wo bist du?« Sie hörte auch bei ihm Verkehrslärm.

»Ich bin kurz vor den Erler Kliniken. Rufe dich gleich an.«

Sie zögerte kurz.

»Kalle, ich weiß, es ist Freitagnachmittag, aber schau doch mal, ob du nicht noch einen Durchsuchungsbeschluss bekommen kannst. Für Richies Wohnung. Wobei wir auch im Keller und, falls es den gibt, auf dem Boden suchen müssen. Irgendwie glaube ich, dass er von Patrick eingeweiht war. Er ist der Typ des Geldbeschaffers. Wie auch immer. Ich will da sicher gehen. Stell zwei Beamte ab, um die Wohnung bis dahin zu bewachen. Nicht dass uns jemand von den Typen zuvor kommt. Aber auf keinen Fall einen allein hinschicken. Und du wartest mit der Durchsuchung bitte auf mich. Ich ruf dich gleich an, wenn ich in Nürnberg bin. Die beiden Beamten müssen auch Wache schieben, wenn wir dort durchsuchen. Die Scheißkerle sind gefährlich und skrupellos, soviel ist seit Florenz sicher.«

Kalles Stimme klang etwas belustigt.

»Und was willst du da finden, was wir noch nicht entdeckt haben?«

»Gemälde von Patrick, du weißt schon. Irgendwie hoffe ich auf einen Hinweis. Vielleicht einen

Schließfachschlüssel oder so was. Die Wohnung habt ihr sicher versiegelt. Hast du dein Auto mit?«

Hatte er. Jetzt also ein neues Kapitel Geduld aufschlagen. Noch saß sie auf der Autobahn und konnte nur weiter Richtung Nürnberg. Trotz des ganzen Chaos waren sie jetzt weiter gekommen. Sie war sich sicher, dass es einen Durchbruch geben würde. Musste. Gerade der Überfall auf Richie würde die ganze Geschichte in Bewegung bringen, das spürte sie. Nur, sie wusste noch nicht wie.

In der Holledau streckten sich die nackten Stämme für den Hopfen in den Nachmittagshimmel. Wie hatte Sophie als Kind immer zu ihnen gesagt? Richtig, *Bierbäume*. Nachdem sie ihr erklärt hatte, dass man den Hopfen zum Bierbrauen brauchte.

Immer noch schien die Sonne. Was für ein goldener Herbst. Es war doch fast schon November! Den fühlte man heute überhaupt nicht.

Sie spürte das Adrenalin in ihren Adern. Dachte nach, sortierte, suchte einen Faden in dem Geschehen. Sie brauchte ein Gespräch mit Kalle. Oder mit Mike, dachte sie sehnsüchtig. Auch mit Mike gelang es ihr immer, in dem jeweiligen Fall weiter zu kommen. Heute Abend würde sie ganz lange mit ihm skypen. Sie brauchte plötzlich seine gefühlte Nähe, sein Lächeln, das Blau seiner Augen. Sehnte sich nach dem Duft seiner Haut.

»Fahr vielleicht ein bisschen schneller, Sophie?«, bat Lene. »Es eilt.«

»Aber hier sind hunderzwanzig vorgeschrieben.«

Bremsen. Sie hatte ja Recht.

Kapitel 21

Als sie in Nürnberg ankamen, war es inzwischen kurz nach sechs. Sie fuhren erst einmal zu Lenes Haus. Sophie griff nach ihrer Tasche.

»Ich bin jetzt reif für die Badewanne. Werde mich genüsslich ins heiße Wasser legen mit deiner Katie Melua CD und einem Glas Rotwein. Italienischen, natürlich!«, lachte sie, während sie sich zu Camille ins Autofenster beugte und ihr einen Kuss auf die Wange gab.

»Ich bringe Camille noch nach Hause, wenn auch mit meinem Auto. Ich möchte noch kurz mit ihren Eltern reden.«

Als sie ihren schwarzen Alfa 147 hinter Camilles Clio parkte, kam ihr Irene Sommer schon entgegen. Schwarze Jeans und ein schwarzes T-Shirt unterstrichen ihre Trauer und Zerbrechlichkeit. Sie gab Lene die Hand und schloss Camille in die Arme.

»Ich hatte so sehr Angst um dich! Was für ein Wahnsinn auf Verbrecherjagd zu gehen. Allein. Wie bist du nur darauf gekommen? Dein Vater und ich … «

Sie brach mitten im Satz ab und wandte sich Lene zu, die aber auch so wusste, was sie hatte sagen wollen.

»Ich danke Ihnen so sehr, dass Sie mit Camille zurückgefahren sind. Wir hätten keine ruhige Minute gehabt, wenn sie während der Rückfahrt allein unterwegs gewesen wäre.«

»Deshalb bin ich noch eben mit hierhergekommen. Bitte machen Sie Camille noch einmal klar, dass es kein Räuber und Gendarmspiel ist. Diese Menschen sind hochgefährlich, und wenn sie irgendwie begreifen, dass Camille Patricks Schwester ist. und dass sie sie in Florenz im Hotel gesehen hat, ist das wirklich gefährlich für sie. Sie darf keinen Augenblick allein im Haus sein. Bitte sorgen Sie dafür.« Sie wandte sich noch einmal an Camille und gab auch ihr die Hand. »Nimm das ernst. Ich verlasse mich auf dich. Eigentlich müsste ich dich irgendwo verstecken. Also hierbleiben geht nur, wenn immer jemand in deiner Nähe ist. Und ich werde Ihnen nachts einen Polizisten hierher holen, der das Haus observiert.«

Camille lächelte unsicher. »War wohl nicht so eine gute Idee. Aber ich hab's jetzt verstanden. Versprochen.«

Als die beiden Frauen, eine den Arm um die andere geschlungen, zum Haus zurückgingen, versprach sich Lene wieder insgeheim, dieses ganze Chaos aufzuklären. Auch Russen standen nicht über dem Gesetz, wie es manche von ihnen zu glauben schienen.

In dem Moment rief Kalle an, der bei Staatsanwalt Kröger länger aufgehalten worden war. Er hatte ihn noch gerade vor dem Wochenendaufbruch erwischt – wenigstens einer von uns, der am

Freitag pünktlich um fünf geht, dachte Lene gereizt – und war dann in die Klinik gefahren. Der behandelnde Arzt war im Operationssaal, ein Notfall, und Kalle hatte gewartet, bis er endlich herauskam. »Noch im Op Kittel, er streifte gerade den Mundschutz ab. Er sagte, dass der Zustand von Richard ziemlich kritisch ist. Er liegt im Koma, die Computertomographie zeigt eine Gehirnschwellung. Sie hoffen, dass sie rechtzeitig stoppt. Wenn das Gehirn die Schädeldecke berührt, ist es aus. Mann, Lene, was für ein Scheiß! Was sind das nur für Arschlöcher, mit denen die Jungs sich da eingelassen haben.«

Lene verabredete sich mit ihm vor Richies Wohnung. Als sie ihn dort unter einer Straßenlaterne auf dem Gehweg stehen sah, den Mantelkragen hochgeschlagen – im Moment stand er auf seinen längeren beigen Mantel á lá Humphrey Bogart – die Schultern leicht hochgezogen und die Hände in den Taschen, empfand sie fast so etwas wie Zärtlichkeit für ihren Freund und Kollegen. Außerdem wurde ihr durch seine Körperhaltung bewusst, dass es draußen plötzlich kühl geworden war. Kurz sah sie sich mit Camille und Sophie über das nächtliche Pflaster von Florenz bummeln, im T-Shirt, gestern Abend in der lauen italienischen Nacht. Schade, so schnell vorbei.

Kalle umarmte sie zur Begrüßung wieder, wie schon nach dem Amerikaurlaub. »Ich sollte öfter verreisen«, kommentierte sie mutwillig grinsend seine Geste und sah mit Genugtuung, dass er prompt rot zu werden schien.

Dann fischte Kalle einen Schlüsselbund aus der Tasche und öffnete mit einem der Schlüssel nach einigem Probieren die Haustür.

»Habe ich sicherheitshalber gleich von Klaus geholt, der ihn nach der Untersuchung der Wohnung eingesteckt hatte.«

Der Hausflur roch merkwürdig neutral, Holztreppen führten nach oben, etwas abgetreten, aber sauber. Das Haus war sicher an die hundert Jahre alt, eines von den gut erhaltenen Stadtmietshäusern.

Richies Wohnungstür war zur oberen Hälfte aus blickdichtem Glas, dem Jugendstil nachempfunden, vielleicht sogar noch Original vom Beginn des letzten Jahrhunderts. Wieder das Öffnen mit dem Schlüssel, nachdem sie das Polizeisiegel aufgeritzt hatten.

Im Flur roch es nach Erbrochenem. Hatten sie ihn in den Magen geboxt? Wahrscheinlich. Links ein Garderobenhalter mit drei Auf-hängehaken. Eine braune Lederjacke und eine Laufjacke. Ging Richie joggen? Zwei Paar Schuhe achtlos darunter hingeworfen, was ein männliches Flair verursachte. Sie gingen durch zum Wohnzimmer. Regal, grüne Couch, kleiner Tisch davor, ein Schreibtisch mit Laptop darauf – nicht mal das hatten die Schläger mitgenommen – bunte Rollos an den Fenstern. Nur der LCD Fernseher war groß und hypermodern.

»Sieht nicht nach viel Geld aus. Trotzdem kein schlechter Geschmack.«

»Aber wo sollten hier Bilder versteckt sein? Eher unwahrscheinlich. Das wär doch Klaus' Männern auch aufgefallen, zumindest ihm. Und Klaus hat nichts gefunden, sagte er vorhin.«

Lene öffnete die Tür zum Schlafzimmer.

»Trotzdem – irgendeine Ahnung habe ich, dass wir nicht umsonst hier sind. Außer die Schläger haben gefunden, was sie suchten. Denn die einzige logische Erklärung für den Überfall auf Richie ist doch, dass er irgendwie darin verwickelt ist. Oder meinst du, sie haben gar nichts damit zu tun, sondern es ist einer aus Patricks Umgebung, der erst ihn ermordet hat und jetzt Richie so zugerichtet hat?«

Kalle zuckte die Schultern. »Eher unwahrscheinlich. Aber wir können darüber nachdenken, wenn wir hier nichts finden.«

Das ganze Zimmer war in Grau gehalten mit wenigen weißen Akzenten. Schlamm hieß die Farbe wohl. Sehr chic und sehr in. Sie kniete sich auf den grauen Teppichboden und sah unter dem Bett nach. Wie schon erwartet, keine Keilrahmen, keine Gemälde. In den Schränken durchsuchten sie alle Wäschestapel und schließlich alle Jacken- und Jeanstaschen nach einem Schlüssel für ein Schließfach. Kalle sah sogar unter dem einzigen Blumentopf nach. Wer ihm den wohl geschenkt hatte? Irgendwie sah er in Richie nicht den großen Blumenliebhaber. Auch auf dem Schrank war nichts.

Bad und Küche ebenfalls ohne Resultate.

»Also doch in den Keller. Aber welchen?«

Sie klingelten beim Nachbarn. Jens Oppelt. Ein sympathischer schlaksiger Mann von Mitte zwanzig, der sofort bereit war mit in den Keller zu kommen und ihnen zu helfen, den richtigen zu finden.

»Einen gemeinsamen Boden haben wir hier nicht. Nur zu jeder Wohnung ein Kellerabteil. Wie geht es Richie? Ich habe schon gehört, was passiert ist. Wissen Sie, wer ihn so geschlagen hat?«

Lene und Kalle verneinten und fragten im Hinuntergehen, ob er nicht vielleicht etwas gehört oder mitbekommen hätte.

Oppelt schüttelte den Kopf. »Gar nichts. Ich war in der Uni, als es passierte. Ich studiere Mathematik, da kann man keine Vorlesung auslassen. Zumindest ist das nicht ratsam. Heute hatten wir *Analysis*.«

Lene lächelte ihn an. »Da habe ich mich auch einmal durch gequält. Faszinierend und anstrengend zugleich.«

Er nickte und wies dann auf ein Kellergelass, das eine Front und eine Tür aus vertikalen Brettern hatte. Kalle fand den Schlüssel an Richies Bund und öffnete das Sicherheitsschloss. Sie betraten den Raum und baten Jens Oppelt, sie jetzt wieder allein zu lassen. Im Hinausgehen drehte er sich noch einmal um.

»Da fällt mir ein, Sie sollten vielleicht noch bei Herrn Mündel vorbeigehen. Der ist Rentner und nicht sehr gut zu Fuß. Deshalb hat er seinen Stuhl am Fenster stehen und bekommt sehr viel mit von dem, was um unser Haus herum passiert. Seine Wohnung ist unter der von Richie. Vielleicht kann er Ihnen weiterhelfen. Die anderen hier im Haus sind tagsüber weg, arbeiten oder studieren.«

Als er gegangen war, wandte sich Lene zu Kalle. »Klingt gut, oder? Hast du das vorhin schon probiert?«

»Nein, ich wollte erst zum Krankenhaus und sehen, wie es ihm geht. Und wir wollten doch sowieso noch hierher. Machen wir nachher.«

Etwas hilflos sahen sie sich um.

»Müssen wir uns hier überall durchwühlen? Wo würdest du einen Schlüssel verstecken? Denn Bilder stehen hier nirgends.«

Sie sahen im Handwerkszeug und in jedem Schälchen nach. Nichts. In einem Regal, unter allen Kisten, die auf dem Boden standen, ebenso wie in deren Inhalt. Schließlich blieben nur noch zwei Plastikkisten in dem Kellerregal. Darin bewahrte Richie Kleidung auf. Pullover, Hemden und – da stieß Lene einen Überraschungslaut aus. Sie hatte sich durch alle Schichten getastet, um nach dem Schlüssel zu fahnden.

»Du glaubst es nicht«, stöhnte sie und zog vorsichtig ein zusammengelegtes Stück Leinwand heraus. Als sie es behutsam auseinanderfalteten, strahlte ihnen ein leuchtender *Renoir* entgegen. Eine Variation von den Szenen des *Bades von La Grouillère.* Lene atmete aus.

»Die hat Renoir zeitgleich mit Monet gemalt. Ich fand sie immer so lebendig und voll Atmosphäre. Und da kann man natürlich leicht einen zusätzlichen, bisher noch nicht entdeckten *Augenblick* unterbringen.«

»Mein Gott, Lene, da hast du wirklich den richtigen Riecher gehabt. Ob noch weitere hier sind?«

Sie tasteten und fühlten, schließlich kippten sie die zweite Kiste mit Sportklamotten einfach auf den Kellerboden und wurden fündig. Von *Edgar Degas* das Bild einer *nackten Frau in der Badewanne,* mit rundem Rücken nach vorne gebeugt, säubert sie darauf die recht kleine Zinkwanne mit niedrigem Rand. Nur die Stellung der Füße weist darauf hin, dass er auch hier eine seiner Balletttänzerinnen gemalt hat. Wie wollte man das *Auftauchen* eines so berühmten Bildes eigentlich erklären? War es ebenfalls eine Variation des Originals?

»Es ist großartig, wie hat er das nur gemacht? Patrick meine ich. Unglaublich. Ich fand das Bild immer so erotisch als Junge. Obwohl ich die Frau heute etwas knochig finde. Meine Mutter hatte damals eine Postkarte davon in einer Schublade mit

Krimskram. Komisch, dass es jetzt hier auftaucht«, sinnierte Kalle.

Fieberhaft suchten sie weiter. Und wurden noch einmal fündig. Ein Wirbel aus Blau und leuchtendem Orange. »Das sind die Klippen von Pourville, ein Sonnenuntergang, da war ich schon! In Êtretat habe ich damals ein paar Tage Urlaub gemacht«, rief Lene aus. »Tolle Kreidefelsen in der Normandie. Gibt es ebenfalls in Variationen von *Monet und von Renoir,* das gleiche Motiv, meine ich. Und von unzähligen anderen Malern natürlich. Zu verschiedenen Tageszeiten und bei unterschiedlichem Wetter. Ich glaube, dies ist von *Monet.* Doch, hier kann man die Signatur sehen.«

In dem Moment begriff sie erst wirklich, dass es hier doch nicht die Originale waren, sondern dass es sicher Patrick gewesen war, der die Unterschrift unter die Bilder gesetzt hatte. Und was das bedeutete. Geistiger Diebstahl. Dabei hörte sie innerlich noch Camilles Beschreibung eines Bildes von Johann. Hatten sie da nicht auch an das gleiche Bild gedacht? Seltsam. Sie setzte sich auf einen Dreibeinschemel, der zwischen all den Sachen herumstand.

»Kalle, was für ein Wahnsinn! Was wollte Richie damit anfangen? Die Bilder allein auf den Markt bringen? Das dürfte sicher selbst für jemanden wie ihn nicht leicht sein. Er braucht doch eine Agenda, woher die Bilder stammen und ein Zertifikat von einem Sachverständigen. Mann, Kalle, er könnte tot sein! Verrücktheit oder Habgier, was ist seine Antriebsfeder? Will er es jetzt *denen* zeigen, dass er das auch kann? Oder rächt er seinen toten Freund? Oder will er nur einfach mehr Geld machen als die ihm geboten haben? Falls es diese Dealer waren, die ihn überfallen haben. Überhaupt, wie ist er an die Bilder gekommen?«

»Aber ich muss schon sagen, clevere Idee, die vom Keilrahmen abzumontieren. Ob man die ohne weiteres wieder darauf spannen kann? Nun können wir nur hoffen, dass er bald aufwacht. Und wir wissen nicht einmal, ob es dieselben Männer wie bei Patrick oder bei Johann sind, die hinter ihm her sind. Wahrscheinlich haben sie geglaubt, er sei tot. Ist er ja auch beinahe. Und haben ihn deshalb einfach liegen lassen.«

Der Transport der Bilder, die mit Rand ungefähr einen Meter mal achtzig Zentimeter waren, war nicht einfach. Sie durften die Knicke nicht verstärken. Deshalb hängten sie sich die Bilder über den ausgestreckten Arm. Als sie unten am Auto waren, legten sie sie behutsam auf die Rückbank von Lenes Wagen. Dann schloss Lene wieder die Türen und wandte sich zu Kalle, der hinter ihr wartete und mit seinen Autoschlüsseln klimperte.

»Wir müssen erst bei Herrn Mündel reinschauen. Vielleicht hat er etwas gesehen oder gehört. Geb's Gott. Wir bräuchten jetzt mal eine satte Zeugenaussage, die uns weiter bringt.«

Herr Mündel öffnete verhältnismäßig schnell, wenn man seine Gehbehinderung berücksichtigte. Hatte Oppelt sie schon angekündigt? Er stand vor ihnen, in fleckigem grünen T-Shirt und ausgebeulter dunkelblauer Trainingshose. Grauer Haarkranz, die Schädelmitte leuchtete wie poliert. Nachdem sie sich vorgestellt hatten, bat er sie freundlich herein. »Ich habe irgendwie schon auf Sie gewartet. Ist ja logisch, dass Sie mich befragen wollen, wo ich doch der Einzige bin, der hier im Haus ständig anwesend ist. Leider.« Also ein Franke war Herr Mündel nicht, nach seiner Sprache eher aus Norddeutschland.

Lene bemerkte beim Hineingehen, dass Kalle gebannt auf diesen Kopf vor ihnen starrte. Hatte er Angst, dass es eines Tages auch bei ihm so aussehen würde? Diese fixe Idee von seinem Haarverlust!

Herr Mündel wies auf die beiden Sessel – fünfziger Jahre, dachte Lene, mit Schlingenbezug, schon ziemlich ramponiert – und setzte sich selbst aufs Sofa. Vor ihm stand eine halbleere Flasche Bier, aus der er wohl gerade getrunken hatte.

»Wollen Sie auch eins?«, fragte er sie höflich und gastfreundlich. Es klang echt, und Lene hätte gern zugestimmt um ihm eine Freude zu machen, verneinte jedoch ebenso wie Kalle.

»Nur ein paar kurze Fragen, Herr Mündel. Waren Sie heute Mittag zu Hause, als Herr Fischer überfallen wurde?«

»Ja, war ich. Und ich kann Ihnen sogar etwas sagen, wann genau das war und was mir aufgefallen ist. Also da drüben steht mein Stuhl mit dem Tisch davor für gemütliche Stunden am Fenster. Irgendetwas muss ich ja auch mitkriegen vom Leben«, setzte er fast entschuldigend hinzu.

Beide sahen hinüber zum Fensterplatz. Ein hölzerner Podest, darauf ein kleiner Teppich in Persermuster, ein kleiner Holztisch, auf dem eine Zeitung lag und ein Korbstuhl aus Plastik mit einem dünnen Kissen. Dort also fand sein Leben statt. Plötzlich tat er Lene leid.

Sie ging hinüber zu dem Platz, stieg auf den Podest. Mit einem »Darf ich?«, setzte sie sich und sah aus dem Fenster. Ein Stockwerk unter ihr lag die Straße. Gut einzusehen, fand auch sie. Ein Mann tauchte in ihrem Blickfeld auf. Sie konnte sein Gesicht erkennen, bevor er direkt unter ihr weiterging, und sie von oben auf seinen Kopf sah.

Sie ging wieder hinüber zu dem Sessel und sah ihn aufmunternd an.

»Herr Mündel, bitte beschreiben Sie möglichst genau, was Sie gesehen haben.«

Er räusperte sich. Wie oft mochte er in seinem offensichtlich ziemlich ereignislosen Leben von diesem Satz geträumt haben? Auf seinen Wangen bildeten sich rote Flecken.

»Also, erst war es ziemlich ruhig auf der Straße, wie immer um kurz nach elf. Frau Elsner kam vom Einkauf. Die anderen Frauen sind um die Zeit schon beim Kochen, die meisten sind sowieso berufstätig. Dann hielt schräg gegenüber ein Auto, und zwei Männer stiegen aus und kamen über die Straße auf unser Haus zu. Klingelten und wurden eingelassen. Von wem, weiß ich nicht, aber ich hörte sie an meiner Wohnungstür vorbei nach oben gehen. Sie redeten ziemlich laut. Klang irgendwie nicht deutsch und auch nicht englisch. Vielleicht polnisch oder so. Dann hörte ich nichts mehr, bis etwa fünf oder etwa acht Minuten später etwas Schweres oben zu Boden polterte, gefolgt von lauten Geräuschen. Dann hörte ich sie die Treppe herunter kommen, ziemlich in Eile. Sie gingen hinüber zu ihrem Auto und verschwanden mit quietschenden Reifen. Das fand ich merkwürdig. Aber ich denke doch nicht, dass jemand am helllichten Tag den jungen Fischer zusammenschlägt. Schrecklich! Warum nur? Waren das Drogendealer oder so?«

Lene verneinte mit einer Kopfbewegung.

»Nein, aber etwas ähnliches. Sie haben wohl nicht auf den Fahrzeugtyp oder das Kennzeichen geachtet?«

Jetzt sah Mündel sie stolz an, kostete den Augenblick aus. »Doch«, sagte er schließlich, stand auf und ging zu dem Fensterplatz hinüber. Unter der Zeitung, die er hochhob, zog er einen Block heraus. Dann kam er leicht humpelnd zu ihnen zurück und reichte ihn Lene. Sie starrte darauf und konnte ihr Glück kaum fassen. In einer etwas altmodischen

Schrift stand dort: *VW Golf, neueres Modell, dunkelblau metallic, Kennzeichen N-OS 512.*

Sie reichte den Block an Kalle weiter, der einen Blick darauf warf und sich Herrn Mündel zu wandte. »Das haben Sie vorbildlich gemacht. Ich finde das, was sie beobachtet haben, einfach großartig. Sie helfen uns damit sehr. Jetzt wäre es noch das Größte, wenn Sie die beiden Männer beschreiben könnten.«

Mündel nickte. »Ich will es versuchen. Also, der eine war schmaler und mittelgroß, dunkles Haar, das länger war und zum Pferdeschwanz zusammengebunden. Die Männermode finde ich affig, deshalb ist mir das gleich aufgefallen. Na ja, gehört wohl nicht hierher. Der andere war so ein bulliger Typ, Glatze, Muskeln.«

O Frau, stöhnte Lene hin und hergerissen zwischen Begeisterung über diesen Zeugen und Sorge um Camille. Sie zog die Fahndungsfotos aus ihrem Jackett und zeigte sie ihm. Mündel nickte begeistert. Wohl auch von sich selbst und seinem wichtigen Beitrag.

»Genau. Das sind sie. Exakt!«

Das letzte Wort brüllte er fast vor Begeisterung.

Genau, das sind sie. Was für seltene und so oft ersehnte Worte. Hier waren sie. Nebst Autonummer. Sie schenkte Mündel einen dankbaren Blick, legte ihre Visitenkarte auf den Tisch und stand auf.

»Vielen Dank, Herr Mündel. Und wenn Ihnen noch etwas einfällt, rufen Sie mich doch bitte an.«

Kalle machte es ihr nach und verabschiedete sich ebenfalls mit Händedruck.

Unten vor dem Haus sah Lene auf die Uhr. »Verdammt, ist das schon spät! Kein Wunder, dass ich langsam ziemlich groggy bin.«

»Und hungrig, nehme ich an. Ich bin es zumindest. Was machen wir jetzt? Der Mann war ja ein Geschenk. Es sind also unsere beiden Ganoven aus Florenz, die jetzt schon hier in Nürnberg sind. Kein gutes Gefühl!«

Lene wirkte alarmiert, ihre Augen spiegelten Besorgnis gepaart mit Zorn.

»Wahrlich nicht. Ich mache mir Sorgen um Camille.«

Sie griff nach dem Handy und rief Kuhn an, der natürlich schon im Wochenende war. Sie erzählte ihm alles bis zum jetzigen Stand der Ermittlungen.

»Und könnten Sie bitte das folgende Autokennzeichen noch an die Fahndung geben? Zu der Suche nach den Russen. Wie schon gesagt, ein dunkelblauer VW Golf, mit N-OS 512. Vielleicht haben wir Glück, und sie fahren das Auto noch immer und mit dem Kennzeichen. Gepriesen sei Herr Mündel. Aber ich mache mir Sorgen um Camille. Wir brauchen dort vor dem Haus der Sommers Polizeischutz. Unbedingt. Rufen Sie Kröger an oder soll ich?«

»Ich kümmere mich. Ich denke, ich schicke Müller und Sachs zum Haus. Die sind immer sehr zuverlässig. Und ich sage Kröger Bescheid.«

»Danke, ich fahre jetzt noch bei Sommers vorbei und frage, ob sie die Bilder schon einmal gesehen haben. Und«, unterbrach sie sich, als sie Kalle heftig gestikulieren sah, »Kalle kommt mit. Äh, Jürgen, natürlich«, setzte sie mit einem Grinsen hinzu. Auf Kuhns Marotte Rücksicht nehmend.

»Und danach gehen wir essen«, kündigte sie Kalle als Ausgleich an, weil er sie zu Sommers begleiten wollte. »Ich sage nur noch Sophie Bescheid. Sag mal, wollen wir Volker dazu holen? Der könnte uns doch Genaueres über Fälscher und Banden dahinter erzählen, wie er dir schon gesagt hat.«

Verbarrikadiert hinter Kalle und Sophie würde ihr ein lockeres Gespräch mit ihm leichter fallen. Und nützlich war sein Wissen aus Frankfurt hier sicher. Sie zog ihr Handy heraus und rief Volkers Nummer auf.

»Wo wollen wir hin? Und wann?«

Kalle überlegte kurz. »Am Günstigsten wäre es, wir gingen wieder in den *Doktorshof.* Das liegt bei uns allen in der Nähe. Es wird zu spät um noch irgendwohin zu fahren. Ich weiß aber nicht, wie es für Volker ist.«

Der war jedoch hoch erfreut über Lenes Vorschlag und sagte sofort zu. Er ließ sich die Lage des Traditionslokals noch erklären. »Gibt es da Schäufele?«, fragte der Neu-Nürnberger voller Vorfreude. »Dafür ist mir kein Weg zu weit.«

Es stellte sich heraus, dass er in der Balthasar-Neumann-Straße wohnte und es damit sogar zu

Fuß dorthin kommen konnte. Das wird dann wohl häufiger unsere Anlaufadresse, wenn Kalle in die Dr.-Carlo umgezogen ist. Er muss dann auch nur über die Ludwig-Erhardt-Brücke, dachte Lene sich amüsierend, dass sie alle so nahe zusammen wohnten.

»Wir melden uns, wenn wir bei Sommers fertig sind.«

Mit Sophie machten sie das gleiche aus, bevor sie in Richtung Ebensee fuhren.

Kapitel 22

Ein Hauch von Überraschung glitt über das Gesicht von Irene Sommer, als sie ihnen die Tür öffnete, um dann einem Erschrecken zu weichen.

»Ist etwas passiert?« Lene verneinte. »Wir brauchen nur noch einmal Ihre Hilfe. Wir haben Gemälde von Patrick gefunden, zumindest nehmen wir stark an, dass sie von Patrick sind. Fälschungen, um genau zu sein. Und jetzt wollen wir wissen, ob und wann einer von Ihnen diese Bilder gesehen hat. Vor allem wäre es wichtig zu erfahren, wann zuletzt. Ob sie noch nach Patricks« - sie zögerte kurz – »Verschwinden hier im Haus waren.«

Diesmal waren sie in die Auffahrt direkt vor das Haus gefahren. Sie wollten die Bilder nicht noch einmal über den Arm hängen. Also baten sie die drei Sommers nach draußen, um die Bilder im Auto anzusehen. Natürlich war es schon dunkel, aber die Innenraumbeleuchtung ihres Autos musste ausreichen.

Erst beugte sich Harald Sommer über die Bilder, aber dann schüttelte er bedauernd den Kopf.

»Ich dachte es mir schon, dass ich sie nicht kenne. Ich bin zu selten oben bei meinem Sohn – gewesen.«

»Wann waren Sie denn zuletzt bei ihm? Erinnern Sie sich?«

»Nein. Es ist schon Wochen her, vielleicht zwei Monate. Es war noch heiß draußen, also muss es Sommer gewesen sein.«

Irene Sommer war schon eine größere Hilfe.

»Ich lege ihm immer seine Wäsche auf sein Bett, damit sie hier aus dem Weg ist. Also war ich in den letzten Tagen vor seinem Verschwinden und auch zwei Tage danach oben bei ihm. Da standen noch drei Bilder an der Wand, links, wenn man ins Atelier kommt. Die Tür stand offen und diese standen nebeneinander – sie wies auf den Renoir und den Degas – eins stand dahinter. Aber sie waren auf Keilrahmen gezogen. Nur, ich verstehe nicht, wie kommen Sie zu den Bildern? Und ich dachte, er wollte sie nicht mehr verkaufen. Und da sie noch in seiner Wohnung waren nach Patricks Ver … « Wieder brach sie ab, als ob sich jedes weitere Wort erübrigen würde. Allein der Gedanke an diese entsetzlichen Tage zu viel für sie wäre. »Wo haben Sie die Bilder gefunden?«

Lene beschloss, noch nicht darauf einzugehen.

»Ich will erst noch mit Camille sprechen«, wehrte sie die Fragen ab. Als Irene Sommer ihren Kopf aus dem Auto gezogen hatte, erschienen die blonden Haare von Camille, die ihr ins Gesicht hingen. Trotzdem schien sie genug zu sehen, denn sie stieß beim Anblick des Renoir einen Überraschungslaut aus.

»Wieso ist das denn hier? Kann ich auch die anderen sehen?«

Dann schnaubte sie die Luft durch die Nase. »Das gibt es doch nicht! Wo haben Sie die Bilder bloß gefunden? Klar habe ich die gesehen bei Patrick. Zumindest in der Woche, als wir auf ihn gewartet haben. Nachdem er verschwunden war. Aber wann zuletzt? Warten Sie, am Sonntag, nachdem man ihn gefunden hatte, da bin ich hinauf zu ihm um allein zu sein - ich wollte allein sein um zu weinen. Und als ich wieder nach unten wollte, standen sie dort an der Wand. Ich habe sie noch anders hingestellt. Das weiß ich genau. Ich habe den kleinen Bilderrahmen mit den Gedanken von *Runge*, der dort hing, mit hinunter zu mir genommen. Also?«, fragte sie und sah Lene auffordernd an.

»Was also?«

»Also wer, woher? Wieso? Ich war nach dem Sonntag nicht mehr oben, weil ich sobald wie möglich nach Florenz wollte. Und es doch sehr weh tat, in seiner Wohnung ohne ihn zu sein, in dem Wissen, dass er nie mehr kommt.« Ihre Stimme kippte, sie schniefte. »Verdammt, es ist so gemein. Also, wer?«

»Wir haben die Gemälde bei Richie gefunden. Weshalb nur, fragen wir uns. Und vor allem, wie ist er daran gekommen?«

Camille dachte laut nach. »Vielleicht hat er von Patrick einen Zweitschlüssel bekommen? Oder - haben Sie einen Haustürschlüssel bei meinem Bruder gefunden?«

Lene suchte ihr Handy heraus und wählte Klaus Mertens' Nummer.

»Klaus, habt ihr überhaupt einen Haustürschlüssel bei ihm gefunden? Bei Patrick?« – »Ja? Gut, dann müssen wir weiter rätseln. Übrigens – wir haben die Bilder bei Richie im Keller gefunden. Ohne Keilrahmen. Erzähle ich dir morgen.« Pause, sie lauschte der Stimme im Telefon. »Ich melde mich vielleicht später noch, sonst morgen um zehn im Präsidium.«

Sie hatte das Meeting extra so spät ansetzen lassen, damit die Kollegen wenigstens etwas vom Samstag hatten. Jetzt war sie froh darum, denn plötzlich war sie todmüde.

»Sie haben uns beiden sehr geholfen. Danke, Frau Sommer und Camille. Ich verstehe nur nicht, warum ich die Bilder nicht gesehen habe, als wir Patricks Wohnung angeschaut haben. Die wären mir doch aufgefallen. Du hast sie auch nicht gesehen, Kalle? Komisch.«

»Sie standen hinter der Tür auf der linken Seite. Aber wenn die Tür davor war, sieht man sie nicht«, versuchte Camille zu helfen. Das leuchtete ein. Lene wandte sich jetzt noch einmal an die ganze Familie.

»Es ist so, dass Richie Fischer in seiner Wohnung überfallen worden ist. Er liegt bewusstlos im Krankenhaus. Und die Bilder haben wir in Richies Keller gefunden.« Diesmal galt die Information allen dreien. »Wir fragen uns, wie er in den letzten Tagen daran gekommen ist, zumal Sie sie noch nach Patricks Auffinden gesehen haben. Zumindest Camille, und sie ist sich offenbar sehr sicher. Wenn Sie doch noch eine Idee haben?«

Aber alle drei schüttelten den Kopf. Sie wirkten nur noch erschöpft. Jetzt musste sie ihnen noch eine zusätzliche Sorge aufbürden.

»Ich habe Polizeischutz für Sie, beziehungsweise für Camille, angefordert. Meine Kollegen Sachs und Müller übernehmen das. Denn« – jetzt zögerte sie leicht – »die beiden Männer, die vermutlich den Tod von Johann Siegel verursacht haben, sind in Nürnberg. Man hat sie in das Haus von Richie Fischer gehen sehen. Haben Sie eine Idee, wie sie auf den gekommen sind? Nicht? Auf jeden Fall sind die beiden Gangster offenbar extrem gut informiert. Also bitte, seien Sie vorsichtig!«

Sie sah das Entsetzen in den Gesichtern der Eltern. Aber es musste sein, dass sie um die Gefahr wussten.

Kalle und sie verabschiedeten sich mit einem »Wir melden uns, wenn wir weitere Auskünfte brauchen.«

»Na, mein schweigsamer Kollege? So kenne ich dich gar nicht. Keinen Pieps hast du zum Gespräch beigesteuert«, warf sie Kalle vor, als sie draußen waren.

»Entschuldige, aber ich habe die Gesichter der Familie studiert. Das war wirklich sehr interessant. Der Vater wirkt nur noch schuldbewusst. Wohl, weil ihm erst jetzt bewusst wird, wie wenig er seinen Sohn gekannt hat. Die Mutter tut mir entsetzlich leid. Sie ist kaum mehr bei sich. Camille finde ich beeindruckend in ihrem Tatendrang. Sie ist die Einzige, die unbedingt wissen will, was passiert ist.«

In dem Moment klingelte das Telefon. Commisssario Alberti klang geradezu euphorisch.

»Lene, ich habe gerade einen Anruf von unserem Rechtsmediziner Dottore Mandello erhalten. Er konnte jetzt doch noch *ematomi,* äh Hämatome, an den Füßen, da wo das Bein anfängt, ich weiß das deutsche Wort nicht, des Toten nachweisen. Also jetzt wissen wir auf jeden Fall, dass es Mord war. Jemand hat ihn an den Füßen hochgerissen und über das Geländer katapultiert. Leider trug unser Opfer *calzini,* kurze Strümpfe, wie sagt man noch? Und so haben wir nur den Fingerabdruck an der Tür. Mordello versucht DNA von *piccola particella,* kleinem Teilchen von der Haut, in Socken außen zu finden. Die Kriminaltechnik sucht weiter nach Spuren *piccole,* also äh, Fasern, sagt man, glaube ich. Komisch, dass der Mörder keine Handschuhe trug. Hatte wohl nicht vor zu töten. Gut nach Hause gekommen, nach *Norimberga*? Ich werde jetzt einen guten Rotwein trinken und dann ins Bett. *Buena notte, bella collega*!«

Und weg war der italienische Wirbelwind, die Leitung tot. Lene lächelte noch, als sie nun Sophie und Volker anrief, die beide versprachen, so bald wie möglich in das Restaurant zu kommen. Lene spürte erst jetzt, wie hungrig sie war und Kalle stöhnte bereits auf dem ganzen Weg. Nach den Anrufen bei Volker und Sophie, betraten sie viertel nach neun die Eingangstür. Schon der getäfelte Flur empfing sie mit einer Atmosphäre, die immer wieder wirkte, wie in einer anderen Zeit stehengeblieben. Lene öffnete die dicke alte Holztür, die in die Gaststube führte. Zwei Tische waren immerhin besetzt. Da eine so späte Essenszeit für Nürnberger eher untypisch war, waren sie erleichtert, als sie hörten, dass die Küche noch Bestellungen entgegennahm. Während sie auf die anderen warteten, bestellten sie schon einmal ein Bier. Lene versuchte ihre Gedanken zu sammeln und betrachtete die halbhohen Holzpaneele, die Butzenscheibeneinsätze in der Tür, die schmiedeeisernen Trennwände, die die beiden Galerie unterteilten. Gemütlich. Sie war wieder zu Hause. Das, was Nürnberg und die Umgebung für sie ausmachte, war diese ganz besondere Gastkultur oder Gaststättenkultur. Beides bedingte sich, denn der Nürnberger war empfindlich gegen die *Neuerungen* in der Essensumgebung. Die Lampen mussten so tief hängen wie hier, damit das Licht nicht blendete, der Boden möglichst Holzdielen, die schon Patina aufzuweisen hatten. Hier gaben noch dazu die alten, weiß gestrichenen Doppelfenster, also wirklich doppelte Normalglasfenster, einen geradezu rührenden Charme. Erinnerte an die Zeit der Urgroßmütter. Sicher nicht ganz zeitgemäß, aber urgemütlich.

Sie trank noch einen Schluck Bier und sah Kalle an.

»Wir sollten auch die weißrussischen Behörden unterrichten. Am besten gemeinsam mit Alberti. Ich rufe ihn morgen noch an. Falls die beiden Verdächtigen nach Hause wollen. Irgendwo dort müssen doch ihre Abnehmer, Einzahl oder Mehrzahl, sitzen. Was für ein Glück wir haben, dass mit Weißrussland ein Auslieferungsabkommen besteht. Nur – ach, da ist ja schon mal Sophie!«

Und zu ihrer Freude schoben sich Jonas und Susanne hinter Sophie in den Raum. Sophie strahlte.

»Ich hatte doch kein Auto, da hab ich gedacht, das wär eine gute Idee.« Das fand Lene auch und begrüßte Jonas und Susanne mit Küsschen.

»Schließlich war meine Mutter mal wieder im Ausland. Ein Grund mehr um ihr Nach-Hause-Kommen zu feiern«, witzelte Jonas. Aber dann wurde er ernst. »Sophie hat erzählt, was ihr erlebt habt. Mir ist ganz schlecht geworden. Russische Mafia – da kann die Nürnberger Polizei nicht mit. Diese Art von Skrupellosigkeit gibt es bei uns hoffentlich eher selten, schon gar nicht in Nürnberg. Die sind gefährlich und ich habe Angst um dich! Wir alle«, setzte er mit einem Blick auf Sophie und Susanne hinzu, sie damit einschließend.

Lene legte ihre Hand auf seinen Arm. »Beruhige dich erst einmal, Jonas. Noch wissen wir doch gar nicht, ob Patricks Tod mit denen zu tun hat. Oder wie genau das mit Johann passiert ist. Andererseits weißt du, dass meine Arbeit manchmal gewisse Risiken beinhaltet. Ich kann dich verstehen. Wahrscheinlich hätte ich genauso Angst, wenn einer von euch in meiner Situation wäre. Nur – du weißt, dass ich mich vorsichtig verhalten werde. Versprochen. Ich bin mir der Gefährlichkeit dieser Kreise bewusst. Zufrieden?«

»Na gut, wenn ich jetzt noch was Gutes zu Essen bekomme, will ich dir vertrauen.«

Obwohl er versuchte, die Situation mit Humor zu entschärfen, war sie sich bewusst, dass damit seine Angst nicht aufhörte. Aber sie konnte nicht mehr tun, als sich so zu verhalten, wie sie es ihm versprochen hatte.

In dem Moment kam Volker herein, leicht verblüfft, als er die jungen Leute bei Lene und Kalle am Tisch sah. Irritiert kam er zu ihnen herüber und erst als Lene die drei vorstellte, lächelte er.

»Deine Kinder? Ich hätte mir bei dir und dem Wort eher Grundschulkinder vorgestellt. Wie hast du das gemacht, dass sie schon so erwachsen sind? In der Vorschule schon angefangen?«

Alle lachten und das Unbehagen war geschmolzen. Lene merkte, dass Volker ihrer Familie nach wenigen Augenblicken schon sympathisch war. Wenn die wüssten! In dem Moment fragte Jonas, woher sie sich kennen würden. »Irgendwie kennt ihr euch schon länger, das merkt man.«

Lene hoffte nicht rot zu werden und schimpfte sich innerlich einen Teenager.

»Wir ...«, fing sie an und im gleichen Augenblick begann Volker. »Wir kennen uns von einem Lehrgang vor vielen Jahren. Auf jeden Fall habe ich mich gefreut, eure Mutter hier wieder zu treffen.«

Souverän hatte er die Hürde genommen. Sie bestellten ihr Essen, Schäufele, die bekannte Spezialität des Hauses, gab es nur noch viermal, Susanne und Kalle wichen auf Karpfen aus. Klassisch halt, dachte Lene mit einem inneren Lächeln.

»Dann erzähl mal von Florenz«, forderte Volker Lene auf.

Als sie geendet hatte, trank er erst einmal einen kräftigen Schluck Bier, bevor er begann, seine Überlegungen beizusteuern.

»Das ist wirklich nicht gut. Ich verstehe nur nicht, warum sie nicht einfach die Bilder gegriffen haben und gegangen sind. Warum sollten sie Johann aus dem Fenster werfen? Das ist sehr ungewöhnlich. Kann er nicht auch beim Rückwärtsgehen über die Brüstung gefallen sein? Die Fensterbalkone in den südlichen alten Stadthäusern sind, soweit ich mich erinnere, nie sehr hoch. Denn diese Banden, die Fälschungen vertreiben, sind doch nicht auf Mord spezialisiert. Sie wollen einfach Bilder, sehr gute Fälschungen. Notfalls mit schmerzhaftem Druck. Aber Mord? Das belastet ihr Konto viel zu sehr und ist für sie überhaupt nicht produktiv. Und darum geht es ihnen doch. Schon bei Patrick gefällt mir die Verquickung von Verprügeln – was ich als Druck verstehe – und Mord, der nicht dazu passt, absolut nicht. Und nun noch einmal? Schon mehr als seltsam. Irgendwie müssen wir weiter suchen, wo das Motiv dafür liegt.«

Aber als Lene ihm von Albertis Anruf und den Hämatomen an den Knöcheln berichtete, die der Rechtsmediziner gefunden hatte, fiel ihm auch kein Gegenargument ein. Sie und Kalle erzählte ihm jetzt von ihrem Fund bei Richie Fischer. Kalle wirkte dabei immer noch irgendwo zwischen überrascht und wütend.

»Er muss sich die Bilder geholt haben und wir finden noch heraus, wie, da bin ich sicher. Nur, *warum* haben sie ihn dann so krankenhausreif geprügelt, dass er im Koma liegt? Denn bei ihm gehen wir schon davon aus, dass sie es waren, schon wegen der Beobachtung von Herrn Mündel. Und sicher waren sie ebenso die brutalen Schläger bei Patrick. Aber wisst ihr was, jetzt kann ich nicht mehr denken. Ich hab einfach Hunger.«

In dem Moment kamen ihre köstlich aussehenden Gerichte und sie griffen erst einmal zu Messer und Gabel.

Sophie strahlte, als sie in die köstliche Kruste ihres Schäufeles biss. »Wie ich das in Hamburg vermisse! Und das schmeckt eben nur mit Klößen. Und Wirsing! Lernen das die Norddeutschen eigentlich nie, wie herrlich so ein Essen ist?« Mit glücklichen Kinderaugen widmete sie sich dem Frankenglück.

Auch Kalle entspannte sich beim Essen sichtlich. »Was für ein blöder Job, wenn man über Stunden nichts zu essen bekommt. Eigentlich überhaupt nichts für mich.« Alle lachten.

Später bat Lene Volker, er möchte ihnen doch noch mehr aus der Fälscherszene berichten. »Warum ist es so attraktiv, Kunst zu sammeln? Fang doch mal damit an.«

»Kunstobjekte gelten als sichere Kapitalanlage. In einer Zeit, in der Kunstwerke bekannter Maler oft für ein bis drei, vier Millionen Euro und mehr unter dem Auktionshammer den Zuschlag bekommen- und ich spreche von dem Preis für *ein* Bild! - mit einem Riesenzuwachs in den letzten beiden Jahrzehnten, betrachtet man ihren Wert als absolut gewinnbringende Langzeitanlage. Natürlich gilt das für echte Kunstwerke, mit Gutachten. Aber die kann man eben genauso gut fälschen wie das Bild selbst. Denkt nur an den großen Fälscherskandal in Frankfurt in diesem Jahr, von dem ich euch schon erzählt habe! War doch gerade aktuell. Da wurde deutlich, als erstes in diesem Geschäft braucht man einen begnadeten Maler, der die verschiedenen Stile kopieren kann, am besten mit dem jeweiligen Stil und der Technik so vertraut ist, dass er sogar eine leichte Variation zu einem bekannten Motiv malen kann.«

Er unterbrach sich, griff zu seinem Glas und fuhr dann fort, nachdem er sich den Bierschaum von der Oberlippe gewischt hatte. Seine grauen Augen blitzten vor Engagement.

»Dann alte Leinwand, alte Pigmente für die Farben. Hier passieren übrigens die meisten Fehler. Zum Beispiel, dass die Leinwand zu fein für das ausgehende neunzehnte Jahrhundert ist. Daran denken die Fälscher oft nicht. Oder dass sie Farbpigmente verwenden, die es damals noch gar nicht gab. Aber gehen wir davon aus, dass Patrick und Johann das wussten. Wichtig auf jeden Fall ist die Zertifizierung, möglichst durch einen bekannten Kunstexperten. Hinten auf das Bild kommt dann ein Echtheitszertifikat eines möglichst bekannten Hauses, zum Beispiel von einem Auktionshaus, das früher renommiert war und das schon seit Ende des zweiten Weltkrieges nicht mehr existierte. Dazu eine Story, dass die Gemälde erst jetzt gefunden wurden, etwa aus einer Privatsammlung eines jüdischen Kaufmanns stammen, die vor der Flucht seiner Familie nach Amerika oder vor seiner Deportation dort versteckt, am besten noch der treuen Haushälterin zur Aufbewahrung gegeben worden waren. Und jetzt erst von den Erben gefunden worden sind. Etwas in der Art.«

Sophie hing an seinen Lippen.

»Davon bekommen wir in unserer Galerie, die eben Künstler ausstellt, die noch nicht international bekannt sind, natürlich nicht viel mit.«

»Wieso, hast du eine Galerie?«, fragte Volker sie mit erwachendem Interesse.

Sophie lachte auf. »Schön wär's! Nein, leider nicht. Ich arbeite in Hamburg in einer Galerie. Aber natürlich bewegen sich unsere Bilder nicht gerade häufig auf einem Millionen-Euro-Niveau. Dafür haben wir denn auch keine Fälschungen«, fügte sie noch hinzu und lachte dabei ihr fröhliches Lachen, das ihre dunkelblauen Augen aufblitzen ließ, bevor sie wieder ernst wurde. »Aber wer geht so ein Risiko ein, beziehungsweise wer kauft Bilder für vier Millionen oder ähnlich astronomische Summen?«

Volker lehnte sich zurück. Er war in seinem Element. Alle hörten ihm gebannt zu, und das schien ihm sichtlich zu gefallen.

»Gerade in der Oligarchenszene im Osten glaubt man das leicht, vertraut dem Zertifikat. Und ist stolz auf sein *Schnäppchen* von vielleicht einer Million statt fünf, die ein Bild von dem Maler gerade in Paris gebracht hat. Da kann man seinen Freunden imponieren. Aber auch bei uns gibt es viele, die sich täuschen lassen. Günstig für den kopierenden Maler ist es allerdings, wenn er im Vertrieb selbst die Finger hat, wie in dem Fall dies Jahr. Peters zum Beispiel ist richtig reich geworden, mit Haus in der Provence und eigenem Weinberg. Wie ich glaube, mich zu erinnern, mit über zwanzig Hektar Land. Hat er schon klug gemacht. Wie ich schon einmal sagte, er hat nur vierzehn gefälschte Bilder zugegeben. Und für dieses *umfassende* Geständnis wurden die weiteren Ermittlungen eingestellt. Aufatmen in der Kunstszene. Niemand möchte gern hören, dass das Bild, das man für etliche Millionen bei *Christie's* in London ersteigert hat, eine Fälschung ist. Und die Fachleute bei *Christie's* sind auch nicht wild drauf zu hören, dass sie einem Fälscher auf den Leim gegangen sind. Übrigens, wenn ihr mal fälschen wollt, Max Ernst ist besonders gefragt. Stellt euch vor, eins seiner gefälschten Bilder – angeblich ein verschollenes Bild – hat über ein Auktionshaus sieben Millionen Euro gebracht. Irre, was? Und der langen Rede kurzer Sinn ist, dass die Dunkelziffer und das Geld, das da fließt, sich in unvorstellbaren Höhen bewegt. Und in diesen Dschungel sind unsere beiden begabten Greenhorns geraten.«

Zufrieden mit sich und seiner Schilderung lehnte er sich zurück und faltete seine Hände über dem Bauch, in einer Geste, die zu einem beleibten Mann gepasst hätte und bei ihm, dem langen Dünnen, unsagbar komisch aussah. Dann beugte er sich noch einmal vor. »Und wisst ihr, was das Gemeinste ist? Die Käufer haben juristisch nicht einmal einen Anspruch auf Schadensersatz. Einfach so. Ein paar Millionen aus gutem Glauben verzockt. Das finde ich besonders heftig.«

Lene zeigte ihm die beiden Portraits, die Sophie in Florenz gezeichnet hatte.

»Sind dir die beiden schon einmal über den Weg gelaufen? Sophie hat sie nach unserer Begegnung in dem Schnellrestaurant gezeichnet. Sie sind sehr gut getroffen.«

Volker ließ sich Zeit mit der Begutachtung.

»Also im Augenblick sagen die mir nichts. Ich werde die Zeichnungen meinen Kollegen nach Frankfurt faxen. Vielleicht wissen die etwas. Zumindest sind das ungewöhnlich präzise Fahndungsfotos. So haben wir sie selten.« Er blickte kurz hoch zu Sophie, die prompt errötete wie ein kleines Mädchen. Lene sah ihr an, dass sie sich über sich selbst ärgerte und lächelte ihr zu.

Jonas beugte sich vor. »Weißrussen sagst du? Das ist ja ganz günstig, soviel ich weiß, besteht da ein -«, »Auslieferungsabkommen«, beendeten Lene, Kalle und Volker den Satz einstimmig und grinsten. »Soweit waren wir auch schon.«

Jonas hob sich ergebend beide Arme hoch. »Schon gut, ich zweifle nie wieder an der Effizienz gerade der fränkischen Kriminalpolizei!« Alles lachte.

Volker, der noch betonte, er sei erst Neufranke, wurde wieder ernst. »Nur, die Morde, irgendetwas stört mich daran. Na, vielleicht ist der Gröbere von dem ungleichen Paar ja wild aufs Töten als Kick, oder der andere ist ein eiskalter Sadist. Und dann jetzt der Junge. Wieso prügeln sie ihn nur und töten ihn nicht? Und warum rückt er die Bilder nicht raus, bevor er sich so malträtieren lässt? Ich beneide euch auf jeden Fall nicht um den Fall.«

Hier schon wieder ein mutwilliges Grinsen wegen des Wortspiels.

»Aber du hilfst uns weiter, hoffe ich. Und ich bin froh, dass du für die Zeit der Ermittlungen zu unserem Team gehörst.«

Er sah Lene in die Augen. »Ich auch.«

Na toll. So hatte sie es nun auch wieder nicht gemeint.

»Zu Richie – für mich sieht das so aus, als wüssten sie, dass er die Bilder hat und wollten sie von ihm geliefert bekommen. Richie, der sich mit allen Wassern gewaschen glaubt, pokerte zu hoch. Ob er den Preis in die Höhe getrieben hat?«

Kalle setzte sein Glas ab. »Aber wieso gab es überhaupt einen Kontakt zwischen Richie und den Geschäftspartnern, sagen wir mal, von Patrick? Wer hat etwas gewusst vom Verbleib der Bilder? Oder wer hat zuerst Kontakt aufgenommen? Das frage ich mich schon den ganzen Abend. Wird Zeit, dass er aus dem Koma kommt. Abgesehen davon, dass wir ihm das alle wünschen«, setzte er in seiner gutmütigen Kallemanier noch hinzu.

»Dann wollen wir darauf hoffen, dass das morgen der Fall ist«, gähnte Lene, die plötzlich todmüde war. »Ich glaube, ich muss ins Bett.«

Sophie lächelte müde. »Ich auch. Waren ganz schön aufregende Tage da unten. Aber Florenz ist einfach herrlich, wenn nicht gerade ein Mord geschieht. Wir müssen da noch einmal privat hin. Vielleicht kommt ihr ja mit?«, wandte sie sich an

Jonas und Susanne. Sie wusste von einer früheren Fahrt, dass Jonas Florenz ebenso verfallen war.

»Machen wir«, stimmte er zu und winkte dem Kellner wegen der Rechnung.

Vor der Tür sogen alle die inzwischen überraschend kalte Luft ein. »Seltsam, am Tag so warm und nachts oft unter null. Aber tagsüber einfach ein schöner Herbst!«, meinte Kalle. »Und wisst ihr, was das herrlichste ist, in zwei Wochen kann ich von hier zu Fuß nach Hause. Ich freue mich schon so auf meine Wohnung.«

Alle versprachen, sich so schnell wie möglich sein neues Zuhause anzusehen, bevor sie sich für die Heimfahrt in die drei Autos verteilten. Als Lene zu Hause ankam, war sie sogar zu müde um noch mit Mike zu skypen. Nur ein kurzes Sms schaffte sie noch, bevor sie nach einem Gute-Nacht-Kuss für Sophie erschöpft in ihr Bett fiel und sofort einschlief.

Kapitel 23

Samstag, 29.Oktober

Perugio weckte sie, indem er auf ihr Bett sprang und seinen Kopf gegen ihre Hand stieß. Zeit zum Streicheln, hieß das. Er streckte sich laut schnurrend voller Glück neben ihr aus. Noch schlaftrunken ließ Lene ihre Hand in einem unmöglichen Winkel über das lange, weiche Fell gleiten, bevor sie vorsichtig die Augen öffnete. Sie war noch so müde. Aber als sie sah, dass vor ihrem Fenster offensichtlich schon wieder die Sonne schien, erhellte sich ihre Stimmung zusehends. Ein Blick zum Wecker zeigte ihr, dass sie noch etwas Zeit hatte und so ließ sie sich innerlich in das Schmusen mit ihrem Kater und die Weichheit ihres Bettes fallen und genoss das kurze Gefühl von Zeitlosigkeit. Erst als sie ihrem Kater das gemeinsame Frühstück ankündigte, ließ er sie aufstehen. Fressen war noch schöner als Streicheln für ihn, hatte sie manchmal den Verdacht. Rossini saß mit vorwurfsvollem Blick vor dem Bett und drehte sich sofort zur Tür. In seiner Haltung und dem langsamen Vorausgehen lag deutlich die Aufforderung »Folge mir und tu deine Pflicht!«

Sophie kam im Morgenmantel aus ihrem Zimmer und rieb sich die Augen.»Warte, ich koche

Kaffee und decke den Tisch, dann hast du ein bisschen mehr Zeit für dich.«

Als Lene herunter in die Küche kam, setzte sie sich dankbar zum Frühstück. »Daran könnte ich mich gewöhnen. Sogar aufgebackene Brötchen«, lobte sie und strich sich Orangenmarmelade auf eine Hälfte, bevor sie mit Genuss hineinbiss.

»Herrliches Wetter heute. Fast wie in Florenz. Ich fahre gleich zu Jonas und Susanne, falls du nicht in Arbeit erstickst und Sehnsucht nach deiner Tochter hast.« Ein kurzer Seufzer. »Ich würde so gern mal mit dir shoppen gehen.«

Lene konnte sie verstehen. Irgendwie blieb zu wenig Zeit für die normalen Mutter-Tochter-Aktivitäten. Zumindest am Wochenende einander zu haben wäre schön. Aber der Tag war noch lang und die Geschäfte bis zum Abend offen. »Mal sehen«, murmelte sie noch ein bisschen überfordert. Versprechen mochte sie schon lange nichts mehr. Kurz darauf klingelte es und ein mutwilliger Kalle stand mit frischen Laugencroissants und Brötchen vor der Tür.

»Wenn ihr euch schon für die Arbeit in Florenz aufgerieben habt, sollt ihr nicht zusätzlich noch verhungern!«

So begann dieser Sonnabend mit Sonnenschein innen und außen. Lene wollte das als gutes Zeichen deuten und hoffte auf einen Durchbruch, welcher Art auch immer. Auf dem Weg ins Präsidium besprachen sie, wie sie weiter vorgehen konnten.

Trotz des Sonnabendtermins saßen alle bereits um den großen Tisch, als sie eintrafen. Selbst Volker grinste ihnen entgegen. »Ich brauche noch einen Kaffee, bevor wir anfangen«, meinte sie entschuldigend auf ihrem Weg zum Kaffeeautomaten. Aber Sandra schob sie zur Seite. »Lass mich das heute machen. Cappuccino?«, fragte sie und als Lene nickte, sah sie noch fragend zu Kalle. »Für dich auch?«

Lene übergab ihr die Kopie von Sophies Zeichnungen um sie weiter zu kopieren, dann berichtete sie ihrem Team von ihrer Fahrt nach Florenz und detailliert von ihren Erlebnissen rund um den Mord an Johann Siegel.

»Wir wissen nicht, ob er schon vorher von den Männern bedroht worden ist. Vielleicht hat er sich deshalb als *Giovanni Siegello* an der Rezeption eingetragen. Um nicht so leicht gefunden zu werden. Aber darum kümmert sich die italienische Polizei, die mit uns in Kontakt bleibt. Sie wird auch noch jedes Wahrheitsdetail aus dem Portier oder den Portiers herausholen, von denen sich mindestens einer von Alexander Gromelkow und Wassili Sachow hat schmieren lassen.«

Sie schrieb die beiden Namen an die Tafel und hängte je ein Foto von Richie auf die rechte Seite neben Patricks Foto und eine Kopie mit den Zeichnungen der Russen darunter, bevor sie fortfuhr. Volker stand auf und reichte ihr wortlos noch die Fotos der beiden, die sie dazu pinnte. Offenbar hatte er sie aus der Datei in Frankfurt gezogen und vergrößert. Dazu legte er einen kleinen Stapel Kopien der beiden Fotografien auf den Tisch. Lene nickte ihm dankbar zu und fuhr fort:

»Der eine Portier hat es schon zum Teil zugegeben. Wir hier wissen durch Interpol, dass die beiden Männer in Nürnberg angekommen sind. Und müssen sie jetzt suchen. Also viel Fußarbeit mit den beiden Suchbildern, denn es ist unwahrscheinlich, dass sie ihre richtigen Namen angegeben haben. Wir können vielleicht eine Vorauswahl treffen, indem wir in allen Hotels anrufen und fragen, welche Gäste gestern im Laufe des Tages angekommen sind. Wenn es dann einzelne Männer waren oder die beiden Männer zusammen, können wir gezielter nachforschen. Wichtig ist nur, dass wir sie bald finden, denn Camille saß am Nebentisch in dem Lokal *und* sie war vorher zur gleichen Zeit mit ihnen im Hotelfoyer. Auch später können sie sie vor dem Hotel gesehen haben, als sie dort weinend zusammengebrochen ist. Wenn sie sich von ihr verfolgt fühlen, finden sie heraus, wer sie ist, und dann ist sie in Gefahr. Deshalb steht die Villa Sommer unter Beobachtung und wir haben Camille gebeten, vorerst das Haus nicht zu verlassen. Mir wäre wohler, wenn noch einer von euch den Personenschutz *im* Haus übernehmen würde. Jakob, machst du das heute? Ich sage dir später Bescheid, für wie lange. Du kannst dich ruhig auch etwas mit Camille anfreunden. Vielleicht fällt ihr noch etwas ein, was uns weiter bringen kann.«

Jakob nickte und machte sich Notizen. Lene war dankbar, dass er nicht maulte.

Dann erzählte sie von Richie Fischer und dem, was sie am Abend vorher mit Kalle herausgefunden hatte.

»Und Jakob, schau dich noch mal in Patricks Wohnung um, ob es irgendeine Erklärung für das Eindringen von Richie gibt. Camille soll sich noch mal anstrengen. Irgendwie muss er doch hineingekommen sein, um die Bilder an sich zu bringen.«

Sie schickte Jens hinaus um mit der Klinik zu telefonieren. Er kam ziemlich schnell zurück. »Fischers Zustand ist unverändert. Er liegt noch im Koma.«

Lene war enttäuscht. »Also müssen wir es ohne ihn herausfinden. Du siehst, Jakob, deine Aufgabe ist sehr wichtig. Ruf mich gleich an, wenn du etwas vermutest. Jeder Gedanke ist da wichtig und kann ein Puzzlestein sein«, rief sie ihrem Jüngsten in Erinnerung. Der nickte und erinnerte mit seinem braunen Wuschelkopf und seiner intensiven Zustimmung an einen lernbegierigen Welpen. Recht so, dachte sie liebevoll, ermahnte ihn aber doch noch zu Vorsicht. »Denk daran, was für ein hervorragender Schütze du bist. Und das heißt auch, dass du von der Waffe Gebrauch machen musst, wenn es nötig ist. Sei dann kalt im Herzen. Diese Typen sind rücksichtslose Mörder, das wissen wir jetzt.

Wir wissen nicht, was ihnen einfällt, auch wenn das Haus von außen von den beiden Kollegen bewacht wird.«

Seine Stimme klang fest und hatte nichts von einem jungen Hund an sich. »Das weiß ich. Und ich verspreche, aufmerksam zu sein.«

Trotzdem hatte Lene ein beklommenes Gefühl bei dem Gedanken an seine Aufgabe, zwang sich jedoch zurück in die Aufgabenverteilung für die anderen Kollegen.

»Das Problem ist, dass wir immer noch kein Motiv haben, warum sie Patrick getötet haben sollten. Er hatte die Bilder noch nicht geliefert, sie prügeln ihn zusammen als Drohung und Aufforderung nachzugeben und zu liefern. Aber warum sollten sie ihn ein, zwei Stunden später umbringen? War er inzwischen zu Hause gewesen, hat er andere Bilder geliefert und gesagt, das wären die letzten, die sie bekommen würden? So etwas wie *Nie Mehr*? Und sie haben ihn dann umgebracht als gefährlich gewordenen Mitwisser?«

Das Team nickte zustimmend. So machte es Sinn. »Aber sein Auto hat er nicht benutzt. Dann müsste ihn einer der Typen nach Hause gefahren haben. Patrick holt die Bilder aus der Wohnung. Ab da wird es wieder absurd. Es kommt zum Streit. Sie töten ihn. Aber er hat vorher aus der Nähe der *Dr.- Carlo* bei Rebecca angerufen, zweimal sogar. Dann führt die Spur des Handys in die Nähe des Tierheims im Reichswald. Sind sie mit ihm spazieren gefahren, dorthin, wohin *er* wollte? Oder sie? Als Drohgebärde? Dann töten sie ihn, fahren dafür mit ihm zurück an den Wöhrder See zu demselben Platz, wo sie ihn Stunden vorher verprügelt haben und ertränken ihn. Vorher bekommt er noch von den beiden die Spritze, die ihn mindestens lähmt. Super. Wie soll das jetzt zusammen passen?«

Kalle hatte sich immer mehr in Rage geredet. »Wisst Ihr was, hier passt gar nichts zusammen. Und schon gar nicht zu Weißrussen dieser Szene, die eher wie im Fall Johann Siegel kurzen Prozess machen.«

»Und sind so klug als wie zuvor«, rezitierte Gert. Und setzte ein »Scheiße« hinzu.

Er hat Recht, dachte Lene. »Wir machen es jetzt erst einmal so, dass wir diese Männer suchen und hoffentlich finden. Behalten dabei unsere Vorüberlegungen im Kopf. Und dann, wenn wir sie – oder Richie Fischer - befragen können, bringt das vielleicht Licht in das Ganze. Ansonsten bleibt uns nur Klaus und seine Wunder.«

Sie lächelte Mertens zu.

In dem Moment kam Sandra wieder herein. Lene hatte gar nicht bemerkt, dass sie den Raum verlassen hatte.

»Hier, das kam gerade durch. Das Kennzeichen, nach dem ihr gestern Abend gefragt habt. Es gehört zu einem roten Opel Astra, der mit einem Unfallschaden auf einem kleinen Schrottplatz außerhalb von Schweinau steht. Otto hat mit dem Besitzer des

Autos gesprochen. Eigentlich ist das Auto abgemeldet.«

»Na, so eine Plakette dürfte für Leute, die Fälschungen verticken, auch noch zu schaffen sein«, murmelte Kalle.

Also Sackgasse. Sie sah zu Klaus. »Fährst du nachher noch raus? Wenn du den Besitzer zu fassen bekommst. Vielleicht haben wir Glück wegen eventueller Fingerabdrücke. Dann hätten wir zumindest ein Indiz mehr. Oder, warte, wir rufen dich an. Ich will mir den Platz erst mal selbst ansehen.«

Mertens schaute skeptisch. »Das wird besonders schwer werden, heute am Samstag. da wir mit dem Brückentag ein langes Wochenende haben. Die sind sicher nicht mehr da.«

Er hatte Recht. Sie hatte Allerheiligen vergessen.

»Trotzdem wir versuchen es. Vielleicht finden wir eine Handynummer. Sonst eben gleich Mittwochmorgen.«

Sie bat ihn noch, das zu berichten, was die Kriminaltechnik inzwischen herausgefunden hatte. »Wir haben jetzt langsam alles aus dem Schlamm am Grund des Sees befreit«, begann er gemütlich und trieb Lene damit in die Ungeduld.

»Habt ihr schon herausgefunden, womit die Leiche von Patrick so lange unter Wasser gehalten wurde? Er muss doch irgendwie beschwert worden sein.«

»Ja, da warst du in Italien, als wir einen Sonnenschirmfuß gefunden haben. Daran noch Hanfreste.

Weißt du, so Gärtnerband. Man glaubt nicht, wie haltbar das ist. Erst als die Leiche den Zug nach oben verstärkt hat durch die Gase, die in ihr entstehen, ist das hanfähnliche Band irgendwann zerrissen und hat ihn freigegeben.«

»Und? Habt ihr dazu schon etwas entdeckt? Wo das Bandmaterial herkommt zum Beispiel?«

»Wir haben es untersucht. Gibt es sowohl in jedem Baumarkt und Gartencenter Deutschlands wie auch im Internet. Also eher keine heiße Spur. Und der Sonnenschirmfuß war aus Granit. Gerade so schwer, dass man ihn noch tragen kann, wenn man kräftig ist. Selbst als Frau, das sei noch angemerkt. Und ebenfalls Ware aus dem Baumarkt. Gibt es zu Hunderten in Franken und sicher ebenso in Nürnberg.«

Somit auch keine richtige Spur. Jeder des Teams bekam seine Aufgaben für Montag zugeteilt. Auch die Nachbarn von Sommers sollten befragt werden, ob jemand Richie gesehen hatte, als er zu der Wohnung von Patrick hinaufstieg oder auf dem Weg dorthin. *Das wird er ja kaum am helllichten Tag gewagt haben, eher im Dunkeln*, dachte Lene und sandte wie so oft ein Stoßgebet an den Gott der Hundebesitzer, dass einer von ihnen noch spät mit seinem Liebling draußen war.

Lene lehnte sich in ihren Stuhl und schlürfte an ihrem heißen Kaffee. Dann sah sie ihre Mitarbeiter an.

»Aber jetzt, und das muss leider gleich sein, stürzt ihr euch alle an eure Telefone um die Hotels anzurufen. Teilt sie euch auf. Und sagt Kalle und mir Bescheid, wenn ihr etwas gefunden habt. Wir fahren dann dorthin. Außerdem brauche ich noch Freiwillige, die später Jakob ablösen. Wir können einfach kein Risiko eingehen.«

Jens meldete sich. »Ich mach das heute Nacht, ich hab eh nichts anderes vor. Falls die Sommers mich dort über Nacht aufnehmen. Das müsstest du noch klären. Ich kann ja im Wohnzimmer auf dem Sofa schlafen. Oder mehr dösen. Mein Schlaf ist eh' leicht.« Er grinste. »Na, mit Ausnahmen.«

Alle lachten und hatten ihn verstanden.

»Super. Und morgen tagsüber? Wer opfert den Sonntag?«

Sandra und Gert meldeten sich.

»Ich glaube, ich nehme lieber Sandra für den Tag und Gert für die Nacht. Das sind doch recht heftige Kaliber, mit denen wir es zu tun haben. Passt es dir denn, Gert?«

»Und wie. Meine Schwiegermutter kommt. Da kann es bei den Sommers auch nicht langweiliger sein.«

»Gut, dann übernimmt Sandra den Tagdienst dort morgen. Und Gert die Nacht von Sonntag auf Montag. Schon wegen der Schwiegermutter.« Wieder Gelächter. *Diese Stimmung ist irgendwie symptomatisch für Krisensitzungen gerade am Samstag oder Sonntag,* dachte Lene.

»Und Montag tagsüber? Jakob, kannst du noch mal? Und nachts von Montag auf Dienstag? Bert? Du darfst dort sicher auch dein Notebook benutzen. Damit du dich nicht so nackt fühlst. Das gilt für euch alle. Solange ihr konzentriert auf Geräusche hört, habe ich nichts dagegen. Dann bleibt ihr eher wach.«

Sie teilte noch Sandra für Dienstag tagsüber und Gert für die Nacht zum Mittwoch ein. Alle zogen zufrieden ab. Bis dahin würden sie weiter sein. Sie ging zusammen mit Kalle in ihr Zimmer. Als erstes rief sie Kuhn an, der sich gleich meldete, und berichtete ihm von allem.

»Ist die Außenbewachung des Sommer-Anwesens schon für das ganze lange Wochenende organisiert?«

»Ja, das haben der Staatsanwalt und ich gleich durchorganisiert. Sie glauben nicht, Lene, wie butterweich er war. Er will diesen spektakulären Fall noch für sich verbuchen, bevor er geht. Damit der Neue nicht die Lorbeeren erntet.«

»Der Neue? Haben Sie ihn nun kennengelernt?«

»Hm. Heißt Dr. Neumann. Jochen Neumann. Circa Anfang vierzig, wirkt sehr zielstrebig. Man wird sehen.« Schade, sie hatte sich eine Frau gewünscht. Soweit zur fränkischen Quotenregelung.

Nachdenklich beendete sie das Gespräch.

»Der neue Staatsanwalt. Kennst du einen Dr. Jochen Neumann? Ich auch nicht«, beendete sie das Thema, als Kalle den Kopf schüttelte. »Also zurück zu unserem Fall. Wir müssen die Freunde befragen wegen des Schlüssels, den Richie offensichtlich benutzt hat. Kann es sein, dass er seinen Freund umgebracht hat um an die Bilder zu kommen? Mann, Kalle, das wäre der Hammer! Und natürlich ein klassisches Motiv, nämlich Geld. Wir müssen die anderen fragen, wann genau Richie von ihnen weggegangen ist. Und müssen uns überlegen, woher er gewusst haben könnte, dass Patrick schwer verletzt dort in den Wöhrder Wiesen lag. Hat Patrick ihn vielleicht angerufen?«

Sie wühlte hektisch in den Papieren auf ihrem Schreibtisch.

»Verdammt, wo ist denn jetzt die Anruferliste von dem Provider von Patricks Handy?«

»Längst im Ordner, Lene. Dank Sandra. Ruhig Blut, hier ist er«, und reichte ihr die Akte hinüber. Sie blätterte und fand schließlich die Liste. Fuhr mit dem Finger die Einträge hinunter um schließlich enttäuscht hochzusehen.

»Nichts, weder bei den ankommenden noch bei den abgehenden Anrufen. Da ist als ankommendes Gespräch nur die eine Prepaidnummer aus der Zeit vor seinem Verschwinden und dann ein abgehendes Gespräch an eine andere Prepaidnummer, etwa eine Stunde später. Das könnte natürlich ein zweites Handy von Richie sein. War das nicht die Nummer, die irgendwie verloren worden war vom ursprünglichen Besitzer? Danach sind da nur die Versuche, Rebecca zu erreichen. Ich frage Klaus.«

Sie wählte die Nummer der KTU und ließ sich Mertens an den Apparat holen. Als sie ihm ihre Theorie erklärt hatte, war auch er begeistert.

»Des schauat goud aus, des is ärchendwie stimmich. Obbe naa, ii hob ka zwaats Handy bei nem gfundn, a ka zwaate Sim-Gadn. Schad, ii hätt dii gern g'olfn.«

Lene beendete das Gespräch und stützte nachdenklich den Kopf auf die rechte Hand.

»War das nun aus guter oder schlechter Laune, dass Klaus so ins Fränkische gerutscht ist? Na ja. Also kein zweites Handy, keine zweite Simkarte. Das war doch so eine gute Idee gewesen! Wir müssen wenigstens versuchen, ob wir den Besitzer der Prepaidnummer finden können.«

»Haben wir, Volker und ich, noch einmal versucht, als du in Florenz warst. Die Spur ist einfach tot. Nichts Neues herauszufinden. Der ursprüngliche Besitzer, ein Student der Physik, ein Erstsemester, der absolut nichts mit Patrick oder seinen Freunden zu tun hat, hat sie verloren. So ein blöder Zufall. Er hatte sie als zweite Simkarte in seiner Geldbörse und irgendwann war sie weg. Sie muss ihm herausgefallen sein und ein anderer hat sie wohl gefunden. Da er nur die Original Pin, also *0000* benutzt hat, kann jeder den Zugang herausfinden. Blöd, nicht? Aber diese Dinge passieren. Und der Junge ist wirklich glaubwürdig. Die andere Prepaidkarte, von der Patrick angerufen wurde, ist im Nebel verschluckt. Nicht rauszubekommen.«

»Weißt du, was *richtig* blöd an unserem Beruf ist? Da denkt man, jetzt ist man auf einem klaren Weg und plötzlich ist da wieder eine Mauer. Sackgasse. Trotzdem müssen wir weiter über die Nummer und Richie und die Bilder nachdenken.«
Kalle lehnte sich in seinem Schreibtischstuhl so weit zurück wie es nur ging.
»Heute Nacht habe ich noch nachgedacht. Was wir auch im Gedächtnis behalten müssen, ist, dass die Kellnerin von so viel Vertrautsein zwischen Rebecca und Lukas im *Barfüßer* gesprochen hat. Sie war immerhin der Meinung, das sei ein Liebespaar gewesen. Vielleicht war es gar kein Zufall, dass er sie an dem Sonntagabend vor dem Starbucks getroffen hat, sondern sie waren verabredet. Ein richtiges Alibi haben beide nicht. Und seltsam ist das schon. Wir wollten doch ein Auge darauf haben.«
»Mal schauen. Aber du hast Recht, unwichtig ist das nicht. Am Montag, falls Richie immer noch nicht aufgewacht ist, klappern wir erst einmal die Freunde ab wegen des Schlüssels und wegen Richies Alibi. was meinst du? Jetzt haben die Russen erst einmal oberste Priorität. Die machen mir am meisten Sorgen.«
In dem Moment ging die Tür auf, und Volker steckte seinen roten Schopf herein, ein breites Grinsen auf dem Gesicht.
»Leute, es geht los. Ich habe gerade mitgeholfen bei den Hotels und hab eine Adresse. Ein Hotel in der Innenstadt. Nicht weit, wir brauchen nicht mal

ein Auto. Dauert länger als die beiden U-Bahnstationen. Der Mann an der Rezeption sagt, sie sind auf ihrem Zimmer.«

Lene sprang auf, schnappte sich ihre Jacke und war schon an der Tür. Kalle streckte sich und stand dann gemütlich auf. »Okay. Dann mal los!«

Auf dem Flur trafen sie ihre Kollegen und Sandra. Alle erleichtert, dass sie die Hotelsuche hinter sich lassen konnten. Das Wochenende winkte.

»Viel Erfolg bei der Verhaftung. Hoffentlich klappt es reibungslos. Toll, dass wir jetzt wissen, wo sie stecken. Wir warten noch auf die Vollzugsmeldung!«

Das Hotel war ein Mittelklassehotel, keine Absteige. Der Portier gestiegen, aber sie haben vor, warten Sie, genau sechs Minuten ausgecheckt. Ich wollte sie noch aufhalten, aber sie ließen sich auf kein Gespräch ein. Hatten es ziemlich eilig.«

»Verdammt«, stöhnte Lene auf. »Wieder von vorn. So was Bescheuertes! Wegen ein paar Minuten. Was hatten Sie denn für einen Eindruck, warum die es so eilig hatten. Wollten sie zum Bahnhof oder zum Flughafen?«

Der Portier schob seine Brille nach oben auf den Kopf und kratzte sich am Kinn. »Nein, glaube ich eigentlich nicht. Sie sprachen sehr schnell Russisch, zu schnell für mich. Ich spreche zwar Russisch, komme aus der ehemaligen DDR, wissen Sie, aber soweit ich verstehen konnte, ging es um einen Boris, der sie erwartete. Hatte irgendetwas für sie herausgefunden, glaube ich. Sie haben noch mit ihm hier telefoniert, und er erwartete sie. Vielleicht wollten sie ab jetzt bei ihm wohnen. Aber das alles ohne Garantie. Wie gesagt, sie haben sehr schnell gesprochen«, meinte er entschuldigend.

»Aber das ist doch ganz großartig von Ihnen, dass Sie Russisch können! Was für ein glücklicher Zufall für uns. Es wäre nur so wichtig gewesen, die beiden zu sprechen. Sie sind Zeugen, die uns weiter helfen könnten.«

Der Mann hinter dem Tresen schaute interessiert. Er reckte wissend sein Kinn und gleichzeitig seine Augenbrauen nach oben. »Geht es um den Mord an diesem Studenten? So traurig, so ein junger Mann. Und Zeugen? Na, ich weiß nicht. Mindestens der eine von ihnen sah ganz schön brutal aus.«

Lene griff in ihre Handtasche und holte die beiden Fotos und ihre Visitenkarte heraus. Sie reichte sie ihm hinüber. Dann legte sie die beiden Portraits vor ihn auf den Tresen.

»Waren sie das?«

Er nickte heftig. »Das waren sie. Und um was geht es denn nun?«

Aber Lene schüttelte bedauernd den Kopf.

»Dazu kann ich Ihnen jetzt leider nichts sagen. Aber falls sie wiederkommen, es könnte ja sein, rufen Sie mich gleich an? Aber unauffällig, bitte!

Dann ist es für uns leichter. Ausländer sind oft verschreckt, wenn es um die Polizei geht.«

Er nickte komplizenhaft und legte die Karte in eine kleine Schublade vor sich. Kalle fragte ihn noch, ob er das Auto der beiden gesehen hätte, aber der Portier verneinte. »Wir habe keine Parkplätze extra für das Hotel. Deshalb bekomme ich die Autos auch nicht so mit«, meinte er entschuldigend.

Draußen ließen sie erst einmal ihrem Zorn freien Lauf.

»Verdammt, das ist einfach zu wichtig! Wir müssen wissen, wo die stecken. So ein Scheiß!«

Kalle platzte bald. Seine Ruhe war dahin. Er hatte ebenfalls erkannt, wie gefährlich die beiden werden konnten.

»Und außerdem müssen wir Camille weiter bewachen. Teuer und organisationstechnisch auch nicht so einfach. Arme Kollegen, die sich die Nächte um die Ohren hauen müssen. So was Saublödes. So nahe dran.«

Auch Lene war mutlos. Wie sollten sie die beiden bei irgendeinem Boris finden? Sie rief im Präsidium an und entließ die Kollegen endgültig ins Wochenende. Aber sie sollten über ihre Handys erreichbar bleiben.

»Und wir starten auch bald ins Wochenende, Kalle. Aber vorher fahren wir noch schnell nach Schweinau. Vielleicht haben wir ja Glück und es ist doch jemand dort.«

Als sie das Areal vor sich sahen, von einem hohen Zaun umgeben und menschenleer, verließ sie die Hoffnung. Dann, plötzlich, hörten sie doch Geräusche und in der nächsten Sekunde schoss ein großer, ziemlich grimmig dreischauender brauner Hund mit Zottelfell um die Ecke. Erinnerte an einen altdeutschen Schäferhund, der aber irgendeine andere kämpferische Rasse – oder nur wachsame? – in sich hatte. Auf jeden Fall war er Lene, der Hunde nie Angst machten, unheimlich. Sie zog sich vom Tor zurück und redete beruhigend auf den aufgebrachten Hund ein, der sicherheitshalber noch einmal sein Gebiss zeigte, bevor er unversehens still wurde und seinen Blick wachsam zwischen ihr und Kalle hin und her wandern ließ.

»Hallo, ist dort jemand?« Lene ließ sich auch nach dem vierten lauten Rufen nicht wirklich entmutigen. »Irgendwer muss doch hier sein. Man kann doch den Hund nicht mehrere Tage hier allein lassen.«

Kalle sah kritisch auf den Hof voller abgestellter Autos und einem Durcheinander aus Stahl.

»Ich glaube, da sind die hier nicht so zimperlich. Sicher stellen sie dem Hund was hin und vor allem genug Wasser – und dann heißt es eben für ihn durchhalten oder sich eine fette Ratte jagen. Dies ist sicher kein Paradies für Schoßhunde, so viel ist sicher.«

Lene musste ihm Recht geben. »Weißt du, dass mich Schrottplätze immer schrecklich traurig machen? Diese vielen Autoleichen, die einmal der Stolz von irgendwem waren, als sie jung und chromglänzend mit schimmerndem Lack vor ihrem Besitzer oder natürlich ihrer Besitzerin standen. Neben der Bedrohung, die man fühlt, wenn man völlig demolierte Unfallautos sieht – ich kriege dann immer eine Gänsehaut – sind es die vielen Erinnerungen, die mit jedem unserer Autos verbunden sind. Und dann enden sie hier. Und wenn dann noch das Sitzpolster zerfetzt ist – einfach obszön wirkt das, wie eine Keule. Sentimental, nicht? Na, ich habe immer eine starke Beziehung zu meinen Autos.«

Kalle blickte ebenfalls nachdenklich auf den Platz der toten Autos. »Ich finde das hier auch deprimierend. Komm, lass uns gehen. Ach so, sieh mal, tatsächlich hier ist eine Handynummer!«

Ein kleines Schild war rechts am Zaun befestigt.

Er hatte schon sein Handy herausgeholt und tippte die Nummer ein. Dann legte sich die Enttäuschung auf sein Gesicht. Mobilbox. Er sprach seinen Text auf das Band und bat um einen Rückruf.

»Komm, wir gehen. Hat doch keinen Sinn heute. Servus, Hund.« Der schaute sie ebenfalls noch einmal intensiv aus braunen Augen an, wandte sich dann um, trottete ein paar Meter weiter, bevor er noch einmal seinen großen Kopf wandte und sich überzeugte, dass sie wirklich weg gingen. Sie verließen aufatmend die ungastliche Ecke und liefen über den aufgesprungenen, trockenen Lehmboden zurück zum Auto.

Am Marientor bat sie ihn, sie herauszulassen.

»Ich rufe jetzt erst Klaus an, dass er nicht mehr nach Schweinau muss, und dann will ich mich mit Sophie hier in der Stadt treffen. Vielleicht bringt mich das auf andere Gedanken. Was für eine Woche! Ich muss erst mal den Kopf klar bekommen. Die Akte Patrick habe ich im Auto als Gute-Nacht-Lektüre. Lese noch mal alles, was ich verpasst habe, als ich in Florenz war. Ciao!«

Auf dem Weg in die Innenstadt rief sie Sophie an. Die war richtig begeistert von der Möglichkeit eines Stadtbummels mit ihr. Wenig später wartete Lene im Starbucks in der Königstraße auf ihre Tochter. Inzwischen hatte sie sich wieder etwas von ihrer Enttäuschung erholt, auch wenn sie jetzt nicht wusste, wie sie weitermachen konnten. Wieso hatten die beiden ausgerechnet zu diesem Zeitpunkt das Hotel verlassen? Solche Zufälle gab es doch gar nicht! Da kam ihr eine Idee. Hatte der Portier sie gewarnt und die Polizei so überzeugend hintergangen? Irgendwie schien das die einzige Erklärung. Dann waren sie vielleicht gar nicht wirklich weg, sondern kamen später wieder, wenn die Luft rein war? Sie konnten davon ausgehen, dass die Kripo dem Portier geglaubt hatte und bestimmt nicht wiederkommen würde. Denn in das jetzt von der Polizei entdeckte Hotel würden sie bestimmt nicht zurückkehren – und waren genau dadurch dort sicherer als anderswo.

Vielleicht, vielleicht, wenn sie Glück hätten ... Sie rief Kalle an. Auch er fand den Gedanken gut.

»Das wäre ein Ding. Ich hole mir mein Auto und beobachte das Hotel. Vielleicht macht Volker mit oder löst mich später ab. Wenn nicht, sage ich dir wieder Bescheid.«

Kapitel 24

Montag, 31. Oktober

Als Lene am Frühstückstisch saß, begleitet von Perugio, der auf seine Morgenration hoffte, musste sie sich erst einmal auf den Tag einstimmen. Irgendwie lief alles nicht so wie sie gehofft hatte. Die beiden Weißrussen waren nicht wieder aufgetaucht, weder im Hotel noch im Umkreis von Sommers. Wo waren sie? Außerdem war Richie immer noch nicht aufgewacht, was zu allem auch immer mehr Anlass für Sorge um ihn gab. Gedankenverloren kraulte sie Perugio, der sofort mit lautem Schnurren reagierte.

Zudem war Sophie gestern Abend zurück nach Hamburg geflogen. Sie fehlte ihr jetzt schon. Warum musste sie auch so weit weg wohnen?

Hör auf zu jammern, Lene, ermahnte sie sich. Freu dich lieber über das schöne Wochenende, das du gehabt hast und fange jetzt Mörder. Das ist schließlich dein Job.

Sie dachte an das lange Skypegespräch mit Mike vorgestern Nacht, als Sophie schon schlief und es in Kalifornien Sonnabendmittag war. War sie wirklich erst eine Woche zurück? Mike war so intensiv und nahe gewesen, trotz der Entfernung. Und hatte sie aufgebaut, ihr Mut gemacht. Es war einfach gut, einen Partner zu haben, der beruflich mit den gleichen Problemen kämpfte wie sie. Selbst, wenn es jetzt wieder nur ein Fernpartner war.

Der Toaster klickte nach oben, ihr Toast war fertig. In Gedanken versunken, verbrannte sie sich fast beim Herausnehmen, strich Butter und Orangenkonfitüre darauf und biss hinein. Und plötzlich kamen ihre Lebensgeister zurück. Sie nahm den Duft des Kaffees wahr, genoss die herbe Süße ihres Frühstücks, hörte Perugios Schnurren und war wieder ganz da. Sie würden den Fall klären, und Richie würde wieder aufwachen.

Gestern hatte sie noch lange mit Kalle gesprochen, wie sie heute vorgehen wollten. Vor allem die Freunde standen auf der Liste. Sie hatten sich gegen Aussagen von ihnen am Telefon entschieden und wollten stattdessen alle persönlich sprechen – und so, dass sie sich nicht absprechen konnten. Also hatten sie beschlossen, heute zur Uni zu fahren, möglichst gegen Mittag, um sie in der Mensa zu treffen.

»Ich hoffe bloß, dass Studenten nicht grundsätzlich einen freien Brückentag aus diesem Montag machen. Morgen ist doch Allerheiligen.«

Die Sonne lag auf dem Rasen vor der Fensterfront ihres Wintergartens. Was für ein Schlussstrich unter einen wahrhaft goldenen Oktober! Schon gestern war es so warm und sonnig gewesen. Wie seltsam diese Wärme zu einer Zeit, in der es sonst schon Luxus war, wenn es nicht grau und diesig war oder regnete. Ich muss den Rasen mähen, bevor das Wetter kippt, dachte sie. Mit diesem Vorsatz für einen der nächsten Tage trank sie ihren Kaffee aus, bereit für den Tag.

Als sie im Präsidium ankam, begegnete ihr schon auf dem Parkplatz Staatsanwalt Kröger, der sofort auf sie zusteuerte.

»Frau Becker, wie gut, dass wir uns sehen. Ich wollte die Bewachung der Familie Sommer wieder einstellen. Das ist einfach zu teuer, und aufgetaucht ist bisher doch niemand, oder?«

Seine Mimik zeigte dabei deutlich, was er von der Bewachungsaktion hielt. Obwohl er Recht hatte, hatte sie ein mulmiges Gefühl bei dem Gedanken, die Sommers, und vor allem Camille, ihrem Schicksal zu überlassen.

»Bitte, lassen Sie die beiden Streifenbeamten noch weiter dort – wenigstens bis zum Abend des zweiten, also Mittwoch. Ich möchte wissen, ob sich noch etwas tut, dann, wenn beide Sommers wieder zur Arbeit gehen nach dem langen Wochenende. Ich weiß noch nicht, ob sie heute ihre Praxen geöffnet haben, habe Camille jedoch extra gebeten, heute noch nicht wieder in die Uni zu gehen. Ich will erst wissen, was die beiden Ganoven vorhaben. Und bisher haben wir sie noch nicht wieder gefunden. Wir werden heute noch einmal die Hotels durchgehen. Nur – jetzt sind sie vielleicht gewarnt. Ich kann immer noch nicht an den Zufall glauben, dass sie gerade in dem Moment auschecken, als wir im Anmarsch sind. Wenn sie das mitbekommen haben, habe ich wenig Hoffnung, sie über diese Hotelabfrage zu finden. Wir wissen nur, dass sie nicht von Nürnberg abgeflogen sind. Und irgendwo müssen sie wohnen, wenn sie nicht per Auto oder Zug die Stadt verlassen haben.«

Sie holte Luft. Wie sollte sie ihn nur überzeugen? »Zudem sie an die Bilder von Patrick Sommer wollen, wie der Überfall auf Richard Fischer deutlich macht. Also müssen wir Geduld haben – und gleichzeitig Camille schützen. Und die Bilder, von denen sie vielleicht annehmen, dass sie noch im Atelier sind. Wenn sich bis Mittwochabend nichts getan hat, dann können wir weiter sehen.«

»Dann ziehen wir die Bewachung am Donnerstagmorgen ab«, veränderte er ihren Satz in bestimmten Ton. »Also gut, noch diese drei Tage. Aber das ist mein letztes Wort. Und ich hoffe, dass Sie bald weiter kommen.«

Auch das klang weder freundlich noch ermutigend. Sie spürte seine Anspannung. Die Publicity im Nacken, dachte sie grimmig. Stress haben wir eigentlich genug.

Sie hatte auch am Wochenende gearbeitet. Sowohl die Akte durchforstet, als auch mit Klaus Mertens und Kalle die Fakten sortiert. Aber sie kamen einfach nicht weiter, es war zum Verrücktwerden. Sie hatte das Gefühl sich im Kreis zu drehen. Auch Kalle sah mutlos aus, als er in ihr gemeinsames Zimmer kam. Er knallte sich auf seinen

Sitz hinter dem Schreibtisch und zuckte die Schultern.

»Wie gehen wir bloß weiter vor? Diese Widersprüche und die verschwundenen Russen machen mich fertig. Dazu das Packen – obwohl, ich freue mich auf die Wohnung, und das Packen macht mir nicht so viel aus. Ich hab immerhin keine Frau, die mir hineinredet. Allerdings auch keine, die mir hilft.«

Lene grinste. Sie hatte verstanden. »Also, sobald wir den Fall gelöst haben, helfe ich dir – ohne dir hineinzureden.«

Die gute Laune, die das Arbeiten mit ihm so angenehm machte, war zurück. Lene berichtete von ihrer Begegnung mit Kröger.

»Deshalb können wir nur hoffen, dass sich bis dahin etwas tut. Ich habe alle noch einmal an die Telefone gehängt, um nach dem Hotel zu suchen, in dem sie wohnen könnten. Danach befragen sie wie besprochen die Nachbarn. Und jetzt schreibe ich an meinem Bericht weiter. Ich will erst die totale Übersicht.«

Auch Kalle arbeitete an seinen Protokollen, nur unterbrochen vom Holen eines Kaffees für sie beide und einem Gespräch mit den Erler Kliniken. Noch keine Veränderung bei dem Patienten Fischer. Ein Telefonat mit Alberti in Florenz brachte auch nichts Neues zu Tage.

Schließlich sah Lene auf die Uhr und griff zu ihrem Handy, während sie die Liste der Personen aus Patricks Umfeld in der Akte aufschlug.

»Los, wir müssen nach Erlangen. Besser, wir rufen vorher an und versuchen die Freunde jetzt um die Mittagszeit an der Uni zu erreichen. Gegen zwölf müssten alle Vorlesungen und Seminare pausieren. Danach können wir immer noch zu denen, die wir woanders kontakten müssen.«

»Dann mach am besten einen Treffpunkt in einer der Mensen aus. Dann können wir auch gleich etwas essen«, klang es hoffnungsfroh von ihrem Kollegen.

Moritz, Greta und Christiane erreichten sie auf Anhieb und bestellten sie für eine gute halbe Stunde später in die Mensa am Langemarckplatz. Auch Rebecca, die erst nicht abnahm, rief kurze Zeit später zurück. Lukas und Aaron waren schwieriger zu erreichen.

»Wer von den beiden ist im *MarthaMaria*?« Sie suchte in den Verhörprotokollen, bis sie es fand. Es war Richie gewesen, der gerade in dem Krankenhaus, seine klinischen Semester absolvierte. Jetzt lag er als Patient in einer anderen Klinik auf der Intensivstation. Für ihn als angehenden Arzt sicher eine später einmal wichtige Erfahrung.

Ein leuchtender Tag erwartete sie draußen, als sie zum Auto gingen. Fast wie ein warmer Spätsommertag. »Was für ein ungewöhnlicher Herbst«, sinnierte Lene zum wiederholten Male. »Nachts so kalt und tagsüber so warm. Aber gut auszuhalten«, meinte sie mit einem Grinsen. Sie war immer glücklich, wenn es warm war.

»Nicht, dass du das in diesem Herbst nicht schon ein paar Mal erwähnt hättest«, ärgerte sie Kalle.

»War es hier auch so warm, als ich in Kalifornien war? Weißt du«, fuhr sie zusammenhanglos fort, »was mir nicht aus dem Kopf geht? Wenn der Mörder Patrick einfach liegengelassen hätte, hättet ihr ihn doch viel eher gefunden. Warum also das Versenken im See? Was wollte der Mörder dadurch erreichen? Immer wieder beschäftigt mich diese Frage. *Warum* wollte der Mörder, dass Patrick erst später gefunden wird? Oder dachte er, dass das eigentlich dünne, wenn auch stabile Gartenband ihn auf Dauer unten halten würde, er nicht entdeckt würde? Ich verstehe das nicht.«

Aber Kalle fiel dazu auch nichts mehr ein. Zu oft hatte er sich schon die gleiche Frage gestellt. Es blieb vorläufig nur die Hoffnung auf Patricks Freunde, um alles etwas voranzubringen.

In der Mensa war die Hölle los und Lene sah hilflos auf die geballte Schar schwatzender hungriger junger Leute. Offenbar kein Brückentag für Studenten. Die Erstsemester, die erst wenige Tage an der Uni waren, konnte man noch deutlich in ihrer Unsicherheit erkennen. Lange Schlangen vor der Essensausgabe. Aber der um einen Kopf größere Kalle hatte die Freundestruppe bereits erspäht und steuerte einen Tisch am Fenster an. Erwartungsvolle Gesichter sahen ihnen entgegen.

»Meechest a Fleischküchle mit aam Kartoffelsalat un aam grün' Salat?«, fragte Kalle Lene in beinahe reinstem Fränkisch und lockerte dadurch die Atmosphäre auf, denn alle lachten. Nach Lenes Zustimmung stürzte er sich ins Gewimmel. Sie versuchte erst einmal eine oberflächliche Konversation über Stundenpläne und Anforderungen dieses Semesters. Alle gingen auf ihre jeweiligen Abschlüsse, Bachelor oder Master, zu und waren sehr eingespannt. Schließlich kam Kalle mit einem größeren graublauen Tablett auf ihren Tisch zugesteuert, ihre beiden gefüllten Teller und frisch gepresste Säfte in unsicherer Position darauf balancierend. Sie ertappte sich dabei, ihn gespannt zu beobachten und einen leisen Seufzer der Erleichterung auszustoßen, nachdem er seine Last abgesetzt hatte. Erst dann kam sie zu ihrem Anliegen.

»Weiß einer von euch etwas über Patricks Schlüssel? Wir haben bei ihm seinen gefunden, müssten aber wissen, wer noch einen besitzt«, begann sie. Rebecca, hast du zum Beispiel einen Schlüssel zu seiner Wohnung?«

Aber die schüttelte den Kopf.

»Das wollten Herr Dr. Sommer und seine Frau nicht. Zu oft hätten sie geschäftliche, vertrauliche Unterlagen im Haus. Und von Patricks Wohnung ging es doch mit freiem Zugang ins ganze Haus.

Das konnte ich deshalb gut verstehen. Wir haben uns halt immer verabredet. War ja kein Problem.«

Aber Lene spürte, dass sie die mangelnde Intimität mit der Wohnung ihres Freundes doch als Manko empfand. Sie verstand Rebecca. Für die beiden wäre mehr Unabhängigkeit sicher besser gewesen.

»Und hat einer von euch anderen einen Schlüssel gehabt?«

Verständnisloses einhelliges Kopfschütteln.

»Vielleicht Aaron oder Lukas oder Richie?«

Rebecca protestierte.

»Warum sollten die, wenn nicht einmal ich einen hatte? Nein, bestimmt nicht.«

Danach ging Lene an eins der Fenster und bat Kalle ihr nacheinander die Freunde zu schicken. »Damit ich ihre Erinnerung unbeeinflusst von den anderen habe.«

Sie fragte jeden, bis auf Rebecca, wann Richie an dem Abend, als sie festgestellt hatten, dass Patrick verschwunden war, sich von ihnen verabschiedet hatte. Die Aussagen stimmten in etwa überein. Gegen kurz nach elf, es konnte auch Viertel nach gewesen sein. Keiner ist über die Wöhrder Wiese nach Hause.

»Da sind mir nachts unter der Brücke zu viele Sandler«, sagte Christiane. »Da mag ich nicht vorbei. Ich komme mir dann immer so privilegiert vor, wenn ich die dort sehe. Sie wirken auf mich immer so verloren, so verletzt.«

Natürlich, die Sandler, die Obdachlosen! Sie machte sich gleich eine Notiz. Die müssten sie unbedingt noch befragen. Dann sprachen sie noch allgemein über den Abend. »Es ist, als wäre es der letzte unbeschwerte Abend für uns gewesen«, meinte Greta. Moritz stand auf.

»Wir müssen los. Mittagspause zu Ende.«

Stühle scharrten und Servus, und weg waren sie.

»Toll, der Weg nach Erlangen hat sich ja voll gelohnt.« Frustriert zogen sie ihre Teller zu sich und fingen an zu essen.

»Immerhin, dass wir nicht an die Sandler gedacht haben! Da unter der U-Bahn Brücke Wöhrder Wiese findet man sie doch immer nachts. Ist doch quasi ihr fester Wohnsitz. Übrigens finde ich das immer wirklich vorbildlich von der Stadtverwaltung, dass sie dort sein dürfen. Also, die müssen wir noch befragen. Zu Rebeccas Begründungoder vielmehr Patricks, dass er keinen Schlüssel an Nicht-Familienmitglieder geben darf, das ergibt bei den Berufen der Eltern schon einen Sinn. Aber wie ist Richie dann hinein gekommen? Er *muss* dafür einen Schlüssel gehabt haben. Oder glaubst du, er kann so geschickt mit einem Dietrich ein solches Schloss knacken? Warte mal!«

Hastig legte sie das Besteck weg, griff noch einmal zu ihrem Handy und rief eine Nummer auf.

»Rebecca? Gottseidank bist du noch nicht in deinem Seminar. Weißt du, ob Patrick immer abgeschlossen hat, ich meine, richtig den Schlüssel mindestens einmal umgedreht hat, wenn er seine Wohnung verlassen hat?« Sie wartete ungeduldig bis sie die Antwort hatte. »Ja, das war's schon.«

»Er hat äußert penibel immer zweimal zugeschlossen. Das kann man nicht aufbekommen, ohne dass Klaus es gemerkt hätte. Also legen wir den Gedanken erst einmal zur Seite, bis uns eine Idee kommt. Lukas und Aaron können wir auch per Handy fragen. Viel Hoffnung habe ich da nicht mehr. Ich bin jetzt frustriert und fahre zurück ins Präsidium. Ich will die Protokolle noch einmal zusammenhängend lesen und mich noch um Florenz kümmern. Übrigens weißt du was«, sie zauberte ein Lächeln auf ihr Gesicht, »ich finde es wirklich nett, dass du uns etwas zu Essen besorgt hast. Und schmecken tut es auch noch. Nicht zu fassen.« Sie schob sich ein knackiges Salatblatt in den Mund. »Außerdem, wenn man es genau nimmt, auch, wenn es im Moment nicht so aussieht, sind wir schon viel weiter mit den Ermittlungen.« *Hoffe ich doch*, setzte sie in Gedanken hinzu.

Bei der Rückkehr ins Präsidium erwarteten sie ebenfalls frustrierende Ergebnisse. Die Hotelsuche der Kollegen hatte nichts ergeben, ebenso wenig die Befragung der Nachbarn. Super! Viel Beinarbeit und kein Vorwärtskommen. Die langweilige Seite ihres Berufes. Und die frustrierende. Sie malte schließlich eine Skizze mit Patrick als Mittelpunkt und dann alle Personen seines Umfelds im Kreis darum. Anschließend Verbindungslinien der Einzelnen untereinander, je nach Intensität in verschiedenen Farben. Dann brütete sie über ihrer Zeichnung. Prägte sich jedes Detail zusammen mit den Vernehmungsprotokollen ein, bis sie wusste, sie konnte sich jetzt auf ihr Gedächtnis verlassen.

Nach einem Nachmittag im Präsidium und einem nochmaligen Meeting mit ihrem Team, das jedoch keine neuen Erkenntnisse brachte, schob Lene die Arbeit an der Akte zusammen. Rief noch einmal in der Klinik an. Noch nichts Neues.

»Weißt du was? Wir gehen jetzt Essen. Richtig gemütlich. Ich habe nämlich die Nase voll. Und vorher holen wir noch ein paar Flaschen Rotwein. Keine Sorge«, lachte sie, als sie Kalles betont besorgtes Gesicht sah, »wir müssen doch auf die Sandler warten, und sie dann ein bisschen bei Laune halten.«

Später saßen sie im *Barfüßer* und sprachen erst über Sophie, die Kalle bei ihren verschiedenen Treffen diesmal von einer ganz neuen Seite kennengelernt hatte. »Ich würde gern einmal ihre Bilder sehen. Meinst du, ich kann mir eins von ihr leisten, ich meine, wenn sie mir gefallen – für meine neue Wohnung?«

Das war die Überleitung zu einem Gespräch über seinen Umzug in die Dr. Carlo. Seine Vorfreude war ansteckend.

»Und wir wohnen dann so nahe zusammen, dass wir sicher meist mit einem Auto auskommen«, strahlte er. Lene konnte ihn verstehen. Die Nähe des Wöhrder Sees, die Natur um ihn herum, das war wirklich nicht mit seiner jetzigen Wohnung - ohne Balkon und an einer lauten Straße gelegen - zu vergleichen.

»Wieso bist du noch nicht früher darauf gekommen?«, fragte sie.

Er zuckte die Achseln. »Irgendwie war das bisher nicht so wichtig. Vielleicht werde ich älter und setze andere Prioritäten.«

Das verstand sie. So hatte sie damals auch empfunden, als die Kinder plötzlich aus dem Haus waren, und sie sich neu orientierte – mit einer großen Freude am Sich-Selbst-Wieder-Entdecken. Irgendwie war das eine spannende Zeit des Auftauchens nach all den Jahren, in denen sie hauptsächlich für ihre Familie da war, also für andere. Außer im Beruf natürlich, aber auch da ging es nie um sie selbst, sondern um das, was sie leistete.

»Das wird sicher ein Neustart für dich.« Sie sah ihren Kollegen und Freund liebevoll an. »Du wirst dich vielleicht neu entdecken und das gehört zu deinen vierzig Jahren dazu. Was ist eigentlich mit der Liebe?«

Einen kurzen Augenblick verdunkelte sich seine Miene. Dann winkte er ab. »Nichts. Irgendwie habe ich entweder nie Zeit oder es funkt einfach nicht. Also, lassen wir das Thema.«

Als es draußen dunkel genug war, machten sie sich auf zur Brücke, unter der gewöhnlich die Obdachlosen lagerten. Die mitgebrachten Flaschen klirrten leise aneinander in der Tragetasche mit dem orangefarbenen Logo des Supermarktes. Kalle sprach gedämpft weiter. »Weißt du, als du noch in USA warst« - er sprach es wie ein Wort, also Usa – hat unsere Zeitung einen großen Bericht über die Obdachlosen gebracht. Es gibt in Nürnberg um die fünfzig Sandler. Eine feste Zahl auf jeden Fall. Und sowohl die Stadt als auch unsere Kollegen von der Schutzpolizei dulden ihren gemeinsamen Aufenthalt unter der U-Bahnbrücke.«

Sie waren fast angekommen und hatten Glück – eine größere Gruppehatte sich dort zusammengefunden. Die vielleicht fünfzehn bis zwanzig Männer, Frauen sah Lene nicht, unterhielten sich mit gesenkten Stimmen. Die Gespräche verstummten allerdings sofort, als sich Lene und Kalle näherten. Misstrauen in den Gesichtern.

»Wenn des mol kaane Bulln san«, vernahm Lene eine bärbeißige Männerstimme. *Wieso wissen sie das nur immer*, fragte sie sich wütend.

»Guten Abend. Klar sind wir Bullen, wie ihr sagt, aber eigentlich sind wir von der Kriminalpolizei, Abteilung Mord. Becker heiße ich und das ist mein Kollege Karlowitz. Und, um ehrlich zu sein, wir hoffen auf Ihre Hilfe.«

»A Hülfn, ha, ha«, tönte es wieder höhnisch. »Suchts nachert wol aan Möda? Obbe gonz sicha net unde uns. Also gönnen's a glei widde gee. An gunnohmd, wünsch me na.«

Offenbar der Wortführer. Wie sollte sie den nur anfassen, damit sich die Stimmung, die noch gegen sie stand, veränderte? In freundlichem Ton, vorgebend als ob sie die Feindseligkeit gar nicht bemerkte, wandte sie sich jetzt direkt an ihn.

»Wie kommen Sie darauf, wir würden einen Mörder bei *Ihnen* suchen? Daran haben wir gar nicht gedacht. Aber Mordfälle lassen sich nun mal nur mit Hilfe von Zeugen aufklären. Und ich nehme an, Sie wollen so wenig wie wir, dass ein Mensch, der einen jungen Mann hier in Nürnberg - und noch dazu fast neben Ihrem Platz hier - ermordet hat, ungeschoren davon kommt? Und deshalb sind wir hier. Und hatten mehr an ein nettes Gespräch mit Ihnen gedacht, eben wirklich *Hilfe*.« Dabei öffnete sie ihre Tragetasche und griff nach der ersten Flasche Rotwein. »Hat vielleicht einer von Ihnen einen Öffner?«

»Nachert, wenn dees aso is«, brummte der Anführer versöhnlich und zückte sein Taschenmesser mit Korkenzieher, den er beiläufig aus seiner Kerbe herauszog. »Lassn's amol segn.«

Sie ließ ihn die Flasche nicht nur sehen, sondern reichte sie ihm hinüber.

Dann gleich die nächste. Sofort wurde die Stimmung gelöster. Nachdem die Flaschen herumgegangen waren, wandte sich der Wortführer wieder an Lene.

»I' bin dee Willi. Nachert, was wollen's denn wiss'n? Schaun mer amol, wos wia so gsegn hohm«, meinte er, nun wesentlich sanfter. In seinem Bart glitzerten Rotweintropfen, seine Augen waren zu kleinen Schlitzen zusammengekniffen. Vielleicht ein Lächeln oder so etwas, vermutete Lene.

» Es geht um den Jungen, den wir hier aus dem Wasser gezogen haben. Er war fünfundzwanzig und hat gerade sein Studium geschmissen, um endlich das zu machen, was er wirklich konnte. Malen. Er war ein Künstler, noch dazu ein wirklich guter, wie wir inzwischen gesehen haben. Der hätte euch gefallen.«

Sie holte Luft, machte eine kleine Pause. » Also, er ist in der Nacht vom 16. auf den 17. Oktober ermordet worden. Das heißt, erst wurde er dort unten, fast in Hörweite zu euch, zusammengeschlagen. Hat einer von euch damals etwas gehört oder gesehen?«

Stille.

» So zwischen zehn und elf nachts war das.«

Stille.

Dann leicht bockige Stimmen, die durcheinander protestierten.

»Weiß ich doch nicht, *wann* sollte das gewesen sein - koa Ahnung - dees is doch ah vial z'long hea - weiß i doch nemmer - «

Dann eine zaghafte Stimme. »Ich glaub, ich hab was ghört. Aber nichts gsehn.«

Die beinahe dialektfreie Stimme gehörte zu einem zierlichen, bärtigen Mann, eher jünger, wenn man sich den Bart wegdachte, und extrem ausgemergelt. Drogen?, fragte sich Lene.

»Beschreiben Sie uns doch einmal, was sie gehört haben.«

»Ja, also die anderen hier waren noch nicht da. Drinnen in Gostenhof war so ein kleines Straßenfest, deshalb waren alle dort und haben versucht was abzustauben. Da waren drei Männer, der eine war jünger, er kam zusammen mit zwei anderen. Zwei waren wütend auf den Jüngeren. Das bekam ich mit. Aber dann sind sie nach unten auf die Wiese, und ich hab sie nicht mehr gesehen. Ich hab nur gehört, wie einer wohl zugeschlagen hat. Da bin ich weggelaufen. Falls die Bullen kommen, äh, Entschuldigung, Ihre Kollegen. Wollte mit denen nichts zu tun haben.«

Nicht so ergiebig, wie sie sich vorgestellt hatten.

»Wann, meinen Sie, war das in etwa? «

»Wann? Also dunkel war es schon lange. So gegen halb elf, elf. Oder kann auch zehn gewesen sein. Dafür kann ich mich nicht verbürgen.«

»Und später? Waren Sie da dann doch noch mit anderen zusammen hier? «

»Ja, aba heeä'n ham mer nix «, übernahm wieder der Wortführer. Hatten die wirklich nichts gehört? Dann der Zarte in Hochdeutsch.

»Doch – warten Sie mal. Ich hab einmal so ein lautes Platschen gehört. Aber das war schon spät. Viel später. Wann weiß ich nicht. Nur das Platschen, das war wirklich laut. Ich hab noch gedacht, ein Frosch kann das nicht sein. Aber die meisten schliefen schon ihren Rausch aus. Sicher war es mindestens zwei Stunden später. An die von vorher hab ich gar nicht mehr gedacht«, setzte er mit nachdenklichem Zögern noch hinzu. »Meinen Sie, dass - ?« Er brach ab.

»Das wissen wir noch nicht. Aber erst einmal danke für die Auskunft.«

»Und sonst hat keiner etwas gemerkt von euch? Kommt, Jungs«, versuchte Kalle mehr aus ihnen herauszulocken. Vergeblich.

Lene bedankte sich bei ihrem Informanten.

»Ich bin der Anton, wenn auch nicht aus Tirol«, versuchte der einen Scherz zu machen. Sie steckte ihm zwanzig Euro zu, so, dass es die anderen nicht merkten. Bat ihn, das, was er gehört hatte, eventuell noch einmal zu Protokoll zu geben, wenn sie es brauchten. Was Anton, jetzt schon eher begeistert, versprach.

Lene und Kalle beschlossen mit den Öffentlichen nach Haus zu fahren. Als sie im Schutz der Burgmauer am Marienberg auf die Straßenbahn warteten, besprachen sie noch einmal ihre Eindrücke.

»Hast du gesehen, wie verhältnismäßig ordentlich es war? Sogar der Besen und die Schaufel waren da – haben die im Zeitungsartikel erwähnt. Aber zum Fall. Es liegt also eine ganze Zeit dazwischen, zwischen der Prügelei und dem Mord. Wenn *der* Platsch, wie er das Geräusch nannte, das Versenken von Patrick war. Aber das ist schon wahrscheinlich. Eine Leiche mit einem Gartenschirmfuß beschwert, das geht sicher kaum geräuschlos. Wo aber war Patrick in der Zwischenzeit gewesen? Was hat er gemacht? Und wieso war er sowohl in der Dr. Carlo, wo er Rebecca erreichen wollte, als auch im Wald in der Nähe des Tierheims? Und wieso hat er den Akku aus dem Handy genommen? Denn sonst hätten die Kollegen das Handy doch geortet. Und war er das oder sein Mörder? Das Handy ist immer noch verschwunden.«

Lene tröstete ihn. »Wir wissen jetzt aber, dass die, die ihn verprügelt haben, nicht unbedingt auch seine Mörder sind. Das hilft schon. Wenn ich auch noch nicht weiß, wie.«

Da tauchten die Lichter der Bahn auf.

Kapitel 25

Mittwoch, den 2.November
Das Telefon klingelte schrill und riss sie aus dem Schlaf. Benommen tastete sie auf dem Nachttisch nach ihrem Handy.
»Ja?«, brachte sie heraus.
«Rebecca ist verschwunden.« Kalles Stimme klang rau vor Aufregung. »Und sie war als letzte Station bei Camille. Dort ist sie um neunzehn Uhr gestern Abend weg gegangen, weil sie dringend zu ihrer Mutter kommen sollte. Du weißt ja, dass sie krank ist. Sie brauchte Hilfe, und Rebecca ist sofort zu ihr aufgebrochen. Die beiden Bewacher, es waren Kürzler und Bayer, haben sie die Straße vor dem Haus hinuntergehen sehen. Und dann ist sie um die Ecke gebogen, und niemand hat sie seither gesehen.«
Lene war hellwach. »Ich komme. Wo bist du?«
»Vor dem Haus von Sommers.«
Verdammt. Rebecca. Wieso nur? Sie griff nach ihren Jeans und zog nur einen dünnen Pullover über. Lederjacke, Schuhe. Wieso nur Rebecca? Vielleicht war ja doch alles ein Irrtum. Wo war nur der verdammte Schlüssel! Hier. Ihr Alfa heulte auf, als sie aus der Sackgasse schoss. Plötzlich sah sie das junge Mädchen damals am Strand in Frankreich

vor sich. Da war sie zu spät gekommen. Nicht schon wieder! Lass sie uns finden!

Nächtliche leere Straßen und überhöhte Geschwindigkeit.

Dann stand ein blasser Kalle neben einem übernächtigten Bert. Richtig, er war ja die Nachtwache für Sommers gewesen. Auch ihm ging es an die Nieren. »Wir haben extra gewartet mit der Befragung der beiden Kollegen.« Lene sah wieder zu Bert. »Hast du etwas gemerkt?« Er schüttelte den Kopf. »Ich bin erst um zwanzig Uhr gekommen. Und niemand wusste davon, dass sie verschwunden ist.«

»Gut, dann geh du jetzt nach Hause. Heute ist genug Polizei da, da sind Sommers sicher.«

Bert wollte noch etwas erwidern, aber plötzlich sah sie, wie er begriff, dass er wirklich müde war. Er drehte sich zum Gehen. »Meinst »Ich rufe dich sofort an, wenn wir loslegen wollen, und wir dich dann brauchen. Bis dahin erholst du dich.«

Er murmelte nur ein »Sicher?« Aber er erwartete keine Antwort.

Kürzler und Bayer stellten sich vor. Betroffen und voller Bedauern. Lene sah beiden intensiv in die Augen.

»Erzählen Sie, bitte. Alle Einzelheiten sind jetzt wichtig. Und denken Sie daran, alle Selbstvorwürfe blockieren nur. Wir brauchen einfach alles – und die Wahrheit. Was haben Sie beobachtet?«

Die beiden nickten simultan. Kürzler räusperte sich.

»Also, Bayer war gerade kurz weg, pieseln – äh, austreten. Ich habe am Radio einen neuen Sender gesucht. Da sah ich sie, das junge Mädchen mit den dunklen Haaren, aus dem Haus kommen. Hübsch, habe ich gedacht. Sie ist im Alter von meiner Tochter. Die jungen Mädchen machen heute wirklich was aus sich.«

Lene wurde nun doch ungeduldig. »Und dann?«

»Nichts, glaube ich. Ich sah ihr nach, bis sie vorn um die Ecke bog. Da, nach rechts, immer an der hohen Mauer entlang. Dann habe ich weiter meinen Sender gesucht.«

»Scheiße«, murmelte Kalle. »Das hilft uns nicht weiter. Sonst nichts? Machen Sie mal die Augen zu und versetzen Sie sich in Gedanken in diesen Augenblick. Fällt Ihnen da noch irgendetwas ein? Vielleicht ein Geräusch, eine Farbe, Schritte?«

Gehorsam hatte der große, kräftige Polizist die Augen geschlossen. Lene fand, dass er dadurch einen fast unschuldigen Gesichtsausdruck bekam. Ob das bei allen Menschen so ist? Da sprach er weiter.

»Doch. Da war was. Ein Auto ist ziemlich schnell bei uns vorbei gefahren. Hatte ich ganz vergessen. Dabei habe ich noch gedacht, dass er für diese ruhige Straße viel zu schnell fährt. Da vorn an der Kurve hat er dann abrupt gebremst. Ich dachte noch, dass er wohl gemerkt hat, dass er zu schnell gewesen ist.«

»Vor oder hinter der Kurve?«

»Mehr hinter der Kurve, glaube ich.«

»Und das Mädchen? Wie weit war sie inzwischen weg? Konnten Sie sie noch sehen?«

»Nein, sie muss kurz vorher um die Ecke gebogen sein.«

»Dieselbe Kurve?«

Er nickte und sein Gesicht bekam einen verzweifelten Ausdruck. »Wir sollten doch auf die Camille Sommer aufpassen. Wir wussten doch nicht, dass die andere auch in Gefahr sein könnte. Wir haben die ganze Zeit die Villa im Visier gehabt.«

Lene glaubte ihm. Beide waren sicher erfahrende Polizisten, aber eben nicht in der Kripo.

»Wo hat der Wagen gestanden, bevor er losfuhr, meine ich?«, fragte Lene schnell, aus Angst, der Erinnerungsfaden würde wieder reißen.

»Der Wagen stand ein Stück weit hinter uns am Straßenrand. Ich habe eigentlich niemanden gesehen, der aus einem der Häuser oder Gärten gekommen wäre. Aber vielleicht habe ich auch nicht richtig hingesehen, wegen dem Radio, wissen Sie? Aber wenn es so lang dauert und man steht hier und nichts passiert – jetzt mache ich mir Vorwürfe.«

Lene lenkte seine Gedanken wieder zurück. Sie konnte ja verstehen, dass der Mann durcheinander war, aber jetzt kam es auf seine Erinnerung an.

»Und? Was für ein Auto war das? Farbe und vielleicht die Automarke?«

Wieder schloss Künzel die Augen. Dann riss er sie auf, sodass das blasse Blau darin im Weiß unter der Straßenlampe fast leuchtete.

»Es war ein schwarzer. Könnte ein Opel oder Golf oder so etwas gewesen sein. Genau habe ich das nicht gesehen, weil ich nicht wirklich darauf geachtet habe.«

Kalle drängte. »Und die Nummer?«

Künzel schüttelte den Kopf. »Ich meine N oder M, also Nürnberg oder München. Aber die Zahlen sind weg.«

Lene reichte ihm ihre Karte. »Vielleicht fällt Ihnen nachher noch wenigstens ein Teil der Nummer ein. Dann rufen Sie mich an.«

Der Kopf von Bayer, einem schlanken und fast drahtigen Mann etwa Ende fünfzig, schnellte nach oben.

»Ich bin gerade zurückgekommen, als der Wagen beschleunigte. Ich mein, es war N und die Nummer hatte am Ende irgendwie eine einundfünfzig. Dees is nämlich mei Geburtsjahr, daher ist mir dees aufgfolln. Aber da stand noch was dabei. Und natürlich die Buchstaben davor. Die hab i aba net gsegn.« Vor Aufregung wechselte er zwischen Hochdeutsch und Fränkisch hin und her. Froh, dass er wenigstens den Teil der Nummer dazu beitragen konnte. Lene atmete durch. Offenbar fuhren die Russen immer noch dreist mit dem gestohlenen Kennzeichen herum. Sie war sicher, dass es der Golf war. So viele Zufälle gab es schließlich nicht.

Nur - ein schwarzer Golf war selbst über Fahndung schwer zu finden. Es gab zu viele davon. Vorerst mussten sie wohl wirklich von einer Entführung durch die Russenmafiosi ausgehen. Sie sah auf die Uhr. Drei Uhr nachts. Was sollten sie jetzt hier noch tun?

»Haben Sie ein Taschenlampe«, fragte sie die beiden Polizisten. Kürzler nickte und griff hinter sich in den Wagen.

»Komm, wir sehen uns mal vorn an der Kurve um«, wandte sie sich an Kalle. Gemeinsam gingen sie an der rissigen, alten Steinmauer entlang, den Weg, den Rebecca gestern gegangen war. Lene war unendlich bedrückt. Sie dachte, sie hätten alles getan um Camille zu schützen – und nun hatten die Gangster Rebecca. Die grauen Steine neben ihr und zugleich das Gefühl, es würde nie mehr aufhören, jeder Schritt führte in die Hoffnungslosigkeit. Und alles wegen der Gier einzelner. Der Gier nach Kunst, der Gier nach Geld. Sie hörte in sich den Satz: *Es gilt eben als sicher, sein Geld in Kunst anzulegen. Kunst als Ware, zeitbeständig, im Wert wachsend.* Nicht mehr Kunst um der Schönheit willen, um dies Gefühl zu Höherem, zu etwas, das das normale Leben, den Rahmen der Alltäglichkeit verlässt, das die Seele berührt. Sie erinnerte sich, wie sie als Kind in ihrem Apfelbaum saß, mehr liegend als sitzend in der Astgabelung, die sie liebte. Und durch die Blätter sah sie hinauf zum Himmel, tauchte in das Blau mit den weißen Wolken ein.

Und fühlte sich plötzlich leicht und so unendlich frei. Andächtig wegen der Schönheit dieses Blickes und dieses Augenblicks. Manchmal hatte sie dies Gefühl, wenn sie vor einem Bild von besonderer Schönheit stand. Lene war am meisten hingerissen von den Impressionisten, die in ihren Lichtspielen eine Seelenstimmung wiedergaben und sie damit berührten. Mehr als die oft auf eine kühle, unpersönliche Art kühnen Bilder der Moderne, in denen es mehr um Technik als um Inspiration ging.

Sie waren an der Kurve angekommen, bogen rechts im neunzig Grad Winkel um die Ecke. Den zitternden Lichtkegel der Taschenlampe vor sich, ihre Blicke auf den Boden gerichtet, suchten sie nach irgendeinem Hinweis. In der Mitte verlief ein gepflasterter Weg, aber links war ein Stück nackter Erdboden. Dann wieder Laubboden, ab und zu durch einen Baum unterbrochen. Nein, nicht ab und zu, sondern in regelmäßigen Abständen, korrigierte sie sich. Und es waren Buchen. Die Blätter und die Bucheckern bedeckten rot den Boden. Jedoch nach wenigen Metern sahen sie es. Die Blätter waren aufgewühlt, auf den gepflasterten Weg geschleudert, zum Teil war die Erde freigelegt. In all der ruhigen Ordnung im Verlauf des Gehweges, hier war es zu etwas gekommen, das diese Ordnung aufgewirbelt, durchbrochen hatte.

»Hier muss es gewesen sein, denke ich«, sagte Kalle, der neben ihr stand, mit rauer Stimme. Auch er war in Gedanken versunken neben ihr her gelaufen. »Was meinst du? Sie hat sich gewehrt, so viel steht fest. Verdammt, wie kriegen wir die nur? Wir müssen auf Klaus warten, bevor wir hier Spuren unbrauchbar machen.« Er hatte bereits sein Handy in der Hand. Er informierte Mertens kurz und knapp, dann nickte er. »Er kommt sofort.«

In dem Moment bückte sich Lene und hob etwas mit spitzen Fingern aus einem Laubhaufen auf, es nur vorsichtig am Rand haltend, und fischte mit der anderen einen Plastikbeutel aus ihrer Jackentasche.

»Rebeccas Handy, meinst du nicht auch? Ich sah nur ganz kurz etwas Schwarzes herausschauen. Wieso ist es ausgeschaltet, wenn sie wusste, dass ihre Mutter Hilfe brauchte? Dann hätten wir den Platz längst orten können. Sieht so aus, als ob es die Entführer ausgeschaltet und dann weggeworfen haben.«

Der Gedanke traf sie wie ein Blitz. Vielleicht war es bei Patrick genauso gewesen und sie hatten damals auch sein Handy ausgeschaltet und weggeworfen? Nur wieso war er mit ihnen bei Rebecca und dann im Reichswald?

Und jetzt? Rebecca hatte doch mit all dem nun wirklich nichts zu tun. Warum sie? Weil sie aus dem Haus der Sommers gekommen war? Hatten sie gedacht, es sei Camille?

»Werden die beiden Scheißkerle sich nun irgendwo melden? Und bei wem? Vielleicht bei uns, der Polizei? Ha, ha. Also im Ernst. Richie liegt im

Krankenhaus. Den können sie nicht mobilisieren. Andererseits hat er die Bilder, denken sie. Wie soll das nun gehen? Wer soll sie ihnen beschaffen? Die Eltern Sommer, Camille oder Rebeccas Bruder?«

Kalle war wütend und fühlte sich zugleich hilflos. Er knipste die Taschenlampe aus. Lene versuchte nachzudenken, aber ihre Gedanken stolperten herum.

»Wir werden warten müssen. Vor allem, wo haben sie Rebecca hingebracht? Wir warten jetzt auf Klaus und seine Leute. Wann wollte der hier sein? Ich würde zu gern in den SMS Eingang von Rebeccas Handy schauen. Aber ich habe Angst, die vielleicht doch vorhandenen Fingerabdrücke zu verwischen.«

In dem Moment fuhr die Kriminaltechnik vor.

»Was nützt einem ein Feiertag, wenn man danach mitten in der Nacht los muss«, brummelte Klaus. Aber er versprach, sich noch mehr zu beeilen als sonst und die Ergebnisse gleich zu ihnen ins Zimmer zu bringen. Lene und Klaus gingen zurück zu Sommers. Die mussten Bescheid wissen, falls sich die Entführer bei ihnen melden würden.

Trotz der Nachtzeit wurde ihnen sehr schnell von Frau Dr. Sommer geöffnet, die offenbar gar nicht geschlafen hatte.

»Ich habe mich nur kurz auf die Couch gelegt. Wir machen uns solche Sorgen um Rebecca, seitdem ihre Mutter angerufen hat. Wissen Sie schon

Näheres? Ich koche eben Kaffee. Wenn Sie mit in die Küche kommen wollen.«

Während sie den exklusiven Kaffeeautomaten einschaltete, erzählte ihr Lene, dass sie eine Entführung vermuteten.»Und wir brauchen Ihre Mithilfe, falls sich die Entführer bei Ihnen melden. Wir werden Ihr Telefon überwachen, beziehungsweise umleiten auf meinen Apparat im Präsidium. Können Sie sich solange mit Ihren Handys begnügen?«

Irene Sommer nickte nur. Was hatte die Frau in den letzten zwei Wochen mitgemacht, schoss es Lene durch den Kopf. Wie in einem Vakuum schien sie zu funktionieren. Sie machte Toast, schnitt Graubrot auf, stellte Käse und Marmelade auf den Tisch, dann holte sie noch Schinken aus der Vorratskammer. Bestecke, Kaffee. Alles wie in Trance. Schließlich nickte sie Lene und Kalle aufmunternd zu. Dankbar nahmen sie Platz, wohl wissend, dass das für den Rest des Tages die letzte Mahlzeit sein könnte. Schweigend aßen sie und ließen den heißen Kaffee ihre Lebensgeister wecken.

Es klingelte wieder und Lene ließ die Techniker der Polizei herein, die wegen des Telefonanschlusses kamen. Dadurch konnten Kalle und sie zumindest im Präsidium auf eine Nachricht warten und mussten nicht hier bleiben.

Lene wandte sich an Irene Sommer.»Wir müssen los, wenn die fertig sind. Ich bitte die privaten Anrufer für Sie Ihre jeweiligen Handys anzurufen. Falls nötig, gebe ich ihnen Ihre Nummern. Machen

Sie sich nicht zu viele Sorgen, die Entführer wollen die Bilder. Nur deshalb haben sie sich Rebecca geschnappt, als Druckmittel. Sie werden ihr nichts tun.« *Hoffe ich*, setzte sie in Gedanken hinzu.

Es war kurz nach sechs, als sie ins Präsidium kamen.

Beide setzten sich an ihre Schreibtische und versuchten noch ein paar Minuten zu entspannen. Um halb sieben kam der Kontrollanruf der Technik. Alles klar.

Um sieben machten sie sich auf zu dem Meetingraum.

Als sie am Zimmer von Kuhn vorbeikamen, hörten sie laute Stimmen aus dem Büro des Staatsanwalts. Sie sahen sich an.

»Wieso ist der schon da? Müssen wir wohl durch und unserem Chef Bericht erstatten. Ich fürchte, sonst dreht Kröger noch durch.«

Das Vorzimmer war leer, und so klopften sie gleich an die Tür des Staatsanwalts. Ein sehr lautes, ungeduldiges *Herein* war die Antwort. Kalle öffnete die massive Holztür und ließ Lene dann den Vortritt. Norddeutsche Höflichkeit, dachte sie schmunzelnd.

Kröger und Kuhn sahen ihnen entgegen, der eine zornesrot mit einer geschwollenen Ader an der linken Stirnseite, der andere sichtlich darum bemüht Wogen zu glätten. Es ist beeindruckend, dass man Kuhn nie ansieht, wenn ihm etwas richtig unangenehm ist. Dann verwandelt er sich in Buddha – und schützt damit auch uns, seine Mitarbeiter, dachte Lene bewundernd. Denn hier, da war sie sich sicher, richtete sich der Zorn gegen sie und ihr Team.

»Guten Tag – obwohl es keiner ist, Frau Becker. Was sagen Sie zu diesem ganzen Kladderadatsch? Ich dachte, ich hätte Ihnen sogar gegen meine Überzeugung eine Rund-um-die-Uhr-Bewachung genehmigt. Und dann wird das andere Mädchen entführt? Noch dazu offenbar auf dem Weg von eben diesem Bewachungsposten? Das ist doch absurd! Wie, frage ich Sie, konnte das passieren? So eine Fehleinschätzung?«

Lene spürte, wie ihre Zornesröte von unten am Hals langsam nach oben stieg. Beherrsch dich, um Himmels willen. Der ist nicht mehr lange dein Chef, beschwor sie sich, bevor sie so ruhig wie möglich antwortete.

»Es war überhaupt zu keinem Moment vorauszusehen, das Rebecca Goldbach hier irgendwie in Gefahr sein könnte.«

Er fiel ihr jedoch ins Wort. »Könnte, könnte – es *konnte* aber, verehrte Frau Becker. Und das hätten Sie wissen müssen! Schließlich war Rebecca Gold – äh, wie? – egal, also diese Rebecca mit dem Mordopfer verlobt. Da ist es doch klar, dass sie etwas über sie herausbekommen können. Jedem denkenden Menschen ist das klar! Ich hätte gute Lust, Sie vom Dienst zu suspendieren.«

Letzte Drohung. Dann tu's doch, du Klugscheißer! Stattdessen fuhr sie ruhig fort. »Wir sind inzwischen mit der Suche nach den beiden Weißrussen weiter. Wir haben zum Beispiel herausgefunden, dass sie einen schwarzen VW Golf fahren, wohl um wenig aufzufallen. Das Kennzeichen ist von einem Unfallauto, das von einem Schrottplatz in Schweinau abgemeldet worden ist. Vielleicht von dort gestohlen, wir konnten den Betreiber des Platzes noch nicht auftreiben. Und wir warten auf den Anruf der Entführer, damit wir überhaupt exakt wissen, warum sie Rebecca entführt haben. Wir vermuten allerdings, dass es dabei um die kopierten Gemälde von Patrick Sommer geht, die wir bereits im Keller des verletzten Richard Fischer gefunden haben.«

Sie holte erst einmal Luft und sah Kröger mit kühlen Augen an. »Sollte so ein Anruf kommen, bitte ich um die Genehmigung, die Bilder gegen Rebecca Goldbach auszutauschen. In dem Fall würde ich versuchen, selbst die Überbringerin zu sein.«

»Das kommt gar nicht in Frage«, brauste jetzt Kuhn auf. »Lene, Sie halten sich da raus. Wir brauchen Sie um das Ganze zu koordinieren. Lassen Sie Gert gehen. Er ist ein alter Hase und in so einem Fall derjenige, der die Nerven behält.«

»Aber Chef«, versuchte Lene zu protestieren. Kuhn schnitt ihr jedoch mit ungewohnter Strenge das Wort ab. »Das ist eine Anweisung, Frau Becker! Und ich erwarte, dass Sie sich daran halten.«

Jetzt sprühten ihre Augen zornige Funken. »Wenn Sie meinen«, kam es von ihr, aber selbst sie fand, dass das mehr wie von einem renitenten Kind klang. Sei's drum.

Kalle räusperte sich. »Kann *ich* nicht?«, aber auch ihm fiel Kuhn in das Angebot. »Ich sagte Gert, und das ist mein letztes Wort.«

»Können wir dann jetzt wieder an die Arbeit? Wir warten dringend auf den Anruf und haben vorher noch jede Menge Organisation.«

Kröger nickte und sie verließen den Raum. Am liebsten hätte Lene die Tür zugeknallt.

Kalle schnaubte. »So ein selbstherrlicher Idiot, dieser Kröger. Ich bin froh, wenn wir den los sind. Und was war nur mit dem Chef los? Komm, nimm's nicht schwer. Wer weiß, wofür das noch gut ist. Aber, dass Kuhn so bestimmt war und uns einfach nicht gehen lässt! Versteh ich nicht.«

Lene auch nicht. Zumindest wollte sie es nicht verstehen, denn natürlich hatte sie die Sorge um sie beide aus Kuhns Stimme gehört. Und das war eine echte, eine andere Sorge als die, die sie in Krögers Stimme gehört hatte. Dort war es mehr die Sorge um den eigenen Erfolg als Karrieresprosse. Na, denn, sei's drum. Sie hatte auf jeden Fall auch Sorgen, nämlich die um Rebecca. Sie wollte lieber nicht daran denken, was die mit ihr gemacht hatten, wohin sie sie verschleppt hatten. Und wie es der jungen Frau jetzt ging. Wo sollten sie nur suchen? Sie sah auf die Uhr.

»Was machen wir, wenn sie sich nicht melden? Ich halt das hier nicht aus, die Warterei. Ich würde am liebsten nach Schweinau fahren, zu dem Schrotthändler. Aber jetzt können wir schlecht hier weg. Falls die Entführer sich melden.«

Kalle sah auf. »Ich fahre hin. Wenn wir beide hier tatenlos herumsitzen, gehen wir uns nur auf die Nerven. Ich sag noch bei der Technik Bescheid.«

Als er zur Tür hinaus war, wünschte sie sich plötzlich, er wäre geblieben. So was Blödes, hier sitzen und warten.

Sie griff nach der Akte Patrick Sommer. Damit hatte sie sich schon am Tag vorher bis zum Überdruss auseinandergesetzt. Kalle und Volker hatten sich auch umsonst die Nacht vor dem Hotel um die Ohren geschlagen. Während sie las, erkannte sie wieder die Absurdität des Handelns der Weißrussen. Ob es doch noch etwas gab, was sie bisher nicht entdeckt hatten? Irgendein Bindeglied, warum sie plötzlich nicht jemanden nur zusammengeschlagen hatten, sondern zu einem so ausgeklügelten Mord übergegangen waren! Warum? Es musste doch eine Antwort darauf geben.

»Gehen Sie zum Ende und rückwärts zum Anfang«, hörte sie die mahnende Stimme ihres Professors. Also mal falsch rum an den Fall gehen.

Ein Mädchen wird entführt. Warum gerade sie?

Antwort: Weil Camille zu gut bewacht wird und Rebecca nicht.

Aber dann müssen sie in der Nähe des Hauses gewartet haben, das Haus von Sommers beobachtet haben.

Somit wussten sie, wo Patrick wohnt oder gewohnt hat.

Warum sind sie nicht einfach in seine Wohnung eingebrochen – vor der Schutzbewachung von Camille? Den Schlüssel hatte Patrick doch einstecken. Zudem waren doch oft alle aus dem Haus. Die beiden Sommers in Praxis und Krankenhaus, Camille in Florenz. Die beiden Gangster waren vor uns wieder in Nürnberg. Haben nach Herrn Mündels Aussage wahrscheinlich Richie zusammengeschlagen. Wie waren die auf Richie gekommen?

Sie griff nach dem Telefonhörer und rief das Krankenhaus an. Die Schwester, die den Hörer abnahm, klang sehr jung. Und verstand erst nach ein paar Versuchen, dass sie wegen Richard Fischer anrief. Offenbar war sie aus einem der Länder im Osten und sprach noch nicht gut deutsch. Als sie Lene endlich verstanden hatte, wurde sie aufgeregt. »Ich hole Schwester.« War etwas passiert? Sie hatte die Intensivstation immer für einen sicheren Raum gehalten und keine Extrawache dort abgestellt. Ewiger Personalmangel. Wenn nur nicht noch eine Fehleinschätzung von ihr zu einer weiteren Katastrophe geführt hatte! Sie spürte ihr Herz klopfen und verstand die Redewendung *bis zum Halse*. Genauso fühlte es sich an. Die Techniker waren inzwischen in ihrem Raum und bastelten am Telefon.

Gut, dass sie mit dem Handy angerufen hatte. Die Sekunden erschienen wie Ewigkeiten. Dann endlich die ruhige Stimme.

»Hier Schwester Doris. Frau Kommissarin?«

»Ja, hier Hauptkommissarin Becker. Ist etwas passiert?«

»Ja, aber etwas Gutes. Herr Fischer ist vor eine halben Stunde aufgewacht. Wir sind alle so froh.«

»O Gott, bin ich erleichtert! Kann ich mit ihm sprechen?«

»Nein, er war nur ganz kurz da. Jetzt schläft er. Aber einen guten Schlaf. Nur, vor Morgen können Sie ihn nicht sprechen. Anweisung des Arztes.«

»Auch nicht ganz kurz? Es ist ein Notfall. Eine junge Frau ist entführt worden.«

Die Stimme bekam jetzt einen beruhigenden, professionellen Klang.

»Ich kann Sie wirklich verstehen, Frau Kommissarin, aber hier für uns hat erst einmal das Leben des Patienten Vorrang. Er darf jetzt überhaupt keine Aufregung haben, da sonst die Gefahr einer neuerlichen Hirnblutung besteht. Sie wollen ihn ja an den schlimmen Augenblick der Tat erinnern – und Sie können sich vorstellen, wie sich das bei ihm auswirken könnte.«

Lene konnte es sich vorstellen und wusste, dass die Frau recht hatte. Das konnte man nicht verantworten, auch sie nicht. »Also bis Morgen«, verabschiedete sie sich und fühlte Enttäuschung.

In dem Moment hörte sie auf dem Flur erregte Stimmen. Das war eigentlich hier in der Mordkommission eher selten. Sie sah hinüber zu den Technikern, die auch aufmerksam geworden waren. Tastete nach hinten nach ihrer Waffe und zog sie sicherheitshalber aus dem Holster, bevor sie die Tür öffnete. Draußen ein erregter Lukas Bierwinkler, der offenbar mit Gert stritt und jetzt auf Lene zustürmte.

»Frau Kommissarin, ich will jetzt wissen, wie weit Sie mit der Suche nach Rebecca sind. Wieso ...«

Sie unterbrach ihn. »Einen Moment, Herr Bierwinkler. Ich habe gleich Zeit für Sie. Gert, gehst du mal zu den Technikern in mein Büro? Ich gehe solange in dein Zimmer. Hole mich bitte sofort, wenn ein Anruf kommt.«

Gert nickte und warf Bierwinkler noch einen missbilligenden Blick zu. Als sie in Gerts Büro trat, war sie wieder einmal von der Akribie ihres Kollegen beeindruckt, der seinen Schreibtisch immer ohne irgendeinen persönlichen Hinweis auf ihn blitzsauber hinterließ. Auch jetzt lag darauf nur in der rechten Ecke ein blauer Aktenordner, in der Mitte ein Behälter für Stifte. Sonst nur die glänzende, versiegelte Schreibtischplatte aus Buche.

»Also, ich will jetzt wissen, was mit Rebecca ist. Ich bin verrückt vor Sorge! Ich habe erst vor einer halben Stunde von dieser Entführung erfahren. Und ...«

Wieder unterbrach sie ihn. »Durch wen?«

»Durch ihren Bruder, Aaron. Er ist völlig fertig. Und das bin ich auch, seitdem ich das weiß. Wie konnte das nur passieren? Erst Patrick, dann Richie und jetzt Rebecca. Was wissen Sie?«

Lene runzelte die Stirn. »Lukas - ich darf doch Lukas sagen? – erst einmal muss *ich* hier Fragen stellen. Also, wann haben Sie Rebecca das letzte Mal gesehen?«

»Am Sonntag. Wir waren zusammen spazieren und haben dann etwas gegessen.«

»Wo?«

»Wir waren oben auf dem Kalchreuther Berg laufen und sind dann dort in den *Roten Ochsen*. Danach habe ich sie zu Hause abgesetzt.«

»Wann war das?«

»So gegen zehn, glaube ich.«

»Und am Montag oder gestern, am Feiertag? Haben Sie dann noch etwas von ihr gehört?«

Er zögerte kurz. »Ja, wir haben gestern Mittag noch telefoniert. Aber sie wollte erst einmal zu Camille. Sie wollte sich am Abend noch einmal melden, hat sie aber nicht. Und als ich es bei ihr versucht habe, hatte ich nur die Mailbox.«

»Hat sie das nicht gewundert?«

»Doch, weil sie immer das meint, was sie sagt. Und wir wollten doch noch telefonieren. Aber wenn sie ihr Handy aus hat, kann ich sie eben nicht erreichen.«

»Was wollten sie an dem Abend zusammen machen?«

Er wurde unsicher. Dann schien er sich zusammenzureißen.

»Wir wollten erst einmal ins Krankenhaus und sehen, wie es Richie geht. Ob wir etwas erfahren könnten. Danach – darüber haben wir noch nicht gesprochen.«

Sie sah ihn prüfend an. Immerhin war jetzt das unsäglich überhebliche Gehabe von ihm abgefallen. Vor ihr saß ein verzweifelter und noch sehr junger Mann.

»Lieben Sie Rebecca, Lukas? «, fragte sie ihn jetzt direkt, einem Impuls folgend.

Er sah sie erschrocken an. »Wieso stellen Sie mir so eine Frage?«

»Weil es für unsere Ermittlungen wichtig sein könnte. Also, noch einmal, lieben Sie sie? «

Er sank in sich zusammen und schwieg.

»Lukas, wir haben schon bei der Überprüfung Ihres Alibis von der Bedienung im *Barfüßer* erfahren, dass Sie beide auf die Bedienung einen sehr vertrauten Eindruck machten, mehr Liebespaar als Freunde. Also?«

Er schluckte. »Ich – Pause – also ja, ich liebe sie.«

Es war, als fiele eine Zentnerlast von ihm ab. Die Befreiung des Eingestehens der tiefsten Gefühle. Lene hatte diese Reaktion schon oft bei Befragungen bemerkt.

»Und Rebecca? Sie war doch mit Patrick verlobt?«

»Ja, deshalb waren wir auch nur Freunde. Sie wollte nicht mehr. Für sie gab es nur Patrick. Obwohl – manchmal hatte ich schon den Eindruck, dass sie sich etwas aus mir machte. Zumindest sind wir sehr gute Freunde«, schloss er und betonte dabei das letzte Wort.

Sie bemerkte Schweißperlen auf seiner Stirn. Entweder er lügt oder das Thema ist für ihn extrem emotionsgeladen. Sie dachte an seinen blasierten Auftritt am Tag nach dem Auffinden von Patricks Leiche. Wie passte das zusammen?

»Dann war das aber kein zufälliges Zusammentreffen mit Rebecca am Sonntag damals, als Patrick verschwand. Waren Sie verabredet?«

Die Antwort kam wie aus der Pistole geschossen.

»Nein, wir waren nicht verabredet. Ich war bei dem Freund wegen des Buches und da ich wusste, dass Rebecca gleich Schluss hat im Starbucks, habe ich auf sie gewartet. Das ist doch normal, wenn ich schon in der Nähe war.«

»Und warum sind Sie dann nicht noch mit Rebecca zu den anderen? So weit ist das vom *Barfüßer* gerade nicht entfernt.«

Er zögerte etwas. »Nein, das stimmt. Aber ich wollte noch arbeiten wegen der Klausur und Rebecca war todmüde. Sie hatte keine Lust auf Ramba-Zamba und ich auch nicht. Wir waren ja nur kurz im *Barfüßer*.«

»Ich habe jetzt keine Zeit mehr, wir bleiben jedoch in Kontakt. Wir müssen erst einmal Rebecca finden.«

Sie schob ihn fast aus der Tür und ging hinüber zu den anderen. Noch nichts, das sah sie an ihren Gesichtern.

Kapitel 26

Das erste, was sie wahrnahm, war der Geruch. Eine seltsame Mischung aus abgestandener Luft, Metall und einem irgendwie an Medizin erinnernden Hauch. Bis sie merkte, dass dieser Geruch von ihr selbst kam. Ihr Kopf dröhnte, und als sie sich bewegen wollte, spürte sie eine heftige Übelkeit in sich aufsteigen. Sie kämpfte dagegen an und versuchte aufzustehen, suchte instinktiv ein Badezimmer oder mindestens ein Waschbecken. Aber sie begriff, dass es das in dieser schummrigen Fast-Dunkelheit nicht gab. Dann konnte sie nichts mehr tun, sie beugte sich nur zur Seite und übergab sich. Von Ekel vor dem eigenen Erbrochenen, versuchte sie sich davon zu entfernen, irgendwie wegzukriechen. In diesem Moment spürte sie die Fesseln. Und nahm sich und ihre Umgebung das erste Mal richtig wahr. Sie war in einer Art Scheune und überall standen Fahrräder. Von denen kam wohl dieser Geruch nach Metall, den sie vorhin wahrgenommen hatte. Und der Geruch, der sie an Krankenhaus erinnerte, war Äther. Sie hatten sie betäubt!

Aber warum nur, schrie es in ihr. Wieso ich?

Rebecca fühlte sich hilflos und spürte, wie eine Welle von Entsetzen und zugleich eine sich bahnbrechende Trauer in ihrem Inneren aufstieg. Warum passiert das Alles? Das erste Mal begriff sie, was mit Patrick passiert war, das erste Mal begriff sie die Endgültigkeit seines Todes. Vorher war all das in einem Nebel stecken geblieben, als wollte sie nicht begreifen. Aber jetzt war es da, dies Gefühl von Grauen und Entsetzen. Plötzlich meinte sie, Patrick nach Luft schnappen zu *fühlen*, so als ob es ihr passierte. Sie fror in dem Bewusstsein von kaltem Wasser, das ihr das Atmen nicht mehr erlaubte. Meinte *zu ersticken, zu ertrinken*. Das Ende eines Lebens, Patricks Lebens. Und zugleich kroch dies Entsetzen weiter. Auch sie würde sterben, so wie er. Sie roch ihr Erbrochenes als Auslöser des Begreifens. Sie würde sterben, so wie Patrick gestorben war, an jenem Sonntagabend, an dem er doch nur tanzen wollte und Spaß haben. Und da brach es aus ihr heraus. Erst kamen nur Tränen, liefen ihr kaltes Gesicht herab und sie spürte, wie ihre Nase anfing zu laufen. Aber sie konnte nicht darüber wischen, denn ihre Hände waren an ein Rohr gefesselt. Da drang ein schrecklicher Laut aus ihrer Kehle und ging in ein wildes Schluchzen über. Sie schluchzte ungehemmt und verzweifelt, sie weinte um Patrick und sein Lachen, seine Wärme, seine Zärtlichkeit. Und sie weinte um sich selbst, die brutal hierher geschleppt worden war, ohne zu wissen warum. Abgelegt wie ein Sack Mehl. Und sie weinte vor Angst.

Du willst leben! Schrie es in ihr. Und plötzlich hörte sie sich rufen, erst noch viel zu leise, da es ungewohnt war. Dann immer lauter, bis sie schrie. H i l f e!

Als sie innehielt, eine Pause machte vor Erschöpfung, spürte sie die Stille um sich. Und wusste plötzlich, dass sie niemand hören konnte. Um dieses Gebäude herum war nichts. Absolute Leere.

Kapitel 27

Lene dachte noch über Lukas nach, nachdem sie die Tür hinter ihm wieder geschlossen hatte. In dem Augenblick schrillte das Telefon. Sie stürzte fast an den Schreibtisch und nahm es im gleichen Moment auf, als Klaus ihr das Zeichen gab.

»Wir wollen die Bilder. Schnell, wenn Sie das Mädchen noch lebend haben wollen. Es sind drei Gemälde und sie gehören uns. Wir haben sie von Patrick Sommer gekauft.«

Eine raue Stimme mit slawischem Akzent, jedoch in fließendem Deutsch.

»Und wieso haben Sie ihn dann ermordet?«, versuchte sie ihn hinzuhalten.

»Wir haben ihn nicht ermordet, ihm nur einen Denkzettel erteilt. Geben Sie uns Ihre Handynummer. Schnell.«

Klaus machte mit der Hand die Drehbewegung, das Zeichen für weiterreden. Sie wusste, sie konnten den Gesprächspartner erst nach drei Minuten orten. In dem Moment sprach er weiter. »Ich rufe wieder an.« Und die Leitung war tot. Zu kurz. Klaus zuckte mit den Achseln.

Totenstille. Sie warteten gebannt. Da klingelte es erneut.

»Die Handynummer. Dann erfahren Sie die Bedingungen für die Übergabe.«

»Ich will erst wissen, wie es Rebecca geht.«

Ein boshaftes Auflachen am anderen Ende.

»Sie will nach Hause. Es kommt also auf Sie an. Sobald Sie die drei Bilder haben, können wir den Austausch in kürzester Zeit machen. Also Ihre Nummer, bitte.«

»Ich will aber mit ihr reden, damit ich weiß, dass sie noch lebt.«

»Die Nummer, schnell. Noch einmal rufe ich nicht an. Dann hat das Mädchen Pech gehabt. Ich weiß, dass Sie das Gespräch verlängern wollen. In vierzig Sekunden lege ich auf.«

Sie gab ihm die Nummer. Er legte auf. Sie warf den Hörer voller Wut auf den Schreibtisch.

»Toll, ich habe mich wahrlich wie ein Profi verhalten. Das war dilettantisch!«

Klaus wollte sie beruhigen. »Wir wissen doch alle, wie schwer das in so einem Augenblick ist. Und in diesem Fall – Mann, Lene, des san Profis! Des hätt ich glei sagn könna, des die net auf dia drei Minutn neifalln.«

Nur das Fränkische zeigte seine Aufregung. Dann holte er Luft und fuhr in Hochdeutsch fort. »Jetzt haben sie deine Nummer und werden sich melden. Und damit sind wir einen Riesenschritt weiter. Endlich bewegt sich was. Also, auf geht's!«

Lene schob auf ihrem Schreibtisch die verschiedenen Papiere hin und her. Dann sah sie gedankenverloren dabei zu, wie Klaus mit Bert eine Funkverbindung des Aufnahmegeräts mit Lenes

Handy herstellte. Gert und Bert setzten Kopfhörer auf, um das Gespräch so direkt mitzuhören. Das Gespräch, auf das sie alle unter Hochspannung warteten.

Es kam erst nach einer Stunde und drei Cappuccinos. Oder Cappuccini, wenn man nicht gerade Franke war.

Dieselbe Stimme. »Haben Sie die Bilder? Es handelt sich um die Steilküste von Monet, um eine Badezsene von Renoir und einen Utrillo.«

Sie wollte nicht pokern, ihnen lag nichts an den Fälschungen, die nur einen geringen Wert darstellten, wenn sie auch einen Millionenwert für die Händler hatten. Für sie, die Polizei, handelte es sich nur um Indizien in einem Strafbestand. Vielleicht würden sie für die Finanzen der Reichen Russlands oder sogar der Oligarchen dort einen – für sie kaum spürbaren - Verlust bedeuten, aber wie gering war der im Verhältnis zu den Menschenleben, die diese Bilder schon gekostet hatten! In ihrem Kopf fielen die Bilder zusammen, die geschundenen Gesichter. Das grauenvoll entstellte von Patrick, das bleiche von Johann, das von Richie, verunstaltet durch Blutergüsse und das ernste Gesicht von Rebecca, mit Tränen in ihren Augen. Waren es Mörder oder nur Ganoven der üblen Sorte?

»Wir haben sie«, sagte sie deshalb nur ganz schlicht.

»Gut. Dann machen Sie sich jetzt mit den Bildern auf den Weg. Nehmen sie die *Äußere Bayreuther*

Straße in Richtung Autobahn, Auffahrt Nürnberg Nord. Nur Sie allein. Und wir warnen Sie – wir kennen alle Spielchen der Polizei. Wenn Sie sich an die Regeln halten, bekommen Sie das Mädchen wieder. Sonst nicht. Sie selbst bestimmen also die Höhe des Einsatzes. Wir tauschen die Bilder gegen das Mädchen – wenn Sie sich an die Bedingungen halten. Genauere Anweisungen bekommen Sie unterwegs.«

Lene fiel die Weisung ihres Chefs ein. »Es wird aber -«

In dem Moment war die Leitung tot. Die drei Minuten fast vorbei. Aber eben nur beinahe.

»Was jetzt? Können wir das riskieren, dass *du* fährst, Gert?« Ratlose Gesichter. In dem Moment klopfte es kurz und sofort danach erschien Kuhn in der Tür.

»Und? Schon was gehört?«

Gert und Lene fingen gleichzeitig an. Dann brachen sie beide ab, und Gert signalisierte ihr, dass er ihr das Wort überließe. Als Lene mit ihrer Schilderung geendet hatte, runzelte auch Kuhn die Stirn.

»Das können wir wohl nicht riskieren, dass jetzt ein Mann kommt statt einer Kommissarin. Zu gefährlich. Dann musst du wohl doch fahren. Aber nur verkabelt.«

Klaus schüttelte den Kopf. »Das ist noch gefährlicher. Da suchen sie zuerst. Wir bauen einen Sender unter das Auto – aber so verdeckt, dass er nicht so einfach zu ertasten oder zu sehen ist. Und zapfen weiterhin dein Handy an.«

Lene hatte zwar Bedenken, denn soweit müssten die Gangster auch denken, fügte sich aber. Es war ihr mulmig. Wie würden diese Männer reagieren, wenn sie sie damals in Florenz doch gesehen hatten? Egal, das war sowieso unwahrscheinlich. Es ging jetzt nur um Rebecca.

Da sah sie, dass Klaus zögerte.

»Lene, das mit der U-Bahn lässt uns keine Zeit für irgendwelche Aufstellungen. Ich hätte da noch einen Vorschlag. Wir haben einen ultraneuen Sender, Mikroanfertigung, schweineteuer und noch in der Versuchsphase – ich weiß auch nicht, wieso sie gerade auf Nürnberg gekommen sind dafür, aber jetzt net schlecht - und der ist in einer gegen einfach alles resistenten Schutzhülle, sogar gegen Magensäure resistent. Auf gut Deutsch, man kann ihn schlucken und er kommt dann in den nächsten zwei Tagen auf natürlichem Wege wieder heraus. Würdest du das wagen? Es ist für uns noch neu, aber wir hätten dich zumindest direkt auf dem Radar und sind nicht von ihren Plänen abhängig.«

»Na, super. Ich mag nicht an die nächsten Tage denken, aber für Rebecca tue ich auch dies. Und man kann es nicht durch einen Handscanner finden, hoffe ich.«

»Nein.«

Er ging hinaus und kam nach kurzer Zeit mit einer kleinen schwarzen Kugel und einem Glas Wasser zurück.

»Muss ich auf irgendetwas achten, was ich nicht essen oder trinken darf?«

»Nein, dies kleine Ding nimmt nichts übel, heißt es.«

Ein bisschen Stolz klang aus seiner Stimme. Sie schluckte den Sender problemlos. Kurz dachte sie an Jonas und Sophie, was die beiden zu ihrer Aktion sagen würden. Sie meinte ihr gemeinsames *Nein!!* laut in ihren Ohren zu hören. Dann rief sie noch Kalle an.

»*Du* sollst fahren? Und ich bin am anderen Ende Nürnbergs! Ruf mich gleich an, wenn sie wieder Kontakt mit dir aufnehmen. Ich fahre jetzt erst mal los Richtung Nürnberg Nord. Damit ich wenigstens in der Nähe bin, wenn du mich brauchst.«

Dann war sie unten auf der Straße. Setzte sich hinter das Steuer und ließ den Motor an. Die Kollegen hielten den Daumen hoch. Ihre Art ihr Glück zu wünschen.

Herzklopfen. Sie drehte den Zündschlüssel und fuhr los. Wie immer war es mühsam aus der Stadt zu kommen, auch in der *Bayreuther* schlich der Verkehr von Ampel zu Ampel. Da ging ihr Handy.

»Wo sind Sie?«

Wenigstens das wussten sie nicht. Sie waren also nicht direkt hinter ihr. Sie sagte es Ihnen.

»Gut. Sie fahren dann in einigen hundert Metern links rein zum Recyclinghof. Dort steht an der rechten Seite ein roter Opel Astra. Er ist nicht verschlossen, der Schlüssel steckt. Sie lassen ihre Dienstpistole und Ihr Handy in Ihrem Auto, auch die Handtasche. Nehmen nur die Gemälde mit. Im Handschuhfach des Astra finden Sie ein anderes Handy. Es ist eingeschaltet. Sie fahren weiter Richtung Autobahn. Wir melden uns.«

»Und Rebecca? Kann ich sie kurz sprechen?«

Aber die Leitung war bereits tot. Sie rief noch schnell Kalle an, gab die neuen Weisungen durch. Er reagierte aufgebracht.

»Schnell, merk dir meine Nummer. Du hast ja dann dein Handy nicht mehr.«

Das kam davon, wenn man die einmal gespeicherten Nummern nicht mehr im Kopf hatte. Die Netznummer war die gleiche wie bei ihr. Dann fuhr er fort:

»39 – mein Alter – 60 – welcher Jahrgang bist du?- dann 2001. Denke an was Schönes in dem Jahr.«

»Okay, habe ich. 39602001. Danke. Drück die Daumen.«

Da war schon die Einbiegung zum Recycling Hof. Rechts stand der rote Opel. Sie parkte dahinter, legte ihr Handy ins Handschuhfach, zögerte und ließ dann die Handtasche nebst Geldbörse auch zurück. Nur einen Zwanzigeuroschein und ein bisschen Kleingeld steckte sie in die Hosentasche. In dem Moment klingelte es im Handschuhfach des Roten.

»Haben Sie das Auto gefunden? Offenbar. Ich will sie nur noch daran erinnern, dass Sie Ihre Waffe ebenfalls in Ihrem Auto lassen. Fahren Sie jetzt los.«

Sie zog ihre P 225 aus dem Holster und ließ sie mit einem unguten Gefühl ebenfalls in das Handschuhfach gleiten. Fühlte sich ungewohnt schutzlos. Was für ein Film ist das eigentlich, in dem ich hier spiele, fragte sie sich. Wir sind doch nicht in New York!

Nein, aber wir haben es mit Mafiosi zu tun. Sie schloss ihren Wagen ab und setzte sich hinter das Steuer des Opels. *Also los*, machte sie sich Mut.

Auf dem Bierweg kurz vor der letzten Ampel, und damit etwa einen Kilometer vor der Autobahnauffahrt, bekam sie die Anweisung, den rechten Weg in den Reichswald zu nehmen. Und dann auf dem nur für Forstfahrzeuge zugelassenen Wegen weiterzufahren. Links, rechts, rechts, rechts, links – immer tiefer in ein verwirrendes Geflecht von Waldwegen. Keine Menschenseele begegnete ihr hier, kein Radfahrer, kein Hundebesitzer. Na, toll. Ihre Handinnenflächen um das Lenkrad wurden feucht, klebten. Ihr Herz klopfte wieder deutlich im Hals. Zumindest fühlte es sich so an. In solch einer Gefahr hatte sie sich bisher selten gefühlt. Gefahren waren etwas, was blitzschnell auftauchte, und wo sie ebenso schnell reagieren musste. Dies hier war anders. Sehenden Auges in die Gefahr hineinlaufen, beziehungsweise fahren, verbesserte sie sich. Sie wusste, sie war in einem riesigen Waldgebiet. Sie hatte es schon häufig aus dem Flugzeug von oben gesehen. Es schien endlos zu sein. Die Bäume verloren in dem schwächer werdenden Licht ihre Farbe, wurden zu schwarzen Fingern, die nach etwas zu greifen schienen, weit oben. Da hörte sie das Handy wieder klingeln. Die harten Klingeltöne in der dämmrigen Stille verstärkten das Gefühl ausgeliefert zu sein noch mehr.

»Fahren Sie vorn an dem vor Ihnen liegenden Holzstapel rechts ran.«

Wieso wussten die, wo sie sich befand? Sie wusste es auf jeden Fall nicht mehr.

Sie hielt. Es roch nach frisch geschlagenem Holz und Herbst. Es dämmerte immer mehr. Wieder fühlte sie sich entsetzlich allein. Panik. *Was machst du hier bloß, Lene?* Sie spürte Gänsehaut auf ihren Armen. Kälte, die nicht nur von außen kam. Sie zwang sich, sich ausschließlich auf Rebecca zu konzentrieren. Bald ist alles vorbei, versuchte sie sich zu beruhigen.

Nur Sekunden später hörte sie das Auto. Der Motor klang kraftvoll, also ein großes Auto. Dann sah sie seine Scheinwerfer durch die Bäume leuchten, bis es vor ihr anhielt. Die beiden Männer, die sie schon kannte, - was die beiden aber nicht wussten - stiegen aus. Sie erschrak, weil sie sich nicht einmal vermummt hatten. Ein schlechtes Zeichen.

»Guten Tag, Frau Kommissarin. Da Sie schon so vorzügliche Zeichnungen von uns haben, müssen wir uns wohl nicht verstecken. Also, erst einmal die Gemälde, bitte.«

Woher wussten sie von den Zeichnungen? Ihre Höflichkeit war von der Art, die Lene eisige Schauer der Angst über den Rücken jagte. Eine kalte Stimme, kalte Augen. Hatte sie den dunklen Typen in Florenz noch interessant gefunden, grauste ihr hier nur noch.

»Wo ist Rebecca?«

»Oh, die wollten wir nicht mitnehmen. Aber wir werden Ihnen helfen, sie zu finden. Das ist doch auch schon etwas, oder? Ihr Kollege war vorhin schon ganz nah dran. Und nun die Bilder, b i t t e.«

»Ich muss erst wissen, wie es Rebecca geht. Sie hatten versprochen, Bilder gegen das Mädchen.«

»Aber das machen wir doch auch. Nur etwas zeitversetzt. Sie müssen sich auch einmal in unsere Lage versetzen, wir wollen erst einmal Abstand von der gesamten Nürnberger Polizei haben, bevor wir unsere Geisel herausgeben.«

Klar, dass sie sich so etwas überlegt hatten. Sie ging zum Opel, nahm die Gemälde heraus.

»Ach, hat er sie von den Keilrahmen runter? Kluges Kerlchen, dieser Richie Fischer.«

Wieso sprach er nur so ein natürliches Deutsch, fast ohne Akzent? Sie nahm die Gemälde wortlos hoch und machte keine Anstalten sie ihnen zu übergeben.

»Ich brauche wenigstens noch ein paar Auskünfte von Ihnen, wenn ich Sie schon nicht aufs Präsidium bitten darf, wie ich annehme. Die erste Frage. Was haben Sie damals mit Patrick Sommer gemacht? Und warum?«

»Der dumme Junge. Er wollte nicht mehr liefern. Wir hatten ihm vor einiger Zeit schon einmal den kleinen Finger gebrochen, quasi als Warnung. Noch von der linken Hand. Die rechte Hand sollte dann zur Strafe dran kommen, wenn er immer noch so verstockt blieb. Und er blieb verstockt. Das ja. Wollte einfach aussteigen und uns unser schönes Geschäft kaputt machen. Da haben wir ihn zusammengeschlagen, ihm aber noch seine Hand gelassen, in der Hoffnung, dass er sich doch noch besinnt. Aber als wir gingen, lag er zwar blutend auf der Wiese da unten, war aber lebendig. Und ganz sicher nicht unter Wasser. Vielleicht hat er sich hochgerappelt und sich dann selbst ertränkt? Egal, wir waren es nicht.«

Seltsamerweise glaubte sie ihm. Gerade durch das völlige Unbeteiligtsein in seiner Stimme klang die Schilderung für sie glaubhaft. Sie nahm ihren ganzen Mut zusammen. Hoffte, dass ihre Stimme fest blieb.

»Und in Florenz? Warum haben Sie Patricks Freund Johannes Siegel aus dem Fenster gestürzt?«

Der Dunkle stutzte. Wandte sich an den Schrank und fragte etwas auf Russisch. Der trat auf sie zu und fing an, sie mit seinen Pranken abzutasten. Sie versuchte an etwas anderes zu denken. Wieder ein Kommentar in Russisch, bevor der Mann sich aufrichtete. Er hatte auch ihre Beine bis zu den Füßen kontrolliert.

»Ich will es einfach nur verstehen«, versuchte sie es weiter. Der Dunkle sah sie an. In den Augen so etwas wie Amüsement. Scheißkerl, dachte sie. »Wir haben ihn nicht hinuntergestürzt. Er ist rückwärts vor uns zurückgewichen. Mein Kollege hier wollte ihn nur in die Mangel - so sagen Sie doch?- nehmen. Er wich immer weiter aus, da hatte mein Kollege ihn fast erreicht. In dem Moment stürzte er über das niedrige Fenstergitter.« Lene stutzte. Rückwärts von alleine? Waren da nicht Abdrücke an den Knöcheln von Johann? Das würde Stefano Alberti zu überprüfen haben. Ihr Gesprächspartner, dem sie jetzt weniger glaubte, fuhr fort.

»Wir wissen nicht einmal, ob er sich absichtlich gestürzt hat oder ob er versehentlich gefallen ist. Wir hatten nicht einmal die Hände an ihn gelegt. Ich zumindest nicht, du etwa?«, wandte er sich süffisant an seinen Kollegen, bevor er die Frage offenbar auf Russisch wiederholte. Der legte die Hand auf Herz und schüttelte den Kopf. Eine Geste, so übertrieben, dass sie an die italienischen Mafiafilme erinnerte. »Er hatte uns vorher angeschrien, wir hätten seinen Freund auf dem Gewissen. Und seine Bilder bekämen wir nur über seine Leiche.«

»Und so war es denn ja auch. Wohin haben Sie die Bilder so schnell gebracht? Denn als wir kamen, waren keine mehr da.« Er grinste jetzt. »Da hat sich mein Kollege doch sehr beeilt. Hat sie ein Stockwerk tiefer in einer Kammer versteckt. Später haben wir sie dann geholt.«

Er genoss es jetzt sichtlich zu prahlen.

»Schließlich hatte er die Bilder in unserem Auftrag gemalt. Es waren unsere.«

Lene wusste immer noch nicht, ob sie ihm glauben sollte. Versuchte erst einmal ein Ablenkungsmanöver.

»Woher können Sie so gut Deutsch?«

»Oh, ich habe einige Jahre in Leipzig studiert. Wären das alle Fragen?«

»Nein, noch zwei. Wie haben Sie die Bilder von Johannes Siegel aus dem Hotel gebracht? An der Polizei vorbei?«

»Wir sind durch eine Hintertür hinein, und dort haben wir sie auch hinausgebracht. Mit dem Auto haben wir auf dem Hof geparkt. Wir konnten einen Hotelgast *überreden* – er betonte das Wort ironisch – uns seine Karte für den Hof zu überlassen. Und den Mund zu halten.«

Klang plausibel. Das Wichtigste aber war, Rebecca so schnell wie möglich zu finden. Sie drückte die Leinwände noch fester an sich.

»Wo ist Rebecca? Wo finden wir sie? Und geht es ihr wirklich gut?«

Gomelkow schüttelte den Kopf. »Erst die Bilder.«

Ein zäher Brocken.

»Und Richie Fischer?« Warum haben Sie ihn zusammengeschlagen, obwohl er Ihnen Patricks Bilder verkaufen wollte? Und wie hat er überhaupt Kontakt zu Ihnen aufgenommen?«

Jetzt presste er seine schmalen Lippen fest aufeinander. »Der Junge ist zu gierig geworden. Er wollte die Hälfte mehr als den vereinbarten Preis. Wollte mit uns pokern. Leider ist seine Abreibung etwas aus dem Ruder gelaufen. Mein Kollege hatte sich wohl sehr aufgeregt, das ist nie gut.« Ein missbilligender Seitenblick zu Sachow.

»Und wie hat er Kontakt zu Ihnen aufgenommen? Das würde uns doch sehr interessieren.«

»Fragen Sie ihn selbst, wie er an unsere Telefonnummer gekommen ist. Er hat sich einfach bei uns gemeldet. Mehr hat uns nicht interessiert. Und nun genug der Fragen. Bitte die Gemälde.«

Stumm reichte sie sie ihnen.

»Und Rebecca?«

»Suchen Sie in der Nähe des Schrottplatzes, da, wo Ihr Kollege sich heute schon herumgetrieben hat. Sie werden sie schon finden. Und machen Sie sich keine Sorgen. Es ging ihr gut, als wir weggefahren sind. Und sie ist auch unversehrt, bis auf vielleicht ein paar Kratzer.«

Hoffentlich, dachte Lene wütend. »Wo genau finden wir sie? In einem Gebäude, in einem Auto? Wo?«

»Sie finden sie. So viele Gebäude gibt es dort nicht. Und – nein, nicht in einem Auto. Auch nicht vergraben. Wir sind ja keine Unmenschen.« Mit einem kurzen Lachen wandte er sich zum Gehen, seinen Kollegen im Schlepptau.

»Das Auto nehmen wir aus verständlichen Gründen jetzt wieder mit zurück. Sie werden schon hier herausfinden. Aber Sie werden sicher verstehen, wir brauchen einen Vorsprung.« Wieder dieser süffisante Ton. Verdammt, sie war weder ein Kind noch ein Schwachkopf. Die aufsteigende Wut schnürte ihr die Kehle zu. Jetzt bloß nicht ausrasten!

Hier in diesem Labyrinth sie einfach auszusetzen! Sie wollte sich nur noch umdrehen, weg von diesen Männern, nicht länger die gleiche Luft atmen wie diese Scheißkerle. In dem Moment spürte sie eine Bewegung der Luft hinter sich, wollte sich umdrehen. Dann war da ein harter Schlag gegen ihren Nacken und alles wurde schwarz.

Kapitel 28

Da war der Geruch von Erde und sterbendem Laub. Feuchtigkeit. Wo war sie? Ein pochender Schmerz in ihrem Kopf. Hatte sie sich gestoßen? Wo war sie? Vorsichtig öffnete sie die Augen. Und ihr Bewusstsein riss sie in die Realität zurück. Sie war niedergeschlagen worden, wohl von Sachow, dem Tier. O Gott - Rebecca! Sie musste sie finden. Dann fiel ihr der Sender ein. Hatte er nicht funktioniert? Lähmende Angst kroch wieder in ihr hoch. Sie versuchte aufzustehen, zitternd gelang es ihr, sie stand. Um gleich wieder gegen die nächste Welle an Panik anzukämpfen. Die Dämmerung war noch weiter fortgeschritten, es war nicht ganz dunkel, aber hier im Wald konnte sie bereits nicht mehr weiter sehen als einige Meter. In einer halben Stunde würde es stockdunkel sein. Sie musste sie sich vielleicht damit abfinden, ohne Decke, ohne irgendetwas, in Jeans und einer völlig unzulänglichen Übergangsjacke – für den Herbst*tag* gedacht, der sich an die schönen vergangenen Spätherbsttage anschließen sollte - hier im Wald die Nacht zu verbringen. *Aber dies blöde Hightech Ding in mir muss einfach funktionieren!* Sie lauschte. Nur das Geräusch von Tropfen auf rauen Blättern. Fing es jetzt auch noch an zu regnen? Verdammt, verdammt, was mach ich bloß? Sie spürte Tränen aufsteigen. *Denk nach, Lene! Heulen kannst du zu Hause. Was kannst du* *tun?* Sie kauerte sich auf den Boden, den Rücken an einen Baumstamm gelehnt. *Was kannst du tun? Konzentriere dich!*

Vielleicht konnte sie das Surren des Verkehrs auf der Autobahn hören? Dann hätte sie wenigstens eine Orientierung. Sie lauschte. Nichts. Es war, als würde der Wald die Welt da draußen verschlucken. War da ein Geräusch? Weit weg schlug eine Autotür. *Merk dir die Richtung,* befahl sie sich und stand mühsam auf. Dann Stimmen, die durch den Wald drangen, herüber wehten. Anscheinend wütende Stimmen als Antwort. Was war da los? Sie wollte rufen, setzte schon an. *Aber wenn es die waren?* Vorsichtig und so schnell wie möglich lief sie in die Richtung, aus der die Stimmen zu kommen schienen. Sie stolperte, fiel auf die Knie. Tränen der Wut stiegen jetzt hoch, die der Verzweiflung ablösend. Sie wollte noch nicht, dass sie jemand sah, bevor sie nicht wusste, *wer* da stritt. Je näher sie den Stimmen kam, desto vorsichtiger bewegte sie sich. Das wenige Unterholz bot ihr keinen ausreichenden Schutz, so dass sie sich meist hinter Baumstämmen verstecken musste. Die Stimmen waren jetzt näher. Und dann erkannte sie eine davon und die war ihr besonders vertraut.

»Wir müssen Hauptkommissarin Becker finden, bevor wir ins Präsidium fahren, und dann können Sie uns das alles erzählen. Also etwas Geduld.«

Dann Volkers Stimme. »Wir bleiben hier, Kalle, und passen auf. Nimm den *Finder* mit.«

Sie hatten sie also wirklich über den verschluckten Sender gefunden. Sie zitterte vor Aufregung und Erleichterung.

»Hier, hallo, hier bin ich«, rief sie so laut sie konnte. Trotzdem klang der erste Versuch noch kläglich.

»Danke, Klaus, für deine Technikidee«, murmelte sie leise, bevor sie losrannte und jetzt mit voller Kraft schrie.

»Ich bin hier!«

Und da waren sie schon! Kalle schloss sie einfach in die Arme.

»Was für ein schrecklicher Bockmist! Mir blieb bald das Herz stehen, als du dein Auto verlassen musstest. Der Sender von Klaus – einfach großartig. Was für ein Fortschritt! Auch wenn du ihn jetzt noch finden musst.«

Die Bemerkung konnte er sich grinsend jetzt doch nicht verkneifen. Sie knuffte ihn in die Rippen.

»Sei dankbar, sonst hättest du jetzt bis in die Dunkelheit hinein mit einer Taschenlampe hier in dem Riesenwald nach mir suchen müssen. Und dich sicher dabei auch noch verlaufen.«

Mit leichtem Unbehagen dachte sie an die vielen Schilderungen von Menschen, die sich im Spessart oder der Rhön -und auch hier - verlaufen hatten und oft erst nach Tagen völlig entkräftet gefunden wurden. Wenn sie Glück hatten.

»Egal, Klaus hat auf jeden Fall ein Essen mit uns gut.«

Jetzt wurde auch Kalle ernst. »Das ganz bestimmt. Mann, Lene, bin ich froh!«

Er drückte sie schnell noch einmal. Volker tauchte neben ihm auf. Er zögerte unsicher, aber seine Gesichtszüge spiegelten die Erleichterung und Freude wieder. Dann kam er entschlossen auf sie zu, und nahm sie ebenfalls in die Arme. Sie fühlte seinen Herzschlag.

»Das war schrecklich, Lene. Wir hatten alle solche Angst um dich.«

Sie atmete seinen Duft ein, und stellte voller Verblüffung fest, dass er ihr immer noch vertraut war. Nach all den Jahren. Begegnen wir uns über unseren Duft, dachte sie verwirrt und fühlte, dass sie rot wurde. Sanft machte sie sich los.

Sie spürte, wie in ihr wieder die Tränen aufstiegen. Die Reaktion auf die Anspannung. Und die durchlebte Angst, wie sie sich eingestand.

»Wir müssen uns beeilen. Es geht darum, Rebecca möglichst schnell zu finden. Kalle, sie soll in der Nähe des Schrottplatzes in Schweinau sein, haben sie gesagt. Hast du irgendetwas bemerkt heute? Sie wussten sogar, dass du dort warst.«

Kalle runzelte die Stirn. »Das kann überall sein. In einem Auto hinter einer der Schrotthalden, zum Beispiel.« Lene schüttelte den Kopf. »Nicht in einem Auto, haben sie gesagt. Und nicht vergraben, Gott sei Dank. Eher in einem Gebäude.«

Er runzelte die Stirn, dann schlug er mit einer Faust in die andere Handfläche.»Warte mal, da war auch ein Gebäude, das jetzt von der Stadt Nürnberg genutzt wird. Vielleicht da? Wär wirklich eine Frechheit!«
Er stürmte schon zum Auto, Lene lief ihm nach.»Ich fahre mit Kalle dorthin. Volker kommst du mit? Meine Waffe musste ich im Auto lassen. Besser, wir haben zwei.«
Damit startete Kalle schon den Wagen. Lene sah, wie Volker in seinen sprang und ihn anließ. Jetzt erst bemerkte sie, dass darin die beiden festgenommenen Russen saßen.
»Danke, für euer Mitgefühl und überhaupt. Na ja, ich muss gestehen, mir war ganz schön mulmig, hier ganz allein mit Gomelkow und Sachow. Ich wusste die ganze Zeit nicht, was sie mit mir vorhatten. Besonders, dass sie nicht maskiert waren, machte mir Angst. Logisch. Sie mussten wissen, dass wir wissen, wer sie sind. Aber jetzt ist es vorbei. Und die beiden haben sich sehr kooperativ gezeigt, als ich ihnen Fragen stellte. Zumindest Gomelkow. So dass wir mit unseren Ermittlungen jetzt weiter kommen. Denn die Mörder von Patrick sind sie nicht, da bin ich mir ziemlich sicher. Aber bei Johann Siegel, da bin ich noch am Zweifeln. Alberti wird sich freuen, dass er die beiden dann haben kann, wenn sich sein Verdacht erhärten sollte. Danke, dass ihr so schnell ward.«

Der Wagen machte einen Satz vorwärts, bevor er abrupt abgebremst wurde. Volker schaltete ruckartig in den Rückwärtsgang und riss dabei das Steuer brutal herum. Lene sah wieder nach vorn. Er hatte ja recht, sie waren jetzt in Eile. Hoffentlich war der Besitzer des Platzes noch da.

»Hast du die Handynummer vom Schrottplatz auch in deinem Handy? Meins ist doch im Auto.« Keine Waffe, kein Handy. Kalle schüttelte den Kopf.

»Ich habe mich auf dich verlassen, du hattest ja die Nummer. Wir fahren aber sowieso über die Äußere Bayreuther. Willst du erst zu deinem Auto?«

Lene zögerte nur kurz und schüttelte dann den Kopf. »So schnell wie möglich zum Schrottplatz!«

Zweiundzwanzig Minuten später – sie hatten im Feierabendverkehr sehr schnell das Blaulicht aufs Dach gesetzt – bremsten sie, eine Staubwolke erzeugend, vor dem stählernen Tor, das sie schon kannten. Außerhalb des Waldes war es noch sehr viel heller geworden, die Dämmerung war hier noch nicht so weit fortgeschritten. Mit Aufatmen sahen sie, dass das Tor geöffnet war. Lene stieg aus und ging hinüber zu Volkers Wagen.

»Los, raus, alle beide«, wandte sie sich an die Entführer. »Und bringen Sie uns jetzt so schnell wie möglich zu Rebecca. Sie haben nichts mehr zu verlieren, höchstens zu gewinnen, indem Sie uns zeigen, wo das Mädchen ist.«

Gomelkow gab sich geschlagen und nickte. Volker kam um sein Auto herum. Lene hatte plötzlich das Gefühl von Verlangsamung, sah alles in einer Art Zeitlupe. Kalle ging es wohl ähnlich. Er verlor die Geduld. »Wo ist das Mädchen? Sofort – ich will das sofort wissen. Keine Spielchen!«
In dem Moment raste etwas auf sie zu. Der Hund! Sie hatten nicht an den Hund gedacht! Und wo war der Besitzer?
Der Hund bellte jetzt wie verrückt und sprang dann Gomelkow an, der fast nach hinten kippte. Nur durch Volkers schnelles Zugreifen wurde sein Sturz verhindert. Dann erst bemerkte Lene, dass Sachow noch im Auto saß, aber jetzt auf dem Beifahrersitz. Seine Hände lagen am Lenkrad. Da verstand sie. Volker hatte ihn dort mit den Handschellen fest gemacht. Gut so.
Der Hund sprang völlig außer Rand und Band um sie herum. Lene versuchte beruhigend auf ihn einzureden. Da, endlich ein schriller Pfiff, der das Tier sofort zur Ruhe brachte. Der Besitzer des Platzes kam gemächlich um die Ecke auf sie zu. Ein schwerfälliger, vierkantiger Mann mit schütterem grauem Haar, der bei ihrem Anblick lospolterte.
»Was ist denn nun schon wieder?«
In dem Moment fiel sein Blick auf Gomelkow. Seine Augen weiteten sich und er wurde sichtlich blass. *Aha, die kannten sich also ganz offensichtlich,* stellte Lene fest. Auch Kalle hatte es bemerkt, wie

sie bei einem Blick zu ihm feststellte. Der Mann flüchtete in Aggression.

»Was soll das? Sie waren doch erst vorhin hier. Ich werde mich bei Ihrem Vorgesetzten beschweren.«

»Also, wo ist sie?«, fragte Lene schneidend.

Ihr Blick hielt seinen fest, alle Farbe war aus seinem Gesicht gewichen. Dann sah er nervös zu Gomelkow. Sie folgte diesem Blick.

»Nun machen Sie schon«, forderte sie den Weißrussen auf, endlich etwas zu sagen. »Wohin müssen wir?«

Noch ein unsicherer Blick des Besitzers. »Gut, kommen Sie.«

Er ging voran, durch die Schluchten aus aufgetürmten Blechkästen hindurch. Dann lichtete sich der Weg, die Autos standen jetzt einzeln, wie scheinbar wahllos verstreut. Schließlich ein kurzes Stück über einen fast leeren Rasen, nur ein altes, graues Exemplar einer ehemaligen Nobelkarosse stand dort. Nun endlich konnte sie eine Art Schuppen sehen. Sie rannte jetzt fast. »Schnell, sie - « hat sicher Todesangst, wollte sie den Satz beenden, aber tat es dann doch nicht. Es war auch so genug an Anspannung.

Ein großes Stahlschloss sorgte dafür, dass man den Riegel nicht öffnen konnte. Der Besitzer öffnete nach kurzem Zögern, und einem ebenfalls kurzen Anbrüllen von Kalle, mit einem Schlüssel, den er an seinem Schlüsselbund getragen hatte. Endlich sprang das zweiflügelige schwere Holztor auf. Lene konnte in der Dunkelheit, die drinnen herrschte, im ersten Augenblick fast nichts sehen. Sie rief den Namen des Mädchens und bekam ein Wimmern als Antwort. Endlich hatten sich ihre Augen auf das Dämmerlicht eingestellt.

»Ich bin es, Rebecca, Lene Becker, die Kommissarin. Sie müssen keine Angst mehr haben, wir holen Sie jetzt hier raus.«

Sie bahnte sich einen Weg, rechts und links ragten immer wieder Fahrräder, schlampig an andere gelehnt, in den Gang. Dann endlich öffnete sich die schmale Gasse zu einem kleinen Raum. Dort lag sie. Lene hockte sich auf den Boden und nahm erst ihre Hand, dann das zitternde Mädchen in ihre Arme. »Sch, sch, alles ist gut«, beruhigte sie sie.

Kalle wandte sich an Volker. »Ruf einen Krankenwagen, schnell! « Aber da hörten sie schon das Hornsignal draußen. »Ich hatte schon von unterwegs einen angefordert.«

Kalle nickte dankbar. »Haben wir vor lauter Aufregung nicht dran gedacht«, gestand er etwas beschämt.

Die Sanitäter brachten einen Notarzt mit, der Rebecca gleich vor Ort wenigstens oberflächlich untersuchte. Aber ihr Blutdruck war nur etwas erhöht, die Pupillen normal.

»Trotzdem möchte ich sie zur Untersuchung im Krankenhaus haben.«

Lene sah zu Kalle. Dann zum Arzt. »Wohin bringen Sie sie?«

»In die Erler Kliniken, Notaufnahme.«

»Kommen Sie mit?«, bat Rebecca und wollte Lenes Hand nicht loslassen. Die nickte.

»Kalle, komm du nach, wenn du und Volker die beiden in die Arrestzelle gebracht habt. Verhören können wir sie dann später. Zuerst will ich wissen, wie Rebecca das alles überstanden hat.«

Sie hielt während der ganzen Fahrt die Hand des Mädchens. Der Sanitäter überprüfte immer wieder die

Funktionen, und Lene war einfach nur froh, dass es für Rebecca so glimpflich verlaufen war. Sie hoffte, nachher, wenn Rebecca in einem Bett lag und gut versorgt war, mehr von ihr zu erfahren. Während sie durch den Wald holperten, dachte sie an Richie. Vielleicht könnte sie später noch bei ihm vorbeischauen, sehen wie es ihm inzwischen ging.

Wieder sah sie auf das blasse Gesicht des Mädchens auf der Liege vor ihr. Versuchte den Schock nachzuempfinden, der es für sie gewesen sein musste! Was hatte sie mit all dem zu tun? Sobald Rebecca eine Nacht geschlafen hatte, müsste sie da nachbohren. Und welche Rolle spielte Richie? Ihr fiel wieder Lukas ein. Sie sah ihn vor sich, seine Aufregung und Sorge um Rebecca. Sie musste daran denken, ihn nachher noch anzurufen. Das war nur fair.

Inzwischen fuhren sie schon auf der *Äußeren Sulzbacher.* Mechanisch streichelte sie immer noch beruhigend Rebeccas Hand. Ihre Gedanken schweiften jetzt zurück in den Wald. Sie versuchte die Erinnerung an ihre eigene Angst zurückzudrängen. Dachte über die Festnahme der beiden Russen nach. Alles war nur so gut gelaufen wegen des Mikrosenders. Danke, Klaus, flüsterte es noch einmal in ihr. Sie fuhren jetzt an der Burgmauer entlang. Nürnbergs angestrahlte Bastion an Vertrautsein und Schutz. Seltsam, dass sie das immer so empfand. Ein Hauch von Ewigkeit, so lange, wie sie schon die Nürnberger Altstadt einschloss.

Die Klinik. Die Notaufnahme. Formalitäten, Untersuchungen. Sie blieb noch, bis der Arzt ihr den endgültigen Befund mitteilen konnte. Inzwischen war Kalle aufgetaucht mit Rebeccas Mutter, die er in einem Rollstuhl hereinrollte. Zumindest nahm sie an, dass es Rebeccas Mutter war. Hatte er sie hierher geholt? Es schien so. Und zwischen Kalle und Frau Goldbach schien etwas an Sympathie zu schwingen. Stimmt, er hatte Lene ja erzählt, wie sehr sie ihn beeindruckt hatte. Sie stellte sich vor und gab ihr dabei die Hand.

»Alles in Ordnung, Frau Goldbach. Sie hat etwas wenig getrunken, und sie braucht heute Nacht Ruhe. Der Arzt will sie deshalb hier behalten, wenigstens für heute. Aber insgesamt ist ihr glücklicherweise nichts passiert.«

In dem Moment kam Rebecca, ebenfalls im Rollstuhl, aus dem Behandlungszimmer. Als sie ihre Mutter sah, sprang sie aus ihrem Stuhl und lief zu ihr hinüber. Sie schlang ihre Arme um deren Hals und weinte bitterlich. Die Hand ihrer Mutter streichelte sanft über ihr Haar, bis Rebecca wieder ruhiger wurde.

Da Frau Goldbach mit ihrer Tochter in den dritten Stock fuhr, entschlossen sich Lene und Kalle die Zeit zu nutzen, um auf der Intensivstation nach Richie zu sehen. Die Schwester, die ihnen geöffnet hatte, führte sie zu dem behandelnden Arzt, dem sie kurz von der Entführung und deren Ausgang berichteten.

»Wir müssen mit Herrn Fischer sprechen. Es ist dringend. Weil wir die beiden Verbrecher nur so überführen können. Wir bitten Sie inständig, wenigstens einen kurzen Augenblick.«

Da endlich gab der Arzt nach. »Gut, aber nur fünf Minuten! Er ist jetzt wach, nur bitte, regen Sie ihn nicht auf!«

Lene hätte ihm gern erklärt, dass es oft für Verbrechensopfer eine Beruhigung war, wenn sie merkten, dass die Kriminalpolizei etwas unternahm um die Täter zu fassen. Es war dann, als ob dieser Gedanke es ihnen möglich machte, die Sorge abzugeben, ihre quälenden Gedanken zur Ruhe kommen zu lassen. Sie übergaben den Vorgang an die Kripo und konnten endlich loslassen, ohne dass sich ihr ganzes Denken um das Verbrechen drehen musste. Als sie die Tür zu Richies Zimmer öffneten, sah er ihnen mit klaren Augen entgegen. Mit seinem halb verbundenen Wuschelkopf, mit seinen braunen Augen in einem größeren Verband, erinnerte er sie in diesem Moment irgendwie an Volker. Ein kläglicher Versuch von einem spöttischen Lächeln zauberte wenigstens ein bisschen den alten Richie hervor.

»Ich bin wohl die Treppe heruntergefallen oder so etwas, was meinen Sie? Aber Sie sollten erst einmal die Treppe sehen!«

Lene und Kalle holten sich jeder einen Stuhl, froh dass Richie allein in dem Zimmer saß, setzten sie sich an sein Bett.

»Richie, es tut mir so leid, was Ihnen passiert ist und glauben Sie uns, wir sind genau wie Ihre Freunde erleichtert, dass Sie wieder bei uns sind. Es sah ziemlich böse aus. Und wir haben nur ganz wenig Zeit, weil wir gleich von Ihrem Arzt wieder hinausgeworfen werden. Deshalb keine Zeit für Scherze, das holen wir ein andermal nach. Versprochen. Also erst einmal, wir haben die Kerle, die Ihnen das angetan haben.« Jetzt machte Richie große Augen. »Das hätte ich nicht gedacht, so wie die drauf waren. Was wollen Sie wissen?«

»Erstens, wie sind Sie an die beiden Ganoven gekommen? Die sagen, *Sie* hätten angerufen. Woher haben Sie die Nummer gehabt?«

Richie fuhr sich mit der rechten Hand in seinen Haarschopf.

»Also, dann muss ich es wohl sagen. Patrick und ich waren in einer Kneipe, als die anriefen. Ich wusste von seinem Deal mit denen. Als er kurze Zeit später auf die Toilette ging, sah ich sein Handy auf dem Tisch liegen. Ich rief sein letztes Gespräch auf und notierte mir die Nummer. Falls ich einmal geschäftliche Verbindungen dieser Art bräuchte. Na, war wohl nicht optimal, wie man bei mir sieht.«

»Gut, das klärt schon mal diese wichtige Frage. Und zweitens, wie und wann haben Sie die Bilder aus Patricks Wohnung geholt?«

Er atmete aus. »Wieso wissen Sie?«

Jetzt wurde er doch nervös. Kalle grinste abscheulich.

»Das hat uns dein Keller verraten!«

»Sie haben die Bilder gefunden? Na denn. Das war alles einfach ein großer Zufall. Ich hatte vor zwei Jahren einmal für Patrick in seiner Wohnung seine beiden Pflanzen gegossen. Er kannte niemanden, der zu der Zeit in Nürnberg war, bis auf mich. Also habe ich das gemacht. Als ich ihm den Schlüssel wiedergeben wollte, war er weg. Ich habe überall gesucht, Patrick war stinksauer, weil seine Eltern – ach, ist ja jetzt egal. Ich habe den Schlüssel zwei Jahre lang nicht gefunden. Bis ich vor zehn Tagen etwa, was haben wir heute für einen Tag? Also, kurz nachdem sie Patrick gefunden haben, habe ich plötzlich den Schlüssel in einer uralten Jeans gefunden, die ich wegwerfen wollte. Er hatte sich in der kleinen Tasche verklemmt. Na, und da kam mir die Idee.«

Er schwieg jetzt erst einmal. Es klopfte kurz. Der Arzt stand in der Tür, machte Ihnen ein Zeichen. Auch Lene sah, dass das Gespräch Richie doch sehr angestrengt hatte. Schweißperlen auf seiner Stirn. Sie gab nach. Die dringendsten Fragen waren geklärt.

»Gut, dann schlafen Sie jetzt ein bisschen. Wir kommen morgen noch einmal, wenn wir dürfen?«, wandte sie sich an den Arzt. Der nickte. »Wenn der Patient einverstanden ist. Übrigens hoffen wir, ihn morgen auf Station verlegen zu können. Fragen Sie unten an der Info bitte nach.«

Sie verabschiedeten sich. Richie rief ihnen noch hinterher.

»Danke, dass Sie die gefasst haben. Das sind echte Schweine.«

Von Rebecca hatte sie ihm bewusst nichts erzählt. Als sie in deren Zimmer kamen, schlief sie bereits. Ihre Mutter sah auf, als sie den Raum betraten.

»Sie haben ihr etwas gegeben, damit sie erst einmal zur Ruhe kommt«, flüsterte sie um ihre Tochter nicht zu wecken. »Ich denke, vor morgen früh wird sie nicht wach.« Und mit einem kleinen Lächeln zu Kalle gewandt, kam es zögernd. »Ob Sie mich wieder … «

Kalle bejahte und fasste gleich um den Griff des Rollstuhls. Man sah, dass er es gewohnt war. Gemeinsam verließen sie die Klinik. »Wissen Sie, ich musste Rebecca versprechen, nach Hause zu fahren. Ich wäre gern dort geblieben, aber das schaffe ich wohl wirklich nicht. In einer fremden Umgebung ist alles noch viel schwieriger. Und ich kann ja schlecht die Schwestern um Hilfe bitten.«

Lene hörte einen Funken Bitterkeit heraus und sah an Kalles Reaktion, dass auch er es bemerkt hatte.

»Sie schläft jetzt sowieso erst einmal. Und es ist doch das Wichtigste, dass sie heil und gesund wieder da ist.«

»Und das verdanke ich Ihnen. Ich habe nur an meine Tochter gedacht und Ihnen noch gar nicht gedankt. Ich werde Ihnen das nie vergessen!« Beide spürten die Wahrheit in diesen Worten.

Sie setzten Frau Goldbach in ihrer Wohnung ab und fuhren zum Präsidium, um die beiden Weißrussen zu verhören. Es war inzwischen fast zweiundzwanzig Uhr, und Lene fühlte plötzlich eine bleierne Müdigkeit über sich hereinfluten. Die Anspannung wurde jetzt in der Entspannung erst wirklich fühlbar. Als sie im Präsidium ankamen und die leeren Flure sie empfingen, wurde ihr plötzlich alles zu viel.

»Kalle, ich kann nicht mehr denken. Muss vielleicht auch etwas essen und trinken. Meinst du, wir müssen die beiden Mistkerle noch heute Abend unbedingt verhören? Ich weiß gar nicht, wie ich noch die Worte finden soll. Lass es uns auf morgen verschieben. Wenig professionell, aber es muss sein. Ich kann keinen klaren Gedanken mehr fassen.«

In dem Moment ging die Tür von Kriminaloberrat Kuhn auf und er kam ihnen entgegen. In einer Mischung aus Vorwurf, Erleichterung und – als er Lene sah – Fürsorge.

»Mein Gott, Lene, ich habe extra auf Sie gewartet. Was für eine Aktion! Obwohl Sie gegen meine Anweisung gehandelt haben, bin ich stolz auf meine mutige Hauptkommissarin. Und dann kriegen wir die Männer auch noch! Tolle Leistung, Jürgen! Danke, auch im Namen des Staatsanwaltes, der heute sehr viel ruhiger schlafen kann.«

»Aber, dass wir sie gekriegt haben, ist vor allem Klaus' herausragender Technik zu verdanken, die hier zum Einsatz kam«, wandte Kalle ein.

Kuhn öffnete die Tür zum Meetingraum, und sie sahen in die Gesichter aller ihrer Kollegen.

»Lene, Gottseidank! Wir sind so froh und keiner wollte nach Hause, bevor wir nicht wissen, ob du uns noch brauchst.« Sandra strahlte über das ganze Gesicht und umarmte Lene. »Wir hatten solche Angst um dich. Und Rebecca ist wirklich unverletzt? Volker hat uns schon alles erzählt.«

Kuhn räusperte sich. »Die Kerle sitzen jetzt sicher in ihrer Zelle und können dort nachdenken, was sie uns morgen erzählen. Ich denke, Sie haben für heute genug, Lene und Jürgen. Leider können Sie trotzdem nicht gleich nach Hause.« Er machte eine kleine Pause. Oh, bitte, heute nichts mehr, sandte Lene ein Stoßgebet zum Himmel. In dem Moment zogen Bert und Gert zwei Tücher weg, eins auf dem Tisch, das andere in der Ecke neben dem Eisschrank. Unter dem einen lag ein Berg Brezeln, das andere legte einen Kasten Bier frei. Nun sah Lene auch einen großen Topf auf der einzigen Herdplatte. Darin lagen Rostbratwürstchen auf duftendes Sauerkraut gebettet.

»Besser als Pizza, oder? Sollte doch etwas Besonderes sein.« Lene merkte, wie ihr die Tränen der Rührung den Hals hinaufkrochen. Deshalb sagte sie schnell das, was sie fühlte.

»Ihr seid das tollste Team und danke, danke, danke! Feiern wir meinen zweiten Geburtstag, denn es gab Augenblicke heute, wo ich nicht sicher war, ob ich euch alle noch einmal sehe.«

So viel Gefühl war ein Fehler. Sie hörte das Zittern in ihrer Stimme und fuhr sich mit dem Handrücken über die Augen, bevor sie das Glas Bier ergriff, das sie ihr reichten.

»Auf euch!« Und nun rollten doch zwei Tränen ihre Wangen hinab.

Kapitel 27

Freitag, den 4. November
Das Wetter war jetzt endgültig gekippt. Als sie aufwachte nach einem langen, tiefen Schlaf, hörte Lene den Regen an ihr Schlafzimmerfenster prasseln. Sie fühlte sich dennoch erfrischt und sprang aus dem Bett, wobei sie einen vorwurfsvollen Blick von Perugio kassierte, der ihr, kurzfristig beleidigt, folgte. Rossini flog wie eine Feder in seinem Wahnsinnstempo die Treppe hinunter in der Hoffnung, dass sie ihm ebenso schnell folgen würde, und die Terrassentür für ihn aufmachen würde.

Unter der Dusche ließ sie erst einmal nur das Gefühl zu, Rebecca in Sicherheit zu wissen. Das warme Wasser hüllte ihren Körper ein wie eine warme Decke. Sie genoss dieses Gefühl, ließ es tief in sich eindringen.

Beim Kaffeekochen sah sie auf die Uhr. 22:00 in Kalifornien. Während sie sich zwei Toaste schmierte, eins mit Käse und eins mit ihrer geliebten Himbeermarmelade, fuhr sie ihren Laptop hoch. Rief dann *Skype* auf, nachdem sie sah, dass Mike online war. Herzklopfen wie immer, wenn sie ihn gleich hören und sehen konnte, wenn auch nur auf dem Bildschirm. Es läutete nur zweimal, dann baute sich das Bild schon auf. Er hatte also bereits auf sie gewartet.

»Good morning, meine Schöne!« kam es über die Weiten der USA, des Ozeans und Europas zu ihr herüber geschwebt. Schön war das! Hätten sie in einer anderen Zeit ihre Liebe auch so nah, so intensiv fortsetzen können? Sie dachte an Melanie und Matthias Schiller, den Mordfall, den sie im Winter gemeinsam gelöst hatten. Damals war es noch so viel schwerer gewesen. Aber dafür hatte Matthias oder Matthew, wie er sich jetzt nannte, diese wunderbaren Gedichte geschrieben.

»Was machst du gerade?«, fragte sie in der Hoffnung nicht von dem gestrigen Tag erzählen zu müssen. Aber er fiel nicht darauf herein.

»Ich? Ich sitze hier und trinke mein zweites Bier und träume von Germany. Und einer Frau dort. Erzähl von dir. Die kurze sms gestern, dass ihr das *girl* gefunden habt und alles okay ist, genügt mir nicht gerade. Also, *wie* habt ihr sie gefunden?«

Und Lene erzählte. Mike war so entsetzt, wie sie das schon befürchtet hatte.

»Bist du verrückt? Was hätte ich gemacht, wenn Kalle mir bedauernd geschrieben hätte, dass die Gangster dich erschossen haben? Oh God, ich habe die irrste Frau der Welt! Lene, wie konntest du! Die sind dir an Kaltblütigkeit überlegen, und das weißt du. Und ich brauche dir nicht zu sagen, was Jonas und Sophie zu diesem Ausflug in die Nürnberger Wälder sagen.«

Lene wollte nicht mehr daran denken, so wenig wie an ihre Angst, die sie gefühlt hatte, als sie die unverhüllten Gesichter der Männer gesehen hatte und begriff, dass die beiden nicht davon ausgingen, dass Lene sie identifizieren könnte. Und Rebecca gar nicht da war.

»Ich will nichts mehr davon hören. Wichtig ist, dass wir Rebecca wieder haben. Und, oh Wunder, die beiden im Gefängnis sind.«

Da gab er nach. »Ich mache ja auch manchmal spontan solche Sachen, die eigentlich zu gefährlich sind. Und bewundere deinen Mut. Leicht war diese Aktion nicht für dich. Und ich weiß ja, wie du uns allen, die wir dich lieben, manchmal den Angstschweiß auf die Stirn treibst. Bitte, pass auf dich auf!«

Das versprach sie – beim nächsten Mal. Noch einige Sätze der Liebe und des Vermissens, dann musste sie auflegen. »Bis bald!«

Während sie ihre Toaste aß und dabei versuchte langsam und lange zu kauen, wie sie es sich vorgenommen hatte, plante sie den Ablauf für den Tag. Sie dachte noch einmal über das nach, was ihr Gromelkow und Sachow im Wald über ihre *Begegnung* mit Patrick am Mordabend gesagt hatten. Und über das, was die Sandler ausgesagt hatten. Das schien soweit zu passen. Aber wer, wer hatte Patrick dann ermordet? Die Perfidie, ihn mit der Spritze einzulullen und dann dennoch ertrinken zu lassen. Unglaublich.

Einzulullen. Das Wort setzte sich bei ihr fest. Genau, das war es! *Einlullen* konnte einen nur jemand, dem man vertraute. Und wenn dies *Einlullen* wirklich durch eine Hand geschah, der man vertraute, die einem scheinbar half? Zum Beispiel mit einer schmerzstillenden Spritze nach den gekonnt schmerzhaften Schlägen durch Sachow?

Jetzt war sie wie elektrisiert. Sie mussten doch unter den Freunden weitersuchen! Oder in der Familie? Wo waren sie mit ihren Ermittlungen gewesen, bevor die Nachricht von Rebeccas Entführung sie aus dem Konzept riss? Bei Rebecca und Lukas. Genau. Da mussten sie nachhaken. Und auch bei Aaron, der die beste aller Gelegenheiten gehabt hätte. Morphium war jederzeit erreichbar für ihn. Und die anderen? Sie musste unter diesem Aspekt noch einmal die Protokolle lesen.

Für Alberti war es gestern zu spät gewesen. So war das das Erste, was sie erledigte, als sie ins Präsidium kam. Alberti brüllte begeistert ins Telefon, so glücklich war er über ihren Fang. Dann hörte er sich den Rest der Geschichte an. Auch er fand diese einsame Aktion im Wald sehr riskant.

»Um nicht zu sagen leichtsinnig. Ohne die Kollegen in der Nähe!«

»Aber sie waren doch dann rechtzeitig da, ich wusste es nur nicht. Was hätten Sie denn gemacht?«

Darauf wusste auch Alberti keine Antwort.

»Hier werden die jetzt aber unter Mordanklage gestellt. Die Abdrücke an den Fußgelenken von Johann sind immer deutlicher geworden und reichen dafür aus, zumindest für Sachow. Nun müssen wir uns nur einigen, wo sie zuerst den Prozess gemacht bekommen, bei euch wegen Entführung und schwerer Körperverletzung oder bei uns wegen Mordes.« Er gluckste vergnügt.

»Das auszuhandeln macht unseren Staatsanwälten sicher Freude«, gab Lene zurück. Auch sie musste schadenfroh grinsen. Die beiden Gewaltverbrecher ohne Gewissen, wie es schien, hatten es verdient. Ob das Staatsanwalt Kröger noch verhandelte? Auf die Gefahr, den Kürzeren zu ziehen?

»Na, ich muss jetzt erst mal den richterlichen Haftbefehl besorgen. Und ihrem Anwalt die Stirn bieten. Hoffentlich kommt der nicht zu schnell.«

Aber er war schnell. Sie waren gerade erst zwanzig Minuten im Vernehmungszimmer – in ihr eigenes Büro wollten sie mit solchen Schwerverbrechern nicht – als er den Raum betrat. Einer von den Anwälten, die Kalle und sie als gelackt bezeichnen würden. Gescheitelt, mit Aktentasche und wichtigtuerischer Miene. Bis zu diesem Augenblick war Sachow, mit dem sie anfangen wollten, zu keinem Wort zu bewegen gewesen. Geradezu dumpf saß er vor dem Aufnahmegerät. Draußen an der Scheibe warteten Volker und Gert.

»Richter. Dr. Alexander Richter«, stellte er sich vor. »Und ich möchte mit meinem Mandanten erst einmal allein sprechen.«

Also warteten sie draußen, beobachteten die beiden.

»Richter – was für ein passender Name für einen Anwalt«, feixte Kalle - machte nach dem Bericht von Sachow einen wütenden Eindruck. Klar, da die beidenoder zumindest Gromelkow, gestern so viel verraten hatten in dem Bewusstsein, schon über die Grenze zu sein, bis die Kriminalkommissarin endlich aus dem Wald herausgefunden hätte. Nun musste er sich eine Strategie aus den Scherben zusammensetzen.

Lene ließ Gromelkow holen. Jetzt war das traute Dreiergespräch sowieso vorbei, und da kam es nicht mehr darauf an, sie einzeln zu verhören.

Gromelkow sah längst nicht mehr so gepflegt und souverän aus wie vor seiner Verhaftung. Wütend betrachtete er die Kommissarin, die ihn ausgetrickst hatte.

Dann warf auch er einen Blick durch die Einglasscheibe und sah seinen »Mann fürs Grob« im Gespräch mit Richter. Eine Art erleichtertes, höhnisches Grinsen zeigte seine Gefühle. Oder seine Hoffnung, nach dem Motto: Papa ist da, jetzt werden wir es denen schon zeigen!

Sie ließen auch ihn in den Verhörraum zum vertraulichen Gespräch mit ihrem Anwalt bringen. Nach exakt fünf Minuten unterbrachen jedoch Kalle und sie die Beratung. Sie setzten sich den dreien gegenüber auf zwei Stühle und schalteten demonstrativ das Aufnahmegerät ein.

»Verhör Aleksander Gromelkow und Wassili Sachow. Anwesend ist außer den beiden Beschuldigten ihr Anwalt, Dr. Alexander Richter. Es ist Freitag, der 4. November 2011, 10:15.«

Dann begannen sie mit dem Verhör. Bald merkten die beiden, dass es ihnen wenig half zu leugnen, dass sie Rebecca entführt hatten und warum.

»Herr Gromelkow, Herr Sachow, Sie haben mir bereits gestern bei unserem gemeinsamen Waldausflug die Fragen beantwortet, die ich an Sie hatte. Und ich danke Ihnen für Ihre Offenheit. Dieselben Fragen stelle ich Ihnen heute noch einmal für das Protokoll. Ich hoffe, Sie werden mit uns kooperieren, es kann sich nur zu Ihrem Vorteil auswirken. Sie wissen, wie Richter – und ich meine jetzt Richter in ihrer Funktion, nicht Ihren Anwalt – auf diese Art Unterstützung bei der Aufklärung von Verbrechen reagieren. Es kann nur ein Bonus für Sie sein. Noch langt es für uns für eine Mordanklage an Patrick Sommer. Denn unsere Indizien und Zeugenaussagen reichen auch so aus, um Sie beide zu verurteilen. Wie die Anklage nachher wirklich lautet, und wie die Strafe ausfällt, haben auch Sie in der Hand.«

Diese Worte fielen auf fruchtbaren Boden. Obwohl Richter immer wieder versuchte, seine Mandanten dazu zu bringen gar nichts zu sagen, gaben sie schließlich das zu Protokoll, was sie Lene am Tag vorher gestanden hatten. Offenbar taten sie alles um eine Mordanklage zu verhindern.

Um halb drei war das Verhör beendet. Die Obduktionserkenntnisse aus Italien hatte Lene nicht erwähnt, auch nicht die daraus resultierende Mordanklage. Das war Albertis Sache. Sie behielten sich jedoch vor, eine Anklage wegen Mordes an Patrick Sommer zu erheben, wenn sich herausstellen würde, dass sie nicht die Wahrheit gesagt hätten. Wo sie allerdings vollkommen mauerten, waren die Namen ihrer Hintermänner und Verbindungen. Da würde Lene morgen noch einmal mit Volker als Sachverständigem das Verhör fortsetzen.

Nach den mehr als vier Stunden Befragung gingen sie, Kalle und Volker erst einmal raus aus dem Präsidium um etwas zu essen. Ihnen brummte der Schädel, aber andererseits fühlte Lene sich richtig froh. Teil eins erledigt, dachte sie.

Sie fuhren mit der U-Bahn die Station zur Lorenzkirche und gingen auf eine Brotzeit in den *Zwinger*, ganz bewusst. Lene wollte die Atmosphäre noch einmal in sich aufnehmen an dem Ort, wo alles an dem Abend seinen Anfang genommen hatte. Als Kalle einen Bekannten sah und kurz zu ihm hinüberging, nutzte Volker die Gelegenheit.

»Lene, ich muss jetzt endlich mal mit dir reden. Lass uns doch heute Abend mal ein Bier trinken gehen. Ich hole dich um zwanzig Uhr ab. Okay? Du schlägst vor, wohin wir fahren.«

Sie nickte. Schließlich hatte sie es ihm schon seit Tagen versprochen. »Okay, machen wir. Um acht.«

Er lehnte» seinen langen schlaksigen Körper zufrieden zurück. In dem Moment kamen ihre Getränke und Kalle.

Gestärkt durch das Essen, ging Volker zurück – »Ich mache jetzt einen Verdauungsfußmarsch« – ins Präsidium, während Kalle und Lene sich auf den Weg in die Erler Kliniken machten. Sie liefen am Burggraben und der Burgmauer entlang. Es hatte aufgehört zu regnen und plötzlich nahm Lene wahr, dass die Blätter in der Zwischenzeit, das hieß irgendwann in den letzten Tagen, ihre Leuchtkraft eingebüßt hatten. Sicher, sie waren noch rot und orange, aber die Bäume wirkten nur noch spärlich belaubt und die Farben waren blasser, dunkler zumindest geworden.

»Jetzt wird es schon bald auf den Winter zu gehen«, meinte sie melancholisch.

Kalle sah auf sie hinunter. »Denk doch an die Lichter, den Christkindlesmarkt und die Weihnachtsstimmung!«

»Eben«, seufzte Lene. »Das tu ich ja. Letztes Jahr war Mike hier in der Zeit.«

Da wusste Kalle auch keinen Trost mehr und fragte sie nur, ob sie am Wochenende eine Möglichkeit sähe zusammen mit ihm zu packen.

»Ich kann vielleicht schon am nächsten Wochenende in die Wohnung. Die Vormieter sind schon raus, jetzt kommen noch die Maler und einen neuen Teppichboden bekomme ich auch. Und dann ist wohl am nächsten Freitag alles fertig, und ich kann Samstag rein. Toll, nicht?«

Lene fand seine Begeisterung ansteckend und sagte zu. »Falls nicht dringende Ermittlungen wegen Patrick anstehen. Brauchst du noch Kartons? Ich kann Jonas mal fragen, wenn ja. Ich glaube, die beiden haben noch welche.«

Kalle stimmte erleichtert zu. Sie merkte, wie sehr er jemanden brauchte, der ihn bei seinen Problemen begleitete. Ihr wurde wieder bewusst, wie wenig Zeit Polizisten hatten um Freundschaften zu pflegen. Mit dem Erfolg, dass die über kurz oder lang einschliefen.

Dann endlich berichtete Lene ihm von den Morgengedanken am Frühstückstisch. An das, was das Wort *einlullen* bei ihr an Gedankengängen ausgelöst hatte. Kalle war begeistert.

»Du hast Recht, das ist der springende Punkt. Da *will* jemand betäuben, damit der andere nicht merkt, was er vorhat. Klingt nach schlechtem Gewissen. Denn eins ist sicher, so zugerichtet wie Patrick war, hätte er sich kaum wehren können. Es könnte sogar eine Frau gewesen sein.«

»Rebecca meinst du?« Lene sah deren Gesicht vor sich. Ein Madonnengesicht mit Trauer in den dunklen Augen. Konnte sie wirklich in Rebeccas Gesicht lesen? Sich auf ihre Menschenkenntnis verlassen? Als Ermittlerin sollte sie dies Wort nicht einmal denken. Also auch gegen Rebecca ermitteln.

»Gut, suchen wir ein Motiv. Eifersucht? - Sie hat herausbekommen oder Patrick hat es ihr gestanden, dass er eine Beziehung mit Johann hat. Dann hat sie sich rächen wollen.« - Sie unterbrach das Szenario.

»Aber kannst du dir Rebecca in der Rolle der ausrastenden Megäre vorstellen, der eifersüchtigen Rächerin? Auf mich wirkt sie nicht so – obwohl, manchmal habe ich das Gefühl, dass sie irgendetwas verbirgt.«

Kalle strich sich über sein Haar, Zeichen seiner Konzentration.

»Da sollten wir nachhaken. Weißt du, der Gedanke an sie und Lukas Bierwinkler lässt mich nicht los. Ich hab es jetzt schon ein paar Mal gesagt, wir müssen dort weiter bohren. Die Überlegung ist schon wieder in den Hintergrund getreten wegen Rebeccas Entführung. Jetzt jedoch erst einmal weiter zum Thema Rache. Könnte Aaron die Zurückweisung seiner Schwester rächen wollen? Obwohl, Juden haben da doch nicht die Auffassung wie konservative Moslems, von der *Ehre der Schwester als höchstes Gut, an dem die ganze Familienehre hängt,* oder?«

Lene schüttelte den Kopf. »Nein, ganz sicher nicht. Zumal Goldsteins so liberal sind, dass Frau Goldstein offensichtlich nichts gegen den künftigen christlichen Schwiegersohn einzuwenden hatte. Also wüsste ich kein Motiv, außer wir finden noch ein neues. Und ich glaube auch nicht so sehr daran, dass Aaron seinen Freund umbringt, nur weil seine Schwester vielleicht unglücklich war. Falls sie das mit Johann überhaupt erfahren hatte vor dem Abend, was sie bestreitet.«

»Camille hatte auch keinen Grund, soweit wir wissen. Außer sie wollte durch die Kopien selber zu Geld kommen.«

Hier riss Kalle plötzlich den Kopf hoch. »Und wenn sie gemeinsame Sache mit Richie gemacht hat? Charismatisch wie er ist, hat er bestimmt keine Probleme, jede zu bekommen, die er ins Visier nimmt.«

Lene runzelte die Stirn, ließ die Bilder der vergangenen Woche an sich vorbeiziehen. Dann schüttelte sie den Kopf.

»Kann ich mir nicht vorstellen. Aber wir können auch den Aspekt im Auge behalten, wenn wir Richie befragen. Und jetzt zu den anderen.«

Kalle blätterte in seinem Notizbuch, das er immer akribisch führte. Dann schüttelte er diesmal den Kopf.

»Moritz Emmerich hat ein Alibi durch seine beiden Mitbewohnerinnen. Blieben noch Greta Böklund und Christiane Meier. Und natürlich Richie Fischer. Die beiden Mädchen, eigentlich junge Frauen, haben sich gegenseitig ein Alibi gegeben, da Christiane doch mit Greta zum Übernachten nach Hause gefahren ist. Können wir natürlich noch einmal über Befragung von Eltern oder Nachbarn überprüfen. Bleiben Richie und Lukas. Beide sind Medizinstudenten. Konzentrieren wir uns erst einmal auf die, schon wegen des Morphiums, das man aber als Student auch nicht leicht bekommt. Richie hat kein Alibi, er war allein zu Hause. Lukas hat sich schon gegen elf von Rebecca getrennt. Und hat dann ebenfalls kein Alibi.«

Sie sah Kalle an. Der nickte. »Also, mit wem fangen wir an?«

Lene dachte an den Krankenhausbesuch am gestrigen Abend. »Lass uns noch einmal zu Richie fahren. Wir hatten ihm doch schon gesagt, dass wir heute kommen.«

Sie gingen zu Fuß zu dem Krankenhaus. Als sie an der Information nach Richie und Rebecca fragte, erfuhren sie, dass Richie in ein Zimmer verlegt wurde, und dass Rebecca bereits entlassen worden war.

»Ein gutes Zeichen für sie beide«, sagte Lene als sie den Fahrstuhl nach oben bestiegen. Im letzten Moment kam noch ein Patient auf Gehhilfen herein, der in den fünften Stock fuhr, sodass Lene und Kalle nur schweigen konnten.

Als sie zu Richie ins Zimmer traten, staunten sie über dessen Veränderung. Er saß fast im Bett, kein Kopfverband mehr, nur noch ein Pflaster auf dem Hinterkopf und ein größeres unter dem rechten Auge, das ihm einen fast verwegenen Ausdruck verlieh. Sein Blick sehr viel klarer als am Abend vorher. Diesmal hatte die Stationsschwester sie auch zu ihm durch gelassen. Es ging ihm deutlich besser.

»Das ist ja eine Freude, wie gut Sie sich erholt haben«, begrüßte ihn Lene.

Er lächelte etwas unsicher, wie es sonst gar nicht seine Art war.

»O Mann, da habe ich diesmal wohl wirklich Bockmist gemacht. Ich hoffe Sie haben nicht schon Handschellen für mich dabei«, versuchte er es mit einem Anflug seines alten Humors. Dahinter spürte Lene jedoch seine Angst.

»Jetzt werden Sie erst einmal gesund, dann sehen wir weiter. Eine gute Idee war das wirklich nicht. Es kommt dann darauf an, wie der Haftrichter das sieht. Inzwischen wäre es gut, Sie würden mit uns kooperieren. Dann können wir schon einmal bei ihm ein gutes Wort für Sie einlegen.«

»Obwohl, verdient haben Sie es nicht«, brummelte Kalle. »Da stirbt Ihr Kollege und vielleicht sogar Freund und Sie haben nichts anderes zu tun, als Kapital aus dessen Tod zu schlagen. Nein, wirklich keine gute Idee!«

Kalle zeigte sich wütend. Böser Bulle, guter Bulle.

»Jetzt versuchen wir erst einmal, die ganze Wahrheit herauszubekommen. Dabei fällt mir ein, wie stehen Sie eigentlich zu Camille?«

Völlige Verblüffung in seinem Gesicht. »Camille? Wieso denn Camille? Die hat doch gar nichts mit dem allen zu tun. Sie ist nur Patricks kleine Schwester. Manchmal hat er sie zu einem Event mitgebracht, aber normalerweise hat sie einen ganz anderen Freundeskreis.«

»Und wie stehen Sie zu ihr? Mögen Sie sie?«

Wieder Verblüffung, die ihm Lene sogar abnahm. »Was soll denn das? Denken Sie, ich hätte mit Camille? Das ist absurd. Für Camille gab es nichts was größer war als ihr Bruder. Sie hatte ab und zu mal eine Beziehung, aber nichts Ernstes. Und mit mir ganz bestimmt nicht, falls das Ihre Frage war. Wir hatten kaum miteinander zu tun.«

Ein Blick zu Kalle, der Lene zeigte, dass auch er ihm glaubte.

»Gut, dann gehen wir weiter zu Rebecca. Was hatten Sie für einen Eindruck von der Beziehung zwischen Rebecca und Patrick?«

Ein kaum merkliches Zögern. Richie fasste sich kurz an das Pflaster auf dem Kopf. Überanstrengten sie ihn?

»Also für mich war das zu wenig himmelhochjauchzend, wenn Sie verstehen, was ich damit meine. So gemäßigt wie ein altes Ehepaar. Für mich wäre das nichts.«

Jetzt war es an Lene zu zögern. Trotzdem – sie musste diese Frage stellen.

»Bitte verstehen Sie mich richtig, ich muss das fragen. Hatten Sie bei Patrick je den Eindruck oder den Anflug der Idee, dass er homosexuell sein könnte?«

Richie schnappte nach Luft. »Waas? Schwul? Nein, doch nicht Patrick! Nein, auf die Idee wäre ich nie gekommen. Wie kommen Sie zu so einer Frage?«

Sie suchte nach einer unverfänglichen Erklärung. Wollte nicht ihr Wissen darum mit seinen Freunden teilen, wenn Patrick es nicht gewollt hatte. Und das hatte er offensichtlich nicht.

»Es könnte doch ein Grund für so eine gemäßigte, wenig stürmische Beziehung sein. Hatten Sie das Gefühl, dass das Rebecca nichts ausmachte?«

»Nein, sie schien sich damit abgefunden zu haben. Ich glaube, Ihre Liebe zu Patrick war größer und – wie soll ich sagen – verstehender, vielleicht duldsamer, als die von Patrick zu ihr.«

»Gut, danke. Sie sind ein guter Beobachter. Vielleicht können Sie uns auch helfen in dem Beziehungsgeflecht zwischen den Freunden. Wen würden Sie als Patricks engsten Freund bezeichnen?«

»Aaron«, kam es wie aus der Pistole geschossen. »Sie standen sich sehr nahe, verstanden sich immer und auf jeder Ebene. Vielleicht bis, also bis Patrick sich so veränderte. Irgendwann im Frühsommer. Aber das wissen Sie sicher schon. Ab da schien keiner mehr wichtig von uns. Patrick war da, saß zwischen uns, lachte mit uns. Und trotzdem war er ganz weit weg. Ich habe mich manchmal gefragt, wie Aaron und Rebecca das aushielten. Aber sie taten es. Vielleicht, weil sie sich gegenseitig halfen. Sie verstanden sich immer sehr gut.«

Wieder wunderte sie sich über die Gedanken dieses jungen Mannes, der doch so oberflächlich auf sie gewirkt hatte.

»Und wie stand es zwischen Patrick und Lukas?«

Richie runzelte die Stirn, merkte offensichtlich dann, dass das weh tat und strich sanft über das Pflaster unter seinem Auge.

»Lukas hat sich immer bemüht, bei Patrick auf den ersten Platz der Freunde zu rutschen. Aber den Platz hatte Aaron. Ich glaube, er war manchmal ganz schön eifersüchtig auf die Beziehung zwischen den beiden. Aber nicht, dass sie mich jetzt falsch verstehen. Es war keine Eifersucht, die zu einem Mord führen könnte, wenn Sie das jetzt denken. Eher so ein stilles Beleidigt Sein.«

»Und Rebecca und Lukas? Haben die sich mehr als gut verstanden? Ich hatte mal so ein Gefühl bei einer der Befragungen.«

Richie schüttelte, wenn auch vorsichtig, den Kopf. »Nein, da habe ich nie was bemerkt, das auch nur in die Richtung ging. Allerdings habe ich auch nie darauf geachtet. Obwohl, jetzt wo Sie fragen. Einmal war das doch komisch. Wir saßen alle im *Barfüßer,* und da kam die Bedienung und hat die Bestellung aufgenommen. Als sie zu Lukas kam, wusste er noch nicht, was er bestellen wollte. Da lachte sie ihn an und fragte, ob er und seine Freundin wieder dasselbe haben wollten wie neulich. Irgendeine fränkische Platte. Dabei sah sie zu Rebecca hin. Die lachte etwas unsicher und bestellte schnell Bratwürste mit Sauerkraut. Aber ich glaube, sie war ein bisschen rot geworden. Ich habe es nur gleich wieder vergessen, bis Sie jetzt fragten.«

Lene sah wie Kalle die Witterung aufnahm.

»Wann war das? Wissen Sie das noch?«

Richie winkte ab, dachte dann aber weiter nach.

»Warten Sie. Es war im Sommer, weil wir alle auf den verregneten Sommer schimpften. Kein Biergarten, keine laue Sommernacht. Wir waren sauer darüber, dass man zu der Jahreszeit in den Bierkeller gehen musste. Es muss irgendwann im Juli gewesen sein. Im August war ich im Urlaub in Schottland.«

Richie war jetzt merklich blasser geworden und lehnte sich erschöpft in die Kissen zurück. Draußen klatschte der Regen gegen das Klinikfenster, weiter hinten konnte man noch die Burgmauer erahnen. Lene wurde es wieder bewusst, dass sie sich in einem Krankenhaus an einem Bett befanden, in dem ein Kranker lag.

»Wir machen Schluss. Sie müssen sich jetzt ausruhen. Danke für Ihre Mithilfe. Wir denken daran, wenn es um ihre Geschichte geht.«

Richie lächelte ein kleines, erschöpftes Lächeln, für seine Verhältnisse fast erbärmlich. Sie schlossen leise die Tür von außen.

»Das war wirklich sehr aufschlussreich. Was für ein spannender junger Mann. Nur eben vielleicht nicht immer besonnen. Was hat er sich nur dabei gedacht, die Bilder zu klauen? Ich hoffe bloß, er kriegt einen Richter, der erkennt, dass Richie seine

Lektion gelernt hat. Und ihm nicht für diesen Blödsinn seine Zukunft verbaut.«

»Frau Hauptkommissarin, du sollst Bösewichte fangen und bist glücklicherweise nicht für die Resozialisierung zuständig. Vergiss das nicht.«

Sie murmelte nur ein leises *trotzdem*.

Sie hatte sich dann doch die Zeit genommen zu duschen und sich hübsch zumachen. Sogar überlegt, was sie anziehen sollte. Einen Tisch im *Alten Forsthaus* in Neunhof bestellt. Und als Volker klingelte, war sie fast etwas aufgeregt. Wobei sie sich die Frage lieber nicht beantwortete, ob wegen des Rendezvous oder wegen des unangenehmen Gesprächs, das ihr bevorstand. Egal, es war ungewohnt – wann war sie das letzte Mal mit einem Mann verabredet gewesen, außer mit Mike natürlich - und etwas in ihr genoss es.

Er war pünktlich und sie spürte auch bei ihm eine Aufregung. Auch er hatte sich umgezogen. Blaues Hemd, das einen Kontrast zu seinem rötlichen Haar und seinen grauen Augen bildete. Aber das, was ihn ausmachte, war sein unwiderstehliches Grinsen.

Er hielt ihr sogar die Beifahrertür auf, und daran erkannte Lene, dass er immer noch nicht die Hoffnung aufgegeben hatte. Noch um sie warb. O Frau. War wohl nicht so klug, diese Verabredung.

Aber dann wurde es doch ganz anders. Volker fühlte sich in der gemütlichen Atmosphäre des Gasthauses sofort wohl und studierte begeistert die

Speisekarte. Die hatte Fränkisches ebenso zu bieten wie das Besondere - vielfältige Kompositionen eines kreativen Chefs. Sie tranken Bier und aßen fränkisch und fühlten sich wohl miteinander wie alte Freunde, die eine Menge vom anderen wissen. Keiner berührte das Thema ihrer gemeinsamen Vergangenheit vor dem Espresso, den sie beide nach dem Essen bestellt hatten. Aber schließlich beugte sich Volker vor und sah ihr direkt in die Augen.

»So, nun erzähl mal. Was war los damals bei dir, dass du einfach so weg bist. Wir haben uns doch gut verstanden!«

Lene setzte sich unbewusst ein Stück zurück, von ihm weg.

»Volker, ich war verheiratet. Das weißt du doch.«

»Ja, aber nicht glücklich.«

»Trotzdem. Die Kinder und – ich habe einfach Gewissensbisse bekommen. Bitte versuche mich zu verstehen. Ich – «

Hier unterbrach sie Volker. »Ich versuche es ja. Aber warum so? Einfach weg? Ich konnte es nicht glauben.«

Plötzlich schämte sie sich. Was für eine Egoistin sie gewesen war! Dieser Mann war für sie in einer Lebenssituation, in der sie unglücklich war, erschienen und hatte ihr wieder Lebensmut zurück gebracht und gezeigt, was Freude bedeutet. Und sie hatte das alles angenommen und war dann einfach weggelaufen, als sie dachte, jetzt sei es genug. Und hatte nicht einmal darüber nachgedacht, was *er* empfunden hatte, ob es für ihn mehr war als ein flüchtiges Abenteuer.

Ihr Blick streifte durch den Raum des gemütlichen Gasthauses, während sie nach den richtigen Worten suchte. Der curryfarbene Kachelofen mit einer Bank, die mit Sitzkissen gepolstert war, darunter war Kaminholz gestapelt. Die alten fränkischen Bauernkommoden und Schränke, zusammen mit der Holzdecke aus dicken Bohlen, verstärkten den Wohnzimmercharakter. Vor den Fenstern mit Butzenscheiben hingen Vorhänge aus der Provence. Die Holzbänke mit heller Kassettentäfelung, die Holztische gedeckt mit altrosa Tischdecken und liebevoll gestickten Mitteldecken. Sogar die Papierservietten passten genau dazu.

In dem anschließenden größeren Saal fand eine Hochzeitsfeier statt. Eine Frau in einem roten langen Kleid, das dunkle Haar zu einer stilvollen Frisur lose zusammengebunden, faszinierte sie.

»Lene? Wo bist du mit deinen Gedanken?« Volkers Stimme holte sie zurück. Sie hatte die Antwort gefunden.

Jetzt war sie es, die sich vorbeugte und nach seiner Hand griff. »Entschuldige, Volker, und das meine ich wirklich. Es tut mir leid. Du hast mir damals etwas ganz Wichtiges gegeben, und ich war einfach schrecklich gedankenlos, was deine Gefühle betraf.«

Und plötzlich konnten sie über alles reden. Ihre Situation damals, seine Verletzungen, die Sehnsucht nach dem anderen.

»Ich dachte, mir bleibt das Herz stehen, als ich zum Meeting der Mordkommission kam und dich da sitzen sah«, gestand er ihr.

Da bremste sie ihn. Musste es.

»Volker, ich bin jetzt zwar nicht mehr verheiratet, aber ich kam an dem Tag gerade von meinem Freund in den USA, in Kalifornien. Mike wohnt in San Francisco. Er ist Detective beim SFPD, also dem *San Francisco Police Department.*«

Und dann erzählte sie von dem Mord an ihrer Cousine Joanne und derem Verlobten und wie sie Mike kennen – und lieben – gelernt hatte. Volker hörte zu, wie er schon damals zuhören konnte. Wieder unterdrückte er seine eigenen Gefühle und nahm an ihren teil. Als sie am Ende angekommen war, sah er sie lange an. Schließlich fragte er, und sie hatte gewusst, dass diese Frage kommen würde.

»Und so wollt ihr leben, du und Mike? Monatelang ohne Sex, ohne Berührungen, ohne den spontanen Austausch? Nur skypen und warten auf den nächsten Besuch? Der irgendwann in einigen Monaten hoffentlich stattfindet. Und so fließt euer Leben dahin, in Treue fest, aber ohne es auszuschöpfen? Ihr könnt doch nicht schon mit Fünfzig – so alt müsstest du jetzt sein, habe ich mir ausgerechnet – nur auf die Zeit eurer Pensionierung hin leben! Das Leben ist j e t z t. Es ist Gedankenaustausch und die Wärme der Haut des anderen. Es ist ein Lächeln beim Nachhausekommen. Es ist – ach, was sage ich, das weißt du alles selbst.«

Er hatte recht. Sie wusste es. Aber was sollte sie tun? Sie fragte ihn.

»Leben. Und die Geschichte mit Mike auch, aber nicht nur. Ihr dürft euch nicht in einer romantischen Vorstellung verstricken. Liebt euch, aber lasst euch eure Freiheit. Wenn der eine etwas anderes will, dann darf er das. Dabei bleibt die Liebe zwischen euch wahrscheinlich trotzdem erhalten. Aber Abend um Abend in eure leeren Wohnungen, in eure jeweils kalten, einsamen Betten - «

»Hej«, unterbrach sie ihn, »mein Bett ist nicht kalt. Aber ich verstehe, was du meinst. Ich möchte auch so großzügig sein. Nur, was wird aus uns, wenn Mike sich dann plötzlich doch mehr einlässt, als es unserer Beziehung gut tun kann?«

Er sah sie fast traurig an. Sie bemerkte das erste Mal die tiefen Linien, die sich rechts und links von der Nase zum Mund eingegraben hatten. Auch Volker war älter, reifer geworden.

»Dann musst du damit zurechtkommen. So wie er auch im umgekehrten Sinn. Aber ihr könnt nicht aufs Leben verzichten und euch an Händen und Füßen fesseln.«

War es so? Lene dachte einen Moment nach. Dann sagte sie nur: »Ich habe Angst. Ich will ihn nicht verlieren. «

»Das musst du doch auch nicht. Nur nicht so eng denken. Versuch es einmal für dich zu klären.« Nur – wie sollte das gehen? Sie führte ihn energisch von diesem Thema weg. Wollte später in Ruhe nachdenken – und irgendwann einmal mit Mike darüber sprechen. Als Volker sie vor der Haustür absetzte, zog er sie kurz an sich und küsste sie zärtlich auf die Wange. »Schlaf schön, meine Prinzessin«, sagte er und sie sah großzügig über diesen Ausrutscher ins Romantische hinweg. Fühlte noch die Wärme seiner Lippen.

Als sie die Haustür öffnete, wurde sie schon von ihren beiden Katern erwartet, die ihr mit erhobenen Schwänzen in Richtung Futterplatz vorausliefen. Eine unmissverständliche Aufforderung. So gab sie ihnen noch einen kleinen Futter-Nachtzuschlag, bevor sie sich mit einem Glas und einer Flasche Rotwein auf das Sofa kuschelte. Die Beine hochgezogen wollte sie über das nachdenken, was Volker gesagt hatte. Wie stellte er sich das vor, beziehungsweise wie sollte sie sich das vorstellen? Konnte sie das, konnte Mike das? Sie hatte die CD aufgelegt, die sie besonders liebte. Die hohe Stimme von Antony and the Johnsons spielte auf der Leiter ihrer Emotionen, drang mit ihrer Zartheit direkt in ihr Herz. Oder war es die Seele? Egal, es tat weh und zugleich gut in der tiefen Sehnsucht, die die Töne in ihr weckten. Plötzlich fühlte sie in diesem Konflikt eine tiefe Traurigkeit. Als wäre irgendwie die Unschuld, die Tiefe ihrer Beziehung, der von

Mike und ihr, durch Volkers Worte in Gefahr. Sie rollte sich zusammen und ließ die Tränen los, die schon seit dem Abschied in San Francisco in ihr gewartet hatten.

Kapitel 29

Montag, den 7. November
Als sie im Präsidium ankam, fühlte Lene sich irgendwie unwirklich. Außerdem fror sie. Das Wetter war ungemütlich, grau, es regnete fein und durchdringend. Die Menschen, die ihr begegneten, sahen missmutig und genervt aus, mieden den Blick des anderen. Sie floh in die Wärme ihres Zimmers, wo Kalle schon auf sie wartete.

Sie hatte ihm am Samstag und Sonntag beim Packen geholfen. Ihm Mut gemacht, sich von Dingen zu trennen, die er nicht mehr brauchte. »Mach einen Neuanfang, Kalle. Es ist ein neuer Lebensabschnitt.«

Mutig hatte er sich getrennt. Altes Geschirr, aus Einzelteilen zusammengesetzt, das er seit Jahren nicht mehr benutzt hatte. Einen extrem hässlichen Schreibtisch. Einen Stuhl, auf dem keiner mehr sitzen durfte, weil die Beine nicht stabil waren. Lampen, die dem Zeitgeschmack wirklich nicht mehr entsprachen. Und natürlich Mengen an alten Computer-Zeitschriften, die er *irgendwann* einmal lesen wollte. Und die längst überholt waren.

Sie hatten viel gelacht, und Kalles Freude auf die neue Wohnung wirkte ansteckend. »Und nur einen knappen Kilometer bis zu dir!«, hatte er noch betont. Na denn.

Sie hatten Pläne gemacht, einmal an einem lauen Sommerabend gemeinsam zu grillen –»Bei dir oder bei mir?«, hatte er mutwillig gefragt. Und gemeinsam mal am Sonntag am Wöhrder See zu laufen. Es klang alles wirklich nach einem neuen Leben. Jetzt hatte der Mordfall sie wieder.

»Wir müssen mit Aaron, Rebecca und Lukas sprechen. Das scheint jetzt das Wichtigste zu sein.«

Das Meeting mit der Einsatzgruppe brachte nichts Neues. Alle Kleinarbeit verlief irgendwie im Sande. Klaus hatte mit seinen Leuten weiter an der Auswertung der Spuren gearbeitet. Der Schlussbericht würde noch dauern.

Da klopfte es. Ein Polizeiwachtmeister kam herein. »Da ist jemand für Sie, Frau Becker. Ich habe ihn gleich mit zu Ihnen heraufgenommen.« Er grinste so, dass sie schon auf eine Überraschung gefasst war. Und die war es dann wirklich. Im Flur wartete ein Sandler.

»Anton! Das ist aber schön, dass Sie gekommen sind.«

Er wirkte vorsichtig, fast ängstlich. Polizeiatmosphäre und Sandlerleben schlossen sich wohl ziemlich aus. Sie steuerte ihn in ihr Zimmer, bat Kalle vorher noch, Cappuccino mitzubringen.

Anton ließ einen anerkennenden Blick über den Raum gleiten. »Schön haben Sie es hier. Nicht so grau, wie ich gedacht habe.«

Als sie saßen, Lene mit ihrem Notizbuch in der Hand, kam er gleich zur Sache.

»Also mir ist da noch etwas eingefallen. Ein Auto war unten an den See gefahren. Vor dem Platsch. Erst mit Motor, dann wurde es leise, schlich dahin.«
»Ein Elektroauto?«
»Ich denke ja, ein Hybridmotor. Wahrscheinlich der Prius von Toyota, dachte ich damals. Und eine dunkle Farbe, weil das Auto mit der Nachtdunkelheit verschmolz. Also schwarz bis grau oder auch rot oder dunkelblau. Farben, die einfach aufgesogen werden. Ich denke, er hat da was entsorgt an Müll. Aber Sie meinen wirklich, dass das der Junge war, von dem alle sprechen? Wie schrecklich. Deshalb bin ich auch noch gekommen. Ich will, dass der Kerl geschnappt wird.«
»Und die Männer vorher, die, die ihn verprügelt haben. Was hatten die für ein Auto?«
»Dem Motorgeräusch nach war das ein VW.« In dem Moment nahm er Lenes überraschtes und leicht skeptisches Gesicht wahr.
»Ich war KFZ Mechaniker. In einem früheren Leben. Ich kenne mich mit Autos ziemlich gut aus.«
Kalle kam mit den Cappuccinos auf einem Tablett herein. Mit Oberkellnergebärde setzte er die Tassen vor jeden hin, bevor er das Tablett wegstellte und sich setzte.
»Und? Was gibt es Neues?«
Lene berichtete von Antons Erinnerung. Kalle sprang gleich wieder auf. »Ich frage nach«, sagte er nur und verschwand wieder aus der Tür.

»Können Sie nicht doch irgendwie herausfinden, wann das war? Ungefähr?«

Er dachte nach. Lene fiel auf, dass er seinen Bart seit dem letzten Zusammentreffen gestutzt hatte. Überhaupt, auch wenn er entsetzlich roch in seinen alten Kleidern, wirkte er im Aussehen verändert, gepflegter. Dann listete er seine Gedanken laut auf.

»Also um neun haben sich die ersten da getroffen. Etwa eine Stunde später, am Leeren unserer Flaschen gemessen, kamen die Schläger mit dem Jungen. Als das Auto der Schläger abgefahren war, war Ruhe. Dann – also es muss so gegen halb eins, eins gewesen sein. Denn vor dem Platschen, eine ganze Zeit vorher, waren die anderen Kumpel von *Gostenhof* zu uns gestoßen. In *Gostenhof* haben die um elf, halb zwölf Schluss gemacht, also, bis sie hier waren – es muss so eben vor zwölf gewesen sein. Dann war es erst mal ziemlich laut, da hätte ich das alles nicht mehr gehört. Erst als die eingeschlafen waren. Deshalb denke ich es war mehr eins, das mit dem *Platsch* ins Wasser.«

In den letzten Sätzen war er nun doch ins Stolpern gekommen, offenbar dachte auch er daran, *was* da ins Wasser ge*platscht* war. Oder wer. Auch wenn Anton nicht gerade appetitlich wirkte, wäre sie ihm vor Dankbarkeit am liebsten um den Hals gefallen. Endlich etwas, wo sie andocken konnten! Nachdem sie schon jede Hoffnung in sich absterben gefühlt hatte, diesen vertrackten Fall noch zu lösen.

Nachdenklich sah sie den Mann an, der so jung schon irgendwie aufgegeben hatte. Er wirkte intelligent und zeigte sogar Verantwortungsbewusstsein.

»Leben Sie gern auf der Straße?«

Er zuckte nur mit den Schultern, und Lene kam sich naiv und blöd vor. Trotzdem. Sie versuchte es erneut.

»Ich frage nur, weil ich eine kleine Werkstatt kenne, mehr eine Hinterhofwerkstatt. Vielleicht kann ich den Bekannten, dem sie gehört, fragen, ob er jemanden braucht. Soll ich?«

Ein breites Grinsen wischte die Unsicherheit von seinem Gesicht. »Klar! Ich würde gern wieder arbeiten. Ich war nur im Gefängnis, da kriegt man nicht so leicht wieder etwas.«

»Und warum waren Sie im Gefängnis?«

»Eine Dummheit. Habe mit Drogen gehandelt. Und weil auch mit Heroin, war keine Bewährung mehr drin. Und als ich rauskam - «

Lene kannte das. Die Wiedereingliederung solcher Krimineller war oft unendlich schwierig. Meist fühlten sie sich allein gelassen.

»Und jetzt? Immer noch Drogen?«

»Ne, kann ich mir nicht mehr leisten. Ist aber nur ein Witz, ich will damit nichts mehr zu tun haben. Aber Alkohol trinke ich schon noch.«

Sie schrieb die Telefonnummer der kleinen Werkstatt auf. »Ich werde mit ihm reden, noch diese Woche. Versprechen kann ich nichts. Aber wenigstens versuchen werde ich es.« Sie sagte ihm nicht, dass Matze, wie er sich nannte, ihr noch einen Gefallen schuldete. »Also, heute und morgen – ich weiß nicht, ob ich das schaffe. Aber wenn Sie Mittwoch oder Donnerstag anrufen. Mal sehen.« Er lächelte. »Ich hab einen Kumpel, der ein Handy hat. Ich werde anrufen. Danke.«

In dem Moment ging die Tür auf. Kalle sah sie triumphierend an. »Lukas. Lukas fährt einen Prius«

Lene sprang auf, Herzklopfen bis zum Hals. »Anton, ich weiß gar nicht, wie ich Ihnen danken kann. Ich bemühe mich, versprochen. Und bitte – erzählen Sie das alles noch meiner Kollegin Sandra. Sie nimmt das im Protokoll auf. Alles, was Sie an dem Abend gehört haben, ja? Und vor allem, wie wir Sie erreichen können. Sind Sie immer unter der Brücke?«

Er nickte. »Gewöhnlich ab acht oder neun. Da finden Sie mich.«

Sie brachte ihn noch zu Sandra und beschrieb ihr, wie sehr die Aussage von Anton ihnen geholfen hatte.

»Kalle und ich müssen jetzt weg. Bitte, bestelle für Anton noch eine Pizza auf meine Rechnung.«

Zudem steckte sie ihm noch einen größeren Schein zu. »Danke, Anton, dass Sie gekommen sind. Und ich kümmere mich.«

Sie rannte beinahe zurück in ihr Zimmer, wo Kalle schon auf sie wartete. »Lukas fährt einen

schwarzen Prius. Früher auf seinen Vater zugelassen, jetzt auf ihn.«
Lene holte tief Luft.
»Ein Hammer! Unglaublich. Meinst du wirklich, wir haben so viel Glück? Los, wir holen ihn uns!«
Sie informierten einen strahlenden Kuhn, der gleich mit ihnen zu Staatsanwalt Kröger ging. Noch nie hatte der so schnell einen Durchsuchungsbeschluss, sowohl für die Wohnung von Lukas Bierwinkler als auch für dessen Auto, ausgestellt. »Sie können ihn festnehmen, aber nur für die achtundvierzig Stunden. Bis dahin müssen Sie stichhaltige Beweise haben oder ein Geständnis. Und nehmen Sie gleich Mertens mit für das Auto.«
Das hätte sie sowieso gemacht, aber der Hinweis verriet ihr, wie sehr Kröger sich wünschte, den Fall noch abzuschließen. Gut für das Team, so war alles viel leichter.
Sie rief Lukas an, den sie in der Uni erreichte. »Ich brauche noch ein paar Informationen von Ihnen. Wir kommen gleich vorbei.« Er schien einverstanden, schlug gleich den Eingang zur Mensa als Treffpunkt vor. »Ich wollte sowieso dorthin.«
Höchst befriedigend. Sie instruierte ihr Team, in circa dreißig Minuten in Lukas' Wohnung zu sein.
Jetzt fuhren sie in Höchsttempo über die Autobahn in Richtung Erlangen. Die erste montägliche Verkehrswelle war zwar schon vorüber, trotzdem fühlte sie sich von jedem Auto auf der Überholspur

genervt. Schließlich setzte Kalle das Blaulicht auf das Dach. »Ist schließlich ein Einsatz, oder?«
»Des wär' ächt doll, wann mer ebbes find'n dad'n«, kam es von Klaus vom Rücksitz und diesmal war das Fränkische klarer Ausdruck von Freude. Lene spürte ein Kribbeln im Bauch. Sie wusste, dass der Prius eher ein Hinweis als ein Beweis war. Sie mussten einfach etwas finden! Lukas mit seiner Intelligenz und dem Gemisch mit Arroganz – irgendwie passte das Tatmuster zu ihm. Wieder sah sie sein gehetztes Gesicht vor sich, als er von Rebeccas Entführung erfahren hatte. War Rebecca vielleicht der Schlüssel?

Sie ließen Klaus auf dem Parkplatz beim Auto um Lukas nicht zu früh misstrauisch zu machen. Und er stand wirklich vor der Mensatür und lächelte ihnen entgegen, als er sie auf sich zukommen sah. Ein leuchtend rotes Shirt unter einer grauen Jacke, Jeans. Ein frischer, vertrauenerweckender junger Mann. Ein Mörder? Lene begann fast zu zweifeln, als er plötzlich in beinahe ironischem Ton fragte: »Und ich soll Ihnen helfen können?« Es war der Ton, der sie aufhorchen ließ. Er spielte ihnen, den armen, unwissenden Polizisten, den Überlegenen vor. Na, warte, Kerlchen, dachte sie erbost. Sie gab Kalle ein Zeichen mit den Augen, der stellte sich sofort neben Lukas.

»Lukas Bierwinkler, Sie sind verhaftet. Sie stehen unter dem dringenden Verdacht, Patrick Sommer ermordet zu haben. Sie haben das Recht auf einen

Anwalt. Ab jetzt kann alles, was Sie sagen, gegen Sie verwendet werden.«

Auf Lukas' Gesicht las sie Ungläubigkeit, Schock. Als Kalle ihm Handschellen anlegen wollte, schüttelte er den Kopf. »Ich komme so mit.« Kalle nahm ihn am Arm und führte ihn Richtung Auto. Dann kam der Protest. »Was soll das? Was fällt Ihnen ein? Ich werde mich beschweren. Mein Vater hat jede Menge Connections.«

Lene antwortete nicht. Sie nahmen ihn in ihre Mitte und verließen das Unigelände in Richtung Parkplatz.

»Geben Sie mir bitte Ihren Wagenschlüssel. Wo steht er?«

Inzwischen war Lukas blass geworden. Er wies mit dem Kinn über seine linke Schulter. »Dort etwa. In der zweiten Reihe.« Lene nahm den Schlüsselbund und zeigte ihm den Durchsuchungsbeschluss. »Welches ist der Haustürschlüssel?«

Er protestierte wieder, erkannte aber, dass das keinen Sinn hatte und zeigte ihn ihr. Nachdem sie den Autoschlüssel vom Bund abgemacht hatte, gab sie ihn Klaus, der gleich mit weit ausholenden Schritten hinüber zum Auto lief. Er würde es mitnehmen zur Polizeiwerkstatt. Dort hatte er alles, was er für die Untersuchung brauchte.

Sie fuhren dann erst in die Wohnung in der Hohenlohe Straße. Es war ein schönes Haus. Groß und weiß, mit Balkon im ersten Stock.«Was macht Ihr Vater beruflich?«

Überrascht durch die Frage, murmelte Lukas nur: »Er ist Facharzt für Gynäkologie. Er hat eine eigene Klinik in Steinbühl.«

Kein Wunder.»Und Sie? Wollten Sie auch Gynäkologe werden?« Sie wählte bewusst die Vergangenheitsform um ihm den Ernst seiner Lage zu verdeutlichen. Prompt sprang er darauf an.»Natürlich. Und das werde ich auch, wenn Sie Ihren Irrtum erkannt haben. Es ist doch unsäglich, was Sie sich da zurecht spinnen. Ich komme mir vor wie in Kafkas *Prozess*.«

Sie ging nicht darauf ein, erwähnte auch nicht, dass er im Gegensatz zum *Prozess* seine Anklage kannte, und ließ sich den Hintereingang zu seiner Wohnung zeigen. Dann winkte sie ihre Helfer herbei, die mit großen Plastikcontainern anrückten. Sie ging voraus, Kalle folgte mit Lukas. Sie begannen die Wohnung akribisch zu durchsuchen. Lene nahm sich seinen Schreibtisch vor. Nichts, was sie interessierte. Nur Vorlesungsprotokolle, Medizinausdrucke, Rechnungen. Nichts Persönliches. Sie ging hinüber ins Schlafzimmer. Es war ganz in Grau gehalten, wie bei Ritchie. Fast dunkelgraue Wände, hellgraue, wallende Vorhänge. Sehr geschmackvoll. Graue Schränke, dunkelblaue Satinbettwäsche. Über dem Bett ein Bild von einem Maler, den Lene nicht kannte. Von Patrick? Viel Orange- und Violetttöne, die sich zu umschlingen schienen. Dazwischen ein Gelb-Dreiklang, der die Dynamik betonte. Ein gutes Bild.

Auf dem Nachttisch lag ein Buch. Ein Kriminalroman. Sie blätterte darin, und heraus fiel ein Foto von Rebecca. Einer lachenden Rebecca, unbeschwert und fröhlich. So hatte sie das Mädchen nie gesehen nach der Tragödie in ihrem Leben. Aber das Foto hier in dem Buch zeigte, dass er offenbar mehr als Freundschaft für sie empfand. Hatte er aus Eifersucht gemordet? Aus Wut? So wirkte der Ablauf eher nicht, keine Affekthandlung. Also wohl doch Eifersucht? Weil er, Lukas, den Weg für sich frei machen wollte zu der Frau, die er liebte? Sie würde es herausfinden. Sie packte erst einmal das Buch mit Foto in eine der mitgebrachten Plastikbeutel.

Dann ging sie hinunter in den Garten. Im Nachbargarten sah sie eine Frau, etwa Mitte sechzig, die eine Gartenschere in der Hand hielt und neugierig und misstrauisch zu ihr herübersah. Neben ihr ein weißer West Highland Terrier, der sie ebenso misstrauisch beäugte. Sie ging auf die beiden zu. »Hallo, mein Name ist Becker. Ich bin Kriminalhauptkommissarin. Wie heißt er denn?« Sie beugte sich zu dem Hund und ließ ihn an ihrer Hand schnuppern.

»Reginald, aber ich rufe ihn Reggie. Ach, haben Sie ihn endlich gefunden?«, fragte die Frau in einer Mischung aus Hoffnung und Skepsis. Ihre Kollegen haben ja wohl gar nichts gemacht nach meiner Anzeige. Zumindest habe ich nichts mehr gehört.«

Lene war etwas verwirrt. Wovon, von wem sprach die Frau?

»Wen gefunden?«

»Na, meinen Granitfuß, den von meinem Sonnenschirm. Den, den man mir aus dem Garten hier geklaut hat. Ich war so wütend und habe gleich eine Anzeige gemacht. Wissen Sie, ich hatte den Fuß gerade neu Anfang September von meinem Sohn zum Geburtstag bekommen. Eine Unverschämtheit, was heute alles gestohlen wird. Sicher wieder einer von denen aus dem Osten. Und, haben Sie ihn?«

Der Granitfuß!! Lene fühlte, wie sie eine Gänsehaut bekam. Gab es solche Zufälle? Sie wusste, das war der Durchbruch. Nur sicherheitshalber fragte sie nach dem Datum, wann er verschwunden war. Dabei musste sie auf ihre Stimme achten, die am liebsten laut losgebrüllt hätte, in Wirklichkeit aber vor Aufregung besonders beherrscht klang.

»Wann das war? Eine Woche nach dem Besuch meines Sohnes. Und das war, warten's mal, das war Anfang Oktober. Also das muss am 15. oder 16. Oktober gewesen sein, an dem Sonntag halt. Am Montag hab ich das entdeckt. Aber das steht ja in meiner Anzeige. Die habe ich gleich am Montagmittag in Erlenstegen auf der Polizeiwache gemacht. Ich war so wütend! So eine Frechheit.«

Da hatte die Lösung also die ganze Zeit in ihrer unmittelbaren Nachbarschaft, keine achtzig Meter von ihrer Haustür entfernt, gelegen. Auf einem

Schreibtisch unter einem Stapel unerledigter Anzeigen. Unfassbar!

»Wir haben Ihren Fuß gefunden, zumindest einen grauen Granitfuß. Sie bekommen ihn bald wieder, wir brauchen ihn nur noch als Beweis gegen den Dieb. Aber jetzt ist ja sowieso der Sommer erst einmal vorbei. Da fehlt er Ihnen nicht so.«

Es gelang ihr über ihren eigenen Scherz zu lächeln. Dann sah sie sich anerkennend in dem Garten um.

»Sie scheinen ja eine gute Gärtnerin zu sein. Ich weiß immer nicht, womit ich meine Pflanzen am besten hochbinde. Was nehmen Sie den?«

»Ich, ich hab immer Bast. Das ist am haltbarsten. Ich nehm' immer den grünen, dann sieht man ihn nicht so zwischen den Pflanzen. Ich würd es Ihnen ja zeigen, aber meine Rolle Bast ist auch weg. Ich kann mir nur nicht denken, dass die auch jemand gestohlen hat. Aber ich hab sie einfach nicht mehr gefunden. Genau wie den Fuß vom Sonnenschirm.«

»Hatten Sie die Bastrolle noch nach dem Diebstahl des Fußes? Vielleicht finden wir sie ja doch noch bei dem Dieb.«

»Ach lassen Sie man. Ist ja nicht viel wert. Ich habe längst eine neue gekauft.«

Lene ließ jedoch nicht locker.

»Darf ich die vielleicht einmal sehen? Damit ich dann eine ähnliche finde. Oder wo haben Sie sie gekauft?«

Sie nannte einen Baumarkt. »Ich kaufe immer da ein. Die sind am günstigsten.«

Inzwischen hatte sie aus einer Kiste auf ihrer Terrasse die Rolle Bast herausgeholt und reichte sie Lene. Die zog ihr Notizbuch und schrieb den Namen der Firma und die Artikelnummer auf.

»Dabei fällt mir etwas ein. Kann ich vielleicht doch noch von der alten Rolle eine Probe haben? War die alte Rolle vom gleichen Hersteller wie diese? Wenn wir die Rolle dann bei dem Dieb finden sollten, können wir das Stück Band damit vergleichen. Das wäre dann ein Beweis, dass es wirklich Ihr Granitfuß ist. Sie haben sie doch sicher zum Festbinden von Blumen oder Sträuchern benutzt. Da könnten wir vielleicht eine Probe abschneiden, was meinen Sie?«

Ein freundliches Lächeln war die Antwort. Die Frau ging hinüber zu einem Strauch und schnitt ein Stück des grünen Bastes ab. »Hier, den habe ich Ende September geschnitten und hochgebunden. Vielleicht hilft es Ihnen. Es ist kein gutes Gefühl, wenn nachts ein Fremder auf dem eigenen Grundstück herumläuft und etwas stiehlt. Man fühlt sich dann so, als ob etwas Negatives, Fremdes in die eigene Welt eingebrochen ist.«

Lene nickte. »Das kann ich gut verstehen. Sie hören von mir, wenn es etwas Neues gibt.« Sie notierte Namen und Telefonnummer und, nachdem sie sich auch den Namen und die Adresse des Sohnes, der in Gemünden, in der Nähe von Würzburg, Lehrer war, aufgeschrieben hatte, verabschiedete sie sich herzlich von Ilse Rost.

Sie wollte der Frau noch nicht sagen, was diese Minuten Gespräch für die Mordermittlungen bedeuteten. Sie konnte immer noch ihre formelle Aussage machen.

Am liebsten wäre sie zu Kalle gerannt, konnte sich mühsam beherrschen. Sie hatten ihn!! Auch der raffinierteste Mörder machte meist einen Fehler, und Lukas hatte ihn hier gemacht. Im Nachbarsgarten. Sie fand Kalle im Wohnzimmer auf allen Vieren. Offenbar hatte er etwas unter dem Sofa entdeckt und hob es gerade auf. Sein Gesicht strahlte als er ihr eine Simkarte hinstreckte. »Wenn wir Glück haben ... « Sie wusste, was er meinte. Die Prepaid Telefonkarte des Studenten in Erlangen. Was für ein Tag!

»Du wirst es nicht glauben, was gerade passiert ist.«

Und sie erzählte und beobachtete, wie Kalles Augen immer größer wurden. »Fantastisch! Manchmal ist das Leben so weise, es sorgt selbst für einen Ausgleich. Einfach toll«

Er drückte sie vor Freude kurz an sich. In dem Moment kam Volker zur Tür herein, starrte sie erst verblüfft und dann wütend an. »Störe ich?«

Da prusteten beide los. Sie lachten befreit, bis Lene sich zusammenriss. »Nein, du störst nicht. Wir freuen uns nur gerade, weil wir ihn haben. In diesem Moment. Er kann kaum mehr aus dem Netz heraus, ich hoffe unsere Beweise finden auch vor Kröger Gnade. Und vielleicht gelingt es uns noch - obwohl ich sicher bin, dass sein Anwalt, den sein Vater sicher bald schickt, ihm rät den Mund zu halten - vielleicht gelingt es uns trotzdem, ihn zum Reden zu bringen.«

Sie stand auf und erzählte ihm, was sich gerade ereignet hatte. Da nutzte er die Gunst der Stunde, nahm sie ebenfalls voll Freude in die Arme und wirbelte sie kurz herum. Nun sah Kalle bedrückt aus. Super, dachte sie und ließ beide zurück.

Sie fand Lukas in der kleinen Küche, bewacht von einem Streifenpolizisten. Er war inzwischen etwas kleinlauter und sah sehr gequält aus. Als er sie sah, wollte er wieder aufbegehren, aber sie schnitt ihm das Wort ab.

»So, den Rest können die hier alleine machen. Wir nehmen Sie mit ins Präsidium.«

»Wieso denn? Auf welcher Grundlage eigentlich?«

Sie sah ihn traurig an. »Die Grundlage haben *Sie* durch Ihr Handeln bestimmt, nicht wir. Kommen Sie.«

Energisch fasste sie ihn am Arm und ging mit ihm zum Wohnzimmer. »Kalle, kommst du? Wir bringen ihn jetzt zum Verhör.«

Kapitel 30

Im Präsidium nahmen sie das Verhörzimmer, das wie immer besonders trist wirkte. Prüfend sah Lene ihr Gegenüber an, während Kalle den Knopf des Videoaufnahmegerätes einschaltete.

Sie sprach die Formalien und versuchte sich auf diesen jungen Mann einzustellen. Einem jungen Mann, der von klein auf alles hatte, den das Leben verwöhnte, der fast schon einen Beruf erreicht hatte, von dem er wusste, dass er ihn in ebensolchen Verhältnissen weiterhin leben ließ. Warum? Weil er sich verliebt hatte und die Frau nicht bekommen konnte?

»Ich will einen Anwalt!«, kam es fast bockig aus zusammengepressten Lippen.

Sie reichte ihm ihr Handy hinüber.

»Natürlich, das ist Ihr Recht. Nur - erst einmal würde ich gern mit Ihnen reden, ohne dass Ihr Anwalt dazwischenfunkt. Aber wie Sie wollen.«

Zögernd legte er das Handy wieder auf den Tisch. Wartete ab. »Wir wissen, dass Sie Patrick Sommer in der Nacht vom 16. auf den 17. Oktober ermordet haben. Was kann der Grund sein, dass man seinen Freund ermordet? Noch dazu auf diese Art«

Er sah sie jetzt an wie ein gehetztes Tier. Sie musste an ihn herankommen. Irgendwie, bevor er sich abkapselte und wirklich auf den Anwalt wartete.

»Was ist an dem Abend passiert? Ich glaube, dass Patrick Sie angerufen hat, gebeten hat ihm zu helfen, nachdem die Russen ihn zusammengeschlagen hatten. Er konnte allein nicht mehr laufen. Wen sollte er anrufen? Aaron war bei seiner Mutter, er konnte nicht, weil sie ihn dort brauchte. Natürlich wäre er Patricks erste Wahl gewesen. Aber so ist er auf Sie ausgewichen.«

Jetzt sprühten seine Augen vor Zorn.

»Wieso zweite Wahl? Ich war doch sein bester Freund, es wäre nur folgerichtig, wenn er mich angerufen hätte. Hat er aber nicht. Vielleicht hat er jemand anderen angerufen. Was weiß denn ich.«

»Nein, Lukas, Wir wissen, dass er Sie angerufen hat, und mein Kollege hat gerade die Prepaidkarte, die er bei Ihnen gefunden hat, zur Überprüfung an unsere Kollegen gegeben. Tja, wir warten auf die Nummer, die wir schon kennen. Wenn sie es ist, haben Sie äußerst schlechte Karten, um bei dem Ausdruck zu bleiben. Karten, die jetzt, im Nachhinein bezahlt werden müssen, nicht pre-paid, also im Voraus. Ich warte jeden Augenblick auf die Nachricht.«

Genau in diesem Moment klopfte es, und Sandra kam herein. Sie gab Lene einen Zettel und verließ den Raum wieder.

Man konnte die fast unerträgliche Spannung im Raum spüren. Sie las die Notiz und nickte Kalle zu.

»Es ist die Nummer, Lukas. Die Nummer, die ein Student in der Uni in Erlangen verloren hatte, und die von Patricks Handy um 23:20 am Sonntagabend angerufen wurde. Und für die Zeit haben Sie kein Alibi, denn Rebecca und Sie haben sich um 23:00 getrennt.«

Lukas war blass geworden. »Ich will einen Anwalt! Ich will meinen Telefonanruf.«

Lene sprach mit sanfter Stimme weiter. »Und den bekommen Sie auch, sobald Sie anrufen. Es ist nur so, ein Anwalt wird Sie beraten, und danach müssen Sie das sagen, was er Ihnen diktiert. Und ich halte Sie für zu intelligent, um nicht erst einmal wissen zu wollen, was wir so haben. Denn *noch* können Sie entscheiden. Wenn Sie wissen, was wir gegen Sie schon haben, können Sie abwägen, wie aussichtslos die Situation ist – oder vielleicht nicht. Wenn Sie sich dann zu einem Geständnis entschließen, dann wirkt sich das vor Gericht immens aus. Wenn Sie einfach auf Grund der Indizien überführt werden, ohne Reue Ihrer Tat gegenüber, wird der Richter die Höchststrafe verhängen. So sind die Spielregeln, und Sie sind doch ein Spieler, oder?«

Er schien Ihre Worte abzuwägen. Dann kam es wieder fast trotzig von ihm. »Aber ich war's nicht. Das müssen Sie mir glauben.«

Lenes Stimme war jetzt sehr bestimmt. »Nein, müssen wir nicht. denn Sie sind hier der Beschuldigte und wir die Kriminalpolizei. Wir müssen nur eins – die Tat aufklären.«

Er sackte fast unmerklich in sich zusammen.

Lene fing wieder an, diesmal mit ihrer sachlichen Stimme.

»Es wurde ein dunkles Hybridauto am Tatort gesehen und gehört. Und Sie haben einen schwarzen Toyota Prius, wie wir wissen.«

»Ja, und? Zufall. Es gibt sicher eine Menge dieser Wagen in Nürnberg. Hat Ihr Zeuge die Autonummer gesehen? Nein? Was wollen Sie dann von mir?«

»Wir untersuchen Ihren Wagen gerade auf Spuren. Zum Beispiel der Erde, die am Wöhrder See in der Gegend um den Tatort zu finden ist. Auf Reifenspuren, die wir an einer Stelle noch sicherstellen konnten, auch nach einer Woche noch. Oder Faserspuren, die Sie mit Patrick in Verbindung bringen. Sie glauben gar nicht, was wir da noch alles finden können.«

»Aber Patrick war doch gar nicht in meinem Wagen!«

Stille. Er schnappte nach Luft, erkannte, dass er sich beinahe verraten hatte. Und korrigierte sich.

»Ich meine, Patrick hatte sein Auto, Er ist nie mit mir gefahren. Ich habe den Wagen erst vor zwei Monaten von meinem Vater übernommen.«

Lene blieb aufreizend ruhig. »Wir werden auf den Bericht der Kriminaltechnik warten. Dann sehen wir ja, wie weit wir kommen.«

Sie schrieb auf einen Zettel eine Mitteilung an Kalle und reichte ihn ihm hinüber. Der nickte, stand auf und verließ den Raum.

»Kriminalhauptkommissar Karlowitz verlässt den Raum«, diktierte sie gelassen ins Mikro.

»Tja, und dann ist da noch Ihre Nachbarin, Frau Rost. Sie ist eine nette Frau. Sicher verstehen sie sich gut, Ihre Eltern und die Rosts. Die werden sicher verblüfft sein, die Rosts meine ich, wenn sie erfahren, wie sich ihr kleines Problem gelöst hat.«

Jetzt bemerkte sie das erste Mal eine Verblüffung, die in nervöse Unsicherheit überging. »Was hat denn Frau Rost mit dem hier zu tun? Das verstehe ich nicht. Was machen Sie hier nur für einen Film?«

Lene lehnte sich zurück.

»Keinen Film. Dies ist das wirkliche Leben!«

In dem Moment kam Kalle zurück, nickte und setzte sich. Lene gab das wieder an die Aufzeichnung weiter. Dann wandte sie sich an Kalle.

»Ich habe Lukas gerade von meinem netten Gespräch mit Frau Rost berichtet. Das heißt, er weiß noch nichts von dem verschwundenen Granitfuß, der unter so seltsamen Umständen wieder aufgetaucht ist, im wahrsten Sinne des Wortes. Oder sagen wir lieber, den die Taucher bergen konnten. Und der offenbar zum Beschweren von Patricks Leiche benutzt worden ist. Ja, schon seltsam, Lukas, dass der Mörder den Granitfuß ausgerechnet bei

Ihrer Nachbarin gestohlen hat. Nicht sehr klug. Was sagen Sie dazu?«

Er blieb still. Dann kam es stoßweise.

»Ich habe damit nichts zu tun. Was kann ich dafür, wenn der Fuß verschwindet oder gestohlen wird. Und der bei Patricks Leiche – das kann jeder gewesen sein. Außerdem will ich einen Anwalt.«

Lene lehnte sich vor. Sie sah ihm fest in die Augen. Sein Blick versuchte auszuweichen, kam aber wieder zu ihrem zurück.

»Sie lieben Rebecca, nicht wahr? War das der Grund?«

Er war bei der Nennung des Namens zusammengezuckt.

»Wie kommen Sie darauf, ich könnte Rebecca lieben? Sie ist – war Patricks Freundin.«

»Eben. Patricks Freundin. Nicht Ihre. Wie Sie es sich wünschten, Tag und Nacht vorstellten. Was wäre, wenn sie meine Freundin wäre? Was würde ich zu ihr sagen, was mit ihr erleben? Wie wäre es sie zu umarmen, zu küssen, zu lieben? Nächtelang. Nur Sie beide. War es so?«

In seinen Augen hatten sich jetzt Tränen gebildet. »Ich will einen Anwalt«, stieß er mit scheinbar letzter Kraft hervor.

Sie wies auf das Handy, dann gab sie Kalle ein Zeichen, und beide verließen den Raum. Sahen durch die Spiegelscheibe, wie er vergeblich um Fassung rang. Trotz allem, was er getan hatte, hatte Lene fast Mitleid mit ihm. Was nur hatte ihn dazu getrieben, so etwas in seinem sozialen Umfeld fast Unvorstellbares zu tun?

»Sie kommt gleich«, flüsterte Kalle, als hätte er vergessen, dass der Mann im Raum hinter der Scheibe ihn nicht hören konnte.

»Was hast du ihr gesagt?«

»Nur, dass wir sie hier brauchen. Alles Weitere sagen wir ihr erst hier.«

Beide starrten durch die Scheibe auf den jungen Mann am Tisch.

»Wie geht es dir damit, mit der Vorstellung, dass er diesen Mord begangen hat? Alles weggeworfen, was sein Leben war. Warum nur?«

Kalle sah sie unglücklich an. »Das sind die Fragen, die wir uns immer wieder stellen müssen. Warum tun sie das nur? Es hätte sich hier sowieso ergeben, weil Patrick zu Johann gehen wollte. Da wäre Rebecca doch frei gewesen, zumindest über kurz oder lang.«

Lene lehnte ihre Stirn gegen das Einspiegelglas.

»Hier ist das doch geradezu schicksalshaft. Wenn es einen Tag später gewesen wäre, hätte Patrick schon sein Gespräch mit Rebecca gehabt. Sie hätte gewusst, dass die Beziehung eigentlich zu Ende war. Und alles das wäre nicht passiert.«

Volker kam in den Raum, hinter ihm Rebecca. »Sie wollte zu euch.«

»Bleib«, bat Lene Volker. »Es ist gut, wenn du hier bist.«

Dann wandte sie sich Rebecca zu. »Sie müssen jetzt

sehr tapfer sein. Das, was ich Ihnen sagen muss, ist nicht einfach für Sie. Aber ich bin für Sie da, wenn Sie in den nächsten Tagen mit jemandem sprechen müssen.«

Rebecca sah gehetzt von einem zum anderen. »Wieso? Was ist passiert? Nicht schon wieder etwas« Ihre Stimme schien fast zu kippen. Lene fasste sie bei den Schultern.

»Wir glauben, es war Lukas. Und das, was für Sie schwer sein wird: Er hat es wohl Ihretwegen getan, Patrick getötet, meine ich. Es tut mir so leid.«

Rebecca stieß einen leisen Laut des Entsetzens aus und starrte sie ungläubig an. Lene fuhr fort.

»Wir brauchen Ihre Hilfe. Er ist kurz vor dem Geständnis. Wenn er Sie sieht, wird er zusammenbrechen. Und glauben Sie mir, aus langer Erfahrung weiß ich, dass er sich danach besser fühlen wird. Die Schuld würde ihm die Luft abdrücken. Er ist nicht zum Mörder geboren.« Falls es so etwas überhaupt gibt, setzte sie in Gedanken hinzu.

Rebecca schluckte. Lene sah plötzlich all die Tragödien ihres jungen Lebens. Vom Vater mit der Mutter und Aaron zurückgelassen, die grausam schleichende Krankheit und Hilflosigkeit der Mutter, Patricks Tod, ihre Entführung. Und nun der Freund, denn das war er sicher für sie, der Mörder ihres Liebsten.

»Lieben Sie Lukas?«

Sie biss sich auf die zitternde Unterlippe. »Ich weiß es nicht. Vielleicht. Ich habe mir immer verboten an so etwas zu denken. Ich war doch mit Patrick …«

Sie brach ab, die Tränen brachen sich Bahn, rollten über ihre Wangen.

»Sie müssen jetzt tapfer sein, Rebecca. Nur so können Sie ihm helfen. Wenn wir ihn nur mit den Indizien überführen, verschlimmert das seine Lage.«

In dem Moment wurde polternd die Tür aufgerissen. Zwei Männer stürmten herein. Der erste außerordentlich erregt, der zweite das Gegenteil. Aktentasche unter dem Arm, professionelle Ruhe. Offenbar der Anwalt, auf den sie innerlich schon gefasst war. Sobald Lukas' Vater etwas erfahren würde von der Hausdurchsuchung, war das die logische Konsequenz.

»Wo ist mein Sohn? Was haben Sie mit ihm gemacht?«

Seine Stimme dröhnte geradezu in dem kleinen Raum. Schweißperlen standen auf seiner Stirn. Er war das, was man einen imposanten Mann nannte. Nicht ganz schlank, kräftig, die Augen von einem intensiven Blau, das dunkle Haar noch dicht und nur teilweise mit grauen Strähnen durchzogen, das Kinn leicht vorgeschoben. Ein Willensmensch. Der Anwalt, schlanker und vielleicht bewusst sich etwas arrogant gebend, etwa Mitte fünfzig, schaltete sich ein. Sein Haar wesentlich lichter, seine Augen braun und die Lippen schmal, wirkte er wie jemand, der sicher vor Gericht seine Strategie durchzog.

»Können Sie uns erst einmal informieren, wie die Anklage lautet. Was werfen Sie Lukas vor?«

Er hatte inzwischen ebenso wie Lukas' Vater einen Blick durch die Scheibe in den Verhörraum geworfen.

Lene stellte sich und ihre Kollegen vor. »Ich bin die verantwortliche Kriminalhauptkommissarin.«

»Dr. Franz Stettinger. Ich bin der Anwalt der Familie Bierwinkler. Und das ist Professor Bierwinkler, Lukas' Vater. Er hat mich beauftragt, den Fall zu übernehmen, wobei wir gar nicht wissen, um was für einen Fall es sich eigentlich handelt. Wenn Sie mich bitte informieren würden.«

Lene sagte ihm, was sie herausgefunden hatten. Der Anwalt biss die Zähne aufeinander. Es knirschte fast, als sie von dem Granitfuß berichtete.

»Und das ist alles? Damit werden Sie aber eine hübsche Bauchlandung machen, Frau Hauptkommissarin. Diese Sonnenschirmfüße gibt es sicher zu Hunderten. Ich fordere Sie auf, meinen Mandanten sofort frei zu lassen.«

Lene schüttelte den Kopf. »Er bleibt, bis wir Näheres wissen. Mindestens vierundzwanzig Stunden, danach entscheidet der Haftrichter über die Beweislage.«

Dr. Stettinger wirkte auf eine kalte Art wütend, aber

selbst die wirkte aufgesetzt. Auch er musste den Ernst der Lage erkannt haben.

»Ich möchte jetzt erst einmal allein mit meinem Mandanten sprechen.«

Lene öffnete ihm die Tür, Prof. Bierwinkler stürmte an dem Anwalt vorbei sofort hinein zu seinem Sohn.

»Lukas! Was soll das nur? Das ist doch eine bodenlose Frechheit. Na, wir kriegen das schon hin.«

Lukas' Augen wanderten von seinem Vater über dessen Schulter. Weiteten sich. »Rebecca«, flüsterte er, »ich wollte das doch nicht. Ich ... «

Barsch unterbrach ihn Stettinger. »Sie sagen jetzt nichts mehr.«

In dem Moment flüsterte Rebecca, indem sie Lukas' Blick festhielt, »Warum, Lukas? Warum hast du das nur gemacht? Warum hast du nicht erst mit mir gesprochen, über meine Gefühle?«

Alle im Raum hielten die Luft an. Dann versuchten sowohl Stettinger als auch Prof. Bierwinkler, gleichzeitig dazwischen zugehen. Aber es war zu spät. Lukas sah und hörte nur Rebecca.

»Ich wollte dich. Er hatte schon immer Aaron lieber gehabt als mich, und dann habe ich mich in dich verliebt. Und du wolltest nur bei Patrick bleiben. Manchmal dachte ich darüber nach, wie ich ihn umbringen würde. Ich hatte gerade von einem Mord mit Morphium und Propofol gelesen. Vielleicht hat mich das beeinflusst, zumindest habe ich danach eine unauffällige Dosis Morphium und auch Propofol von meinem Vater in der Klinik mitgehen lassen.«

»Lukas! Hör auf«, brüllte sein Vater. Aber der fuhr fort.

»An dem Sonntag im *Barfüßer* wollte ich dich fragen, aber du hast nur von Patrick gesprochen. Da wusste ich, ich würde dich nur bekommen, wenn Patrick weg wäre. Und dann hat er angerufen. Und plötzlich ging alles ganz spontan. Ich habe die Spritze aufgezogen und fertig mitgenommen. Ich wusste noch nicht, ob ich es wirklich tun würde. Aber dann – er war so hilflos. So auf mich angewiesen. Die Gelegenheit würde ich nie wieder bekommen. Also habe ich ihm gesagt, dass ich ein Schmerzmittel spritzen würde und ein Beruhigungsmittel. Das stimmte ja auch, oder? Es wirkte ziemlich schnell. Er sackte in die Bewusstlosigkeit. Dann war es leicht, ihn zum Wasser zu ziehen und unter die Oberfläche zu drücken.«

Lene sah zu dem Aufnahmegerät. Alles drauf. Sie atmete kurz auf.

Sein Vater versuchte wieder, die Katastrophe aufzuhalten.

»Ich will nicht, dass du weitersprichst, Lukas. Du redest dich um Kopf und Kragen.« Und zum Anwalt: »Nun tun Sie doch was!«

Lukas sah kurz hinüber zu ihm und dann wieder zu Rebecca, der die Tränen über das Gesicht liefen.

»Dann aber wollte ich ihn nicht so liegen lassen. Ich fand den Anblick so hässlich. So fremd. Ich bin nach Hause gefahren und wollte irgendetwas zum Beschweren bei uns aus der Garage holen. Und da sah ich den Granitfuß. Die Rollläden bei Frau Rost waren heruntergelassen, niemand konnte mich sehen. Die Lösung! Ich habe das Band, das daneben lag, gegriffen, obwohl das viel zu dünn war. Aber Bast ist doch ziemlich stabil! Dann bin ich zurück, habe Patrick mit dem Fuß beschwert und ins Wasser gezogen. Das war gar nicht so einfach!«

Er wirkte jetzt wie im Fieber. Seine Augen glänzten unnatürlich, seine Wangen glühten.

»Dann wollte ich deine Stimme hören. Ich hatte das doch für dich, für uns gemacht. Aber du hast nicht gehört. Obwohl ich mit Patricks Handy angerufen habe. Da bin ich noch in den Reichswald gefahren, damit ich eine falsche Spur lege, wenn die Patrick suchen. Danach habe ich den Akku raus genommen und ihn und das Handy dort gelassen. Ich bin nach Hause ins Bett. Ich war völlig erschöpft, aber auch froh. Jetzt würden wir zusammen sein.«

Lene fröstelte. Prof. Bierwinkler stand da, völlig versteinert. Der Anwalt umklammerte die Aktentasche. Kalle sah zu ihr, und sie sah, dass es ihm ähnlich ging. Volker hatte sich mit traurigem Gesicht abgewandt. Ja, sie hatten den Mörder, aber was für ein sinnloser Mord! Und ein Mörder, der offenbar dringend in psychiatrische Behandlung musste. Aber das würde der Richter entscheiden.

Rebecca war die Einzige, die aus der Starre erwachte. Sie ging zu Lukas hinüber und legte den Arm um ihn. In dem Moment brach er in Tränen aus. Sie lehnte ihren Kopf an seine Schulter und schluchzte mit ihm. Zwei Liebende, die in eine Tragödie eingebunden waren.

Epilog

Am folgenden Samstag fanden sich alle bei Kalle ein. Lene hatte belegte Semmeln gemacht und zwei Thermoskannen Kaffee. Jonas hatte mit Kalle vorher schon den Umzugssprinter geholt. Volker schleppte bereits die Kartons nach unten. Susanne packte gerade den Küchenkleinkram ein. Lene blieben noch die Gläser.

Dann machten alle erst einmal eine Frühstückpause. Sie lachten über alte Dinge, die plötzlich hinter und unter Kalles Sofa auftauchten. Ein schlaffer Luftballon, eine Bierflasche, die darunter gerollt war. Einen Ohrring. Er musste sich viele Vermutungen gefallen lassen.

Irgendwann war alles im Auto. Lene kam mit dem Staubsauger zuletzt herunter. Er war bis zum Ende im Einsatz gewesen.

Irgendwie fand sie das passend, dass sie die letzten Schmutzspuren wegsaugte.

Manchmal ist unser Job so. Den Schmutz der Gesellschaft saugen wir weg. Nur leider vorher auf. Dann müssen wir ihn bearbeiten, und erst dann kann er weggesaugt werden. Und wir können durchatmen, bis sich neuer Schmutz vor uns auftürmt, dachte sie.

In der Dr.-Carlo-Schmid-Straße blinkten schon die Fenster in der Sonne wie zur Begrüßung. Der neue Parkettboden, der die ganze Wohnung prägte, machte die Räume warm und gemütlich. Lene trat ans Fenster. Vom Wöhrder See stiegen zwei wilde Schwäne auf. Draußen arbeiteten die Männer. Sie schleppten die Kartons in die Wohnung, Susanne packte schon in der Küche aus.

»Viel Glück, Kalle, wünsche ich dir hier«, flüsterte sie den Vögeln zu.

Und vor ihren inneren Augen sah sie den Adler im *Death Valley* vor sich, fühlte noch einmal, wie sie sich hinaufgehoben gefühlt hatte in den Flug seiner kräftigen Schwingen.

So wie Patrick gerade beschlossen hatte seine Schwingen auszubreiten und in die Freiheit zu fliegen.

Da kamen keuchend und polternd die anderen herein. Auspacken, Lene!

Liebe Leserinnen und Leser,

dies Buch ist nun zu Ende. Ich freue mich, dass Sie es gelesen haben, denn das ist das Allerwichtigste für eine Autorin! Gleich danach kommt die Rückmeldung von Ihnen. Es wäre wunderbar, wenn Sie das Buch bei Amazon bewerten würden. Wie Sie aus eigener Auswahl kennen, ist die Bewertung der LeserInnen die Basis für den Erfolg und die Verbreitung eines Buches.

Auch über einen Eintrag bei
Facebook.com/monika rohde autorin
würde ich mich freuen.

Und natürlich über eine persönliche E-Mail.
Mit herzlichen Grüßen Monika Rohde

Zudem geht mein Dank an alle, die mich durch das Schreiben dieses Buches begleitet haben
an die mir geduldig zugesehen haben, wenn ich in einem Lokal oder auf einem Spaziergang Notizen gekritzelt habe
An *Eckehard Schulz* für sein genaues Lektorat und seine Bewertung, die mir immer sehr wichtig ist.
An meine Schwester *Uta Schäfer* für ihr akribisches Aufspüren von Fehlern jeder Art
An meinen Bruder *Dr. Rudolf Weiß* für seine medizinische Beratung.

An *Dieter Seeglitz*, dem Spezialisten für Fränkische Mundart, für seine authentische Dialekt – Korrektur.
An *H.-J. Fünfstück* für das beeindruckende Adler Foto.
An *Carola Bria* vom LBV in Bayern für die engagierte Suche nach einem Cover Foto
An meinen Sohn *Christian* für die Covergestaltung und die begeisterte Recherche in Nürnberg
und an *Cathrin*, meine Tochter, für ihre fachbezogenen Kunstinfos und engagiertes Vorauslesen, das für mich immer wieder Antrieb bedeutet.

Danke euch allen!

Weitere Bücher von Monika Rohde – alle bei Amazon:

Auf all deinen Wegen - Lene Beckers erster Fall

Lene Becker, Kommissarin aus Nürnberg, ermittelt in eigener Sache.
Sie fliegt mit ihrer Tochter Sophie nach San Francisco, jedoch statt zur Hochzeit ihrer jungen Cousine Joanne zu deren Beerdigung. Joanne und ihr Verlobter Marc sind ermordet worden. Unterwegs erzählt Lene Sophie aus ihrer alten Bamberger Familiengeschichte.
Gemeinsam mit Detective Mike Fuller von der San Francisco Police ermittelt sie im Umfeld der Opfer. Plötzlich kommt es zu einer überraschenden Entdeckung. Dann überschlagen sich die Ereignisse und Sophie gerät in Gefahr.

Die dem Mond ins Netz gegangen
Lene Beckers zweiter Fall

Lene Becker, Kommissarin aus Nürnberg, macht Ferien auf einem Campingplatz in Südfrankreich. Dort wird Brigitte, eine junge deutsche Studentin, vergewaltigt und ermordet in ihrem Wohnwagen aufgefunden.
Lene Becker wird wegen der Sprachprobleme der französischen Polizei offiziell beauftragt, mit dem französischen Kommissar, Capitaine Luc Renaud gemeinsam zu ermitteln. Unter den Freunden und Bekannten Brigittes ebenso wie in ihren Liebesbeziehungen könnte der Mörder zu finden sein.
Oder liegt die Ursache für den Mord in ihrem geheimnisumwobenen Fund einer Antiquität aus der Zeit der Katharer, an dem auch die katholische Kirche ein großes Interesse haben könnte?
Da passiert ein zweiter Mord...

Denn bittersüß ist der Schnee - Lene Beckers dritter Fall

Beim ersten Schnee im vorweihnachtlichen Nürnberg wird Melanie Merthens, eine pensionierte sympathische und noch immer attraktive Lehrerin erschlagen in ihrer Wohnung aufgefunden. Gerade kurz vorher hatte sie ihre Jugendliebe Matthew Shiller wiedergesehen - nach über vierzig Jahren! War ihr lange gehütetes Geheimnis der Grund für den Mord?

Da Sven, der Enkel des Opfers, auf einer Klassenfahrt nach Österreich in Saalbach-Hinterglemm ist, beschließt Lene Becker zu ihm zu fahren, da er Motiv und Gelegenheit hätte. Als sie und Mike Fuller dort ankommen, erfahren sie, dass auch auf Sven ein Anschlag verübt wurde. Könnte Rache ein Motiv sein?

Hauptkommissarin Lene Becker ermittelt im vorweihnachtlichen Nürnberg und romantischen Bamberg mit ihrem amerikanischen Freund Detective Mike Fuller und ihrem Kollegen Kalle.

Schlaf, Prinzessin – Lene Beckers fünfter Fall

Die Nürnberger Kommissarin Lene Becker zählt bereits die Tage bis zum Besuch von Mike, ihrer großen Liebe aus San Francisco. Doch plötzlich rücken alle Urlaubspläne in weite Ferne: Isolde Wagner, Kriminalkommissarin aus dem Sittendezernat, wird brutal ermordet in einem Parkhaus gefunden. Erst vor wenigen Wochen war die junge Mutter mit ihrer Familie von Kiel nach Nürnberg gezogen. Aus der lebenslustigen Frau ist nach dem Umzug eine stille Einzelgängerin geworden. Schnell steht für Lene fest: Die attraktive, rothaarige Isolde wurde von ihren männlichen Kollegen gemobbt. Aber sind die wirklich so weit gegangen, sie umzubringen? Die Ermittlungen führen Lene zu Isoldes alten Fällen im Rotlichtmilieu, aber auch auf die Reise nach Kiel, zu den ehemaligen Kollegen der Toten. Als es einen zweiten Mord gibt, ist klar: Dieser Fall wird nicht nur Lenes Urlaub in Gefahr bringen ...

Frühlingsbraut – Lene Beckers sechster Fall

In London wird ein junges Mädchen tot am Ufer der Themse geborgen. Lene Becker ist gerade im Rahmen des EU Austauschprogramms in London, für zwei Wochen bei der Metropolitan Police, um die Arbeitsweisen bei Scotland Yard kennenzulernen. Gemeinsam mit Detective Inspector John Gowen ermittelt sie, als sie bestätigt bekommen, dass Alexandra ermordet worden ist. Entsetzt muss sie feststellen, dass das Mordopfer erst sechzehn Jahre alt ist, eine eineiige Zwillingsschwester Caroline hat und aus der Nähe Nürnbergs stammt. Die einzige Spur, die sie haben, ist, dass Alex am Abend des 30. April zu einer keltischen Feier aufbrechen wollte. Aber mit wem? Und was ist dann passiert? Wer war Galahad wirklich, mit dem sie auf Facebook befreundet und wohl verabredet war? Und was weiß der in Alex verliebte Tom und was behält er für sich? Das, was sich ihnen dann aus der Tatnacht Schritt für Schritt enthüllt, scheint unbegreiflich.

Unter Amuns blutiger Sonne – Lene Beckers siebter Fall

Als Lene Becker den Anruf von Detective Inspector John Gowen entgegennimmt, ahnt sie nicht, in was für eine völlig neue Erfahrung sie dieser Mordfall hineinziehen wird. Das Mordopfer, ein Archäologe, scheint sie und John immer weiter in seine Welt mitzunehmen, in das geheimnisvolle Alte Ägypten Tutanchamuns. Doch da gibt es auch sein privates Umfeld mit enttäuschter Liebe und Geld, das eine Freundschaft bis zum Zerreißen belastet. Und vor allem eine rätselhafte Entführung und ein weiterer Mordversuch, die keine Lösung bieten, sondern nur weitere Fragen aufwerfen.

Printed in Poland
by Amazon Fulfillment
Poland Sp. z o.o., Wrocław